ハヤカワ・ミステリ

JOHN-HENRI HOLMBERG

呼び出された男

スウェーデン・ミステリ傑作集

A DARKER SHADE OF SWEDEN

ヨン＝ヘンリ・ホルムベリ編

ヘレンハルメ美穂・他訳

A HAYAKAWA
POCKET MYSTERY BOOK

装幀／水戸部 功

目次

はじめに

ヨン＝ヘンリ・ホルムベリ／山田 文訳

本書は、ささやかな試みながらも画期的な一冊と言える。スウェーデン・ミステリ全体を見渡すアンソロジーとしては英語で初めて出版されるものであり、英語を中心に成立している今日《こんにち》のグローバルな文化状況を考えると、初めて世界中の人が手に取ることのできる網羅的なスウェーデン・ミステリのコレクションということになる。

ここに収められているのは、二十人のスウェーデン人作家による十七篇の物語だ。書き下ろし作品も数本ある。過去に英訳されたものはひとつもない。スタイルやテーマは多種多様で、従来の探偵小説の枠にほぼ収まるものから、警察捜査小説、地方色豊かな短篇、社会的・政治的な問題を扱ったもの、エンターテインメント性を追求したものまで、さまざまな作品が含まれている。ある作品は比較的近い過去を舞台にした歴史小説で、スウェーデン国内でも現在の読者にはあまりなじみのない世界を描いている。またべつの作品は未来を舞台にしている。

同様に、著者もまたさまざまだ。マイ・シューヴァルとペール・ヴァールーの共作による作品も収められている。一九六五年から七五年にかけてふたりが発表した十作の小説は、スウェーデン・ミステリへの関心を世界的に高め、スウェーデンにおける文学作品の創作と理解のあり方を根底から変えた。また、スティーグ・ラーソンの作品も収録されている。『ミレニアム』三部作の著者で、スウェーデン文学史上もっとも多くの言語に翻訳され、多数の読者を得た作家である。また、高い評価を受けて受賞歴もあり、現在第一線で活躍しているスウェーデン・ミステリ作家の作品も数多く収められている。過去の最優秀長篇賞受賞者のうち、七人が本書に作品を寄せている。これは一九八二年からスウェーデン推理作家アカデミーが主催している賞で、受賞者には金メッキされた小型のバールが贈られる。また、北欧の優れたミステリに贈られる「ガラスの鍵」賞（スカンジナヴィア推理作家協会主催）をこれまでに八人のスウェーデン人が受賞しているが、そのうち四人が本書へ寄稿している。その一方で、意外な顔に出会うことにもなる。エヴァ・ガブリエルソンは、スティーグ・ラーソンの長年のパートナーで建築家・ノンフィクション作家だが、彼女が初めて正式に発表する小説もここに収録した。サラ・ストリッツベリは、おそらく現在スウェーデンでもっとも活躍している純文学作家であり、通常はミステリと関連づけられることはないが、その作品も収めてある。

本書を編むにあたって私がめざしたのは、できるだけ幅広く多様な作家と作品を収めることだった。現在のスウェーデン・ミステリに見られる多様性、活力、時代への関心をきちんとおさえたかったからだ。ひとつおことわりしておきたいのだが、作品の中には、スウェーデン人にはなじみ深いが、外国人にはほとんど知られていないと思われる習慣や場所などが出てくる。したがって、それぞれの物語の冒頭に紹介文をつけ、作品をよりよく理解して楽しんでいただけるよう、スウェーデン以外の読者に有益と思われる解説を手短に加えておいた。

本書の刊行が可能になったのはもちろん、ここ五年ほどのあいだにスウェーデン・ミステリに対する海外の、とりわけ英米の読者の関心が劇的に高まったからだ。もっと正確に言うならば、関心の高まりは二〇〇八年にスティーグ・ラーソンの初長篇の英語版が出版され、出版界に一大旋風を巻き起こしてからのことである。シューヴァルとヴァールーの初めての英訳とスティーグ・ラーソンの一作目とのあいだには四十年のへだたりがある。その間にスウェーデン・ミステリ作家の作品は数多く翻訳されたが、ほとんどが大陸ヨーロッパ諸国に限られ、英語圏の読者は一九九七年から英訳が出版されはじめたヘニング・マンケルなど、わずか数名の作家の作品しか読むことができなかった。とはいえ当然のことながら、スウェーデンにはシューヴァルとヴァールー以前にもミステリ作家は存在した。シューヴァルとヴァールーからラーソンまでのあいだにもいたし、現在もいる。スウェーデン・ミステリの過去と現在、未来に関心を持つ読者のために、以下にスウェーデン・ミステリのおおまかな全体像を歴史的かつ批評的に示しておこう。その過程で、スウェーデン・ミステリがどんな道をたどって発展してきたのか、その独自の方向性について私なりの解釈を試みることにしたい。

ミステリは文学ジャンルとしては幅が広く、数多くの、かなり性質の異なる作品まで包含している。たとえば、論理的な謎解きを行なう昔ながらの本格ミステリがある。エドガー・アラン・ポーやその五十年後のサー・アーサー・コナン・ドイル、さらに時代をくだって、アガサ・クリスティーやドロシー・L・セイヤーズ、エラリイ・クイーン、その他多くの作家が手を染めた領域だ。また、ハードボイルド私立探偵小説には、ダシール・ハメット、レイモンド・チャンドラー、ミッキー・スピレイン、ロス・マクドナルド、ウォルター・モズリイ、サラ・パレツキー、デニス・ルヘインらの作家がいる。さらに心理スリラーには、ダフネ・デュ・モーリアやパトリシア・ハイスミス、ルース・レンデル。スパイ・スリラーも同じくすでに確立されたジャンルで、W・サマセット・モームがおそらくは嚆矢《こうし》となり、のちの作家ではイアン・フレミングやジョン・ル・カレがよく知られている。しかしスウェーデンでは、スパイ・スリラーを書く有名作家は、これまでのところヤン・ギィユーただひとりだ。スウェーデンの秘密諜報員、カール・ハミルトンが活躍する小説を一九八六年から十三作発表して、きわめて高い人気を誇る作家だが、そのライバルとなる書き手はいまのところ現われていない。したがって、ヤン・ギィユーとスパイ・スリラーはここでは取り上げない。

さらには暗黒小説《ノワール》もある。私見では、ノワールを定義するものは物語の筋《プロット》ではなく、作品が惹起《じゃっき》する感情だと思う。とはいえ、コーネル・ウールリッチからデイヴィッド・グーディスまで、ジム・トンプスンからロクサーヌ・ゲイまで、たいていのノワール作家は、犯罪の要素を盛りこみながら疎外感と絶望感に満ちた陰鬱な物語を綴《つづ》っている。ミステリには、警察の現場を描く作品も多い。最初期の著名な書き手には、ジョン・クリーシーや、比類なきエド・マクベインがいる。また、連続殺人者《シリアル・キラー》の登場するスリラーも、ロバート・ブロックの『サイコ』（ハヤカワ文庫）に始まり、ビル・プロンジーニとバリー・マルツバーグの『嘲笑う闇夜』(文春文庫)、トマス・ハリスの『羊たちの沈黙』(新潮文庫)へと続き、いまなお数えきれないほど書かれている。それ以外にも、ここではふれなかった法廷もの、経済スリラー、政治スリラーと、まさに枚挙に暇《いとま》がないほどである。

すべてとは言わないまでも、こういったミステリ内のサブジャンルはほとんどイギリスかアメリカ合衆国で形作られた。本格ミステリ、ハードボイルド私立探偵小説、警察捜査小説など主流のミステリは、もともとアングロ・サクソン諸国で発展したと言っていい。けれども、十九世紀に確立されたもうひとつの重要な文学ジャンル、SFと同様、ミステリもたちまちほかの国々でも人気を得て、現在では世界中で読まれ、書かれている。

実のところ、そうなったのは最近ではなく、かなり前からだった。

スウェーデンがそのひとつの好例だろう。四十年余り前、アメリカとイギリスの読者の前に突如としてスウェーデン・ミステリが姿を現わした。マイ・シューヴァルとペール・ヴァールーの手になる、刑事マルティン・ベックを主人公にした警察小説のシリーズ十作が翻訳され、ベストセラーになったのだ。このシリーズの作品はどれもいまだに流通しており、またヘニング・マンケルの英語版も広く知られるようになったことを考えあわせれば、その後スウェーデン・ミステリはあっという間に忘れ去られ、つい六年前の二〇〇八年に、スティーグ・ラーソンの『ミレニアム』三部作の第一部、『ミレニアム1　ドラゴン・タトゥーの女』(ハヤカワ文庫)が英訳されて、ふたたびスウェーデンのミステリが世界的ベストセラーになるまで忘却の彼方にあったといっては公正さを欠くことになるだろう。とはいえスティーグ・ラーソンの場合は、その才能と本の売上の力で、英語版で紹介されるスウェーデン・ミステリ作家が急増する結果を引き出した。これはシューヴァルとヴァールーのヒットのときとは異なる現象である。

スティーグ・ラーソンはシューヴァルとヴァールーの四十年後に登場した。ほとんどだれも覚えていないだろうが、実はシューヴァルとヴァールーもまた、ひとりのスウェーデン人ミステリ作家が国外で成功した約四十年後に登場している。フランク・ヘッレル（ヘラー）というペンネームの、一九二〇年代にヨーロッパだけでなくアメリカでも大変な人気を博した作家だ。

フランク・ヘッレルは、翻訳され多くの人に読まれたという意味では、スウェーデン・ミステリ界で最初の作家ということになろう。もっともヘッレルよりも前に、スウェーデンにミステリ作家がいなかったわけではない。それどころか、遅くとも二〇世紀の初めには、犯罪小説や探偵小説はスウェーデン文学の中でも盛んなジャンルになっていた。しかし、そのほとんどはスウェーデン以外の読者には知られていない。

スウェーデン人の専門家のあいだでは、スウェーデン・ミステリが誕生したのは一八九三年だというのがほぼ定説になっている。長篇小説『ストックホルムの刑事』（*Stockholms-detektiven*）が出版された年だ。作者はフレドリック・リンドホルムという人物で、小説を書くときにはプリンス・ピエールなるペンネームを用いた。その後の数十年間、初期のスウェーデン・ミステリ界では、ペンネームを使って創作を行なう作家が少なくなかった。それぞれ事情があったものとは思われるが、総じて考えられる主な理由は、当時の批評家や知識人の多くがまったくのクズと見なしていたジャンルと結びつけられるのを避けたかったからにちがいない。この点については、のちにふたたび論じたい。

『ストックホルムの刑事』はベストセラーとはとても言えず、百周年を記念して再刊されるまで何十年ものあいだほぼ完全に忘れ去られていた。それでも、初期のミステリ作家の中には大変な人気を博した人もおり、ステューレ・スティーグというペンネームを使っていた牧師オスカル・ヴォーグマンもそのひとりだ。スティーグは一九〇八年にシャーロック・ホームズのパロディ集の最初の二巻を刊行しているが、独創的で、かつユーモアもあり、いまでもじゅうぶん鑑賞に堪えるスウェーデン・ミステリの最初期の作品である。若き日のグンナル・セルネル（一八八六〜一九四七）もヴォーグマンの小説を読んでいたという。セルネルはきわめて優秀な学生で、十六歳でルンド大学に入学し、二十四歳で学位論文「スウィンバーンの抒情詩と叙事詩の言語について」を英語で書いて博士号を取得した。しかし家庭がどちらかといえば貧しかったため、返済期限の短い借金を繰り返すことによって学費を自力で捻出しなくてはならず、最終的には行き詰まって銀行の書類を偽造するようになった。一九一二年九月、彼は国外へ逃亡した。モンテカルロのカジノでひと山あてようとしたが逆に無一文になり、小説を書くことに賭けてみることにした。意外にもそれが成功し、すぐにさまざまなペンネームで短篇を書いて金に換えるようになった。セルネルの場合は、ペンネームが必要不可欠だった。スウェーデン警察に追われていたからだ。

一九一四年にセルネルの第一作が出版され、フランク・ヘッレルというペンネームが名声を確立した。以来、セルネルはもっぱらこの名前で執筆を行なった。生前にヘッレルは合計四十三作の小説や短篇集、旅行記を刊行するとともに、ミステリやファンタジー、SFのアンソロジーを編み、詩も書いた。死後も数冊の短篇集が刊行されている。ヘッレルは国内でベストセラー作家になっただけでなく、当時のスウェーデンのエンターテインメント作家の中ではもっとも国際的な成功を収めた。詐欺師や上流階級出身の冒険家、犯罪者が繰り広げる創意とユーモアに満ちた胸躍る物語は、ヨーロッパ全土でベストセラーとなり、五作品が映画化された。アメリカでも一九二〇年代にクロウェル社から八作の長篇が刊行されている。フランク・ヘッレルの作品は、二〇世紀前半に書かれたスウェーデン・ミステリの中で一作の例外を除けば最良のものであり、いまでも読みやすさと面白さはじゅうぶん通用する。

一作の例外とは、一九〇五年に刊行されたヤルマル・セーデルベリの中篇小説『医師グラスの殺意』（コスモヒルズ）である。セーデルベリは二〇世紀スウェーデンの大作家のひとりに数えられている。ただ、『医師グラスの殺意』は犯罪小説とは見なされなかった。若い医師が殺人を犯すことを決意する心理小説で、善良な人間が悪に手を染めるまでの経緯を、主人公の内面に寄り添いながらていねいに描いた作品であり、いま読んでも恐ろしく、また説得力がある。

初期の作家には、ほかにロビンソン・ウィルキンズの名で執筆していたハーラルド・ヨンソンがいる。ヨンソンの作品の中では、スコットランド・ヤードに雇われたスウェーデン人名探偵、フレッド・ヘリントンが、イングランドで次々と事件を解決する。S・A・ドゥーセことサムエル・アウグスト・ドゥーセも、弁護士兼天才探偵のレオ・カリングが活躍する小説を十三作発表している。どれもお手軽で人種差別的な気取った大衆小説だが、ときには斬新なプロットも使われている。たとえば『スミルノ博士の日記』（本の友社ほか）で描かれるトリックで、これはアガサ・クリスティーが一九二六年に『アクロイド殺し』（ハヤカワ文庫ほか）で使って世界的に有名になるが、それ以前の一九一七年にすでにこれを用いていたわけだ。もともとの姓はペーテションでありながら、しばしば自分でユル・レギスと署名していたユリウス・レギスは、十作のミステリ小説を発表して大変な人気を博した。そのほとんどが、ジャーナリストで探偵のマウリス・ヴァリオンを主人公にした作品である。

　こういったところが、一九三〇年代までのおもなスウェーデン人ミステリ作家だ。ほとんどの探偵はスウェーデン人の名前ではなく、犯人の名前も外国風だった。ミステリはスウェーデンになじまない文学ジャンルと考えられており、国内作家は、主人公やその敵を海外から輸入してくることによって、物語に国際性を持たせた。もっぱらスウェーデン人のヒーローを登場させたフランク・ヘッレルが唯一の例外だが、ヘッレルの小説はほぼすべて外国が舞台になっている。つまり、ヘッレルは手段を逆転させて、探偵を輸入するのではなく輸出するほうを選んだわけだ。

　登場人物が外国人であったり、舞台が外国であったりしたのは、自然のなりゆきだった。当時は海外のミステリ作家による作品が大量に翻訳され、たちまち広く支持されたからだ。シャーロック・ホームズものは一八九一年にはすでにスウェーデンに紹介されており、それに続いて、モーリス・ルブラン、G・K・チェスタートン、R・オースティン・フリーマン、アガサ・クリスティー、ドロシー・L・セイヤーズ、フリーマン・ウィルス・クロフツなど英米の主要作家の翻訳が出版された。一九三〇年代には初期のミステリ専門のパルプマガジンがスウェーデンに現われたが、同時代のアメリカの大衆雑誌とはかなり異なり、ドイツの大衆文芸誌により近い体裁をとっていた。たいていは小さめの判型で、針金を使った中綴《なかと》じで製本されており、短篇を何作も載せるのではなく通常は長篇を一本のみ掲載した。掲載されるのは、ほとんどが翻訳作品だった。スウェーデン人作家が書いた作品も、多くは翻訳を装って掲載された。イングランドやアメリカを舞台にし、英語風のペンネームを使って書かれたものだ。スウェーデンのパルプマガジンは一九六〇年代初めまで発行が続いていたが、ミステリを楽しむ読者の多くはその後十年のあいだに、廉価のオリジナル・ペーパーバックの小説や翻訳を選ぶようになっていった。

この時期にスウェーデンの作家として初めて国内を舞台に、はっきりとスウェーデン風の名前を持ったスウェーデン人を主人公に作品を書いたのが、スティーグ・トレンテルだった。彼の小説は、ほとんどが写真家ハリー・フリーベリの視点から語られるが、問題を解決するのは主にフリーベリの友人、ヴェスペル・ヨンソン警部である。トレンテルは一般に、第二次世界大戦後のストックホルムの発展を文学的に綴った、もっとも優れた記録者のひとりと見なされている。一九四三年から六七年にかけて二十六作を出版した。最後の数作は妻のウッラ・トレンテルとの共著で、夫の死後も妻が一九九一年までにさらに二十三作を書き継いでいる。その多くに亡き夫の生み出した人物が登場するが、プロットに力がなく、スティーグ・トレンテルのトレードマークだったストックホルムの克明な描写もあまり見られない。

スティーグ・トレンテルのおかげで、スウェーデンの批評家がミステリを受け入れるようになった。一九四〇年代、五〇年代には、トレンテルに続く作家が輩出する。なかでも有名なのが、マリア・ラングことダグマル・ランゲ（一九一四～九一）だ。ただ、ラングの作品の多くはロマンス小説風であるばかりか、エロティックなサブストーリーもしばしば挿入されるので、推理小説の要素を含んだ〝女性向けロマンス〟と軽んじられた。しかし、ラングの処女長篇小説『嘘をつくのは殺人犯だけではない』（*Mördaren ljuger inte ensam* 一九四九年）はいま読んでも面白い。自分がのめりこんだ恋愛を鼻で笑った女を殺害するレズビアンの犯人を同情的な視点から描いた、きわめて大胆な作品と言える。その内容に衝撃を受けた読者から大きな反響があったためだろう、ラングはその後出版した四十二作の大人向け作品の中では、深刻な問題を扱うのをできるだけ避けるようになった。学校の教頭としての社会的立場が気がかりだったのかもしれない。それでも、ラングの作品に対する男性評論家の批評はいかにもバランスを欠いていた。ラングの小説に出てくる女性の主要登場人物が（主人公の探偵はいつも男性だが）、男性の見た目や恋愛対象としての可能性、セックス・アピールをあげつらってばかりいるところがマリア・ラングの作品の主な欠陥だと批判したのだ。同時代には、男性作家の描いた男性登場人物が女性に対して同じことをしているというのに。

もっぱらプロの警官だけを題材に作品を書いたスウェーデン初の作家が、ヴィク・スーネソンことスーネ・ルンドクヴィストで、一九四八年から七五年にかけて合わせて三十冊以上の長篇小説や短篇集を発表した。多くは実験的な作品で、視点が次々と変わったり、話があちこちへ飛んだり、また犯罪捜査が心理描写と溶け合って描かれたりした。スーネソンに続いて、一九五〇年代最後の大物作家が一九五四年に長篇第一作を発表した。H（ハンス）＝K（クリステル）・レンブルムの作品の主人公は歴史家で教師のパウル・ケネットで、ケネットが殺人犯を突き止めるのは正義感からではなく、歪《ゆが》められた歴史の記録を正すためだ。レンブルムはある意味で、現代スウェーデン・ミステリの先駆者と言える。というのも、彼の作品は小さな町の生活を描きながら、それを暗に批判してもいるからだ。牧歌的な日々の生活の根底には、腐敗や宗教的不寛容、性差別、人種差別、偏狭、独善が渦巻いていて、それが几帳面《きちょうめん》で、融通がきかないほど誠実なケネットによって明るみに出されてゆく。レンブルムはもともとジャーナリストで、小説を書きはじめたのは遅く、また亡くなったのも早かったが（一九〇一〜六五）、それでも十作の長篇小説を発表している。

スウェーデンでは、ミステリはまず翻訳で人気を得た。とても有能だったフランク・ヘッレルを除くと、一九四〇年代以前は数も少なかった国内ミステリ作家の作品はきわめて模倣《もほう》的で、批評対象に取り上げる価値がないと見なされていた。そのヘッレルも、たしかに散文のスタイルと博学、創作力は高く評価されてはいたものの、作品に登場する非道徳的な詐欺師のヒーローを美化することによって「若者たちをたぶらかしている」と非難されることが多かった。しかし、頭脳明晰《めいせき》な探偵が活躍する物語は翻訳作品によって徐々に受け入れられ、中流階級も恥じることなく娯楽としてミステリを楽しむようになった。読まれたのは主にクリスティーとセイヤーズ、のちにはエラリイ・クイーンやジョン・ディクスン・カー、ジョルジュ・シムノンの作品だ。これによって、スウェーデン人作家が同じスタイルで書く素地が築かれ、上位中産階級の殺人を描くトレンテルやラング、スーネソン、レンブルムの作品が、その後二十年にわたってスウェーデンのミステリ小説界を席巻する。たしかにいずれの作家もストーリーテリングに優れ、文学性の高い作品を生み出してはいた。しかし、レンブルムの一部の作品を除くと、ほとんどの小説はアガサ・クリスティーの書くものと同じくらい保守的であり、既存の枠内にとどまっていて、社会批判や斬新なテーマ設定を欠いていた。これらの作家の作品は、ハードカバーでスウェーデンの有名出版社から刊行された。もうひとり、やや遅れて登場した作家にも言及しておかねばならない。きわめて豊かな才能を持ったシャスティン・エークマンだ。

初期の六作（一九五九〜六三）は純粋な探偵小説だったが、のちに現代的な純文学小説を主に書くようになった。ただし、作品の中に犯罪の要素を含ませることも多く、ミステリに分類しても差し支えない作品を二作刊行している。一九七八年にはスウェーデン・アカデミーの終身会員に任命されたが、これは大衆小説出身の作家としては前例がなく、また百九十二年に及ぶ同アカデミーの歴史の中で三人目の女性会員という快挙だった。

それと時を同じくして、スウェーデンの批評家と知識人が〝汚れた文学〟と呼ぶもの（ほんとうにこう呼んでいたのだ）の流れも両大戦間期に現われた。この形態のエンターテインメント小説は、初めは週刊冒険雑誌や小型の大衆雑誌に掲載され、やがて一九五〇年あたりから書き下ろしのポケットサイズ本として刊行されて、売店や煙草屋《たばこや》だけで売られるようになった。書店ではけっして販売されず、そのために、実に馬鹿げた話だが、最初から書籍であるとは見なされなかった。一九五〇年代なかばには、その種のペーパーバックがすでに数百冊刊行されている。こうして、一九三〇年代とそれ以降の海外ハードボイルド・ミステリがスウェーデンにもたらされた。一九五〇年代初めには、ピーター・チェイニーやミッキー・スピレイン、ジェイムズ・ハドリー・チェイスといった作家の作品がベストセラーになったが、書評や解説、年鑑などで言及されることはまったくなかった。なぜなら、出版業界で権威を持つ主流の枠外で刊行されていたからだ。また、これらの作者を模倣《もほう》しようとしていたスウェーデン作家もわずかながらいたが、彼らも既成の出版界には属していなかった。スウェーデンの百科事典では、いまだに「ポケットサイズ本が初めてスウェーデンに登場したのは一九五六年である」とされているが、これは大手出版社が初めてポケットサイズ本を刊行して書店で売られたのがこの年だからだ。

結果として、実際の状況と建前とがはなはだしく乖離《かいり》する事態が生じた。ブルーカラーの労働者やティーンエイジャー、それにおそらくは相当数のホワイトカラーの読者が（本人たちは認めなかっただろうが）ハードボイルド・ミステリを読んでいたのに、国内で刊行されているミステリは、表向きは伝統的な安楽椅子《アームチェア》・探偵《ディテクティヴ》もののたぐいだけということにされた。実際に、その手の伝統的な探偵小説はいまでもスウェーデンで執筆・出版されており、途切れることなく著名な書き手が輩出している。一九六一年に第一作を発表したヤーン・エクストレムは、スウェーデンの謎解きミステリの書き手としてはおそらくもっとも緻密《ちみつ》な作家と言えよう。少し時代はくだるが、エクストレムのライバルとして挙げられるのは、ヨースタ・ウーネフェルトだろう（一九七九年デビュー）。ただし、ウーネフェルトの作品では謎を解くのは警官だ。また、現在も活躍している作家には、二〇〇九年に第一作を上梓したクリスティーナ・アッペルクヴィストがいる。

スウェーデン上流階級の上品なミステリの枠を劇的に打ち破った最初の作家は、同時にスウェーデン作家として四十年ぶりに国外で大成功を収めたマイ・シューヴァルとペール・ヴァールーである。〝犯罪の物語〟と題された十巻からなる警察小説シリーズを一九六五年に共作でスタートしたが、第一作の『ロセアンナ』（角川文庫）はすぐにスウェーデンで大ヒットしたわけではない。生々しすぎる、気が滅入る、暗すぎる、残酷すぎるというのが批評家たちの反応だった。それでも、シューヴァルとヴァールーの書くシリーズはユニークな文学的実験として徐々に歓迎されるようになり、やがてベストセラーとなった。これだけの成功を収めたのは、作品にこめられた政治的なメッセージによるところが大きい。それ以前のスウェーデンのミステリ作家は、政治的には保守かリベラルかのいずれかだったが、シューヴァルとヴァールーはどちらも左翼の活動家で、作品をはっきりと政治的なものにしようと意図して創作を行なった。犯行の動機が被害者や加害者の社会的背景と結びつけられ、シリーズ後半の作品では、警察のファシズム的傾向や、社会主義を標榜《ひょうぼう》する政府による労働者階級への裏切り、資本主義的・ブルジョワ的生活スタイルの虚《むな》しさといった問題を直接的に取り上げるようになった。

スウェーデンの政治は、一九三〇年代から長く社会民主党の支配のもとにあった。一九三二年から七六年までの元首は全員、社会民主党所属だった。一九三〇年代初めから社会民主党は、自ら唱えていたものより緩《ゆる》やかなペースではあったが、スウェーデン社会を中央計画経済によって福祉国家へと徐々に変容させていった。その結果、知識人や若者の多くが、社会民主党は社会主義の理想を捨てたと不満をつのらせることになる。このように一九六〇年代のスウェーデンでは、社会批判はラディカルな左派から生まれる傾向にあり、シューヴァルとヴァールーの小説はミステリに対する知識人の見方を変えた。かつては意味のないブルジョワ的な暇つぶしだと思われていたものが、政治分析や教育、変化の力となりうると認識されるようになったのだ。突如としてミステリを読むこと、さらには書くことも、左派のスウェーデン人のあいだでは尊敬に値する行為となった。興味深いことに、これは若い読者の時代の到来と時を同じくしている。この若者たちは、親の世代が好んだアガサ・クリスティー風の小説を読んで育ったわけではなく、いかがわしい〝売店《キオスク》出版社〟から刊行されたハードボイルド・ミステリを読んでいた。こうして、ミステリの政治化と読者の世代交代が組み合わさることによって、スウェーデンのミステリ全体が瞬《また》く間に変容したのである。

シューヴァルとヴァールーが成功を収め、ラディカルな政治的視点から書かれる一連のミステリがそれに続くことになったとはいえ、もちろんもっと伝統的な、あるいは意図して政治と無関係に書かれるミステリがなくなったわけではない。そうした作品にも読者はいて、出版は続いていた。実際、一九六八年から八〇年代なかばにかけてもっとも人気のあった作家、ボー・バルデション（ペンネーム）に注目すれば、全部で十一作刊行された彼の小説には、スウェーデン政府上層部を明らかに保守的な視点から揶揄《やゆ》した場面が少なくない。また、バルデション以上の筆力を持つ新世代の作家たちも、伝統的なミステリのジャンルがいまなおすばらしい作品を生み出せることを証明している。なかでも特筆に値するのが、一九七一年にデビューし、十六作目にあたる作品を二〇〇八年に発表した精神科医のウルフ・デュルリングと、一九六七年に初めてミステリを出版した大変な多作家、シャン・ボリンデルだろう。もっとも、シューヴァルとヴァールーが、十作目にあたるシリーズ最後の作品を一九七五年に刊行したころには、多くの新人作家が警察を舞台にした作品を書いており、またその多くがミステリとその背後にある政治問題を結びつけた作品を発表していた。この世代の作家のうちで挙げておくべきは、ウーノ・パルムストレムやK・アルネ・ブルム、オロフ・スヴェーデリドなどで、なかでもレイフ・G・W・パーションははずせない。パーションは犯罪学の教授で、一九七八年から八二年のあいだに三作の長篇小説を刊行したあとしばらく間が空いたが、二〇〇二年に四作目を書いて復帰すると、その後六作を発表している。複雑なプロットの小説を得意とし、実際にスウェーデンで起きた犯罪に取材したものが多く、代表的なものとして、一九八六年に起きた未解決事件、オロフ・パルメ首相の暗殺をテーマにした三部作、『待ち遠しい夏と寒い冬のはざまで』(*Mellan sommarens längtan och vinterns köld* 二〇〇二年)、『もうひとつのとき、もうひとつの人生』(*En annan tid, ett annat liv* 二〇〇三年)、『夢のように落ちてゆく』(*Faller fritt som i en dröm* 二〇〇七年)がある。きめ細やかな臨場感と優れた文学的資質によって、パーションはスウェーデン・ミステリの一流作家のひとりに数えられており、スウェーデン推理作家アカデミーの最優秀長篇賞を三度受賞したふたりの作家のひとりでもある。ちなみに、もうひとりはホーカン・ネッセルだ。

最良の作家のひとりというだけでなく、パーションはまちがいなくもっとも影響力のある作家でもあり、スウェーデン・ミステリの中で唱えられる社会批判の強弱を設定するのに大きな役割を果たした人物と言える。警察庁所属の犯罪学者、影響力を持つ政府顧問、法務大臣顧問というパーションの経歴は、作品にもひとかたならぬ重みを与えている。パーションの作品は、スウェーデン警察に蔓延《まんえん》する非効率性を指摘し、また法制度や、自らの権力と特権を保持し拡大することしか頭にない政治的・官僚的権威に対して、しばしば手厳しい批判を加えている。

パーションと同じく、ケネット・アールの小説でも、スウェーデン社会への批判的な見方が中心に据えられている。ケネット・アールは、ジャーナリストのクリステル・ダールと、八年間監獄で過ごしたあとに作家兼役者になったラッセ・ストレムステットの共作用のペンネームである。ふたりは、一九七四年から九一年にかけて六作の長篇小説を書いたが、その中では刑務所の仕組みや警察の残虐行為、薬物取引、薬物中毒者の不安定な生活などの内幕が描かれている。前述のウーノ・パルムストレムも重要な作家だ。ジャーナリスト出身で、のちに出版社の経営者にもなった人物で、彼が一九七六年から九〇年にかけて発表した九作の長篇小説もまた、スウェーデン社会に根源から疑いの目を向けるものだった。パルムストレムはスウェーデンを企業と一体化した国家と見なしており、政治家と資本家が癒着《ゆちやく》して、自分たちの利益のために人々を抑圧していると考えていた。また、弁護士で自然保護主義者のスタファン・ヴェステルルンドが書いた一連の小説では、大企業と〝大きな政府〟の非人間性が共通テーマになった。ヴェステルルンドは、スウェーデン当局の干渉や冷酷な振る舞い、また利益追求に走る医療、製薬、エネルギー企業の個人への無関心さを描き出した。

一九八〇年代末から九〇年代初頭には、社会批判の傾向はスウェーデンにすっかり根をおろしており、その傾向は注目すべき新鋭作家たちによってさらに強められた。ジャーナリストのグンナル・オルランデルは初めてのスリラーを一九九〇年に発表し、推理作家アカデミーの最優秀新人賞に選ばれた。またヘニング・マンケルが一九九一年に初めて出版した長篇ミステリは、同アカデミーの最優秀長篇賞を受賞している。このふたりによって、初めてスウェーデンの人種差別と反移民感情が文学の場で真剣に取り上げられることになったが、いずれもミステリの形態でなされたものだった。

スティーグ・ラーソンの小説が二〇〇八年に英訳されると、スウェーデンの福祉国家があまりにも否定的に描かれていることに多くの批評家が驚いた。巨大にふくれ上がり、特権と権力を守るために国民の権利と自由、生命を犠牲にすることも厭《いと》わない存在として描かれていたからだ。これはアメリカ合衆国とイギリスの読者にとっては、それ以前のバラ色のスウェーデン像――透明性と寛容、思いやりを備えた、豊かで自由な福祉国家――を根底からくつがえすものだった。実際、『ミレニアム』三部作で否定的に描かれたスウェーデン社会の姿は、シューヴァルとヴァールーの作品に見られる社会批判の延長線上に位置づけられるものだった。こうした社会批判が、四十年にわたってスウェーデンのミステリ作品で中心的な役割を担《にな》ってきたわけだ。

全員ではないにせよ、スウェーデンのミステリ作家の多くは明確に左派的な政治見解を示すようになったが、その理由はすでに簡単にふれたように、端的にいえばマイ・シューヴァルとペール・ヴァールーの作品が、それ以前のスウェーデン・ミステリの伝統を完全にくつがえしたからだ。ふたりは犯罪にも、その解決法にも、より現実的なアプローチをとった。弱者の視点から物語を書いた。警察の効率性や動機にしばしば批判の目を向け、法制度と政治権力との親密な関係に疑問を呈した。さらには、犯罪につながる社会的・経済的要因を考慮に入れた。その結果、彼らの作品は人々に受け入れられるようになっただけでなく、その見解に共感する知識人の必読書に挙げられるようにすらなり、スウェーデン産のミステリに新たな読者層が生まれた。また、シューヴァルとヴァールーの作品が発表されたのは、スウェーデンの政治状況がラディカルな方向へと向かいつつある時期でもあった。一九六八年に西側世界のほとんどの場所で起きた若者たちの抵抗運動は、スウェーデンでも大きな影響力を持ち、ベトナム戦争反対が多くのラディカルな政治団体を統一するシンボルとなった。マルクス＝レーニン主義者や、毛沢東主義者、少数ながら重要な知識人も含んだトロツキストらだ。反ベトナム戦争の運動を掌握することによって、毛沢東主義者や、場合によってはトロツキストが、当時のスウェーデンの高校生や大学生に影響を及ぼした。こういったグループは、メンバーが他人に影響力を持つ仕事に就くことを積極的に勧めており、実際に多くの者が芸能人や役者、教師、ソーシャル・ワーカーといった職を得た。当然のことながら、作家やジャーナリストになった者も少なくない。長年のあいだ、ストックホルム・ジャーナリズム大学は一般に〝共産主義大学〟と呼ばれていたほどだ。また、シューヴァルとヴァールーにならって、自分の見解や問題意識をミステリで表現する者が数多く現われたのも驚くにはあたらない。実のところ、ここ数十年のあいだに活躍したスウェーデン・ミステリの人気作家の多くは、一九六〇年代終わりから七〇年代にかけてラディカルな政治団体に属していた。スティーグ・ラーソンはトロツキストだったし、ヘニング・マンケルやグンナル・オルランデルは毛沢東主義者だった。この三人は自らそれを公言しているのでここに記したが、なかには過去を隠す作家もいる。

念のために言っておけば、ここで私はそういう作家たちを非難しようとしているわけではない。スウェーデンのミステリが特定の方向へ発展していった、その背景を明確にしておきたかっただけだ。一九六〇年代と七〇年代に育った作家は当時十代あるいは二十代初めで、一定の信念にもとづいて社会を見ることや弁証法的に社会をとらえることを学んでおり、社会問題と個人的行動の両方を政治的・経済的要因との関係で理解していた。仮に、多くの第一線のスウェーデン人作家が、同じくらい強力なリベラリズムあるいは自由至上主義《リバタリアニズム》から影響を受けていたとしても、かなり似かよった社会批判が見られたにちがいない。しかしリベラリズムやリバタリアニズムは、合意を基本とするスウェーデンの政治論の中ではほとんど影響力を持たなかった。その一方で、保守的な政治的立場を取る作家がミステリを通じてスウェーデン社会を批判する例はたしかに見られた。

一九九〇年代なかばには、新世代の有力作家たちがすでに書き手としての地位を確立していた。マンケルや一九九三年にミステリを書きはじめたホーカン・ネッセル、一九九五年に処女ミステリを発表したオーケ・エドヴァルドソンらがその中心にいた。ネッセルとエドヴァルドソンはいずれも、社会的リアリズムの流れから一定の距離をとっていた。ネッセルは、マールダムという都市を舞台にして文学性の高い小説を書く作家であり、マールダムは、スウェーデンとドイツ、ポーランド、オランダを合成した架空の国にある都市だ。ネッセルの作品では、主な登場人物、とりわけ主人公の警察官ファン・フェーテレンの心理に重点が置かれる。エドヴァルドソンの小説のほとんどは、ヨーテボリ市警の警部エリック・ヴィンテルを主人公に据えてはいるが、エドヴァルドソンもまた、実存の問題、心理の問題を文学性の高い表現手段を用いて優先的に扱う作家と言える。ヘニング・マンケルとネッセル、エドヴァルドソンは、スウェーデンのミステリ小説を一定の文学的レベルまで高めた功労者だった。一九六〇年代には、すでにミステリが本格的な文芸作品として受け入れられる土壌はあったが、三人の作品によってさらにそこから一歩進み、ミステリが現代スウェーデン文学の重要な一部とも見なされるようになった。

けれども、大きく欠けていたのが女性作家だった。精神科医のオーサ・ニルソネを例外として、第一線で活躍するスウェーデン人ミステリ作家は、ほぼ全員が男性だった。一九九〇年代の終わりになって、ようやく状況が変わる。一九九七年と九八年にインゲル・フリマンソン、リサ・マークルンド、ヘレーン・トゥシュテン、アイノ・トロセルといった女性作家がデビューした。この女性作家たちはスウェーデン・ミステリのありかたにも、求められていた変化をもたらしたと言える。フリマンソンは一作目から心理スリラーに注力してきた。彼女の作品には、繰り返し登場する人物が何人かいる。マークルンドの作品は、新聞記者のアニカ・ベングツソンを主人公にしたものだ。トロセルの作品はプロレタリア文学色の強いリアリズム小説で、女性の〝アンチヒーロー〟が事件を解決する。この四人の中で警官を主人公にしているのは、看護師であり歯科医でもあるヘレーン・トゥシュテンだけで、ヨーテボリ市警のイレーン・フス刑事が活躍する作品を書いている。

そうはいっても、警察捜査小説はスウェーデンではいまなお健在だ。このジャンルで書きつづけている者の中で、比較的最近デビューしたもっとも重要な作家は、アルネ・ダール（本名ヤーン・アーナルド）だろう。国際的な暴力犯罪を専門とする架空の〝特捜班A〟が活躍する作品を一九九九年から十一作にわたって書きつづけ、二〇一一年以降は欧州刑事警察機構《ユーロポール》内の架空秘密部隊、〝オプコップ〟を中心に据えた小説を発表している。ほかに警察ものの優れた書き手として挙げられるのは、女性警官マリア・ヴェーンが主人公の作品を書いているアンナ・ヤンソンや、優秀だが傷つきやすく、飲酒癖のある女性警部補モーリン・フォシュのシリーズを書くモンス・カッレントフト、ストックホルム南部のハンマルビー署を舞台にした作品を二〇〇八年から書きつづけているカーリン・イェルハルドセン、フレドリカ・ベリマンとアレックス・レヒトを主人公とする小説を二〇〇九年から書きはじめたクリスティーナ・オルソンらだ。

ただ最近では、評価の高いスウェーデン・ミステリの多くは、警察捜査小説のカテゴリーにはあてはまらない。二〇〇三年に発表されたカミラ・レックベリの一作目は、作家エリカ・ファルクとその恋人で警察官のパトリック・ヘードストルムを主人公にしたもので、レックベリはその後、瞬《また》く間にスウェーデン屈指の人気作家となった。レックベリやそのあとに続く多くの作家は、主人公の私生活や人間関係に重点を置いた作品を書く。犯罪はプロットの中で中心的な位置を占めてはいるものの、かならずしも最重要の要素ではない。人間関係を描く小説と犯罪小説とをかけあわせたこの種の〝クロスオーバー〟作品は、スウェーデン・ミステリの中ですでにひとつの標準形となっている。ある意味でマリア・ラングが一九五〇年代に書いていた作品の構成を彷彿《ほうふつ》とさせるが、レックベリらの小説はさらにはっきりとリアリズムを前面に打ち出している。この流れの中で成功した作家には、ほかにマリ・ユングステッドとヴィヴェカ・ステンがいる。女性にとどまらず、ヨーナス・モーストレムのような男性作家もまた、この分野に魅力を感じている。

　弁護士を主人公にした小説を書く作家の中では、オーサ・ラーソンがもっとも有名だろう。レベッカ・マーティンソン・シリーズの一作目は二〇〇三年に出版され、同年の新人作品の中でいちばんの評価を得た。その後に発表した四作のうち二作がスウェーデン推理作家アカデミーの最優秀長篇賞を受賞している。ラーソンの小説では、スウェーデンの地方の伝統や、宗教的・心理的葛藤が重要な位置を占める。現在のスウェーデン・ミステリ作家の中では、もっとも成功し、独創的な書き手のひとりである。最近デビューした弁護士作家で、弁護士の世界を描き、作品の中でスウェーデンの司法制度のさまざまな側面を批判したり、疑問視したりしているのが、マーリン・パーション・ジオリートだ。先に紹介したレイフ・G・W・パーションの娘で、二〇一〇年に長篇ミステリ第一作を発表した。それ以外の優れたミステリ作家としては、二〇〇四年から共作を続けているアンデシュ・ルースルンドとベリエ・ヘルストレムの名を挙げるべきだろう。ルースルンドはジャーナリストで、以前はテレビ局の事件記者をしていた。ヘルストレムは元犯罪者で、のちに犯罪者の社会復帰を支援する活動を行なった。ふたりが書く小説は、ミステリを通じて社会問題を論じ批判するというスウェーデンの伝統と強く結びついており、従来どおり警察官の主人公も登場するが、文学的なスキルや扱うテーマの広範さ、志の高さなどから、同種のほかの作品から頭ひとつ抜けている。これまでに発表した六作はいずれも、プロット、形式、雰囲気、スタイルすべてにわたってバラエティーに富んだものである。

二〇〇五年にスティーグ・ラーソンの第一作がスウェーデンで出版され、二〇〇六年に二作目が発表されるころには、すでに大成功を収めていた。二〇〇〇年前後、スウェーデン・ミステリは成長期にあった。多くの新しい作家が参入し、それまで三十年にわたってもっぱら男性作家が男性主体の警察組織を描いてきた状態に風穴をあけ、作品に多様性が見られるようになった。スティーグ・ラーソンの作品以降、スウェーデン語で書かれるミステリの年間出版点数は劇的に増え、現在ではおよそ百二十点にまで及んでいる。これにはマイナス面もある。ミステリの出版点数全体はそれほど変わっていないため、スウェーデン語に翻訳される海外ミステリの数が減ったのだ。スウェーデンの読者が新しい作家や海外ミステリの動向を追うことができなくなり、また外国語に通じていないスウェーデン人ミステリ作家にとっても、最新の文学やテーマの進展から刺激を受けるのが難しくなっている。もっとも、スティーグ・ラーソンの作品それ自体がスウェーデン・ミステリに決定的な変化をもたらしたのは、いまやだれの目にも明らかである。

二〇世紀の初頭から、スウェーデン文学全体はある考えに支配されていた。まともな文学作品は現実主義であるべきで、心理的あるいは社会的な問題を扱い、登場人物や出来事は控えめに描写すべきだというものだ。この文学観は〝良質の〟エンターテインメント文学とはなにかと考えるときの基準としても広く浸透していて、これにあてはまらない作品はほぼ機械的に、リアルではないから劣っていると見なされた。おそらくそのためだろう、スウェーデンではSFは確固たる足場を築けなかった。〝いま〟〝ここで〟のことをはっきりと扱っていないがゆえに、多くが〝逃避〟小説だと見なされ、優れた芸術でも、価値ある文学でもないと当然のように考えられた。この考えがミステリにも持ちこまれた結果、ジャンル全体が想像の自由を欠く当たりさわりのないものになってしまった。社会的な問題意識と地に足のついたリアリズムがもてはやされる場では、ハンニバル・レクターのような悪役が登場する余地もなければ、ジャック・リーチャーのようなヒーローが現われる可能性もない。ミッキー・スピレインの作り出すプロットも生まれない。

おそらくスティーグ・ラーソンのような作家だからこそ、『ミレニアム』三部作のような、徹底して非スウェーデン的な作品を書けたのだろう。ラーソンは英米のSFやミステリを好んで読み、スウェーデン文学の既成の価値観をとくに意識しなかった。『ミレニアム』の主人公たちの設定、登場人物の行動、生々しいセックスや暴力、想像力豊かなストーリーテリングがもたらす楽しさは、いずれもスウェーデン的ではない。この作品が決定的な成功を収めて多くの読者を得たことによって、あとに続く作家はそれ以前のいくつかのタブーから突然解放された。そうしたタブーは、二〇世紀初めにモダニストが批判の矛先を向けたものとも重なっている。それまでの文学作品の直線的なストーリー展開や、英雄主義《ヒロイズム》、道徳主義、ロマン主義は、モダニストにとっては時代遅れであり、コスモポリタン的な都市の生活にはなじまないものだった。

ここ数年のあいだに、創造力に富んだ作家たちがこれまでとはまったく違う手法で作品を書くようになり、スウェーデンのミステリは急速に豊かになった。カーリン・アルフレッズソンとカタリーナ・ヴェンスタムはデビュー作をそれぞれ二〇〇六年と二〇〇七年に世に出したが、いずれも男性による女性支配や同性愛嫌悪といったテーマを扱っており、おそらく現在の小説家の中では、スティーグ・ラーソンの作品の根底にあるテーマにいちばん近い関心を持つ作家と言える。アルフレッズソンの初めの五作の小説では、主人公の医師エレン・エリが全体を結ぶ一本の糸となっており、五つの異なる国で女性がいかに恐ろしい状況に置かれているかが描かれる。ヴェンスタムもミステリの人気作家だが、作品の中では人身売買や警官による家庭内暴力、映画業界のセクシャルハラスメント、スポーツ界の同性愛嫌悪といったテーマを扱う。二〇〇六年から執筆活動を始めた弁護士のイェンス・ラピドゥスは、文体の面でも取り上げるテーマの面でも、ジェイムズ・エルロイから影響を受けた作家だ。ストックホルム郊外の犯罪組織による暴力や腐敗を描き、スウェーデン・ミステリに独自の切り口を加えた。二〇〇七年に初めての作品を発表したヨハン・テオリンは文学性の高い作品を書く作家で、ミステリのプロットを地域性とからみ合わせ、さらにファンタジーや神話、ホラーの要素も織りこんでいる。同年デビューのダグ・エールルンドは、アメリカのハードボイルドを継承して暴力的な犯罪スリラーを書いており、スウェーデン・ミステリ初の天才的連続殺人犯を作品に登場させた。

アレクサンドラ・アンドリルとアレクサンデル・アンドリルがチームを組み、ラーシュ・ケプレルのペンネームで書きはじめたのは二〇〇九年で、その作品はスピード感と想像力にあふれた、重苦しい雰囲気を漂わせるアクション小説で、超人的なヒーローと悪役が登場する。セキュリティの専門家、アンデシュ・デ・ラ・モッツは『監視ごっこ』（ハヤカワ文庫）で二〇一〇年にミステリ界にデビューしたが、複雑で迷路のように入り組んだプロットを作り上げる作家であり、主人公はマニアックで半分犯罪者のコンピュータおたくの怠《なま》け者で、典型的なスウェーデン人とはとても言えない。エリック・アクスル・スンドというペンネームを用いて二〇一〇年にデビューしたホーカン・アクスランデル・スンドクヴィストとイェルケル・エリクソンのコンビは、まだ三巻からなる大部の長篇を一作発表しただけだが、それは複雑ながらも読み手を作品世界に引きこみ夢中にさせる物語で、妄想や報復、精神分析、贖罪《しょくざい》といった要素が含まれており、現在のスウェーデン・ミステリの中核に位置する作品と言える。さらに最近では、クリストフェル・カールソンがノワールから影響を受けたかなり風変わりな作品を書いており、これまでに発表した三作には大きな才能の片鱗《へんりん》が見られる。シッラ・ボリリンドとロルフ・ボリリンド夫妻は二〇一二年に初めて小説を上梓した。暗いが独特の趣《おもむき》がある作品で、スティーグ・ラーソンの作品以来、もっとも独創的なカップルが主人公として登場する。夫妻はふたりの探偵を創造する一方で、ミステリの旧来の形式を活用しながらパロディ化することで形式の枠を乗り越えている。

新しい書き手が次々と現われ、かつてのテーマやスタイル、構成要素の束縛から突然解放されて、読者の強い支持を受けている現在のスウェーデン・ミステリは発展過程にあり、きわめて刺激的かつ混沌《こんとん》とした段階であるとも言える。

そうした中で、これまでに何度も繰り返されてきた論争がふたたび持ち上がっている。暴力や殺人、セックスを小説で描く際に、どこまで生々しく書くことが許されるのか。ミステリでは文学的実験はどこまで許容されるべきか。ミステリの領域で伝統的に受け継がれてきた、合理的な推理による事件解決にこだわることがどこまで必要とされるのか。超自然的な出来事やプロットをミステリに含めるのは許されるのだろうか。こういった問いがしばしば熱く興味深い議論を呼び起こしており、スウェーデン推理作家アカデミー賞の選考委員会の場もその例外ではない。

たしかに、さまざまな論争はある。また、これまであまり述べてはこなかったが、スウェーデン・ミステリの大部分は（ほかの国でも同じことだが）おおむね月並みで、すでに確立されたジャンルの枠内で書かれている。そうしたことをすべて考えあわせてもなお、スウェーデン・ミステリの未来は明るい。あっという間に全世界で人気を得たことを考えれば、今後も才能と創造力、独創性にあふれる作家をこのジャンルに惹《ひ》きつけ、さらに広範で豊かなものになっていくはずだ。

こんな楽観的な見解を述べたところで、読者のみなさんをお待たせするのはそろそろやめることにしよう。このあとのページでは、今日のスウェーデン・ミステリを築いてきた作家、またこれからのスウェーデン・ミステリを背負っていくにちがいない作家たちの作品にふれていただくことになる。作家たちとの、また彼らが語る物語との出会いを楽しんでほしい。

ヨン＝ヘンリ・ホルムベリ

二〇一三年七月、ヴィーケンにて

呼び出された男

スウェーデン・ミステリ傑作集

再　会
Återförening

トーヴェ・アルステルダール
Tove Alsterdal
颯田あきら訳

二〇〇九年に最初の小説を出版する以前、トーヴェ・アルステルダールは主にジャーナリスト兼劇作家として働いていた。作家によくあるように、彼女の経験も多岐にわたっている。生まれはマルメだが、のちにストックホルムに拠点を移している。また、スウェーデン北部のトルネダーレン（フィンランドとの国境に近く、おおむね北極圏に位置する地域）にもルーツを持つ。トルネダーレンは母親が育った土地であり、トーヴェ・アルステルダールも夏になると、そこを訪れている。同地を舞台にした『沈黙の中で埋葬され』（*I tystnaden begravd*）は、二〇一二年、スウェーデン推理作家アカデミーが選定・授与する最優秀長篇賞の候補になった。アルステルダールはストックホルムのスカンセン野外博物館で馬を歩かせる仕事をしたこともあれば、ベッコムベリヤ精神科病院の閉鎖病棟で助手として働いた経験もある。のちにはラジオやテレビのニュースリポーターとして活躍し、テレビドラマや映画の脚本、ゲームのシナリオ、舞台劇やオペラの台本の執筆も行なった。ミステリ作家リサ・マークルンドとは親しい友人で、マークルンドの最初のミステリを除く全作品の編集を手がけている。

トーヴェ・アルステルダールは心理描写に優れ、自分が知悉《ちしつ》し好んでいる設定をページ上にそのまま再現する。作品中には一見説明のつかない超常的な要素がくっきりと現われることが多いが、アルステルダールの最大の強みのひとつは、そうした要素をどう解釈するかを読者の選択に委《ゆだ》ねるところにある。十代のころの友人たちの再会を描いた本作もその一例である。

車を降りると、彼女はゆっくり湖に向かって歩く。湖が招いている。石畳の遊歩道は二本の樺《かば》の木のあいだで途切れ、その先は踏み分け道に変わっている。目がくらむような速度で時間が飛び去り、あのときに戻っていく。

あの黒い水。

あのときと同じ湖、同じ季節だ。夏至の少し前、暑さはまだ盛りではなく、若葉もみずみずしさを失っていない。湖の暗い水が誘いかけてくる。あれ以来、見続けてきた悪夢の中と同じように。いや、正確に言えば、ずっと見続けていたわけではない。何週間、ときには何年も穏やかに眠れることもあった。リセットが赤ん坊だったころのように。

「わあ、久しぶり！　マリーナ！　ピーア！」

「アッゲ！」

あとから着いた二台の車が、彼女の車と並んで駐《と》めてある。女たちの喚声《かんせい》に驚いて、湖に棲《す》む名高い野鳥が草地や葦《あし》の茂みから飛び立ち、森の奥に身を隠す。

彼女は無理やり笑顔をつくり、向きを変えて三人の友を出迎える。

「ヨッヨ？　ほんとにあなたなの？」マリーナが最後の数歩を駆けてきて、彼女を抱きしめる。彼女の顔をじっと見つめ、ほつれ毛をかきあげてくれる。「やだもう、昔のまんまじゃない。ちっとも変わってないわ」そう言って振り返る。あとのふたりは、車から食料が詰まったバスケットやバッグを下ろしている。

「あなたたち、これがだれかわかった？　ヨハンナよ！」

歓声と笑い声をあげ、女たちは代わる代わるヨハンナを腕の中に包みこむ。たがいに抱きあい、昔となにも変わっていないことを確かめあう。

また会えたなんて信じられない！　三十年ぶりよ！　あなた、どう見てもまだ二十五歳だわ！　あら、あなたたちだって！　だれかがなにかを言うたびに、笑い声が響きわたる。そうして、みんなでガールスカウト用の小さなコテージになだれこむ。やっぱり来ることにしてよかった、と彼女は思う。人に会いたくないという気持ちに負けてしまわなくて。今日ここに集った人たちとのあいだには、すっかり忘れていた温もりが通じあう。幼いころからの知り合いだけに、三十年という月日が一瞬のうちに消え去っていく。とりわけ、あのときはだれが二段ベッドの上段で寝たかをじゃれあいながら話している瞬間には。

友人たちを見守りながら、ヨハンナは考える。この再会の集いを思いついたのはだれなのだろう？　そう、きっとマリーナにちがいない。マリーナの両親はここのコテージを所有しているガールスカウト団体にちょっとしたコネを持っていた。マリーナ。髪はまだ、ほとんど真っ黒なままだ。もちろんいまは染めているのだろうが、ほんの少し白いものが混じっているせいで、かえって若々しく見える。昔はこんなに美人だとは思っていなかった。

「寝袋を持ってこなかったの、ヨッヨ？」アッゲが訊く。ヨハンナ以外の者はそれぞれの寝床に一泊用の荷物を放り上げている。

「ええ、泊まれるかどうかわからなかったから……」

全員の視線が集まるのを感じる。ヨッヨと呼ばれたのはほんとうに久しぶりだ。「明日は早起きしなきゃならないし……」

「なに言ってるのよ。まさか泊まらないつもり？　そのために来たんじゃないの？」アッゲの低く太い声には有無を言わせぬ響きがある。昔からそうだった。少なくとも三十キロは体重が増したいまでも、その言葉に逆らうのは難しい。「わたしの車に毛布があるわ。それで大丈夫よね」

ヨハンナはうなずき、にっこりする。ああ、どうして断わらなかったんだろう？　招待状を見た瞬間、即座に〝行きたくない〟と思ったのに。その気分はいまでも続いている。けれども、だれかがわたしを招待してくれた。わたしを覚えていてくれた。ピーアは早くもコーヒーメーカーのスイッチを入れていた。あのころとまったく同じように、口数は少ないのに、いつの間にかグループの中心におさまっている。この中ではいちばんの美人。笑うと、目元に魅力的な小皺《こじわ》が寄る。

「やれやれ」とアッゲが言う。「シャンパンでも抜こうよ」

コルク栓が天井にぶつかって跳ね返る。

火が燃えている。本物の焚き火《キャンプファイア》だ。女たちの顔が赤々と輝く。真夏の夕闇は青く透き通っている。みんな、寝袋を体に引き寄せる。今夜は飲みすぎだ、ペースも速すぎる、とヨハンナは自覚していた。

ひとりずつ順番に乾杯しよう、とマリーナが提案する。そこで四人は乾杯した。マリーナが人材派遣会社の重役に就任したことに。ピーアが新しい恋人にプロポーズされたことに（「三度目の正直ね！」）。マリーナが十キロマラソンを完走したことに。アッゲが職業訓練を受けて、とうとう庭師になる夢を実現させたことに。わたしたちの夢に幸あれ！　マリーナは結婚して十八年になるが、いまでも夫を愛している。乾杯《スコール》！　ピーアは度重なる妊娠を経て、見違えるほど胸が大きくなった。新しいおっぱいにスコール！　そして全員の子どもたちにも。どの子もみな、とても優秀だ。スコール！　スコール！　スコール！　とくにアッゲのいちばん上の子は水泳でジュニア・ナショナルチームのメンバーに選ばれた。

「それで、あんたはどうなの、ヨッヨ？　白状なさいよ！」

　ここに来たのは間違いだった、とヨハンナは悟る。彼女の人生は再会の集いで仲間に披露できるようなものではない。それでも、どうにか乾杯だけはする。高校を卒業し、就職した娘リセットに。それが終わると、〝花を摘《つ》んでくる〟と言ってそっと抜け出す。いまはキャビンの後ろにトイレができているが、ヨハンナは昔のようにトウヒの木陰にしゃがみこむ。

　ほとばしる尿が靴の片方に少しかかる。枝のあいだから、勢いが衰えて熾火《おきび》に変わっていく焚《た》き火と、それを囲む中年女たちのシルエットが見える。

　ほかになにに乾杯できただろう？　離婚してから、ずっと新しい相手を見つけられないことに？　リセットが家を出ていき、アパートがひっそりしたことに？インターネット・デートさえできずにいることに？インターネットの恋人探しは、町から家に向かう深夜バスの最後の乗客になったような気にさせられる。だれもがこのバスを逃すまいと必死になっている。何千という人々がそうしたサイトで愛を見つけているのは知っている。だから相手がいないのは、もちろんすべて自分のせいなのだ。深夜バスに乗り遅れ、寒い戸外に取り残されたみたいに。そのことに乾杯！　このところ、よく眠れない。いずれまた人員削減があり、だれが解雇されるのかまったくわからないからだ。時間はどんどん過ぎていき、衰えていく身体に幸あれ、スコール！

　ズボンを引き上げていると、なにかの音がした。枝がきしんでいる。湖のほうだ。ジッパーに片手をかけたまま、じっと息をひそめる。トウヒの木々のあいだに影が見えたような気がした。弱い光の中でなにかが動いている。

　声が聞こえる。突然、全身が氷のように冷たくなる。

「わたしにも、食べるものを残しておいてくれたでしょうね？」

トウヒの森が終わり、湖岸線が始まる場所にだれかが立っている。背が低く、細い身体。ゆったり垂れたブロンドの髪がもつれてからまりあっている。セータ一は緑色。

「どうしたのよ？」と言って、リリスが笑う。不自然なほど青ざめた顔。昔、ふたりが死とたわむれていたころもそうだった。「わたしが来るとは思わなかったの？」

これは夢だわ、とヨハンナは思う。きっと思った以上に飲みすぎているのよ。だって、あのときのセーターのはずがないもの！

「わたしと話したくないの？」人影が近づいてくる。頭をほんの少しかしげている。「わたしたちは友だちだと思ってたのに」

ヨハンナはあとずさる。「わたし、みんなのところに戻るわ」小枝が顔をひっかくのもかまわず、小走りで森を駆け抜ける。

焚《た》き火のそばに腰を下ろすまで、一度も振り返らなかった。座ってようやく森に目を凝らす。あまり長く見つめているので、ほかの三人もつられて森のほうを振り返る。

「いったい、なにごと？……」マリーナが立ち上がる。「まあ、リリス！ 来てたとは知らなかったわ……だれがリリスに連絡したの？ どうして教えてくれなかったのよ？」

最後の質問が自分に向けられていることにさえ、ヨハンナは気づかない。近づいてくる女性が見える。生き生きとした笑みを浮かべている。いまやアッゲもピーアも立っている。わたしも立たなければ、とヨハンナは思う。

リリスの身体に両腕をまわす。痩《や》せた身体はひんやり冷たい。軽く抱きしめ、すばやく離れる。湖から闇が広がり、いつしか夜のとばりが下りていた。

「ああ、会えてとてもうれしいわ」

「どこに行ってたのよ？　あなた、たしか最終学年が始まる前にいなくなったんじゃなかった？」

リリスに乾杯、という声が遠くからぼんやり聞こえる。まるでガラス瓶の中に閉じこめられているみたいだ。いま初めて、友人たちの真の姿が見える。まったく変わっていないと思ったけれど、ほんとうはそうではなかった。みんな歳をとっている。肌がはりを失い、顎《あご》の肉がたるんでいる。かつては完璧だったマリーナの顔にも歳月が皺《しわ》を刻んでいる。全員が髪を染めているのもはっきりわかる。リリスだけがいまなお若い。しみも皺もたるみもなく、あのころと同じ危険で不思議な美しさをたたえている。ほんの少し斜視の目も変わっていない。

「なんてこと、あんた、ぜんぜん歳をとってないじゃない！」とアッゲが叫ぶ。「そのことにスコール！」

みんなの口が動き、笑うのが見える。熾火《おきび》も消え、なにもかも冷えきっているのに、リリスの顔はとても白くて輝いているようだ。

どうしてみんな、変だと思わないの？

短いあいだではあったが、リリスはいちばんの親友だった。ただやみくもに手を伸ばしても、けっして手の届かない存在。目にとめてもらえれば、受け入れてもらえれば、最高に幸せだった。冒険好きのリリスはみんなの中心にいて、月も地球も男の子も彼女のまわりをまわっていた。一方のヨハンナは太陽系の端にある、つまらない惑星にすぎなかった。それでも、リリスに必要とされていることはなんとなくわかった。だれだってかまわない、リリスはとなりにだれかを必要としていた。だからヨハンナは張りあうことなく、黙ってあとについていった。初めての煙草《たばこ》。ビールとアスピリンによる初めてのハイな気分。小屋の中での遊び。リリスが中でいちゃついているあいだ、たいてい外で待っていたけれど、それでもよかった。あとになれば秘密を分かちあうことを許された。

身体の中で、叫び声がふくらんでいくのを感じる。はじけて、口から外へ飛び出したがっている。だが、叫ぶわけにはいかない。それは不可能だ。沈黙はあまりにも重すぎた。三十年も守りつづけた沈黙なのだから。

みんなに言いたかった。こんなこと、ありえないでしょう？ わからないの？

腕を思いきりつねる。痛い。悪夢ではない、現実の出来事だ。斜視気味のリリスの薄いブルーの目を見つめて、言ってやらなければならない。火が消えて灰しかなくなった焚き火越しに、無言で伝えなければ。

あなたは存在しない。もう死んでいるのよ。

そう思った瞬間、じっとしていられなくなる。青白い霧の中に吸いこまれ、身体の震えが止まらなくなったからだ。それ以上耐えられず、ヨハンナは立ち上がって湖に向かう。

〝アッパー・レイクには言い伝えがあるのよ。聞いたことある？〟

リリスの声がする。でも、あのときの声なのか、いまの声なのか？ ふたりはほかの者から離れ、水際を歩いていた。なにかにつけて張りあうマリーナとピーアに、リリスがうんざりしてしまったから。リリスもまた張りあっているとヨハンナは思うけれど、口に出しては言わない。みんな、十六歳だった。週末ずっとここのキャビンに泊まり、明日はパーティーを開く。マリーナが男の子を何人か招いていた。

〝ねえ、泳ごうよ。ほら、早く！ アッパー・レイクにまつわる伝説がほんとうかどうか確かめなくちゃ。この湖の沖のどこかに底なしの場所があるんだって。

そこには溺《おぼ》れ死んだ人たちが棲《す》んでるの。だから、うんと深く潜れば、その人たちのたなびく髪がからみつくことがあるって言われてる。水底にいるのは、自ら進んで命を投げ出した者、自殺者よ。そして、全員が女。絶望に打ちひしがれた不幸な女たち。男が死ぬときには銃を使うけど、女は水に身を投げる。ずっと昔からそういうことになっているの。その髪が足に触れるのよ。勇気を出して泳いでいきさえすれば〟

リリスは湖岸の背の高い草むらに服を脱ぎ捨て、湖に入っていく。ヨハンナも同じようにするしかない。リリスといっしょにやれば、どんなことにも意味が生まれ、危険であればあるほど、どちらもますます活気づく。リリスがそれを教えてくれた。ふたりはしょっちゅう死とたわむれた。気絶するまでスカーフで自分の首を絞める。いまではそれがやみつきになり、強迫観念になって、毎日やらずにはいられない。首に巻いたスカーフを強く引くとヨハンナはパニックに陥るが、それでもやはり引いてしまう。肺の空気がすっかりなくなり、こめかみがずきずきしはじめ、目が顔から飛び出すように感じるまで。あたり一面に小さな光の点がちらつき、外界の音が消え、すべてが真っ暗になる。スカーフを結ばなければ大丈夫、危険はないわ、とリリスは請けあった。気絶すれば、スカーフは自然にゆるむから。死んでしまう前に。

〝だれの人生にも決断の瞬間があるの。生者とともに歩むか、死者とともに歩むか。いまがそのときよ。心も体もしなやかなうちに。固まってからでは手遅れなの〟

リリスが泳ぎだし、どんどん離れていくのが見える。ふたりは湖の中央に近づいていく。冷たい水が裸の肌を愛撫する。もしかしたら、岸のどこかに男の子がいて、ふたりの姿を見ているかもしれない。そう思うと、ぞくぞくする。同時に、ほんの少し恥ずかしくなる。十メートルほど先にいるリリスは裸だから。リリスのストロークは力強い。あんなに細く、あんなに愛らしいのに。といっても、べつにおかしな意味ではない。つまり、ふたりのあいだに性的なものはまったくなかった。少なくともヨハンナはいつも自分にそう言い聞かせている。カウチの上でも、どこででも、リリスが身をすり寄せてくると怪しい気分になるときもあったけれど。たとえて言えば、子犬のようなもの。しかし、それがリリスなのだ。危険な世界との境界をためらいなく越えてしまう。

この空の下、この夜の中で、リリスとヨハンナはふたりきり、ほかのだれかのことなどこれっぽっちも気にしていない。

〝ちゃんと選ぶためには、死がどんなものなのか、ある程度は知っておかなくちゃ。さもないと、ただの犠牲者になってしまう〟

一瞬、なにが起きたのかよくわからなかった。突然、水面がなめらかになるのが見えただけだった。ふざけてるのね、とヨハンナは思う。そしてリリスのブロンドの頭が消えた場所まで泳ぎ、その周囲をぐるぐるまわる。いったいどこにいるの？　姿を捜そうと潜ってみるが、水中は暗く、先がまったく見通せない。まわりにあるのは水だけで、どちらを向いても同じに見える。方向感覚が失われ、上下の区別もつかなくなり、どうしていいかわからなくなる。その瞬間、それを感じる。足のそばでなにかが動き、脚のまわりを蛇のように這《は》っている。途方もない恐怖がどっと襲いかかる。急いで水面に浮かび上がらなければ。彼女は足をばたつかせ、下にあるものを蹴りつける。そこにはたしかになにかがある。さまざまな死者のイメージ、ぽっかり空いた眼窩《がんか》から、うなぎがにょろりと出てくるイメージが脳裏をよぎる。それはしつこく足にからみつき、なおもヨハンナを引っ張る。無茶くちゃに足を動かし、腕を振りまわす。上へ、上へ。肺の空気はもう残っていない。とにかくここを離れなければ。岸に着くまで息をしない。立ち上がるまで考えない。湖は黒く輝いている。全身に震えが走り、服を着るのにひどく手間どる。かたわらの草の上にはリリスの服が散らばっている。

時は過ぎただけなのか、あるいは止まっていたのか。ヨハンナはようやく立ち上がった。戻らなければ。

「泳いでたの？　リリスはどこ？」

その嘘がどこから出てきたのか、ヨハンナにはわからない。ありのままを話すつもりだったのに。リリスが泳ぎに出て、いなくなってしまった、と。しかし、それを言ってしまえば、あとは嘘をつき通さなければならない。彼女自身もそこにいて、湖に棲む死者におびえてパニックになったことなど、どうして話せるだろう。やわらかくて、同時に硬いものが足に当たったときの感触のことも。それに、自分の出した結論を認めることも。あれはリリスの顔だった。リリスはただ彼女を怖がらせようとしたのだ。死者と馬鹿げた髪の話もすべて計画の一部だった。公衆浴場でも、リリスはいつもだれよりも深く潜れるように練習していたのだから。

「わからない。急に帰っちゃったの。なにか気に障ることでもあったのかしら」

翌朝、ヨハンナは同じ場所に戻り、リリスの服を拾って埋めた。泣きながら地面を掘った。真実を打ち明けるにはもう遅すぎた。あの夏、すべてが変わった。秋になると、仲間は全員ばらばらの道を歩きはじめ、つながりは絶たれた。マリーナは町の高校に入り、ほかの者もそれぞれ違うコースを履修した。ヨハンナは学期をひとつ終えただけで退学し、その後、北部のオンゲルマンランドで国民高校を卒業した。リリスの父親は大酒飲みで、本格的な捜査は行なわれなかった。警察は一度だけやってきて質問をした。ヨハンナはリリスがいなくなったときに着ていた服について話した。海緑色《シーグリーン》のアンゴラのセーター（〈H&M〉で万引きしたもの）。リリスは家出したものと警察は考えた。たぶん、そう考える根拠がなにかあったのだろう。

その木は小さな森の端にぽつんと生えていた。きっとここだと当たりをつけ、ヨハンナは木の根元の湖に近いほうを掘りはじめる。三十年間、地中に埋まっていても、布地とアンゴラのウールがまだ残っている可能性がある。それとも、もう腐っているだろうか？スニーカーは？　掘ってみたが、なにも見つからない。場所を間違えたのか？　もしかしたら、湖岸の違う場所に木が新しく生えたのかもしれない。三十年で森がどれほど変わるものなのか想像もつかない。リリスは森の端に立ち、じっとこちらを見つめている。振り返る勇気はない。それでもその存在ははっきり感じとれる。首の冷たい感触がそれを教えてくれる。

〝わたしたちは取引をした。秘密と裏切りに関する取引を。忘れてしまったの、ヨハンナ？〟

爪に土が入り、腕は肘《ひじ》まですっかり汚れている。

水辺まで行って靴を脱ぎ、土を洗い落とそう、とヨハンナは自分に言い聞かせる。身をかがめると、ほんの一瞬、水面《みなも》に映った自分の姿が目に入る。大人になった自分の姿。十六歳でいるのをやめたことは一度もない。ケーキの層を重ねるように、ただ新たな年齢を付け加えただけだ。その瞬間、月が雲の陰に隠れ、彼女は消えてしまった。いや、消えてはいない。あそこにいる。遠く離れた湖の沖、あの深みのある場所に。ヨハンナは泳ぐ。服を着たまま、湖の中心をめざして。そうしなければならないから。目を閉じて、泳ぎつづける。懸命に全身の力を奮い起こそうとするが、濡れた服と腹の脂肪のせいで思うようにいかない。自分の重みがはっきり感じとれる。ようやく中心に着くと、立ち泳ぎをして、あたりを見まわす。ここだ。まちがいない。できるだけ深く潜り、目を凝らすがなにも見えない。ぎこちなく手探りし、なにかをつかむ。這《は》うように動くやわらかなもの。それがささやき、歌うのが聞こえた気がする。〝……決断の瞬間があるの……生者とともに歩むか、死者とともに歩むか……〟。いまやそれがヨハンナをすっかり取り囲み、糸のように細いもので彼女の身体を包みこむと、ささやく闇に引きずりこもうとする。光は射しこまず、恐怖で目覚めることもなく、ただ静かな歌が聞こえるだけの闇の中へ。死とはこういうものなのか？ 引かれるままに体が沈む。放して、と叫びたい。わたしは死にたくない。〝それが生《せい》なの？〟とささやく声がする。〝あなたは生きているつもりでいるけど、ほんとうにそれを生と呼べるの？〟。肺の空気はもう残っていない。まわりじゅうに光の斑点《はんてん》が見える。下に見えるのはリリスの顔？ それとも、ほかのだれか？

違う。見えるのは自分だ。ヨハンナは若がえっている。自分がいるべき場所にいるためなら、なんだってする気になっている。いやだ！ と叫びたい。わたしはもうそれを望んでいない。しかし、息が詰まり、水中には音が響かない。彼女は足をばたつかせ、脚にからむ髪をむんずとつかんで引きはがし、水面をめざしてのぼっていく。冷たく澄んだ空気が待っている。

命と力と現実感覚を肺いっぱいに吸いこむ。わたしはこんなところでなにをしているの？ 疲れ果てて息を切らしながら、どうにか岸へ向かって泳ぎはじめる。

片手に握りしめていたものから指を離して。

〝リセット〟と彼女は思う。〝娘にはわたしが必要だ。たとえ、あの子がそれを認めなくても〟

「頭がどうかしちゃったんじゃない？　服を着たまま泳ぐなんて」

ピーアは化粧を落としている。高価なクリームで顔をこすっている。アッゲは上段のベッドでいびきをかいている。ヨハンナは小さな小屋の中を見まわす。シーグリーンのセーターは見当たらない。

「わたし、リリスのことを考えていたの」と、用心深く言う。「あそこで彼女を見たような気がして」

「飲みすぎたせいね。リリスがここを出ていったあと、連絡をとった人間はいなかったはずだもの。それに、考えてみると、わたし、ぜんぜん理解できなかったのよね。なんであなたがあの子とつるんでいたのか。紅茶、飲む？」

ヨハンナはスカーフを見つけ、まだ滴《しずく》が垂れる髪を拭く。女たちはそれぞれ紅茶のマグカップを手に、腰を下ろす。ヨハンナはすでに濡れた服を脱ぎ、友人たちに乾いた服を借りていた。水草だわ。あそこにあるのは水草か、なにか別種の水生植物だけよ。ありがたいことに頭はもうしっかりしている。

「いまのはどういう意味？　なんでわたしがリリスとつるんでいたのかって」

「だって、あなたはイケてたし、頭もよかったもの」とピーアが言う。「ふりだの、演技だのする必要はぜんぜんなかった。わたし、いつもすごく感心してたのよ。それなのに、あんな子に利用されちゃって」

ヨハンナは友人を順番にひとりひとり見つめる。自分が急に目に見える存在になったかのように、自分の姿がくっきりと描き出されたように感じる。みんな、ほんとうにそんなふうに見ていたのだろうか？

アッゲの毛布を一枚取り、体に巻きつける。

「ほら、さっき、みんなで火のまわりに座っていたとき――」とヨハンナは話しだす。「わたしには話すことがなにもないなって思ったの……つまり、わたしの人生は……とくに問題はないけど、ただそれだけって感じがして」

「それだけじゃ足りないの？」

「スコール！」マリーナがカップを掲げる。

その瞬間、ヨハンナの目から熱い涙があふれだす。洟《はな》をすすりあげながら、それをぬぐいとる。しかし、いくらぬぐってもぬぐっても止まらない。自分の人生のどこがそんなに問題なのか、不意に思い出せなくなる。あれは全部、夜の幻想、ただの悪夢にすぎなかったのだろう。飲みすぎると気分が悪くなることはよくわかっている。

ピーアの片腕に包まれて、ヨハンナの泣き声はおさまっていく。外がしだいに明るくなるなか、マリーナが胸に抱える不安について話しはじめる。重役としては落第だということがいつかばれるような気がしてならないのだと。ピーアも語る。新しい恋人を愛しているのかどうか、心の底では確信が持てないと。やがて全員がそれぞれのベッドで眠りにつく。

翌朝、女たちはキャビンの外で別れの挨拶《あいさつ》をする。

「今回のこと、企画してくれてありがとう」ヨハンナはマリーナを抱きしめる。こうして朝の光を浴びていると、昨夜の幽霊はいかにも子どもじみている気がする。陽はすでに高い。

「なに言ってるの？　言いだしっぺはあなたじゃないの」

マリーナはほかのふたりと視線を交わす。

「みんな、ずいぶん迷ったんだけど、考えたのよ。たまの週末、夫や子どもから解放されることがあってもいいんじゃないかって」

まだ残っていた幾筋かの夜霧が湖上で溶けるように消えていく。マリーナが携帯電話を掲げてみせる。

「これを見れば、だれだってこのページをつくったのはあなただってわかるわ。あなた、どうかしちゃったの?」

ヨハンナはマリーナの手から携帯電話をひったくる。フェイスブックのページだ。〝アッパー・レイクに戻ろう〟ページのトップにグループの管理者はヨハンナだとはっきり書いてある。

口の中に湖水の味がする。揺らめく非現実の世界。頬がひりひり痛む。

この半年、フェイスブックにはログインさえしていないのに。どうして自分の名前がそこにあるのかさっぱりわからないが、その一方で、仲間はずれにされたくないとも思う。メールボックスにあのメッセージが届いたのは、半年以上だれからも連絡が来ていなかったときだった。

携帯電話を返すとき、手の感覚がなくなっていた。

「またやらなきゃね」アッゲが言う。「来年の同じ時期でいい?」

「そうね」

三人が去ったあとも、ヨハンナはしばらくその場に立ちつくす。手にからんだ髪のことが脳裏によみがえる。湖は淡い青色に変わっていた。空気はそよとも動かず、水面《みなも》に映る木々は周囲の森と同じくらい本物らしく見える。

「実はアッパー・レイクには、もうひとつ言い伝えがあるの」宙に向かって、ヨハンナはゆっくりと言う。「知ってる? きっとそれは、なにがあっても必死に生きていこうとする人たちの物語だと思うわ」

車に乗りこんだ瞬間、不意に首筋がひやりとする。一陣の風がさっと頬を撫《な》でていく。木の葉はまったく動いていない。

トーヴェ・アルステルダールは一九六〇年マルメ生まれのジャーナリストであり、劇作家である。長年、スウェーデン北部のウメオやルレオに住んでいたが、現在はストックホルムを拠点としている。劇場やラジオのための脚本を書き、その他にもオペラの台本、映画『まるで違う』（*Så olika*）の脚本（ヘレーナ・ベリストレムと共同執筆）などを手がけている。二〇〇九年に最初のミステリ、『海岸の女たち』（創元推理文庫）を、二〇一二年に二作目の『沈黙の中で埋葬され』（*I tystnaden begravd*）を刊行。雰囲気と精緻な性格描写の達人と言われ、スウェーデンの主要ミステリ作家のひとりに数えられている。

〔＊この作品は、二〇一三年にスウェーデンの家庭向け週刊誌《ヘンメッツ・ヴェッコティードニング（家庭の週刊誌）》に掲載された〕

自分の髪が好きな男
Sitt hår tyckte han om

シッラ＆ロルフ・ボリリンド
Cilla & Rolf Börjlind
渡邉勇夫訳

どれほどベストセラーを出そうとも、現存するスウェーデンのミステリ作家の中には、ロルフとシッラのボリリンド夫妻に肩を並べるほど多くの作品を読者や視聴者に提供してきた者はいない。ふたりは、ときに単独の作品もあるが、主に共作で十数年にわたってこの分野できわめて数多くの作品を生み出してきた。もっとも、ふたりが初のミステリ、『満潮』（創元推理文庫）を出版したのはごく最近で、二〇一二年のことである。ボリリンド夫妻はそれまでにスウェーデンではもっとも多作の脚本家として知られ、五十作近い映画の脚本を書いている。そのほぼすべてがミステリで、多くがテレビ放送用の映画としてつくられ、うち二十六作はマイ・シューヴァルとペール・ヴァールーが創出したキャラクターをもとにしたマルティン・ベックのシリーズ、ほかにヘニング・マンケルのクルト・ヴァランダーが登場する一作、アルネ・ダールの小説を脚色した五作などがある。また、ふたりはオリジナルのテレビ用の犯罪ドラマも書いており、二〇〇四年の『タンゴステップ』（ヘニング・マンケル原作、創元推理文庫）、同じく二〇〇四年の八回シリーズ『墓』（*Graven*）、二〇〇九年の六回シリーズ『殺人』（*Morden*）などは国内外で数百万の視聴者を獲得している。

脚本家として大成功を収める以前、ロルフ・ボリリンドはスウェーデンにおいて、おそらくもっとも愉快で、まちがいなくもっとも辛辣《しんらつ》な風刺作家として名を馳《は》せていた。そして最近になって、前述のとおりシッラと共作でミステリを手がけるようになった。ふたりの第一作は、ミステリという形式を楽しみながら、それを十二分に活用した熟練の技で高い評価を得て、二十を超す国で版権が売れている。第二作『第三の声』（*Den tredje rösten*）も二〇一三年に刊行された。

ふたりはこれまで短篇を発表したことは一度もなく、彼らの処女短篇を本書で紹介できることは大きな喜びだ。

まだ部屋をゆっくり歩きまわる時間があった。ごく単純で、規則的な〝面〟、それが男の家だった。とはいえ、男はそこを〝家〟と呼んだことはない。男にとって、それは空間ではなく、あくまで二次元の面だった。そこにカウチとテーブルをひとつずつ、窓台にダグラスDC-3、通称〝ダコタ〟のバルサ材製模型が置かれている。床にカーペットは敷かれておらず、キッチンの扉のそばの、やや低すぎる位置に細長い鏡が掛かっている。それを掛けたのは男ではなく、口の具合がどうなっているか見るためには身をかがめなければならなかった。そうやって見たところで、いつも鏡には死肉にしか映らないのだが。男は自分の顔に関心がなく、鏡の中の見ず知らずの人間と視線が合うと、なんでこいつの鼻は曲がっているのだろうかなどと思いあぐねてしまう。

それでも、自分の髪だけは気に入っていた。

髪は、自分のものとして受け入れられる唯一の部分だった。わずかにカールした茶色の髪は母親を思い出させる。両手のなかった女を。母親の髪も茶色でカールしていたが、男の記憶に残っている彼女の声は、最後に宣告を受けたときにあげた笑い声だけだった。だが、その記憶をたどっていると、いつの間にか時間が経っている。

〝面〟を歩きまわっているときと同様に。

男は夜行性で、体内時計は夜にセットされている。男が目覚めるのは、夜のとばりが下り、人の目を逃れ、姿を隠せる時間になってからだった。まわりを気にしなくてすみ、自分を周囲から切り離せて、自宅を出てどこへ行こうと行き先を知られずにすむ。

夜になると、男はよく出かけていき、帰りは違う道を通って戻ってくる。いつでも、目的はひとつだ。歩くことが時間を忘れさせ、疲労感を与えてくれる。そのおかげで、夜明けが来る前に眠りにつくことができる。

これは大切なことだ。

夜明けの光が届く前に眠りに落ち、ふたたび闇が訪れるまで眠りつづけなければならない。ときにはそれがうまくいかず、奇妙な叫び声をあげながら目覚めて、眠りに戻ることができずに光を見つめていることもある。

そういうときは、無性にそれがなつかしくなる。自分を闇の中へ引き戻してくれるもの、かつて奪われ、どうしても取り返さなければならないものが。なんらかの手段を使って。

男はまた部屋を歩きはじめた。壁から壁へ、そしてもとの位置へ。どれくらいそうしていたのか、男にはわからない。時計は持っていなかった。いつもなら、もうじゅうぶんだ、もう眠れるぞ、と身体が教えてくれるからだ。今夜はいやに時間がかかっている。男はベッドの端に腰を下ろし、身体に問いかける。もうじゅうぶん疲れていなければならない。こんな程度の疲労ではすまないはずだ。

そのことがどうも気になる。

窓に近寄って外を見た。なにも動いていない。ふだんと同じだった。ただ、黒焦げの手がふたつそろって窓台の上にのっているのを、視野の片隅でとらえている。出かけなければならないときには決まってこれが現われる。いや、いつもではない、と男は気づく。闇の中に身を潜めなければならないときだけだ。

そして、忘れるなよとでもいいたげに、そこに置かれている。

男は黒焦げの手を見つめながら、注意深く窓を開けた。外は静かだった。ときには真夜中に、クロウタドリがそれほど遠くないところで鳴いているのを聞くこともあった。見たことはなかったが、どんな姿をしているかは知っていた。くちばしが橙色《だいだい》で、真相を告げられたときの母の唇と似ている。

それに、母と同じ黒い目。

窓を閉め、鏡の上の棚に近寄る。小さな青と白の箱が、四日前に置いた場所にそのままあった。男は長いダークグレーのコートのポケットに箱を突っこんで部屋を出た。

そうしなければならない事情があった。

外は静かに雨が降っていた。

雨は好きだった。建物のあいだを移動するときはなにか変化があったほうがよい。土砂降《どしゃぶ》りは困るが、しとしと静かに降る雨ならいい。今夜の雨は完璧だ。めざす場所はわかっていたし、急ぐ必要もなかった。人通りのない道を選んで歩き、人に行き合うと道の反対側に移った。

一度も振り向かなかった。

めざす場所に着くと、男は立ち止まった。近くに緑色のゴミ用コンテナが置かれている。壊れた街灯のおかげでできた暗闇に身を潜めて、男はじっと静かにたたずむ。以前読んだことのある文章の一節が思い浮かぶ。どこで読んだのかは覚えていないが、ひとりの男が橋の上から、スイッチを切った懐中電灯を水面に向けている場面だった。スイッチを切った懐中電灯というのが気に入った。まるでポケットに闇を詰めこみ、明るすぎるときにそれを自由に取り出して広げられそうではないか。

ひょっとすると、男にもそんなことができたかもしれない。

スイッチを切って。

なんといっても、ポケットには箱が入っている。

なにか動くのが見えたのでゴミ用コンテナのほうを振り向くと、女がひとりコンテナに近づき、無地のビニール袋を放りこもうとしていた。生活に疲れたような女を見つめながら、男はゴミ袋の中身はなんなのだろうかと思った。黒のかつらとリップグロスのチューブだろうか？　男は女の姿が闇に消えても、まだじっと動かずにいた。ときおり、ひとり歩きの者のあとをつけることがあった。道路の反対側を歩きながらつけていき、玄関口かバーの中に消えるのを見届けてから引き返す。そんなときは、同伴者がいるような感じがした。

だが、今夜はひとりでいたかった。

男は振り向いた。

犬が何匹か、バスの停留所の近くでヒューーという口笛のような音を立てていた。

ときおり夜遅く、物影だけが同伴者であるときなど、男は犬たちがヒューヒューと鳴くのを想像することがあった。だれもその犬のことは知らないが、奇妙に歪《ゆが》んだ細長い身体が突然どこからか現われ、暗い路を横切って姿を消したかと思うと、だしぬけにすぐそばで息づかいが聞こえ、また消えてしまう。

犬たちがたがいにヒューヒューと鳴きあうのを聞いて、男にはそれがどういうことかわかった。

原因は男にあった。

三番目に生まれて溺《おぼ》れ死んだ子犬が関係していた。何年も前のことだが、男は子犬をバケツに突っこんで殺そうとしたことがあった。子犬は、男のブーツの下で死に物狂いでもがいた。生まれたばかりで、すぐにその命を奪われることになったのは、三番目だったことと、背骨の発育不全のために奇形で生まれたことが理由だった。ときおり男は、奇形で生まれることについて思いをめぐらせた。奇形の動物は、遅かれ早かれ死を免れない。男は、飼い主ならだれでもしたであろうことをしたにすぎない。問題を処理したのだ。ところが、ブーツに踏まれて子犬がもがき苦しむ感触が男の内に残ってしまった。男は簡単にすむと思っていた。だが、簡単にはすまなかった。

ブーツの下で子犬がもがき、身をよじらせているあいだに、男には考える時間ができた。それがよくなかった。知らぬ間に、自分のしていること、足の下で動いているもののことを考えていた。無意味な苦しみを取り除くためにとっさに決断した行動が、べつのものに変わってしまった。子犬は死を拒み、男をまったくべつの決断をしなければならない立場に追いやった。

男は子犬を殺さなければならなかった。

足を上げて解放し、殺せない、犬は死なないと言って、飼い主に返すこともできただろう。だが、男はそうしなかった。いま静かに降る雨の中で考えていたのは、そのことだった。自縄自縛の状態に陥り、犬を殺さざるをえなくなった。あるいは、自分にはできないと告白するか。

男は子犬を殺した。

それが、犬たちが鳴きあっている理由であり、今夜のような特別な夜には、物影とともに歩きながら、またしても自縄自縛に陥っていることに男は気づく。だから、殺さなければならない。

でなければ、告白するしかない。

男は、階段室の光が消えて、まったく物音がしなくなるのを待った。それからゴムの手袋をはめる。暗闇を一階上までのぼり、決めていた家の戸口のベルを鳴らす。しばらくして、老女がドアを開けた。

「はい」と老女は言った。「なにかご用?」

「エステルさんはおいでですか」

「私ですけど?」

「申し訳ない」

あとでキッチンの椅子に腰を下ろし、白い木綿の細い糸が老女の口から垂れているのを見つめながら、男は首をひねった。どうして「申し訳ない」などと言ってしまったのか。そんなつもりはなかったのに、戸口でとっさに口をついて出た。まるでその後に起きることを謝っているみたいに。

そのことが男を動揺させた。

玄関口で真っ先に取り出したのはダクトテープだった。テープで痩《や》せた老女の口をふさぐのは、いともたやすかった。キッチンに運ぼうとすると、老女がひどく華奢《きゃしゃ》なことに気づいた。まるで、以前作ったことのある案山子《かかし》のように、とてもひ弱で、針金のように細い。

こんど案山子を作るとすれば、エステルと名づけるかもしれない。

青い結束バンドを何本か使って、老女の両手両脚をキッチンの椅子に縛りつけた。ガスレンジの上にある食器棚にコップが入っていた。レンジの横の蛇口からコップに水を満たす。老女が自分の一挙手一投足を目で追っているのに気づいて、老女がなにを考えているかを当ててみようとした。こいつはだれだろうと思っているのか。おそらくそうだろう。あるいはこちらの正体より、なにをするつもりなのかが気になっているはずだ。男はキッチンの中央にあるテーブルにコップを置いて、青と白の箱を取り出した。ほんの一瞬ためらってから箱を開け、天井から下がっている古い笠つき電灯を見上げる。フィラメントの発する光はやわらかだった。男は電灯を見つめた。耐えられる光だ。人工の光なら、いつでもスイッチを切ることができる。

男は箱を開けて、タンポンをひとつ取り出した。外側の薄いポリ袋はポケットにしまう。だらしがないのは嫌いだった。左手で老女の口からテープをはがした。老女は口を大きく開けて悲鳴をあげたが、だれに助けを求めたのか男にはわからなかった。男はタンポンを気道まで押しこんで叫び声をかき消そうとした。やがて、老女は静かになった。男は老女の下顎《したあご》を片手で左右から押さえながら、コップの水を半分ほど注ぎこんで口を閉じた。

これでやるべきことはやった。

男はもうひとつ椅子を引っ張ってきて、老女のほぼ真向かいの位置に腰を下ろした。老女の喉の奥でタンポンが水を吸ってふくらんでいる最中だから、男にはやることがなく、待つしかない。自分の座っている塗装していない木製の椅子を見下ろす。男はこの椅子のような、簡素でいっさい装飾のない機能的な家具が好きだった。男の母親はキッチンのテーブルに五脚置いていたが、どれも塗装していない木製の椅子だった。しばらくのあいだ四人家族だったことはあるが、五人になったことは一度もない。それでも男は五番目の椅子を不思議に思ったことはなかった。

そのころは。

いまになって疑問が湧いた。あれはだれのためのものだったのだろう。男は目の前の縛られた女に目を向けた。女の膝《ひざ》は痙攣《けいれん》しており、もはや呼吸もままならず、両目がいくらか飛び出している。五番目の椅子は来客のためだったのだろうか。けれども、来客などあったためしがない。たぶんそれは、母親の抱えていた秘密のひとつで、思いがけないことが起きたときのための予備の椅子だったのだろう。男はかすかに微笑んだ。老女の頭はがっくりと胸に垂れ、痙攣は止まっていた。男は身を乗り出し、老女の口元から垂れている白い木綿の細い糸を見た。糸もまもなく動かなくなるはずだ。いまこの瞬間、老女の心をよぎっているものはなんなのだろう。この女はどこに行こうとしているのだろう。

われわれはそういうことをほとんど知らないでいる、と男は思った。

そろそろ自分もここを出よう。

男は、念入りに計算された〝面〟へ歩いて帰る途中だった。街路には人気《ひとけ》がなく、側溝の縁に沿って歩けば目を上げる必要もなかった。この時間、街のこのあたりではすべての動きが途絶える。二時間前なら、ホームレスが空き缶を詰めこんだ袋を肩にふらつく足取りで歩いていたり、酔っ払った十代の若者がタクシーやドラッグを求めてうろついたり、あぶれた娼婦が値引きして客を引こうとしたりしていたが、そういったものすべてが終息していた。男はそんな光景をこれまでいやというほど見てきた。

いまや街路から人気は絶えていた。

いまは、かもめが路上の嘔吐物《おうとぶつ》をつつき、遠くにサイレンが聞こえるだけだった。だれも男を見ていなかった。いや、遠くにはいたかもしれない。もしかすると、不眠症の老人が一ブロック離れた建物の贅《ぜい》を凝らした造りの窓辺に立って、男を見下ろしていたかもしれない。濃い緑色の室内着を着て、両切りの葉巻を手に、ウィーン少年合唱団の歌声を聴いているかもしれない。ある晩母に会いに来て、母の首に紫色のリボンを巻いた男がそうだったみたいに。母は相手が病んでいることを知らず、『もみの木』を聴きながら、その男が悦楽というヴェールで自分の目を覆《おお》ってしまうにまかせたのだ。

そのとき、母を訪ねてきた男は、幼かった自分に手を振った。

男は頭を上げて、高級そうな建物の玄関を見上げた。もしかしたら、その人物の姿がちらりと見えたかもしれない。

蛇口の水は氷のように冷たかった。男は外出から戻るとかならず手を洗い、流れ出る水に両手をあて、感覚がなくなってまるで消えてしまったようになり、嚙《か》んでも何も感じなくなるまでそうしていた。そうすることで気持ちが安らいだ。前日、男はベッドの上の壁に一枚の絵を掛けた。部屋の中にある絵はそれだけだった。絵にはひとりの少年が、奇妙な形をした金属製のじょうごをひざまずく女のスカートの下に差し入れている姿が描かれていた。ふたりとも中世の服装だった。背景には、一個のメロンを分けあっている使用人の身なりをしたふたりの男がいた。絵には彩色が施されている。男はその絵を見ながら眠りにつき、目を覚ますのが好きだった。唯一、その絵に欠けているのは音だった。背景のふたりの男はおしゃべりをしているようすなので、なにを話しているのか知りたいと思った。メロンのことだろうか、あるいは奇妙な形をしたじょうごのことだろうか。

いまも、ベッドに横たわって絵を眺めていた。暗闇に身を沈めて、まもなく眠れることはわかっている。やるべきことはただひとつ、いつも眠りに落ちるときと同じく、あの疑問を解こうとすることだけだった。

なぜ人は、助けを求めないのだろうかという疑問だ。男はよくそのことを考えた。考えていると、自分が公園の楓《かえで》の木陰に隠れ、黙りこくって無表情になにごともなかったように行きかう人々の顔を観察している感じがした。

どうにも不思議だった。

人はもっと注意深くなければいけない。かつて一度、通りがかりの少年に手を差しのべたことがある。少年に痛みを感じさせたかったからだ。少年は走って逃げていった。

それ以来、男はだれとも触れあおうとはしなくなった。

いま男は眠りに落ちる間際にいた。壁の絵から目をそらす。現実との境目ではなく、正しい方向にそっとすべりこんでいきたかった。そして、目覚めたときはまだここにいることを望んだ。

男は夢を見ている。

夢の中で、男はまるで現実の世界にいるかのように歩いている。丈の低い、暖色の花をつけたヘザーの群生を横切り、まばらに生えた樅《もみ》の林を抜け、砂丘に向かって歩く。海に出たかった。今日の海は静かなはずだと聞いてきた。男はまだ幼く、完全に凪《な》いでなめらかに輝く海を一度も見たことがなかった。だが、少年は海にたどり着くことができない。大きな黒っぽい色のバスが少年の目の前で停まり、道をふさいだ。バスの扉が開き、運転席の人影が手招きする。少年はバスに乗りたくなかったが、近くには助けてくれそうな人はいない。少年は手のひらを開く。少し前にてんとう虫を捕まえていた。手から飛んで逃げていくまで、赤と黒の翅《はね》に息を吹きかける。バスの中に連れていきたくなかったのだ。背後でドアが閉まると、少年は隠れられるように最後尾の座席まで走っていく。バスは地上を離れ、樅の林の上へと舞い上がる。外に目をやると、はるか下に小さな家が見える。家の裏手にあるハンモックに寝ている女が、少年に手を振る。少年は窓に片手を押しつける。バスが停まると外は暗くなっており、ネオンの緑色の光が点滅しながら窓から射しこんでくる。両側には明かりのない石造りの家並みが見える。街に連れてこられたらしい。運転席の人影が後部座席のほうを振り返り、マイクを取りだす。人影が歌いだすのが聞こえる。

少年はその歌を知っている。


目覚めたとき、男はさっきと同じ場所にいた。たっぷり時間をとってベッドに横たわり、自分がなにを感じているか確かめようとした。ときおり、まだ夢の中にいるのかどうか判断できないときがあった。べつの世界にいるような気がすることもある。だれかべつの人間になったように感じることも。

だが、いまは違う。

両手を上げて、ウェーブのかかった茶色の髪に押しつける。髪もまた、いつものままだ。

それを知って、男の気持ちは和らいだ。

ふた晩続けて、男は部屋を出なかった。窓を開けず、テーブルに置かれた錠剤に手も触れず、〝面〟の往復を繰り返さなくても眠りに落ちた。それがなにを意味するのか、男にはわからなかった。もう出かける必要がなくなったのだろうか。あんなことをする必要が。もしそうならありがたい。男は、自分のやっていることがこんなふうにだらだら続いているのが気に入らなかった。

もともとそんなつもりはなかった。

最初は女ひとりだけのつもりだった。手ごろな年齢ならだれでもよかった。

ひとりで終わり。

だが、それでは足りなかった。男の心づもりでは、ひとりでじゅうぶんで、ひとりやればそれを最後に闇に身を沈められるはずだったのに。

それほど単純ではなかった。

光がまた追いついてきたのだ。

いつ終わるのか、男にはわからなくなった。そのことが不安を生んだ。すでに自分の行為に食傷気味になっていた。最初のときは稲妻のような興奮が走ったものだ。それは、自分のしようとしていること、あるいはやり終えたことのためではなく、これで闇を手に入れられると思ったからだ。二度目は興奮も去り、ほんとうに求めていることの準備段階という感じがした。男が追い求めていたのは、女たちの口元から静かに垂れ下がっている白い木綿の糸を見たときに自分を包みこんでくるものであり、すべてに始末をつけることだった。

そして、闇に終わりが来ないことを願った。

だが、終わりは来た。

男は近づいて窓を開けた。外はまだ夜で、窓台には黒焦げの両手もなく、クロウタドリの鳴き声も聞こえない。

出かける理由はなにもなかった。

男は木製の模型のそばに座り、さまざまな場所で生きる他人のことを考えた。今後も絶対に会うことのない人々。ときおり男は、彼らに植物や動物になぞらえた名前をつけることがあった。部屋の壁に、円盤形の頭の王たちや、一メートルもある細い根のような長い鼻を持つ普通の人々を描いた。みんな、見てはならないものをのぞいているのがわかる。危険だった。砂場にものぞき見をする子どもたちがいる。小さくてふっくらしていながら、もう鼻だけは長かった。男はその手の人間を見分ける能力を身につけていた。

ロングコートを掛けてあるところまで行き、コートのポケットから細身の茶色い革手袋を引っ張り出した。手袋はどうやら女物らしい。エステルの家に向かう道で拾ったものだ。手袋を見つけるのは、夜に歩きまわっていると珍しくなかった。手袋が革製だと、拾って帰って鉄製の鍋で縮むまで長い時間煮込んだ。それをキッチンに張った物干し綱に掛けておく。いまではおよそ百ほどの縮んだ手袋が、小さい木の洗濯ばさみで留められてぶら下がっていた。男はそれを、並べて飾ってあるペナントと見なしていた。

男は手袋を空《から》の鍋に落とした。

たっぷり時間をかけて煮込むつもりだった。

ふと、アパートの入口の扉を見やった。このままの自分でいれば、いずれ扉がノックされるときが来るのはわかっていた。木製の扉でドアベルは付いていないから、訪れた人はノックをすることになる。男はノックの音と、その音を生み出す手を想像してみた。果たして、その手はだれのものだろう。よくて自分自身の手、最悪の場合は男の不幸を願う者の手になるはずだ。

例の長い鼻を持つ者が男の居場所をかぎつけたのだ。ノックがあっても、すぐに扉を開けるようなことはしない。まず、じょうごの絵を壁からはずして枕の下に隠す。それから、感覚がなくなるまで蛇口から両手に凍るような水をかけつづける。するど、またノックの音がする。

そのときは、扉越しに返事をして、両手がないから扉を開けられないと説明するかもしれない。そのあとどうなるかはよくわからない。相手は鍵を開けられる人間を連れてくるかもしれないし、扉をたたき壊すかもしれない。最悪の場合を覚悟する必要があるだろう。

男はコート掛けからロングコートを手に取った。もうすぐ夜が明けるが、男はまだ疲れていなかった。急がないと明るくなってしまう。時がたつのが早すぎるように感じた。部屋を何時間も歩きまわったのに疲れてはいなかった。疲れていいはずなのに。眠っていてもいいはずなのに。もっと気をつけるべきだった。

男は外出した。

グンヴォル・ラーソンは七十八歳で、独り暮らしだった。夫は四年前に脳出血で亡くなっていた。夫の不在をある程度寂しがるのは終生の伴侶だから当然だろうが、一方でほっとした思いもあった。死に別れるまでの数年の夫婦の暮らしは、自分の生きてきた道を深く悔やむ夫のせいで楽しいものではなかった。夫は、あれこれの原因が重なって人生が台無しになったと嘆きつづけた。たまにグンヴォルが注意深く言葉を選び、そうは言っても、たがいに愛しあっていっしょに人生を歩んできたのだからと言い聞かせると、夫は泣きだした。

それがいちばんつらかった。

だが夫が亡くなったいま、グンヴォルは年のわりには健康だった。唯一の問題は夜で、二時間も眠ると目を覚ますのが常で、そうなると二度と寝つけなかった。いろいろ試してはみた。聞いたことのない名前の薬を飲んだり、朗読テープで不思議な物語を聴いたりもした。孫のひとりがグンヴォルに瞑想《めいそう》を勧め、そのときに唱えるマントラを作らせた。マントラは特別な言葉で、ひたすら唱えつづけると安らいで、もう一度眠りにつくことができるという。グンヴォルは〝オーシャン〟という言葉を選んだ。最初の幾晩かは〝オーシャン〟を十分か二十分間つぶやいてみたが、結局、お茶を淹《い》れて時間をつぶすことになった。

今夜も同じだった。

二時を過ぎてまもなく目を覚まし、ベッドを出て水色のくたびれたガウンを身にまとった。お茶を淹れようと水を火にかけてから、キッチンのテーブルの前に座った。グンヴォルはかなりの数のアルバムを持っていたので、ここ幾晩かは古いアルバムを何冊か持ち出してきて、順番に一枚一枚写真を見ながら過ごした。子どもたちや孫たちの写真、海外旅行をしたときの写真、避暑地の別荘やペットやもう名前も忘れてしまった人たちの写真。いまは最後の一冊で、去年から現在までの写真を収めたものを膝の上に置いていた。グンヴォルにマントラを作らせた孫とはべつの孫が、デジタル画像を何枚もプリントアウトしてアルバムにしてくれたものだ。曾孫のひとりの写真まで見てきたとき、ドアベルが鳴った。

「今夜、きみは踊る」

心地よい歌の一節が男の意識の表層に流れこんできた。「今夜、きみは踊る」男が幼いころ、輝く真夏の白夜に縛られて温室に閉じこめられたときに、土地の者が歌っていた歌だ。いくつかのパートに分かれ、たがいに他の者の声を探りながら、不安定な音程で歌っているのが聞こえた。みんな意気軒昂《けんこう》で、その多くが子どもだった。あとでみんながやってきて、男の前で涙を流して悔やんだものだった。彼らに縛《いまし》めを解いてもらったときは、夜が明けかかっていた。母親は腐りかけた牛乳を外の階段に出していた。自分のためにそうしたのか、ハリネズミにでもやろうとしたのか、男にはわからなかった。

目の前で扉が開くまでに、そんなことを思い出す時間があった。年老いた女が扉のすき間から男を見つめていた。

「なんです？」

「グンヴォルさん？」

「そうだけど。なにも買う気はありませんよ」

「私もですよ」

男はキッチンのテーブルに置かれたアルバムに目をやった。開いたままだった。両手を伸ばしてアルバムを手に取る。開いている二ページは子どもの写真でいっぱいだった。写真から写真へと視線を移していくと、ページの下隅にある幼い少年の写真に目がとまる。男は何分か、少年の茶色いカールした髪や、きつく結んだ口元を眺めた。やがて、縛られて男の向かいに座っている老女にアルバムを突き出して、幼い少年を指し示した。

「あんたの孫か？」

老女の顔は青黒くなり、両目をむいて、頭を激しく痙攣させていた。「ええ」という返事があったかどうか、男には定かでなかった。アルバムの向きを自分のほうに戻して次のページを開けた。そこも子どもの写真であふれていた。大人に抱きついている子どもや、たくさんの花を抱えている子ども。みんな、楽しげで幸せそうだった。だれひとり縛られているものはいなかった。男は苦々しげに口を引き結んだ。遠からず子どもたちが高い鼻になることはわかっていたからだ。男は前のページに戻って、下隅にある幼い少年の写真をあらためて見直した。少年の両目がこちらを探るように見て、訴えかけているように感じられた。まぶたの裏で、なにか濡れたものがあふれるのを感じた。

男は唐突にアルバムを閉じ、目の前にいる老女を見つめた。時間がかかりすぎる気がした。もどかしかった。ここに見つけにきたものが欲しかった。老女が死ぬ前にあやうく腰を浮かしかけたが、こらえて座ったままでいた。ようやく、老女の身体から力が抜けていった。男は老女を見つめながら、自分自身が反応するのを待った。

闇を求めていた。

だが、闇は訪れなかった。

男の内部に変化は起きなかった。

男は老女の口元の白い木綿糸を軽くつついた。糸はだらりと下がったまま動かなかった。すべてがあるべき状態であるのに、どこか違っていた。

男は数分間、腰を上げなかった。絶望に打ちのめされそうだった。

心に感情が芽生えていた。

突然立ち上がると、アルバムを床に投げつけた。心臓の鼓動が異常に速かった。

椅子を脇に蹴りとばして、キッチンの外へ飛び出した。

階段室で、喉になにかが詰まって息苦しくなるのを感じた。

男は人に見られないよう注意することもせず、その家をあとにした。そんなことはもうどうでもよかった。重いコートを脱ぎ捨てて走りだした。あたりはまだ暗く、男はいちばん近い道を選んだ。夜の散歩者数人と行きあい、車が二台急ハンドルを切って自分をよけたのはわかっていた。それでもまっすぐ走りつづけた。男にはこれからなにが起こるかわかっていた。その場にはだれもいてほしくなかった。なんとしてもあの穴倉に戻らなければならない。

男は長く尾を引く叫び声をあげながら、自分の住む建物の玄関口にたどり着いた。

いまは鼓動も鎮まり、叫び声も消え、身体の動きもゆるやかになった。男は、部屋の壁にもたれて立っていた。これが苦痛の嵐の前の静けさであるのはわかっていた。本格的に事が始まる前にしばらくすべてが静まり返るのを、以前も経験したことがある。

まるで苦しむ者に同情するかのように。

男は目に焼きつけておこうと、部屋を見まわした。長椅子、テーブル、木製の模型と見ていき、壁に取り付けた木の扉に目が留まった。衣裳戸棚の扉だ。中に自分のものではない服が何着も入っているのはわかっていた。だれのものか覚えていないが、それはどうでもよかった。

とりわけ、いまこのときは。

じょうごとメロンが描かれた絵を壁から取りはずすことから始めた。絵はていねいに折りたたんで枕の下にすべりこませた。

もし戻ってきたら、どこを探せばいいかわかるように。

窓に近寄って開けた。窓台は空《から》っぽだった。窓台の表面に手をすべらせる。自分には一度も触れなかった黒焦げの手をなつかしむように。

不意に、クロウタドリの鳴く声が暗闇のはるか彼方から聞こえた。目を凝らしたが、鳥の姿は見えなかった。唇をすぼめて口笛を吹こうとしたが、思いとどまった。過ぎた時間をかき乱したくなかったからだ。長いこと、男は窓辺にたたずんでいた。

窓を閉めると、両頰を小さなものが転がるように落ちていくのを感じた。鏡に近づき、身をかがめて顔を映した。

おれはこんな顔をしているのか。

男は鏡に映る顔をしげしげと眺めた。そういえば、こんな顔だった。特徴のある目鼻立ち、独特の頬骨と高く吊り上がった眉、これまで見ようとしなかった口の形。鏡に顔を寄せて、唇を鏡面の唇に触れた。それから両頬を流れ落ちるものをぬぐうと、いよいよそのときが来たと感じた。

男はベッドに身を横たえた。

ついに時間切れだ。いまさら抗《あらが》っても意味はない。最初は何度か抗って、いまの自分に踏みとどまろうと努めたこともあった。

一度もうまくいかなかった。悲鳴をあげ、感覚を失わないように自分の身体を傷つけた。すべて無駄だった。間違った方向に進んでしまったら、もう戻ることはできない。

近ごろは流れに身をまかせることにしていた。

ベッドに身を横たえ、毛布をしっかり握りしめると、全身が痙攣《けいれん》しはじめた。男にはこのあとどうなるかわかっていた。数秒、ときには十秒から十五秒経つと、男は境界域のど真ん中、〝ゾーン〟の中にいて、自分でも想像できない〝なにか〟に変わっていくのだ。

あるいは、〝だれか〟に。

数秒間、耐えがたい苦痛が続く。

最初にそれが起きたときは心の準備ができていなかった。〝ゾーン〟の中にすべりこんで、これからどうなるのか戸惑っていると、首切り人が現われた。それは顔のない影で、手に長い道具を持っていた。男が影に目を奪われ、身動きひとつできないうちに、赤く熱した大鎌が男の頭蓋骨《ずがいこつ》を断ち割り、さらに身体を股間まで切り裂いた。

そこですべてが終わった。

男はふたたびそこへ、〝ゾーン〟の中へ行こうとしている。すべりこむ間際に、その音が聞こえた。

それまでも何回か聞こえていたのかもしれない。

部屋の扉をノックする音だ。

予想していたことだった。

男は動こうとする身体を抑えた。

扉を開けにいくか、それともこのまま〝ゾーン〟の中にすべりこむか。すべりこんでしまえば、連中は絶対にいまの自分を見つけることはない。代わりになにを見つけるかは、男にはわからなかった。枕の上のクロウタドリの死体かもしれない。あるいは、毛布の下の黒焦げのふたつの手かもしれない。起き上がらなければならない。

凍るように冷たい水で両手を洗ってから、扉へ行かなければ。

だが、男はなすべきことをしなかった。

ふたたびノックの音がしたとき、男は目を閉じて、舌を口の奥に巻き入れ、流れに身をまかせてすべりこんだ。

〝ゾーン〟の中へ。

一九四三年生まれのロルフ・ボリリンドと、その妻で一九六一年生まれのシッラ・ボリリンドは映画の脚本や小説を共作している。単独では、ロルフ・ボリリンドはスウェーデン随一の優れた風刺作家で、スウェーデンで最大部数を誇る日刊タブロイド紙《アフトンブラーデット》に偽のインタビュー記事を載せて自国の首相から告訴され、法廷で勝訴したことで名を馳せた。ほかにも同紙に、テニス・プレイヤーのビョルン・ボルグの偽のインタビュー記事なども書いている。ロルフ・ボリリンドはまた詩人、俳優、映画監督としても活躍し、スウェーデンの劇作家や映画脚本家の全国規模の組織、スウェーデン脚本家協会の会長でもある。さらに彼とその妻は、スウェーデンでもっとも経験豊かな脚本家であり、五十本近い映画の脚本を執筆し、その中にはマイ・シューヴァルとペール・ヴァールーの小説に触発されたマルティン・ベック・シリーズ二十六作と、ヘニング・マンケルやアルネ・ダールの小説を脚色した数作、テレビ用に書いた数本のオリジナル犯罪ドラマ・シリーズがある。ふたりの最初の共著『満潮』(創元推理文庫)は二〇一二年に刊行され、その年でいちばん注目を集めたデビュー作品のひとつとなった。二〇一三年に刊行された第二作『第三の声』(*Den tredje rösten*)は、スウェーデン・ミステリの伝統的手法を十二分に活用し、パロディ化したものである。

ボリリンド夫妻はストックホルムの東側にあるナッカ自治体の一部で、二十世紀初頭に建設された戸建て住宅地であるストーレンゲンに住んでいる。

〔＊この作品は書き下ろし〕

現実にはない
Aldrig i verkligheten

オーケ・エドヴァルドソン
Åke Edwardson
ヘレンハルメ美穂訳

オーケ・エドヴァルドソンの作品の大半は、ヨーテボリのエリック・ヴィンテル警部を主人公とした、とても人気があり批評家にも高く評価されているシリーズ小説だ。エリック・ヴィンテル警部は、スウェーデンのほかの警察小説の主人公とは異なる刑事として、かなり意識的にキャラクターがつくりあげられている。オーケ・エドヴァルドソンがヴィンテル警部シリーズの一作目を書いていた当時、スウェーデンのフィクション作品に登場する典型的な刑事といえば、マイ・シューヴァル&ペール・ヴァールーのマルティン・ベックと、ヘニング・マンケルのクルト・ヴァランダーの組み合わせだった。中年で、身なりに気を遣わず、やや肥満ぎみで、悲観的で、家族がいても家庭生活は問題だらけ、当人は不眠に悩まされ、人生も社会もお先真っ暗だと思いこんでいる。ところがエリック・ヴィンテルは、少なくとも初期の作品では、若く活気にあふれ、洗練されていて、人づきあいにも恋愛にも積極的、とにかく楽観的なのだ。

エドヴァルドソンにはヴィンテル警部シリーズ以外の著作もある。ヤングアダルト作品のほか、スタンドアローンの犯罪小説、心理スリラー、過疎化したスウェーデンのわびしい片田舎を舞台とした人物研究的な小説、そしてもちろん、短篇もある。

オーケ・エドヴァルドソンはデビュー以来、その完成された文体のみならず、人間心理の深い理解、作劇のセンスの鋭さの面でも高く評価されてきた。ここに掲載する短篇もまた、読者に少しずつ、じわじわと状況を明かしていく、エドヴァルドソンの力強くも抑えの効いたストーリーテリングの技を示す好例となっている。

女は天気予報に耳を傾け、男は運転に集中していた。日差しの痕跡を追いかけて走っている。かすかにきらめく光ひとつ、影ひとつでもじゅうぶんだ。どんな角度でも曲がる準備はできている。Uターンがすっかり得意技と化していた。

女はナヴィゲーター役だ。実のところ、なかなか悪くない。文明社会からどんどん離れていくのに、女は曲がり角ひとつ見落としていない。

「まるでこのへんで育ったみたいだな」と男は言った。

女は答えず、膝《ひざ》に載せた地図に目を凝らしつづけている。

「あと一キロぐらいで三叉路がある」と言い、顔を上げた。

「ふむ」

「そこを左に曲がって」

「そしたら晴れてるところに行けるのか？」

「県西部のほうがいい天気になるって」と女は言った。「いまラジオのローカル放送でそう言ってたじゃない」

「太陽が見つかる確率が高いってわけか」

遠く北西のほうで、鉛のような灰色の空に亀裂が入っているのが見えた。だれかが雲に串を突き刺したかのようだ。刺したのは神だろうか、と男は考えた。ついに神さまとやらが、おれたちの役に立ってくれるのだろうか。

「ほら、あそこに三叉路が」と女が言った。

村に入ると、空は信じられないほど青かった。

「ほう、太陽が出るとこんなふうになるのか」男はそう言うと、手を伸ばしてサングラスをつかんだ。「やっぱりいるのかもな、神さまってやつは」

「神さまが私たちのこと考えてると思う？」女が言う。

「おれたちのこと信じてるかもしれないぞ」

「それは冒瀆《ぼうとく》すれすれの発言ね」

「あちらさんは気にしないと思うぜ。男手ひとつで高気圧を育ててるので手一杯だろ」

「どうして男だってわかるのよ？」女は小声で言ったが、男にはしっかり聞こえていた。

「それに、ここの人たちとは神さまの話をあまりしないで」女が続けた。「信心深い人が多いのよ、このあたりは」

「なら、逆に話したほうがいいんじゃないか？」男が言う。

「話し方にもいろいろある」

「なんだ、おまえ、急に専門家にでもなったのか？　このあたりの連中と、神について」

女は答えなかった。

「まあとにかく、ここにしよう」と男は言った。「こんなに長いこと、太陽を探して走りまわったんだ。せっかく見つけた場所から離れることもないだろ」

男は村の中に現われた新たな三叉路を右に曲がった。丘の上に小さな教会がある。千年前からある白漆喰《しっくい》の教会。このあたりはキリスト教でも新興の独立系教派の信者が多いが、それでも昔ながらの国教会はきちんと手入れされているようだ。宗教そのものとは関係のないことなのかもしれない。

野球帽をかぶった男が芝刈り機に乗って、丘を下りながら芝を刈っていた。エンジンの音は穏やかで、まるでマルハナバチの羽音のようだ。芝生は青々と茂ってみずみずしく、日差しに焼かれて枯れた形跡はない。天気が悪くて何週間も刈れなかったのかもしれないな、と男は思った。あと二、三日もしたら、大鎌で刈る長さになっていたことだろう。大鎌といえば死神だ、電話して来てもらうんだな、と男は考え、ニヤリと笑った。

　車がそばを通ると、野球帽の男は顔を上げたが、挨《あい》拶《さつ》はせず、すぐに地面を見下ろした。

「近くにちょっとした湖水浴場があるかも」と女が言う。

「野営地はそこだな」と男は言った。

　湖畔にはだれもいなかった。湖というより、池というべきか。村の住人が、ここを流れている川の水をせきとめて造った、小さな湖だ。そのダムが向こう岸に見える。距離はせいぜい百メートル。

　湖水浴場にはテーブルが一台に、ベンチが二台、更衣室代わりの小屋がふたつあった。男性用と女性用だ。

「こんなの、ガキのころ以来だな」と男は言い、赤い小屋の片方を目で示してうなずいてみせた。立っているのは芝生の真ん中だ。湖面が日差しに輝いている。急に暑くなった。まるで異国に来てしまったようだ。

　ここはおれの場所だ、と男は思った。このままだれも来なけりゃいいんだが。

　湖水浴場のとなりにキャンプ場があった。いや、そう呼んでいいものかどうか。少なくとも、水道が引かれていて、木製の小さな洗い場に蛇口がふたつある。同じ木材で造られたトイレがあり、車やテント用のスペースもある。これ以上、なにを望むことがあろう？

　荷物を見下ろしていた女が顔を上げた。

「買い物に行かなくちゃ。クーラーボックスに残ってるミネラルウォーターが少しだけだから」

「わかってる、わかってるって」と男は答えた。「その前にテントを張ろう」


　いちばん近くの町までは、せいぜい二十キロほどだった。そこを町と呼べるのであれば、だが。鉄道駅は閉鎖され、もう営業していない店のがらんとしたショーウィンドウが見え、真昼の日差しに照らされたメインストリートには人っ子ひとりいない。ショーウィンドウになにも見せるものがないのなら、それはもうショーウィンドウとは呼べないんじゃないか、と男は思った。

だが、スーパーと酒屋はあった。

いまは休暇中だ、ほかに要るものなどなにがある？

「おれが酒屋に行く。おまえはスーパーに行け」と男は言った。

「いっしょに買い物しない？」女が言った。「時間はたっぷりあるんだし」

男は答えなかった。

「そういうことをするのが、夏休みってものでしょう」と女が続ける。「のんびり時間を使うの」

「わかったよ」と男は言った。

スーパーの中は涼しく、肌寒いと言ってもいいほどだった。ざっと見たかぎり、奥のレジに若い娘がひとりいるのを除けば、ほかにはだれもいないようだ。客がひとりもいない。町を車で走っているときも、通行人はいっさい見かけなかった。太陽が来る前にみんな逃げてしまったのだろうか。このあたりはちょうど、この国の東海岸からも西海岸からもほぼ同じ距離だ。きっとみんな耐えられなくなって、日差しを求めて西か東へ向かったのだろう。男はその逆を行き、報われた。空高く昇ったあの太陽は、しばらくここを去らないだろう。内陸に高気圧がいったん定着したら、もうなにがあっても動かせない。

「この骨つきのお肉、おいしそう」と女が言った。

男はいつまでも終わらない夕暮れを堪能した。ようやく顔を出せた太陽が、梢《こずえ》の向こうに沈むのをかたくなに拒んでいる。肉に下味をつけているあいだにウイスキーを軽く一杯やり、バーベキューグリルを組み立てているあいだにもう一杯やった。人生は最高だ。どうだ、いまのおれを見てみろ——気温は二十七度、暖かな夕べで、身につけているのは短パンだけ。森のほうからいい香りが漂ってきて、湖からもべつの香りが漂い、ウイスキーの香りもかぐわしく、もう少しでバーベキューからもいい香りが漂う！

男はバーベキューの火をつけ、またウイスキーをすすった。

「ほんとに飲まないのか？」と尋ね、グラスを掲げてみせる。日差しがひとすじ酒に当たり、琥珀《こはく》色の中身がきらりと光った。すばらしい色だ。

「うん、ワインでじゅうぶん」と女は言い、折り畳み式テーブルの陰に置いてある、栓を抜いたワインボトルを目で示してみせた。女はテーブルの上でサラダを混ぜている。


男はボトル二本をすぐに開けようとしたが、一本ずつでいいと女が言ったのだ。安いボックスワインは買わない、という点ではふたりの意見が一致した。夏休み中で、こんな人目につかない場所だが、それでも、だ。ボックスワインには品がない、と男は昔から思っている。いつどんなときであろうと品格をなくしてはいけない。紙箱に入ったワインを飲むやつらは、どうせなら紙コップで飲んだらいい。食事も紙皿に載せて、プラスチックのフォークとナイフで食べたらいいんだ。で、そのまままとめてくたばっちまえ。男はそう考えると、笑みを浮かべ、グラスの中身を飲み干した。いいウイスキーだ。そうだ、みんなくたばっちまえばいい。これはおれの夏休み、おれの太陽、おれの湖、おれのキャンプ場だ。このクソみたいな国にも、それなりにいいところはある。どこにテントを張ったって、土くさい田舎《いなか》のイモ野郎に銃をぶっ放されることはない。

こうなったら分かれ道まで出向いて、湖水浴場への案内板をはずしてやろうか、と男は考えた。ここはおれたちだけの場所だ。ボックスレンチも持ってきてることだし。にわかに最高のアイデアに思えてきたが、こんなことを考えるのはウイスキーのせいだという自覚もあった。イモ野郎が干し草でも運びながら通りかかって、なにやってるんだ、などと聞いてきたら、厄介なことになる。無駄に時間をとられてしまう。

男はバーベキューグリルに手をかざして温度を確かめた。

「肉、焼くぞ」と男は言った。

男はそのあと、ほかの季節なら暗闇と言っていいのかもしれないが、いまはそうとは呼べないものの中で、じっと座っていた。太陽は樅《もみ》の木の並ぶ地平線の向こうに沈み、すぐにまた昇りはじめる。湖面は静かだ。向こう岸の輪郭《りんかく》が見える。まるでジャングルのようだ。百メートル先にあるジャングル。

不意に、光が見えた。

「いまの、なんだ?」

女のほうを向き、湖の向こうを指さした。もう寝ると言っていたのに、女はまだここに座っている。いかにもこの女らしい。言うこととやることが違う。男は寝る前のひとときを、ここで、ひとりきりで過ごしたいと思っていた。静けさを、平穏を味わいたかった。それなのに、いま、女に見つめられている気がする。まちがいない。女は自分を見つめている。ここ最近、そう感じることが増えている。まるで観察されているようだ。

だが女はいま、湖の向こうを見つめている。ただ単に、男がそうしているから自分もそうする、といったふうに。

また光が見えた。懐中電灯のようにも見える。点滅した。一回、二回、三回。

「ほら、また！」

「どこ？」女が言う。

「見えないのか?!」

「なにか光った？」

「だれが見たってそうだろ！」

「見えたような気もするけど」

「気もする、だと？　だれか懐中電灯を持ったやつがいるんだ」

「なにかに反射しただけじゃないの？」

「反射？　その光はどこから来た？」

女は肩をすくめた。

「太陽はまだ、あと何時間かは昇らないぞ」男はジャングルの輪郭《りんかく》の中に動きが見えないかと目を凝らしたが、いまはすべてが静まり返っていた。「あそこに人がいるんだよ」

「だれか散歩してるのかもね」

「うむ」

「じゃ、私、もう寝るわ」

「怖がらないんだな、おまえ」と男は言った。「家じゃ、寝るときに電気を消すのも怖がるくせに」

「ここはべつよ」と女は言った。

朝になると、ぼんやりとした輪郭はなくなっていた。太陽の下、なにもかもがくっきりとして、明るく輝いている。男はさっそく湖に入り、その水がひどく透明で冷たいことに驚いた。頭から勢いよく飛び込むと、冷たさに包みこまれる心地がした。水面に戻るころには、二日酔いなど感じる間もなく消えていた。

これぞ夏休み！

女がテントから出てきて、伸びをし、あくびをし、目を細くして太陽を見上げ、こちらに目を凝らしているのが見えた。

「入らないのか？」と男は尋ね、水面をたたいて水しぶきを上げた。

「あとで」と女は言い、トイレへ向かった。

「あのクソみたいな田舎町にパン屋なかったたっけ？」男は女の背中に向かって叫んだ。

女が振り返る。

「あったと思うけど」

「焼きたての丸パンがすげえ食べたい。デニッシュも欲しいな。ちょっとひとっ走りして朝メシ買ってくるよ」

男は陸に向かって泳ぎだした。

「ベングト、運転して大丈夫なの？」

「どういう意味だ？」

「ウイスキー飲んでたでしょう」

「昨日の話だろ。だいたい、ここから半径百キロ以内にパトカーなんかいない。十万賭けてもいい」

「十万なんてお金はないわ」と女は言い、また向きを変えた。

湖水浴場への案内板がある分かれ道を左に曲がり、村の三叉路でまた左に曲がった。教会の真っ白な漆喰《しっくい》があまりにも明るく輝いていて、サングラスをかけているのに頭が痛くなった。

百メートル先で、ピックアップ・トラックが道路をふさぐようにしてとまっていた。

野球帽をかぶった男がトラックの前に立っている。片手を上げた。

いったいなんだ。

男は車の窓を開けた。野球帽が身をかがめてきた。

「なんの騒ぎです？」

「ヘラジカの大家族が道を渡ろうとしてるんです」という答えが返ってきた。

その訛《なま》りに、どことなく聞き覚えがある気がした。こんなイントネーションを、どこかで聞いたことがあるが、どこで聞いたのかは思い出せない。

「どこにも見当たらないが」

「ここからはまだちょっと距離があります。怪我人《けがにん》が出ると困るので」

「ちゃんと目を光らせてるってわけだ」

「仕事ですから」

「あんたらの仕事はヘラジカを撃つことだと思ってました」と男は言い、笑い声をあげた。

「それもありますが」と野球帽は答え、笑みを浮かべて姿勢を正した。「いまの季節はヘラジカ見物のほうが大事なもんで」

「ああ、そういや看板があったな」

「ご覧になりましたか」

「いやでも見えますよ」

村を出る道の二カ所で、青と白の看板を見かけた。〝ヘラジカ・サファリ〟とあり、太い矢印とヘラジカの絵が描かれていた。

「ヘラジカをご覧になったことは?」野球帽が尋ねてくる。

「何度もありますよ」

「何度も?」

「写真や映像でね」と男は言い、また笑い声をあげた。「現実には見たことないな」

野球帽がまた笑みを浮かべた。

「それなら簡単に手配できますよ」

「というと?」

「今晩、見物に出るんです。日暮れに出発します。見たことのないものが見られると保証しますよ」野球帽はまた笑顔になった。「現実にね」

「さあ、どうだかなあ」男はピックアップ・トラックの先を見ようとしたが、ヘラジカは一頭も見当たらなかった。ここで見えてしまえば、この売り込みじみた申し出も断わりやすくなるのだが。

「そもそも、どういうもんなんですか? ヘラジカ・サファリってのは」

「私らは、ここの森のどのあたりにヘラジカがいるか把握してます。だから人を連れていってその場所を見てもらう。それだけのことです」野球帽がまた身をかがめてきた。「もちろん食料持参で行きます。ビールとシュナップス（強い蒸留酒）もね。森の中に風除けの小屋があるから、そこに陣取って、夜中までバーベキューをして過ごします」野球帽がまた笑顔になる。その目はつばの陰になって見えなかった。「なかなか楽しいですよ」

風除けの小屋、バーベキュー、森。野生動物。いかにも冒険らしい響きではないか。お膳《ぜん》立てされた冒険ではあるが。それに、ビールとシュナップス。早くも喉が渇き、唇も乾いた気がした。焚《た》き火の前で透明な酒を手にしている自分の姿が思い浮かぶ。まわりを囲む男たち。そうだ、男の世界ってやつだ。

「五種競技と称して、ゲームも五種類用意してましてね。これもわりに人気です」野球帽がまた笑みを浮かべる。歯が黒ずんで見えた。あるいは帽子のつばが影をつくっていたのか。「かなり盛り上がりますよ」

「それは……全部でいくら？」

「五百クローナです。しかし肉は食べ放題、酒は飲み放題です。ヘラジカも見放題ですよ！」

「何時から？」

「七時に出発です。集合場所は教会への坂道」と野球帽は言い、男の来た道を目で示してみせた。「三叉路の上のね」

「参加する人はたくさんいるんですか？」

「いまのところは五人、あなたが来れば六人です。ちょうどいい人数ですよ。これより多いと森が落ち着かなくなる」

森が落ち着かなくなる、か、と男は考えた。いい言いまわしだ。まるで森が生きているようではないか。実際、生きているのかもしれない。昨晩見た、あの点滅する光は、森のまばたきだったのかもしれない。

「行きます」と男は言った。

戻ると、女がちょうど湖から上がってきたところだった。

「気持ちよかった」と女は言った。

「だから言っただろ」

「パンは買ってきた？」

「当然！」

「なんだか機嫌いいのね」

「悪いか？」

「ううん、そんなことは」

「わざわざ焼きたてのパンとデニッシュを買ってきてやったんだぞ、少しはありがたがってもいいんじゃないのか？」

「自分で思いついたことでしょう」

「だからおまえにとってはどうでもいいって？」

「そうは言ってない」

「町なんか行かなければよかったか？」男は袋の重みを手で味わった。パン屋から持って出たときよりも重く感じられた。「この朝メシ、捨てちまうか？」

「馬鹿言わないで、ベングト」

「馬鹿だと？　今度は馬鹿扱いか？」男は女に向かって一歩踏み出した。「いま、おれが馬鹿だって言いやがったか？」

女がぎくりとあとずさったのがわかった。殴られる、というように。こういうことは前にもあったが、あのときは殴られて当然だと女も理解したはずだった。いや、ああいうときは、と言うべきか。一度ではないのだから。女が身のほどをわきまえないことをしたから、思わず手が、腕が出た。そう話しもした。女も納得したはずだった。だがどういうわけか、この女はやはりわかっていないようなのだ。おれのことを馬鹿扱いしやがった。夏休みの最中に。わざわざ買い物をしてきてやったのに。ようやくのんびりできると思ったのに。

今晩はほんもののヘラジカが見られるっていうのに。

その計画も、この女は馬鹿なことだと言うだろうか？ 袋の重みを手に感じる。男はそれを力のかぎりに遠くへ投げた。袋はそれなりの重さがあり、かなり沖のほうまで飛んでいった。

ぷかぷかと浮かんで流れていくのが見える。

女がすすり泣いているのが聞こえたが、男は振り返らなかった。人がしてやったことを無下《むげ》にするからこうなるんだ。焼きたてパンは無し。全部台無しだ。

昼食のあいだ、女はずっと黙っていた。そのほうが好都合と言えば好都合だ。男はビールを二杯しか飲まなかった。ほかの日だったらシュナップスも何杯かやっていただろうが、今日の夜は長いのだ。

女にはすでに話してある。女はうなずいていた。まるで前から知っていたみたいな態度だった。いや、ちょっと妙な感じがしたというだけなのだが。ヘラジカ見物に行くと話したら、女はうなずき、ふと目をそらして湖の向こうを見た。向こう岸の、昨晩光が点滅していた場所に目をやった。だれかがそこにいるかのように。まあ、あれは女なりに、こっちの話をのみこもうとしていただけなのだろう。文句はつけられないとわかっているわけだ。そりゃそうだ、これはおれの夏休みでもあるんだぞ？ おれだってなにか楽しいことをしてもいいだろう？

「それ……泊まりなの？」しばらくして女が尋ねてきた。

「いやいや。真夜中過ぎに撤収だ」

男はその表現が気に入った。撤収。なにやら本格的な感じがするではないか。男だけでやることのような。撤収。

「その、風除けの小屋、っていうのは……どこにあるの？」

「あそこ」と男は言い、周囲の森を漠然と指してみせた。「それだけ知ってればいい」

女はまた目をそらした。

男はビールを飲み干し、立ち上がった。

「さて、もうひと泳ぎするか」

まっすぐ湖に向かい、水に身体を沈めた。今朝《けさ》よりもずっと温かい。沖まで泳ぐのはやめておいた。食事のあとに泳ぐのは危険だと、どこかで聞いたことがある。岩の塊みたいに沈んでしまいかねないのだと。岩になるのはごめんだ。ここの底にも、湖畔にも、もうじゅうぶんあふれかえっている。

女が立ち上がってテントに入るのが見えた。一、二分で出てきて流し台へ向かい、汚れた皿を入れるプラスチックのたらいを手に取った。あの女、もう少しゆっくりしていれば、皿洗いを引き受けてやらないこともなかったのに。もう遅いが。

男は仰向《あおむ》けになって水面に浮かんだ。楽に浮かんでいられる。まるで湖水に塩が混じっているようだ。森、浜、水の香りを感じる。この湖水浴場は実にいい。ひとつだけ妙なのは、ここにいるのが自分たちだけだということだ。たしかに辺鄙《へんぴ》な田舎だが、いまは夏休みの時期である。どんな田舎町もヨーロッパのあちこちから来た観光客であふれかえる季節ではないか。パン屋に入ったときにはドイツ語が聞こえた。ドイツ人ならここを見つけてもおかしくないだろうに。

ここまでの道路は舗装されているし、湖水浴場への案内板もよく見えるところにあった。このキャンプ場には、もっとテントがあってしかるべきだ。混んでいないのはありがたいが、妙ではある。それに、地元の人間はここに泳ぎに来ないのか？　そのへんの農家にだって子どもはいるだろうに。近くには農場がいくつもあった。大人の農民どもにしたって、仕事が終わったらここで干し草を洗い流したいんじゃないか？

それなのに、だれもいないのだ。

暑すぎるのかもしれないな、と男は考えた。子どもたちは海辺のサマーキャンプにでも行っているのか。いや、さすがにそれはないだろう。夏の子たちが都会からここに来るのならまだわかるが。夏の子。不思議な表現だ。まるで夏にしか存在しないかのような。夏しか子どもではないかのような。

女もまた、夏になると都会を離れて田舎で過ごす〝夏の子〟だった。女がいつその話をしたのか、それともだれかべつの人から聞いたのだったか、男には思い出せない。だが、たしか、子どものころの何年かは田舎で夏を過ごしていた、という話じゃなかったか？こんなところだったのかもな、と男は思った。実際の場所がどこだったかは覚えていない。いずれにせよ、あの女がそのせいで野暮ったいイモ女になることはなかった。当時の痕跡はただひとつ、どこかの妙ちくりんな方言の名残が、ときおり言葉の端々《はしばし》に現われることだけだ。そういえば不思議なことに、あの野球帽の男、ヘラジカ見物の男の訛《なま》りに似ていなくもない。イモ野郎はみんな似たような話し方をするのかもしれない。なにか普遍的なものがそこにあるのかもしれない。

男はニヤリと笑い、そのまま湖面にぷかぷかと浮かんでいた。

七時五分前、男は教会への坂道の下に駐車した。日差しはまだ強い。男は車をロックし、歩いて坂道を上がった。夜のあいだに女がここまで歩いてきて、車を回収することになっている。あの湖水浴場兼キャンプ場からの距離はせいぜい三、四キロだ。女のほうからそうしようかと申し出てきた。そういういいアイデアは、ふだんからもっとたくさん思いついてほしいものだ。

真っ白な日差しの中、教会は自ら光を放っているように見えた。なにもかもが白い。教会の外壁、芝生、逆光に照らされた墓地の墓石、頭上に広がる空。あと一時間もすれば、あの空からは黄昏《たそがれ》の青い光が降り注ぐだろう。いちばんいい時間だ。

男は鉄の門の前で立ち止まった。中の墓地は狭く、墓石が二十ほどあるだけで、この村で暮らす人間の少なさを物語っている。いや、暮らした、というべきか。ここで生きた人間は数少なく、したがって死んだ人も少ない。自分はここで生きていけるだろうか、と男はちらりと考えてみた。答えはひとこと、〝否〟だ。太陽が照っていれば我慢できなくもないだろうが、そうでなかったら？　ここは標高が高い。真冬にはマイナス三十度まで下がるだろう。考えただけで歯の根が合わなくなりそうだ。もう一度、墓石に目をやる。自分はここで死ねるだろうか？　願い下げだな。ここで生きたわけでもないのなら、わざわざここで死ぬこともなかろう？　男は笑みを浮かべた。背後から車のエンジン音が聞こえて振り返る。ピックアップ・トラックが砂利道に入ってきて、野球帽の男が運転席の窓から顔を出した。

「乗ってください」と呼びかけてくる。

男はトラックへ向かい、助手席に飛び乗った。

「ほかの人たちは？」

「森で待ってます」

「ここが集合場所だと思ってたが」

「みんな早く着いたんですよ。相棒が先に森へ連れていきました」

男はそれ以上尋ねなかった。トラックは男が来た道を走った。開いた窓から暖かな風が吹きこんでくる。右側の野原で牛が草を食《は》んでいるのが見えた。牛の乳房がふくらんでいる。そろそろ乳搾《ちちしぼ》りの時間というわけだ。馬に乗ったカウボーイたちが、牛を牛舎に追いこむところを思い浮かべる。ムーヴィン、ムーヴィン、ムーヴィン。はるか昔に見たテレビドラマの主題歌が、いまも頭に残っている。あのドラマの舞台がここでもおかしくない。ここでは昔からなにも変わっていないように見える。馬の一部がピックアップ・トラックに変わったぐらいで。野原には乗れそうな馬がまだたくさんいる。

トラックは湖水浴場への曲がり角を素通りした。少なくとも男にはそう見えた。

案内板がなくなっていたのだ。

通り過ぎたあと、男は振り返って確かめた。

やはりまちがいない。あの曲がり角だ。湖水浴場のほうへ五十メートル進んだところにある、根元から幹が二本生えている樅《もみ》の木、あれに見覚えがある。男は運転している野球帽のほうを向いた。

「案内板がなくなってる」

野球帽はちらりと視線をよこしたが、返事はしなかった。

「湖水浴場の案内板。おれ、あそこにテント張ってるんですよ」

運転手が視線を上げ、バックミラーを見た。

「案内板ですか？」

「そう。青と白の。よくある湖水浴場の案内板」

「ふむ。たしかに」野球帽はバックミラーを見たまま言った。「いつもはあそこにありますね」

「それがないんですよ」

「ふむ。手入れのためにはずしたとか」

「夏休みの最中に？」

「さあね、わかりませんが」野球帽がちらりとこちらを見やる。「なにか問題でも？」

「いや、問題はないが……変だと思っただけで」

野球帽は答えなかった。急にハンドルを切り、ほんの数秒前には見えなかった林道に入った。標識はなかった。

林道は道路というより、踏み固められただけの少し広い小道でしかなかった。ヘラジカの目抜き通りかな、と男は考えた。ヘラジカはなにも知らずにのんびりとここを歩き、監視塔に上がって待機しているイモ野郎どもが、そこに銃で狙いをつけるのか。男は運転している野球帽を横目で見やった。気をつけよう。となりにいるのもイモ野郎だ。こっちが考えていることを気《け》取《ど》られてはまずい。いかにも荒っぽそうな男だし。

トラックは森の中の三叉路にたどり着いた。歪んだ火かき棒のような分かれ道で、男はふと今夜のバーベキューに思いを馳《は》せた。シュナップスと、ビール。昼過ぎにウイスキーを飲まなかったのが、いまになって身体に出てきた。喉がからからに渇いている。舌がまるで、口の中にある異物のように感じられる。これからは午後のウイスキーを欠かさないようにしよう、と男は考えた。

ピックアップ・トラックが揺れながら坂道を上がっていく。進むにつれて森の木々がまばらになり、上がりきったところでは完全になくなっていた。野球帽が車をとめ、エンジンを切った。

「着きました」と言い、車を降りた。

丘に降り立つと、まるで世界の屋根の上にいるような気がした。少なくともこの県の屋根ではある。何十キロも先まで見えた。大海の真ん中にいるようでもあり、樅の木の梢《こずえ》が水平線となってまわりを囲んでいる。太陽はようやく西に向かって傾きはじめていた。ここにいれば、炎の色に染まって沈みゆく太陽を、最後まで見届けることができるだろう。沈んだ太陽がふたたび昇ってくるところも。それまでずっと、ここにたたずんでいられれば。

だが、いまは移動の時間だった。

「あそこにみんなが」野球帽が言った。

下のほう、森の途切れたあたりから、何人かの人影がのんびりと出てきた。数えてみると四人いる。全員が、傍らにいる野球帽と同じ、ざっくりとしたジーンズに格子柄のシャツ、ごついブーツという姿で、やはり野球帽をかぶっていた。みんなこのあたりの出身に見える。男自身は、どう見ても地元の人間には見えない。青い麻シャツの裾《すそ》をチノパンツに入れている。足元はデッキシューズだ。がっしりした作りではあるが。野球帽などかぶってもいない。

野球帽が男をほかの面々に紹介した。まるで男だけがよそ者のようだった。実際そうなのかもな、と男は思う。たったの五百クローナでも、イモ野郎には相当な金なのかもしれない。一人当たり百クローナだ。それだけあれば農協にでも行って、ずだ袋に入ったなにかを買えるんだろう。なにを買うのか知らないが。

そういえば、金を払えとはまだ言われてないな、と男は考えた。

「よし、位置につこう」野球帽が言う。みんな野球帽をかぶっているが、男の脳内では最初に出会ったこの人物こそが〝野球帽〟だった。それにしても、なんだか妙な言い方だ。位置につこう、だと。

野球帽が先頭に立ち、一行は真新しく見える監視塔らしきものに向かって歩いた。すでに高いところなのだから必要ない気もするが、ひょっとするとあれにのぼったら、もっとよくヘラジカが見えるのかもしれない。あるいは、ヘラジカの邪魔にならないように、だろうか。

一行は粗末な階段をのぼった。

下から見たよりも高く感じたが、まあそういうものだろう。ビーチの飛び込み台に立つとかならずそう感じるのと同じだ。とはいえ、飛び込み台などもう久しくのぼっていない。考えてみれば高いところに上がること自体が久しぶりだ。不意に、そもそもなにかをするのが久しぶりなんじゃないか、と感じた。長いこと、なんというか、ただ存在していただけだった。こんなふうに、高いところにのぼったりせずに。焚《た》き火もせずに。酒は飲んでいたが、そんなことはどこでもできる。自分は現実に生きていたと思っていた。が、これこそが現実なのだ。

高いところを吹く風を感じる。

自分が大きく、同時に小さくなった気がした。

「ほら、あそこ」男たちのひとりが言うのが聞こえた。

男は、見た。

樅の木々のあいだで、なにかが動いている。葉が乱されて上下に揺れているのが見えた。茶色いものが見える。いや、黒か。色はもう、よく見分けられなくなっている。太陽が地平線の向こうに沈みかけているせいで、色も地下へ沈みはじめているのだ。

下の三叉路にヘラジカが何頭も出てきて、東へ歩いていくのが見えた。ヘラジカ！　初めてのヘラジカ！　ここから見るとどれも大きさはほぼ同じだが、それでも家族のように見えた。まるであつらえたようなタイミングでの登場。人間がこの塔に上がったら出てくるよう訓練されているんじゃないかと一瞬思ったが、それはさすがにありえないだろう。いや、わからないぞ。こんな辺鄙《へんぴ》なところで暮らしている連中は、自分のような都会人よりも、動物とうまく通じあえるのかもしれないし。

ヘラジカはそのままのんびりと東へ進んでいく。何度か立ち止まって、まるで新鮮さと味を確かめるように、木の枝をちびちびかじっている。ぎくしゃくした、どこかたどたどしいような動きだが、それでいて堂々とした、高貴な雰囲気が漂ってもいた。森の王たち、女王たち。ふと、女がとなりにいればいいのに、と思った。そう思ったことに自分で驚いた。なにもかもがいまとは違っていた可能性もある、と思った。家族になれていたかもしれないのだ。ほんものの家族に。

下に見える、あのヘラジカたちのように。

ヘラジカたちは遠ざかり、ふたたび森に入ろうとしている。至高の時は終わった。現実の世界で味わうことのできた、この一瞬。それが、もう終わって、東へゆっくりと消えていく。

振り返ると、男たちがみなこちらを見ていた。自分の反応を観察していた。この中で金を払っている客は自分だけだろうとほぼ確信したが、そんなことはもうどうでもよかった。あの瞬間を味わえたのだから。

男は、別人になった。

女に話したいと思った。すぐに話したかった。が、無理だろう。ひとりでは道がわからないし、歩いて戻れる距離ではない。それに、払う金の元を取らずに帰るわけにもいかない。この男たちの名誉にかかわることだ。いますぐ帰りたいから車で送ってくれ、などと言ったら、彼らを侮辱することになるだろう。

野球帽がまた先頭に立ち、一行は階段を降りた。

地面に降り立つと、野球帽が塔の下から大きな木箱を引きずり出し、中からなにやら出しはじめた。こちらに背を向けているせいで、なにを出しているのかは見えない。

近づいていくと、野球帽が地面に置いた的が見えた。射撃用の標的。ヘラジカを模していて、ほぼ等身大だ。野球帽がそのうちの一枚を立てる。まるで生きているように見えた。


格子柄シャツのひとりがピックアップ・トラックに向かい、両腕いっぱいに猟銃を抱えて戻ってきた。

野球帽がヘラジカを揺らしてみせる。

「よし、ちょっと狩りをしましょう」

「狩り……どうやって？」と男は尋ねた。

「下の森の端に標的を立てるんですよ」野球帽が笑顔でそう答えた。「で、撃って仕留める！」

「おれは、その……銃を撃ったことがないんだが」

「ならいい機会でしょう」

野球帽が格子柄シャツに向かってうなずくと、シャツが猟銃を一挺手渡してきた。ヘラジカ用の猟銃だろうか。そういうものがあると聞いた覚えがある。男は銃を受け取り、手で重さを確かめた。ふと、湖に投げ捨てたパンの袋の重みを思い出した。あんなことするんじゃなかった。にわかに、これまでにしたなにより後悔した。こうして猟銃なぞ持たされ、イモ野郎に囲まれていると、あの袋を投げ捨てたのが許されざることだったように思えてきた。どうしていまこんなことを考えているのか、自分でもさっぱりわからないが、袋を投げたあのときに一線を越えてしまった気がするのだ。最後の一線を。ふたりの関係にあった、最後のラインを。自分は、一線を越えた。

女が去ろうとしたことは何度かあった。自分から離れていこうとした。べつのラインをめざそうとした。だが、男が一歩も進ませなかった。男を捨てようとしたらどんなことになるか、女はじゅうぶん承知していた。

「それじゃ、標的を立てようか」野球帽が言う。

女が男を捨てようとしたらどんなことになるか、男自身にはわかっていなかった。ひょっとすると、女のほうがいろいろなことをわかっているのかもしれない。男自身のことも。女に捨てられそうになった男が、なにをするかも。

ちくしょう、なんてこった、帰らせてくれ。手遅れになる前に帰りたい。早くしないと手遅れになる、と思いながら、なぜ自分はこんなことを考えているのだろう、とも思う。

男がその場にたたずんでいるあいだに、格子柄シャツたちは下の森に赴き、さまざまに距離を変えて森の端にヘラジカを配置した。ここから見えるものもあるが、陰になって見えないものもあり、あてずっぽうに森の中へ銃口を向けるしかなさそうだ。とはいえ、撃つつもりはない。男にとっての冒険はもう終わっていた。とにかくここを去りたい。女のもとに戻りたい。自分は別人になったのだ。

猟銃を抱えた男たちがまわりを囲んでいる。まるで猟銃を腕に携えて生まれたようだ。こんな辺鄙《へんぴ》なところでは、それもあながち間違いではないのかもしれない。

全員が男を見ている。一発目の引き金を引くのを待っているのかもしれない。口火を切る役目ってことか、と男は考え、口角をかすかに上げた。だが、やり方を教わっていない。銃弾、いや弾薬というのか、とにかくそういうものを受け取ってすらいない。

「標的がひとつ倒れちまったみたいだ」と野球帽が言い、男に向かってうなずいてみせた。「立ててきてもらえますか？」

「おれが？」

　野球帽がまたうなずく。

　男は、まるで銃に弾がこめられているかのように、おそるおそる銃を地面に置くと、森に向かって坂を下りはじめた。

　倒れている標的は見当たらなかった。たとえほんとうにあったのだとしても、いまはなくなっている。湖水浴場の案内板のように。

「もう少し左です」背後のどこかから野球帽の声がした。「ジュニパーの茂みの向こう」そのとき不意に、この訛《なま》りを知っている、と思った。女がときおり口にするのと、同じイントネーション。女が〝夏の子〟として過ごしたのは、ここだったのだ。

　ここ。

　あの女は、この男どもを知っている。

　こいつらも、子ども時代をここで過ごした。夏だけではなく。

　ナヴィゲーターを務めたのは女だった。

　もう百年前のことのように思える。

　女に連れられて、ここまで来た。

　キャンプ場など、現実にはないのだ。

　ジュニパーの茂みの奥に標的が見えた。倒れていない。ヘラジカが横目でこちらを見ている。いや、男の背後にあるなにかを見ているのか。男は振り返った。格子柄のシャツ、野球帽、ブーツが見えた。猟銃が見えた。銃口が上がっている。こちらを向いている。なんだよ、おれじゃなくてヘラジカを狙えよ、と思った次の瞬間、理解した。ほんとうの意味で理解した。猟銃から、金属的な、鋭い音がした。一度も聞いたことのない音だ。それでもなんの音かはわかった。初めてなのになんだかわかることもあるのか、と男は思った。

男たちの背後の空は炎の色をしていた。塔のシルエットが炎に浮かび上がる。その上に立っている人影が見えた。手を振りたい。呼びかけたい。なにもかも弁明したい。あの階段を駆け上がりたい。飛んでいきたい。夜風が不意に女のスカートをとらえ、黒い旗のようになびかせた。

一九五三年、エークシェーという小さな町に生まれたオーケ・エドヴァルドソンは、まずジャーナリストとして、次いでヨーテボリ大学ジャーナリズム・メディア・コミュニケーション学科の講師として働いたのち、一九九五年に最初の小説を発表した。この処女作『死んでいるすべてのものへ』（*Till allt som varit dött*）は、スウェーデン推理作家アカデミーの新人賞を受賞している。エリック・ヴィンテル警部シリーズの二作、『天使とのダンス』（*Dans med en ängel*）と『天国は地上にある』（*Himlen är en plats på jorden*）で、それぞれ一九九七年と二〇〇一年にスウェーデン推理作家アカデミーの最優秀長篇賞を受賞。同シリーズは十二作に達し、スウェーデンでドラマ化されたほか、米国など数多くの国々で翻訳出版されている。

〔＊この作品は、スウェーデンで二〇〇五年に刊行された『《世界の子どもたち》のための短篇集』（*Noveller för Världens Barn*）に収録された〕

闇の棲む家
Då i vårt mörka hus

インゲル・フリマンソン
Inger Frimansson
中野眞由美訳

インゲル・フリマンソンの小説では、さまざまな人物や場所や出来事がたがいに影響を与えあっているが、これといった主役は存在しない。彼女はそうやって、自分で〝フリマンソンランド〟と呼んでいる、登場人物や出来事が相互に絡み合う架空の世界を徐々に作り上げている。フリマンソンの小説は心理スリラーと見なされるものもあれば、心理小説と見なされるものもあり、その境界線は流動的であいまいだ。だがどの小説でも、心の闇や人間関係で受けた心の傷、それが個々の人生にどう影響しているかが描かれている。

この話を読むにあたっては十二月十三日の聖ルチア祭が、ほとんどのスウェーデン人、なかでも子どもや十代の若者にとって重要なイベントであることを知っておく必要がある。聖ルチア祭はスウェーデンの伝統行事で、当初は古くから伝わる冬至の儀式と、十八世紀にドイツから持ちこまれた行事がまざりあったものだった。現在の様式は、一九二〇年代後半に新聞社がルチア役を公募したのがきっかけとなっている。聖ルチア祭のメインとなるのは、早朝に行なわれるルチアの行進だ。ルチア役は白い服を着て、腰に赤い帯を巻き、火を灯したキャンドルを頭につける。その後ろに、白い服を着て頭に飾りをつけた少女と、〝星の少年〟と呼ばれる白い服を着て金色の星のついた三角帽をかぶった少年や、〝サンタの使い〟あるいは〝ジンジャーブレッドマン〟の扮装をした者が付き従い、いっしょに伝統的な歌を何曲か歌いながらクリスマスを祝う。通常、ルチア役は各都市や会社、学校、デイケア施設など人が集う場所で投票により選出され、スウェーデン代表のルチアは地方大会優勝者の中から選ばれる。地方選出のルチアは、病院や老人ホーム、教会、ショッピングモール、ノーベル賞受賞者のホテルの部屋を訪れ、歌をうたい、コーヒーやホットワイン、ジンジャークッキーなどを配るが、特別に作られたサフラン入りのパンもルチア祭の朝には付き物だ。ほとんどの家庭で、子どもたちはそんなふうにその日を過ごす。ルチアという名前は、三百年代前半に殉教した聖ルチアから来ている。だが、スウェーデンの聖ルチア祭には昔から宗教的な意味合いはなく、十二月十三日も休日ではない。どちらかというと、クリスマスの前祝いと見なされ、とりわけ十代の若者に好まれている。彼らは朝まで飲みあかしたあと、扮装して両親や先生を起こし、そのお祭り騒ぎを終わらせる。

ルースベリ医師はもうかなりの年配で、ほんとうは診察なんてしないほうがいいんだけどね、とインガ＝リサは言っていた。

「でも、いいの」インガ＝リサは、化粧がひび割れしそうなほど大きな声で笑った。「だって、だからこそ診《み》てもらってるんですもの。欲しい薬はなんだってもらえるわ。ちょっと講釈を垂れるだけで、すぐに処方箋《せん》を書いてくれるんだから」

インガ＝リサとは知り合ったばかりだった。フーヴシェーで出会ったのだ。年は五十歳前後、なれなれしくてやかましいが、思いやりのある女性だ。ショッピングモールから帰る途中、郊外に向かう同じバスに乗り合わせ、着いてみたら同じアパートだった。

「まあ、あなたもここに住んでるの？」

インガ＝リサはいつも人の悪口を言っていた。それに、どこへ行っても知り合いばかりだ。ヤニケは逆に、人の悪口を言うこともなければ、知り合いもほとんどいなかった。ある晩、インガ＝リサの家の居心地が良いキッチンでトランプゲームのホイストをしていたとき、ルースベリ医師の話題になった。

「もう何年も通ってて、処方箋を書いてもらってるの。必要なものはなんでもね。わたしがよく眠れないのは、先生もご存じだし。関節痛と線維筋痛症《リウマチ》のせいよ。歳をとった証拠ね。ルースベリ先生は女の味方になってくれる人よ。そういう医者ってほとんどいないじゃない。この前なんか牛を殺せるぐらい強い薬をくれたわ……取り扱いを間違えたらって話だけど」

それ以来、ヤニケはそのことをずっと考えつづけた。牛を殺すほどの薬。漠然としていて、計画と言えるようなものはまだなにもなかった。だがおそらく、計画が形をとりはじめたのはこのときだったのだろう。

いまヤニケは診療所の戸口に立ち、力をこめて長々と呼び鈴を押しつづけていた。もうあきらめて帰ろうかと思うほど時間が経ってから、ようやく中から重たげな足音が聞こえて、ドアが開いた。しわくちゃの男性の顔が現われる。

「リンデルさん、ですかな?」

「ええ」ヤニケは小声で答えた。

「いらっしゃい。さあ、中へどうぞ」

ルースベリのひょろりとした手は、血管が皮膚から飛び出しているように見えるほど細かった。この手で体をさわられるのかと思うと、ぞっとした。だが、しかたがない。うまく調子を合わせなければ。

「はじめまして」ヤニケは重く張りつめた息づかいをして、苦しそうな表情をしてみせた。

「ここでおかけになってお待ちください。すぐにお呼びしますよ」ルースベリは椅子を指さすと、廊下の奥に姿を消した。

診療所は、エステルマルム地区にある大きなアパートメントの一画を利用していた。重厚で豪華な調度品と染みのついたクッション。インガ=リサによると、彼女の知るかぎり、ルースベリはここにひとりで住んでいる。夫人の話を聞いたこともなければ、看護師を見かけたこともないという。カウチにかぎ針編みの小さな犬のぬいぐるみが置いてあった。鼻はほとんどもげていて、すり切れた黒い毛糸だけが残っている。エーテルのにおいや金属のぶつかり合う音、診察室からときおり聞こえるかすかな悲鳴から身を守ろうとして、子どもがそのぬいぐるみをしっかりと抱えている姿が目に浮かぶ。

　ヤニケはフェイクファーのコートをハンガーにかけ、頭からかぶって耳を温めていた長い縞模様《しまもよう》のスカーフをはずした。十一月の終わりにはすでにめっきりと冷えこみ、いまも十センチほど雪が積もっていた。解けきらなかった雪が残る風景は、クリスマスカードのようだ。いまごろ職場では、みんながコーヒーテーブルを囲んで、雪のことを話しているのだろう。一日でいちばん活気づくのは、小さな食堂に全員が集まるときだ。翌日曜の第二アドヴェント（待降節。スウェーデンではクリスマスの四週間前の日曜日が第一アドヴェントで、ろうそくを一本灯し、一週間ごとにろうそくを一本ずつ増やしていく）のために、二本のろうそくが灯されているはずだ。例年どおり、シルヴィアがアドヴェントのリース用の水苔《みずごけ》を手に入れ、ろうそくを買ったのだろう。地下室から電気ろうそくとサンタ模様の赤いテーブルクロスを取ってきたのもシルヴィアだろう。テーブルクロスはいつも十二月いっぱいと、一月にだれかが、と言ってもたいていエヴィだが、持ち帰って洗うまで掛けられている。ジンジャークッキーとS字形のサフランパンも忘れずに買ったはずだ。食堂で細かいグラニュー糖の粒を踏みつぶしたときの音が、いまでも耳に残っている。サフランパンを切ってお皿に載せるとき、どんなに気をつけても、かならず床にパンくずが落ちてしまうのだ。ときどきだれかが怒って流しの横にメモを貼りつけていた。〝あなたのお母さんは、ここにはいません。散らかしたら、自分で片づけましょう！〟。そんなものでも、しばらくは効果があった。

　ヤニケは肘掛け椅子に腰を下ろすと、雑誌に手を伸ばした。《アッレシュ》誌と《フースモーデルン》誌という女性と主婦向けの人気週刊誌だったが、どちらも十五年以上前の号で、何百回となくページが繰られてぼろぼろになっている。ヤニケは時代遅れのファッションと髪型のモデルの写真を眺めた。マレットヘアーに肩パッド。かなり妙だ。しばらくすると、診察室のドアが開く音がして、ルースベリが咳払いをした。

「次はリンデルさんですよ」

待合室が患者であふれかえっているような言い方だ。

ルースベリは古びた巨大な机について、深く腰かけていた。紙や書類が山積みになり、姿が見えないほどだ。かなり身を乗り出さないと、診察できそうにない。

ルースベリの左手にある小さい机の上には、樹脂だか骨だかで作られた人体模型が置かれ、そのむき出しの歯がにっこりと笑いかけてくる。ヤニケはぶるっと身を震わせた。

「今日はどうされましたかな、リンデルさん」

「あの、友人からの紹介で……インガ＝リサという……」とっさにインガ＝リサの名字が思い出せなくて、ヤニケはあわてた。

ルースベリは机に置かれたつり下げ型のファイルフォルダーから紙束を手に取った。乱雑に殴り書きされたメモがちらりと見える。ヤニケは泣きだした。自分でもなぜかわからないが、絶望の波に覆《おお》いつくされたかのように涙があふれだしたのだ。ヤニケは戸惑って、口元を手で覆った。

ルースベリは視線をヤニケに向けた。目の下の皮膚はたるんで垂れ下がり、いまにも眼球が転げ落ちそうだ。ヤニケはハンカチを手探りした。

「痛みがひどいんです」ヤニケは小声で言った。

ルースベリは気の毒そうにヤニケを見た。

「どこが痛むんです？」

「ここと……それに、ここも。身体じゅうです」

「ふむ」ルースベリは書類をめくった。「これまでに医者にかかったことは？」

「ありません」

「なぜです？」

「これは……あれだと思ったものですから」

「あれとは？」

「母がそうでした。叔母も祖母もです。女性がよくなるあれだとか。たしか線維なんとかという病気だったと思います。母たちは、治療薬はないし、医者はなにもしてくれないと言っていました。そうしたらインガ＝リサと出会ったんです。近所に住んでるんです。インガ＝リサは先生のことを教えてくれて、とてもやさしくて親切なお医者さまだと言っていました。なんでも患者の苦しむ姿を見るのがお嫌いなのだとか」

ルースベリは書類を置くと、窓の外に目をやった。鼻の穴がひくひくしている。

「おわかりだとは思いますが、まずは診察をしなければなりません」

「ええ、もちろんです」

「診察もせずに、右から左へと処方箋を渡すわけにはいきませんからね」

「当然ですわ」

「わたしももう歳だ。近いうちに診療所は閉める予定です」

「まあ」ヤニケはぼそぼそと言った。「それは残念ですね」

ルースベリは骨張った指をパチンと鳴らした。

「ええ、残念なことです。だが遅かれ早かれ、どんなこともいずれ終わりが来る」

ルースベリは、服を脱いで下着姿で診察台に横になるよう、ヤニケに指示した。診察台にかけられた紙のシーツには皺《しわ》が寄り、破れている。診察台の足元に取り付けられたロールシーツを見ると、これが最後の一枚だった。寒くて凍えそうだったが、ヤニケは言われたとおり服を脱いで、診察台に横たわった。ルースベリはヤニケに背を向けて立ち、人体模型をさわっている。軽くたたくと、模型の腕がかたかたと音を立てた。

「よろしいですかな、リンデルさん」ルースベリが声をかけた。仰向《あおむ》けになったヤニケの腹に鳥肌が立っている。

「はい」

「では、診察しますよ」

ヤニケは天井に目をやった。照明がぶら下がり、宙を舞う糸くずとクモの巣が見える。ルースベリは身を乗り出した。聴診器をヤニケの胸にぎゅっと押しつけ、音を聞いている。

「ふむ」ルースベリはそうつぶやくと、つるつるした冷たい手で、ヤニケの身体を押したり、つかんだり、つまんだりした。ルースベリがあまりにも近づくので、汚らしい耳毛と鼻毛が見えた。かすかに薬品のにおいも漂ってくる。ヤニケはめまいがして身体が浮き上がるような感じがした。

「なるほど」ルースベリが言った。「つねに痛みを感じているのは、休日がないようなものですからな。これでは日々の生活もままならないでしょう」

ヤニケはゆっくりとうなずいた。また涙があふれ、頬を伝って、髪の生え際に流れる。ルースベリはヤニケの頭を軽くたたいた。医師の頬は悲しげに垂れ下がっている。

「さあ、もう泣かないで、落ち着きなさい。よくなりますよ。心配しなくていい」

ヤニケが服を着ているあいだに、ルースベリは机に戻った。ヤニケは急に不安になった。全部見抜かれていたらどうしよう。

だが、思い過ごしだった。

「デキストロモルディフェンという薬をお出ししましょう。ただし、注意点がいくつかあります」

「注意点？」

「実は、初回に出す薬にしてはかなり強いものでしてね。だがわたしが診《み》たところ、あなたの病気は遺伝のようだ。なので、特効薬をさしあげましょう」

ヤニケは息を止めた。

「ただし、使用法をよく守り、取り扱いにはじゅうぶん注意してもらいたい」

なにを言っているのかよくわからなかったが、ヤニケはとりあえずうなずいておいた。

ルースベリは用心深くヤニケを見ながら、処方箋を渡した。

「運転免許証はお持ちですかな、リンデルさん」

ヤニケは首を横に振った。

「この薬を飲んだら、車の運転はしないように。交通違反になりますからね」

「わかりました」

ルースベリはなにかを見透かすように、ヤニケを凝視した。

「お酒は？」

「お酒？」

「薬の服用時にほんのひと口でもお酒を飲めば、呼吸困難になることがある。いや、なることがあるではなく、かならずそうなる。おわかりですかな、リンデルさん。生死にかかわる重要なことです。最初はなにも感じないでしょう。ですが、三十分もすれば……たいてい手の施しようがなくなる。きのこの毒に似て厄介だが、毒のまわりはもっと速い。はるかに速いと言ってもいい」

ルースベリは黙りこむと、視線を窓に移した。

ヤニケはごくりとつばを飲みこんだ。

「わかりました。絶対に……その、実は強いお酒は好きじゃないんです」

ルースベリの口角がわずかに上がった。

「賢明ですな。それからあとひとつ。お子さんはいますか」

「いいえ」ヤニケは小声で言った。

「親しい人には？　甥《おい》や姪《めい》や近所の子どもとか」

「どうしてですか」ヤニケは尋ねた。

「薬は鍵をかけて保管するように。子どもを近づけてはいけません。というのも、かなりいける味ですからね」

ヤニケは通勤電車でセーデルテリエに向かった。アルトゥルに捨てられたとき、自分の家も失った。正確に言えば、アルトゥルの家だったのだが。ストックホルムのタントルンデン地区にあるそのアパートメントは二部屋だったが、眺めがすばらしかった。ヤニケはそこから追い出された。母親のところに戻って数日いっしょに暮らしてみたものの、そりが合わなかった。そこで母親が、セーデルテリエにある中古貸し物件をなんとか見つけてきたのだ。

「いくつになったの、ヤニケ？　たしか三十六よね？　もう独り立ちしてもいい歳じゃない？」

アルトゥルと別れて母親がほっとしていることは、ヤニケにはよくわかった。アルトゥルはイスラム教徒で、そのうえ黒人だったからだ。母親は自分と異質なものが苦手だった。

ヤニケは電車の窓から雪で覆《おお》われた郊外の景色を眺めながら、母親とアルトゥルが初めて顔を合わせたときのことを思い出した。母親はいきなりアルトゥルにくってかかった。「ヤニケにもブルカを着せるつもり？」寡黙なアルトゥルは押し黙ったままだった。ふだんはあまり感情を表に出さないのに、ついに耐えきれなくなったアルトゥルは、たたきつけるようにコーヒーカップをテーブルに置いた。そのせいで小さい取っ手が折れてしまった。祖母ベティのツタ模様のカップだ。ヤニケは階段を駆け下りて、庭までアルトゥルを追いかけるはめになった。そして何度も謝った。

「怒らないで。母はときどき言葉が足りないの。だけど、本気じゃないから」

だが、それは嘘だとわかっていた。母はいつだって本気なのだ。自分でも心配していたとおり、どちらかを選ばなければいけない。アルトゥルか母親を。

ヤニケはアルトゥルを選んだ。アルトゥルはやさしくてヤニケを大切にしてくれたし、悲しいときは慰めてくれた。セックスもうまかった。アルトゥルほど満足させてくれる男性は、いままで出会ったことがない。

失業したときも――少なくとも失業したばかりのときは――ヤニケに寄り添ってくれた。仕事帰りにおいしいものを買ってきてくれたし、甘えさせてくれた。なんの過失もない真面目な従業員を解雇するのは法に触れるのではないかと、組合に連絡をしてくれたのもアルトゥルだった。

話し合いの場がもたれた。当然ながら、解雇理由が明らかになった。いまいましい大嘘つきのグンヒルドのせいだ。ヤニケとアルトゥルの向かいにグンヒルドが座り、テーブルの短い側には、労働組合の代表者が陣取った。年増のグンヒルドは不格好な時代遅れの眼《め》鏡《がね》をはずした。手が震えているのが、はっきりとわかる。どちらがアルコール依存症なのかと思われてもしかたがないほどに。

「あなたの彼女はこの数カ月、ほとんど毎日のように酔っ払っていたのよ。わたしたちはずっと我慢していた。かなり寛大だったと思うわ。でも……もう我慢できなくなった、それだけのことよ」

アルトゥルがはっと息をのむ音がした。

「すみませんが、どうしてもそれが事実だとは信じません」アルトゥルは移民のわりにスウェーデン語がうまかったが、ときどき言い間違える。このときばかりは、これ以上口をはさまず、おとなしくしていてほしいとヤニケは思った。

「なるほど。では、ほかの同僚はどう言ってるんです」労働組合の代表者は栓抜きをいじっていた。退屈して、上の空といったようすだ。

上司だったグンヒルドは、書類カバンを開けると、丸めた紙を取り出した。

「これです」グンヒルドはヤニケから視線をそらさずに、紙をとめていた輪ゴムをゆっくりとはずした。紙には十人の署名があった。みんな同僚だ。ヤニケが大好きだったマリアの名前もあった。いちばんの親友だと思っていたのに。

電車がセーデルテリエの駅に入っていく。ヤニケは席を立って、電車を降りた。リュックサックをまさぐりながら、シェーレ薬局で調合してもらった処方薬のことを思い浮かべた。五十カプセル入りが二箱分。胸がかっと熱くなり、心臓がどきどきした。すべてうまくいく。すぐに苦しみは終わるはずだ。

ヤニケの部屋は一階にあって、外から部屋が見えてしまうので、カーテンはいつも閉めきっていた。ときどき外で走りまわっている子どもが窓をたたいたり、土や泥を投げつけてきたりすることがある。だが、叱ってもしかたがない。放っておくのがいちばんだ。いまもアパートの入口に四、五人の子どもが立っていた。ヤニケが近づいても動かない。子どものひとりが鼻に皺《しわ》を寄せて舌を突き出した。ヤニケは〝かなりいける味〟だというカプセルのことを思い出したが、そのまま子どもたちの横を通り過ぎ、玄関のドアを開けた。少しめまいがする。

部屋に入ると、ヤニケはすぐに横になった。心臓がどきどきして、毛穴から汗が噴き出している。ヤニケは目を閉じて、うめき声をあげた。しばらく横になったあと、起き上がってキッチンに行った。ホワイトラムをグラスに注いで飲みほす。ようやくめまいはおさまったものの、記憶がよみがえってきた。労働組合と話をしたときの記憶が。

職場での継続的なアルコールの乱用。改善なし。叱責、警告、上司とふたりきりの面談も効果なし。話し合いが進むにつれ、アルトゥルはどんどん無口になった。その沈黙は冬の寒さのように広がり、ヤニケは怖くなった。その日の夜、アルトゥルは家に戻ってから仕事に行かなければならなかった。アルトゥルは地下鉄のガムラスタン駅で切符の販売をしている。路線の中でもかなり大変な駅だ。近くにあるヘリコプターの発着場に、スキンヘッドの男たちがたむろしていて、ときどき喧嘩《けんか》沙汰が起きる。アルトゥルがヤニケのほうを振り返った。黒い肌に青ざめた唇。

「ぼくが仕事から戻ったとき、ここにはいないでもらいたい」

「えっ？　どういう意味？」

「荷物をまとめて出ていってくれ！」

「でもアルトゥル、そんなの……」

アルトゥルが手を上げたので、ヤニケは一瞬ぶたれるのかと思った。

「きみはぼくに嘘をついていた。浮気のほうがまだましだ」

「あれはまったくのでたらめよ」ヤニケは叫んだ。

「嘘つきのグンヒルドが、全部でっちあげたの。信じて。愛してるわ」

アルトゥルの表情がこわばった。

「じゃあ、署名《ルスト》は」アルトゥルは厳しい口調で尋ねた。

〝リスト〟よ。ヤニケはそう思ったが、笑えなかった。

それまでアルトゥルが言い間違えたときは、よくからかって笑っていたのに。アルトゥルも笑って、ヤニケをベッドに押し倒した。「よくもぼくをからかったな」と言って。

制服を着て立っているアルトゥルは別人のようだった。制服を着るとセクシーに見えると思っていた。けれど、すべて終わってしまったのだ。絶望だけを残して。

「あの署名は全部グンヒルドが書いたのよ。グンヒルドはわたしを嫌っていた。自分よりもずっと若いわたしがうっとうしかった。それが我慢できなかったのよ」

アルトゥルはショルダーバッグをつかんだ。スケッチブックがはみ出ている。アルトゥルは静かなところで絵を描くのが好きだった。

「もううんざりだ、ヤニケ」その言葉を聞いて、ヤニケは憎らしいグンヒルドが最後の日に言った言葉を思い出した。「前にも話したでしょ、ふたりきりで。もううんざりよ」

あのとき、ヤニケは笑い声をあげた。喉になにかがひっかかったような奇妙な声だった。

「なにが言いたいのか、わからないんですけど」

グンヒルドの皺だらけの胸元に赤い斑点《はんてん》が現われた。

「とぼけるのはおよしなさい」

「とぼけてなんていません。なんのことだかわからないんです。妄想じゃないの。あなたには妄想癖があるから」

その言葉が言えて、ヤニケは満足した。いいタイミングで言葉が浮かんだ。

「そこまで言うのなら、全員を集めるわ。みんなで会議をしましょう。あなたは、さぞかし居心地が悪いでしょうけどね」

ヤニケは気が大きくなり、どうでもよくなった。即座に笑いを止める。

「言わせてもらえば」ヤニケは両手を強くたたきあわせた。「この職場で居心地がよかったことなんてなかったわ。一瞬たりともね！　よくおわかりでしょうが、職場の雰囲気は上司の気分で左右されるものですからね」

そう言うと、ヤニケは部屋を出た。

薬局の袋は流し台の上に置いてあった。めまいはおさまった。ヤニケは箱をふたつ手に取った。赤い警告マークは危険を示している。デキストロモルディフェン。ヤニケはわざとゆっくり唇を動かし、声に出して薬の名前を読み上げた。それから慎重に箱を開けて、ピンク色の楕円形の錠剤が入った細長いシートを取り出した。

嚙《か》まずにそのまま飲みこむこと、と書いてある。

ヤニケは大きめのグラスをふたつ出してきた。母親がくれた、古くて欠けたグラスだ。もう捨てようと思っていたのだが、引っ越しをしてひとり暮らしになったら、案外役に立った。ひとつに温かいお湯を入れ、もうひとつにホワイトラムを少し入れる。シートから薬を出したとき、口の中が少し渇いていたが、いまはなにも感じない。一錠ずつグラスに入れ、スプーンでかきまぜる。そのままようすをみる。二分……十分。よし！

ヤニケは立ったまま叫んだ。よし！　うまくいった。錠剤はお湯にもラム酒にも完全に溶けた。跡形もない。あたりまえだ、とヤニケは思った。そうでなければ、身体に吸収されないではないか。

その夜は引っ越し以来初めてぐっすり眠れた。ルチアの白いワンピースを着て、アルトゥルといっしょにストックホルムの街の上を飛んでいる夢を見た。楽しい夢だった。

家を追い出されて数日後、ヤニケはアルトゥルを探してガムラスタン駅の切符売り場まで足を運んだ。だがアルトゥルの姿がなかったので、売り場にいた若い男性に尋ねた。

「すみません、アルトゥルは何時からの勤務か、ご存じですか？」

その男性はヤニケに冷たい視線を投げかけた。

「直接訊いたらどうです？」

ヤニケは黙りこんだ。返す言葉が見つからなかった。

「後ろがつかえてますよ。切符を買うんですか、買わないんですか？」

ヤニケは切符売り場のブースをつかんで、ひっくり返してやりたくなった。アルトゥルが同僚に前もって話していたのだろうか。「もし、痩《や》せた女がぼくを探しにきても、なにも教えないでほしい」と。

そういうことなのだろうか？

一瞬、アルトゥルに対する怒りがめらめらと燃え上がった。だが、すぐにその怒りはおさまり、その矛先《ほこさき》はふたたび自分のいた職場へ向けられた。グンヒルドと署名をした同僚たち。ペンを持ち、さらさらと名前を書いたにちがいない。ヤニケを追い払うために、陰でこそこそと。

思い出すだけで、胸が痛む。あのマリアまで。マリアの名前はいちばん下だった。まるでぎりぎりまでためらってから、ようやく署名をしたかのように。マリア・ハメンダル。ときどきいっしょに映画を観に行っていたマリア。夫と喧嘩して、泣きじゃくっていたマリア。

あのときヤニケは母親のような気分だった。そばに座って、マリアの手を握り、ティッシュを手渡してあげた。

「もうすんだことじゃない」ヤニケはマリアをなぐさめた。「今夜仲直りできるわ」

やっとマリアが笑いだした。「あなたはやさしいし、頭もいい。最高の友だちよ。あなたがいなかったら、どうなっていたか」

そう言っていたあのマリアまで。

ヤニケは四度もガムラスタン駅まで足を運んだ。だが、アルトゥルはいつもいなかった。異動になっていたのだ。ヤニケは都心部の駅を片っ端から調べていった。勤務シフトがわからなければ、そんなやり方で見つけられるかどうかわからなかった。だが、ついに見つけた。午後二時二十五分、ロードマンスガータン駅で。階段を降りている途中で、アルトゥルだとわかった。ヤニケは人気《ひとけ》がなくなるまで待ってから近づいた。

アルトゥルの美しい顔、そして口。愛情たっぷりに見つめてくれたあの瞳。でもいまは違う。もう変わってしまったのだ。

「どちらまで？」

まるで初対面のように言う。

「アルトゥル……わたしよ」

みんなに見捨てられた。孤独に追いやられた。ヤニケはいきなりグラスをつかむと、中身を流しに捨てた。もうひとつのグラスも。そして、蛇口をめいっぱい開けた。

そのとき、呼び鈴が鳴った。ヤニケはとっさに居留守を使おうと思ったが、アルトゥルかもしれないとありもしないことを考え、ドアを開けてみた。

違った。インガ＝リサだった。黒いタートルネックのセーターを着たインガ＝リサは老けて見えた。まぶたがグリーンのラメで光っている。ヘビかトカゲみたいだ。

「あら、戻ってたのね」

ヤニケは脇に寄って、インガ＝リサを招き入れた。

「どうだったか、聞きたかっただけなの。ルースベリ先生は親切だった？」

「ええ、あなたのと同じ薬をくれたわ。デキストロモルディフェンよ」

「よかった。じゃあ、すぐに痛みもおさまるわ」

「ええ」

「ねえ、うちでコーヒーでも飲まない？　ちょうど淹《い》れようと思ってたところなの」

ヤニケは誘いを受け入れた。インガ＝リサの家の中は竜巻が通り過ぎたあとのようだった。箱だらけだ。クリスマスの装飾にろうそく立て、サンタ、藁《わら》とクラッカーで作ったオーナメント。箱のひとつからは、いろんな色のモールがあふれ出ていた。

ヤニケはカウチの端に座るスペースを作った。

「なにをしてるの？」ヤニケが尋ねた。

「片づけよ。がらくたが溜まってしまったから。いまさら『ファニーとアレクサンデル』の最初のシーンみたいに、にぎやかにクリスマスを祝うことなんてないんだから」インガ＝リサは真っ赤な頬の陶製のサンタを手に取ると、ヤニケに見せた。「こんな不細工なの、見たことある？」

ヤニケはあいまいな笑みを浮かべた。

「義理の母からもらったの。百十八年前のものですって。ずっと持ってたなんて、嘘みたいでしょ？　でももういらないわ」

「えっ？　捨てるの？」

「子どもたちが欲しがるんじゃないかと思ったんだけど。でも、それはありえないわね。もう長いこと連絡ひとつなくて。子どもがいたことも忘れそうよ」

　その話は以前にも聞いたことがあった。インガ＝リサには成人した息子と娘がいる。だが、母親への連絡は彼らの優先事項には入っていないようだ。

　インガ＝リサは唇を固く結んだ。

「もういいわ。これ以上思い出にひたって、あなたをうんざりさせるのはやめましょう。全部ゴミ置き場に運んで処分する。ひょっとして、欲しいものある？」

　あとになってみれば、これも計画の一部だったのかもしれない、とヤニケは思った。まるで天上の聖なる指揮者が節くれだった指を伸ばして、こうしろ、ああしろと指示しているかのように。インガ＝リサがコーヒーを淹《い》れ、ひっきりなしに煙草《たばこ》を吸っているあいだに、ヤニケはいくつか役立ちそうなものを拾い出した。小さくて、持ち運びが楽なものを。なかでも、ルチアのナイトガウンはサイズがぴったりだった。おそろいの冠もある。ヤニケの楽しそうな顔を見てうれしくなったインガ＝リサは、冠用に新しい電池を持ってきた。そしてヤニケの頭に冠を載せると、電気ろうそくをひねってスイッチを入れた。

「ほら。点《つ》いたわ」

「これ、もらっていいの？　ほんとうに？」

「もちろんよ。あなたがもらってくれなければ、全部ゴミ箱行きなんだから」

　インガ＝リサはヤニケがルチアの服を欲しがる理由を尋ねなかった。そこがインガ＝リサのすばらしいところだった。ほんとうの友だちや仲間なら、そうであるべきだ。マリアやほかの人たちとは違って。

聖ルチア祭の当日朝早く、ヤニケはホットワインを作った。インガ＝リサから借りた深鍋でワインを温め、大きめの保温ポットに入れた。保温ポットもインガ＝リサから借りたものだった。職場で使っていたものに似ていた。ヤニケは一度そのポットに面白半分で目を描いて、怒ったペンギンのようにしたことがあった。もちろん、グンヒルドはそのユーモアを理解してくれなかった。「これから取締役会があるっていうのに、どうしてくれるのよ」役員にはユーモアなど必要ないとでも言わんばかりだった。

ヤニケは週末のあいだにルチアの服を洗い、アイロンがけをしておいた。赤い幅広のリボンも。赤いリボンは聖ルチアの血を表わしているそうだ。ヤニケは服とリボンをきれいにたたんで、紙の買い物袋に入れた。べつの袋には十個のクリスマスプレゼントを入れた。全部インガ＝リサの家の箱にあったもので、サンタやろうそく立て、ストローで作った星など、どれもたいしたものではないがプレゼントに変わりはない。ヤニケがきれいに包んで飾り紐《ひも》をつけ、元同僚の名前と〝メリー・クリスマス〟とていねいに書いたラベルを貼ると、プレゼントは見違えるようになった。

ヤニケはホットワインの入った保温ポットをリュックサックに立てて入れ、倒れたときに中身がこぼれないようにタオルでくるんだ。

駅で通勤電車に乗り、席に座った。こうしていると、まるで市の中心部に働きに出る通勤客のようだ。疲れきった青白い顔と解けた雪で濡れた通路。今年の聖ルチア祭の朝の気温は氷点下近くまで下がり、湿った雪が降っていた。ヤニケはフリーペーパーを手に入れ、始発駅から座って興味なさそうに新聞をパラパラめくった。髪にきらきらとしたものをつけ、夜通しお祝いをしていた十代の学生がふざけあっている。ヤニケは学生たちに向かって微笑んだ。彼らと違って、ヤニケはまったくのしらふだった。

幸い、玄関の暗証番号は変わっていなかった。ヤニケはエレベーターで最上階に上がり、さらに短い階段をのぼって屋上のドアの前に着くと、エレベーターの制御室の後ろで服を着替えた。駅からここまで歩いてくるあいだ、ヤニケは寒くてずっと震えていた。だがもう寒さは感じない。脱いだ服を紙袋に入れると、壁際に押しやり、腰に赤いリボンをつけ、洗いたての髪の上にろうそくのついた冠を載せた。エレベーターのガラス窓に、自分の姿が映っている。ヤニケはろうそくを一本ひねって電気を点ける。ここまでは万事計画どおりだ。ヤニケは咳払いをすると、ささやくように歌いはじめた。

それから暗い家の中
明かりをつけて、歩きだす……

そしてゆっくりとすべるように、階段を下りはじめた。

以前の職場のドアには、ツゲのリースがかけられていた。ネコのおしっこのにおいがする。ここ何年もずっとそうだった。代わりにコケモモのリースを買おうとしないなんて、学習しない人たちだ。コケモモなら全然におわないのに。

九時十五分前。ヤニケは保温ポットをしっかりと持ち、呼び鈴を鳴らした。

ドアを開けたのはマリアだった。マリアはすぐに不安そうな表情を浮かべた。

「どちら……まあ！　ヤニケ！」

「静かに！」ヤニケは指を一本口にあてた。「すぐに帰るから。ただちょっと……」

ヤニケはささやかなプレゼントの入った紙袋を差し出した。

「みんなに謝りたくて」ヤニケはぼそっと言った。計画どおり、後悔たっぷりの口調で。「ホットワインも持ってきたの。お願い、マリア、みんなに謝りたいから、手を貸してくれない」

マリアの身体から罪悪感がにじみ出ていた。そのおかげで、手を貸そうと思ったようだ。マリアはみんなのところに行って、会議室に集まるよう説得してくれた。十人全員が集まった。全員がそろうことなどそうそうなかったが、今日は違う。すべて計画どおりだ。食堂に行ってカップを十個持ってきたのも、マリアだった。

ヤニケは落ち着きはらって、背筋を伸ばして立っていた。しばらくのあいだ、会議室の入口で以前の仕事仲間が席につくようすを見守った。グンヒルドは警戒しているらしく、表情がこわばっている。シルヴィアの髪型は変わっていた。エヴィは前より太って、呼吸のたびに鈍い音を立てている。だれかが、ティーライトキャンドルとアドヴェント用のろうそくに火をつけた。部屋の中は埃《ほこり》と古い紙のにおいがした。

ヤニケは簡単な挨拶《あいさつ》をするつもりだったが、やめておいた。たぶん、しなくてよかった。かえってそのほうが好印象だろう。ヤニケはみんなの席をまわって、震えたり、こぼしたりすることなく、順番にホットワインを注《つ》いでいった。

「では、乾杯しましょう。メリー・クリスマス」ヤニケは乾杯の音頭をとると、みんながカップを持ち上げて飲みほす姿を眺めた。全員がホットワインに舌鼓を打ち、おずおずとヤニケに向かって微笑んだ。

「これまでのこと、全部、許してくださいね」

すると、マリアが言った。

「あなたは？　ホットワインを飲まないの？」

ヤニケはマリアの目をまっすぐ見つめた。

「ええ、わたし、お酒はやめたの」ヤニケは静かに言った。

そしてプレゼントを取り出すと、ひとりひとりに手渡した。

「素敵なクリスマスを過ごせますように」そう言うと、ヤニケは空《から》になった保温ポットを腕に抱えて、職場をあとにした。

インゲル・フリマンソン（本名：インゲル・ヴィレーン）は一九四四年に生まれ、スウェーデン国内を転々としながら育った。十代で小説を書きはじめ、十九歳のとき、全国的な短篇小説のコンテストで優勝した。その後は長年ジャーナリストをしていたが、一九八四年になって、初めて小説を出版した。最初の十年あまりは、スリラー色は強かったものの、とくにジャンルにとらわれず小説を書いていたが、一九七七年、心理スリラー『わたしは悪魔を恐れない』（*Fruktar jag intet ont*）を刊行。二作目のスリラー小説『グッドナイト マイ・ダーリン悪女ジュスティーヌI』（集英社文庫）は、スウェーデン推理作家アカデミー最優秀長篇賞を受賞し、二〇〇五年には『シャドー・イン・ザ・ウォーター 悪女ジュスティーヌII』（集英社文庫）でふたたび同賞を受賞する。インゲル・フリマンソンがスウェーデンで第一級のノワール系心理スリラー作家であることに議論の余地はない。彼女の作品は米国をはじめ、世界十五カ国で発売されている。また大人向けの小説だけでなく、若者向けの小説も書いている。

〔＊この作品は、スウェーデンで二〇〇五年に刊行された『クリスマスの殺人』（*Mord i juletid*）に収録された〕

ポールの最後の夏
Pauls sista sommar

エヴァ・ガブリエルソン
Eva Gabrielsson
中村有以訳

ミステリ・ファンのあいだでは、エヴァ・ガブリエルソンの名前は〝スティーグ・ラーソンの生涯のパートナー〟としてしかなじみがないかもしれない。ラーソンとガブリエルソンは、ふたりとも十八歳のときにスウェーデンのウメオで開かれたベトナム反戦集会で出会い、二〇〇四年にラーソンが亡くなるまで生活を共にした（二〇一一年、ガブリエルソンはラーソンが亡くなってからの苦悩を綴《つづ》った『ミレニアムと私』（早川書房）を発表している）。だが実は、エヴァ・ガブリエルソンにも作家としての顔がある。ラーソンと同じく一九七〇年代から熱心なSFファンだったガブリエルソンはいくつかのSF同人誌に寄稿し、自らも共同出版人としてふたつの同人誌を発行した。その後も、本業の建築関連の書籍を執筆するかたわら、フィリップ・K・ディックのヒューゴー賞受賞作品『高い城の男』（ハヤカワ文庫）のスウェーデン語への翻訳、フェミニスト雑誌への寄稿、事実婚のカップルに関するスウェーデンの現行法を批判する書籍の執筆などを行なっている。

エヴァ・ガブリエルソンは一九七七年にストックホルムに居を移し、建築を学んだ。その後、オールソン＆スカーネ建築会社でデジタル・デザイン業務に携わったのち、政府主催の建築コスト検討委員会の事務官となり、ダーラナ県において環境負荷の少ない建築プロジェクトを率いたほか、「建築・居住に関する意見交換会」（中央・地方政府、民間大手企業共同で、環境にやさしいスウェーデン流のライフスタイルを提案しようというプロジェクト）のマニュアルを策定した。現在は、スウェーデンの建築家、ペール・オロフ・ハルマンについての本を執筆中。ハルマンはストックホルムの都市計画プロジェクトを率いた人物で、ストックホルムをはじめ、スウェーデン各地にユニークな足跡を残している。きっとミステリ・ファンなら、ガブリエルソンの行なった調査がスティーグ・ラーソンの『ミレニアム』シリーズにも影響を与えたという事実に関心を抱くことだろう。『ミレニアム』の登場人物のうち善人はみな、ハルマンが都市計画にかかわった地域に住んでいるのだ。

ガブリエルソンの小説が世間の目に触れるのは、本書に収められた作品が初めてである。とりたてて劇的なことなど起こらない淡々とした物語だが、いくつもの重要な問題を提起し、〝良心〟と〝同胞への接し方〟についてあらためて考えるよう、読者を促している。

教会の墓地への上り坂は、ポール・ベリストレムにはやはり少し険しすぎたのかもしれない。それでも彼は、歯を食いしばって歩きつづけた。ややおぼつかない、ゆっくりとした足取りではあったが、杖に支えられて着実に足を運ぶ。今日のポールは、一張羅《いっちょうら》のツイードのジャケットと一九七〇年代に買った夏用のトレンチコートでめかしこんでいる。

「若い時分には〝頭が足りなけりゃ、そのぶん身体を動かせばいい〟なんて言われたものだが、いまでは頭も身体もあてにならん。八十歳にもなると、なにかと楽じゃない。人生は下る一方だというのに、まだ坂を上らなけりゃならないとは。まったくやりきれん」と、ポールはぶつぶつ独りごちた。

やがて、墓石のあいだを縫《ぬ》うようにめぐる砂利道に、用心深く足を踏み入れた。手には花束がしっかりと握られている。「さてと、エマの墓はどこだったかな」とポールはつぶやき、菩提樹《ぼだいじゅ》の森のどこかにあるはずの赤い御影石《みかげいし》を探した。だが、あたりは一面の緑で、手がかりが見つかりそうにない。立ち止まってひと息つき、じっくり見まわすと、まぶしいほどに白い教会が目に入った。「お告げでもあるといいんだが」と、ポールは期待をこめてそう言った。

教会のひんやりとした準備室で、ルイース・アルムは次の日曜の説教でなにを話そうかと考えていた。ろうそくに火をともし、長い髪を人差し指に巻きつけながら鉛筆を噛《か》んでいたが、やがて思いつくままにメモをとりはじめた。

　彼女の教会には、若者からお年寄りまで通ってくる。このところ将来に不安を感じている人が多いようで、ルイースと信徒奉事者に相談したいという声があとを絶たない。どんな世代にとっても苦しいこの時代に、不公平にも、だれもかれもがいっせいにルイースのもとへ押し寄せてきたかのようだった。私みたいな、ちっぽけで疲れきった人間を頼るなんて……。ルイースは力不足を感じていた。なにしろ、まだ四十歳なのだ。教会にやってくる年配の人たちと比べると人生経験ははるかに浅い。また、ふたりの子を持つ親とはいえ、いまの若者の生き方はさっぱり理解できない。自分の役割に疑問を感じることもしょっちゅうだった。それぞれ好き勝手に動きまわる羊の群れをまとめる羊飼いは、いったいどうすればいいのだろう？　かつて天職だと思っていた仕事も、この利己主義の時代には徒労のような気さえした。


　そのとき、ろうそくの火が揺らめき、入口に立ちふさがるように老人が現われた。途方に暮れたようすで花束を握りしめ、目には涙を浮かべている。

「どうされました？」ルイースは鉛筆を持つ手を下ろして尋ねた。

　老人は困惑した表情のままで口を開いた。

「いっしょに来てくれませんか」そう言って震える手を差し出したとたん、手から花束がすべり落ちた。

「失礼。ポール・ベリストレムと申します」

「どうも。ここの牧師のルイース・アルムです。以前にもお目にかかったことがありますね。覚えていらっしゃらないかもしれませんが」ルイースは立ち上がって老人に歩み寄り、握手をして、花束を拾い上げた。

　庭に出て向かった先にあったのは、赤い御影石でできた小さな墓石だった。墓石にはすでに三人の名前が刻まれているが、まだ数人分のスペースがある。となりには、それよりもわずかに小ぶりの黒い墓石があった。しばらくのあいだ、ふたりは無言でふたつの墓石を見つめた。ルイースにはどういうことなのかわけがわからなかったが、荒い息をつくポールがふたたび口を開くのを待った。

「いまどきの人と比べれば、私はかなりの回数、墓参りをしてきました」と、少し落ち着きを取り戻したポールが言った。「だが、まさか生きているうちに自分の墓を目にするとは思ってもみなかった」

「えっ、どういうことです？」と、ルイースは尋ねた。

「その黒いほう」ポールは墓石を指さした。「私の名前が彫られているんです。死亡日は空白ですが」

「そんな。おかしいですね、間違えて届けられたのかしら」

「いや、そもそも私は注文さえしていないんですよ」

ポールは肩をいからせ、本物かどうかを確かめるように墓石を杖でたたいた。黒く不気味な墓石はびくともしない。

「たとえそのときが来ても、私が入るのはここではないのに」と、ポールは先を続けた。「妻のアデルと同じ墓に入ることになっているのでね。エマは夫と娘といっしょに、ここの墓地でお世話になっていますが」

「ではなぜ、あなたの墓石がここに？」と、ルイースは言った。

「さあ、見当もつきません」そう言うと、ポールは涙をこぼした。「なんて恐ろしいことだろう」

「落ち着いて。なにか理由があるはずです。ご自宅までお送りしましょう。きっと真相を突き止めてみせますから」

「ご親切に、ありがとう」ポールは洟《はな》をぬぐいながら言った。「でもまずは、その花束をこちらにいただけますか？　もともと今日は、エマのためにここへ来たので」

ルイースは足を止め、ポールが暮らす木造の家とリンゴの木が生い茂る庭をうっとりと眺めた。

「一九五〇年代に自分で建てたんです」とポールは言った。「週末と祝日はこれにかかりきりでした。それからアデルと結婚しました。妻は十年前に亡くなりましたが」

「あなたはエマさんのお葬式にいらしていましたね」と、ルイースは言った。「だから覚えていたんです。おふたりはご夫婦ではなかったのですよね」

「結婚はしませんでしたが、五年間いっしょに暮らしました。エマは八年前、交通事故で夫と娘を亡くしましてね。いま生きている家族といえば、孫娘たちだけです。ふたりともいい子ですよ。リビングのタンスの上に写真があります」

キッチンのテーブルには、チラシの山や数冊の雑誌といっしょに、手紙の束が置かれていた。消印からすると、未開封のまま一カ月以上経っているものもある。窓台にぽつんと置かれた鉢植えのゼラニウムは枯れていた。園芸の才があったのはエマのほうだったのだろう。ポールがコーヒーとシナモンロールを運んできたので、ルイースはテーブルの上を空けようと紙の山を脇へ寄せた。そのとき、玄関のチャイムが鳴った。ポールは玄関に行くと、手紙と小包を抱えて戻ってきた。

「郵便配達のヨーアンでした。たいてい玄関先まで来て、私がいるかどうか確かめてくれるんです。おかげで、重たいものや運びづらい荷物が届いても、郵便受けまで取りにいかなくてすむ。最近は足元がふらついて杖を手放せないので、荷物を運ぶのもひと苦労でね」

「すばらしいサービスですね」と、ルイースは言った。

ポールは届いたばかりの郵便物を、捨てるもの、役立ちそうなチラシ、手紙の三つに分け、小包はまたべつに置いた。手紙の大半は請求書のようだ。

コーヒーを飲みながら、ポールは親切な郵便配達員を褒《ほ》めちぎった。「ただひとつ、妙なことがあります。最近ヨーアンから、〝どんな人に部屋を貸してるんだね〟と訊かれたんです。エマが死んでからはずっとひとりなのに」

「おひとりだと、きっと以前より時間が過ぎるのを遅く感じるんじゃないですか」と、ルイースは返した。

「どんなふうに過ごしていらっしゃるんですか？」

「エマの写真に話しかけたり、庭の鳥に話しかけたり、でしょうかね。たしかに、毎日がだんだん単調になってきた気がします。アデルとのあいだに子どもはいませんでしたし。ああ、でも兄の息子、甥《おい》っ子連中に会うことはありますよ。エマが生きていたときには、エマの孫娘たちもよく来てくれたものです」

「もしかしたらヨーアンさんは、〝部屋を貸してるのか〟ではなくて〝貸したらどうか〟とおっしゃっていたのでは？」と、ルイースは言った。

「いやいや、ここの住所に届くだれか宛ての郵便物が、どこかべつの場所に転送されているらしいのです」

「エマさん宛てのものではなく？」

「いや、違うみたいです。だれ宛てかヨーアンに確認したのですが、名前までは覚えていないとか……」ポールは答えた。「最近は郵便局も忙しくて、細かいことまで覚えていられないのでしょう」

ルイースは、ポールが配達員の言ったことを誤解しているか、聞き間違えたかのどちらかだろうとにらんだ。もしかすると、年のせいで少しぼけているのかもしれない。それなら墓石のことも説明がつく。だが、本人に自覚がないかぎり、そういうことは言わないほうがいい気がした。それに、いまはほかにできることもある。

「お手紙、開けたほうがいいのでは？」ルイースはシナモンロールを手に取って言った。

「そうですね」と、ポールも答えた。「エマがいなくなってから、いろいろと手につかなくなってしまって。だが、もう三カ月ですからね。時が流れるのはほんとうに早い」

封を開けてみると、数週間前が期限の請求書が数枚、チャリティの勧誘がいくつか、エマの親戚からのお悔やみの手紙が何通か、そしてカール＝エドヴァルド・パルムという人物宛ての手紙が一通出てきた。

「これのことだろうか」ポールは声をこわばらせて言い、その封書を脇に置いた。「郵便局はよほど忙しいにちがいない。カール＝エドヴァルドはここには住んでいないのに」

「その名前、聞き覚えがあります。エマさんのお葬式にいらしてませんでしたか？」ルイースは尋ねた。

「ええ、エマの義理の息子です。自動車事故で亡くなった娘の夫ですよ。エマの娘と住んでいた家で、いまは新しい妻と暮らしています。きっと郵便局が間違えたんでしょうね」と、ポールは答えた。

「これで謎がひとつ解けましたね」ルイースも言った。

シナモンロールふたつとクリーム入りの濃いコーヒーのおかげで、ポールはずいぶん元気を取り戻したようだった。寝室からレシートと銀行口座明細書の詰まったバインダーを持ってくると、心配そうにこう言い、ルイースを驚かせた。

「いま開けた封筒の中には墓石の請求書などなかったでしょう。よければ、このバインダーを確認するのも手伝ってくれませんか？ 私がもうろくしているわけではないと確かめたいんです。お時間はありますか？」

「もちろんです」ルイースはすっかり感じ入り、ポールの勘違いなのでは、という考えは捨てた。時系列で綴《と》じられた数年分の請求書やレシートをぱらぱらとめくる。

三十分ほど経ったところで、ふたりは同じ結論に達した。墓石の納品書や請求書はなく、ここ七カ月の銀行口座明細書と請求書を突き合わせてみてもおかしなところはない。墓石はおそらく一万クローナはするだろうが、それほどの額の使途不明の銀行手形や支払いの記録もない。

「結局なにもわかりませんでしたね」と、ポールは言った。

「ほんとうにおかしいわ」ルイースも続ける。

「二週間前にはあの墓石はなかった。ということは、最近注文したのでしょう。私ではない、ほかのだれかが。支払いをしたのも私ではない」と、ポール。

「ええ、たしかにそのようですね。どうしたらいいのか私にもよくわかりませんが、納入したのがどこの業者かはすぐに調べられます。やってみましょうか？」

「ありがとう」

ポールは初めてルイースに笑顔を見せた。

家に着いてから、ルイースはあることに思い当たった。そういえば、カール＝エドヴァルド・パルム宛ての郵便には、見間違いようのない税務当局のロゴが入っていた。ほかならぬ税務当局なら、連絡をとりたい相手の住所を正確に知っているはずなのに。なんといっても、住民票を管理しているのは当局なのだ。通知を送る住所を間違えたら、税金を取りそこねるかもしれない。そんなことになるのを政府が放っておくわけがなかった。もう一カ所、電話をしなければ、とルイースは思った。

二日後、ルイースはふたたびポールの自宅を訪れた。郵便受けから中身を取り出して、玄関のベルを鳴らす。どうやら今日はあの親切な配達員も、玄関まで届ける時間がなかったようだ。ポールは中でルイースを待っていた。

「また来ました」と、ルイースは言った。「こちらを

どうぞ。今日の収穫物です。ほとんどはチラシのよう
ですけど」
「ありがとう」と、ポールは答えた。「さあ、入って。
なにかわかりましたか？」
　わかったことはあった。税務当局に確認したところ、
カール＝エドヴァルド・パルムは、たしかにポールの
家の住所に住んでいることになっていた。二カ月前、
パルム本人が手続きをしたそうだ。また、郵便配達員
が言うには、ポールの住所に届くパルム宛ての郵便物
は、いまの妻と住んでいる家に転送するように、パル
ム本人から郵便局に連絡があったという。
「カール＝エドヴァルドからはなにも言われていない
ぞ」ポールは言った。
「いったいどういうことでしょうね」と、ルイースも
言う。「でも、配達員のミスではないようです……税
務当局からの手紙を転送せずにここに届けてしまった
こと以外は」

「妙な話だな。カール＝エドヴァルドに電話したほう
がよさそうだ」と、ポールは言った。
「待って」ルイースは制止した。「もうひとつ、お伝
えすることがあるんです」
　ポールは突然おびえた表情になった。視線が心配そ
うにさまよう。墓石のことを思い出して不安になった
のだろう、とルイースは思った。
「コーヒーでも淹《い》れてきましょう。座ってくつろいで
いてください」ルイースは言った。
　だがポールはひたすら考えこんでいるようで、ルイ
ースがコーヒーを持って戻るのを微動だにせず待って
いた。彼は食器棚の隅のシュナップスの小瓶を取ると、
自分のカップに角砂糖をひとつ放りこみ、シュナップ
スを少したらしてから、コーヒーを注いだ。
「今日はいつもよりも強い飲み物が必要だな……これ
でよし。さあ、続けてください」そう言うと、ポール
はカップを口に運び、ごくりと飲んだ。「おっと失礼、

お客さんを差し置いて。少しいかがですか？」

「いえ、コーヒーだけで結構です」口ではそう言ったものの、ほんとうはルイースも、もう少し強いものを飲みたかった。調べてわかった事実を思うと、気持ちがざわめいてしかたなかった。ルイースは話しはじめた。相手が牧師とあって、石材店は快く質問に答えてくれた。

「五番目に連絡をとった石材店が、六月の初めにあなたの名前の入った墓石を運びこんでいました。死亡日が入っていないのは妙だったので、覚えていたそうです」

「では、多少もうろくしているとはいえ、注文していないという私の記憶は正しかったわけですね」と、ポールは言った。

「ええ、そうです。注文と支払いをしたのは、この街の小さな会社でした」ルイースはなるべく落ち着いた声で話そうとした。

「その会社と私に、なにか関係が？」

「まったくないと思います」

石材店はルイースに、注文に関する書類のコピーを全部送ってくれた。どれも一見、なんの問題もなさそうだが、実際は嘘に満ちている。ルイースは、書類からわかったことをどうやってポールに伝えようかと悩んだ。

「あのう」ルイースは口を開いた。「おそらく、どなたかの手を借りたほうがいいのではないかと……」

「甥《おい》っ子になら、すぐに頼めます」と、ポールは言った。

「よかった。こういうことは、なかなか骨が折れますからね」

「たしかに。でもどうにかしてはっきりさせたいのですよ」と、ポールは答えた。

この家では、いまでも昔風に廊下の低いチーク棚に電話が置いてある。ポールが電話をかけに部屋を出ていくと、ルイースは、石材店から届いた納品書、請求書、領収書のコピーと、税務当局から取り寄せたカール＝エドヴァルド・パルムの住所変更届の写しの入った封筒を取り出した。そして小さな紙に、簡単な説明と挨拶《あいさつ》、自分の電話番号を書いた。墓石を注文したのはある不動産業者で、ルイースはそのオーナーも突き止めていた。だが、それをポールに伝えたくはなかった。すでに動揺している老人の心をこれ以上かき乱すより、彼の甥にどうにかしてもらったほうがいい。

「甥御さんのお名前と住所をうかがえたら、これをお送りしておきます」ルイースは、戻ってきたポールに声をかけた。

「頼みます。甥のグンナルがどうにかしてくれるでしょう。こういうときはいつだって、力になってくれるんです」と、ポールは答えた。

　数日後、ルイースのもとにグンナル・ベリストレムから事情を尋ねる電話がかかってきた。ポールの説明だけではよくわからなかったという。

「私もうまく説明できるかどうか……」と、ルイースは言った。

「とにかく、コピーを送ってくださってありがとう」と、グンナルは言った。「不愉快きわまりないですね。例の墓石は石材店に引き取らせることにしました。今日には撤去してくれるそうです。あとはなにかあったらカール＝エドヴァルドとのあいだで話し合わせましょう」

「よかった。それがいちばんね」と、ルイースは言った。「あれを建てたのがパルムだということ、ポールには……？」

「いや、なにかミスがあったようだ、としか伝えていません」と、グンナルは答えた。「税務当局にも電話して、パルムはポールの家にも、その住所にも住んでいないと伝えておきました。あとは当局が対処してくれるでしょう。パルムにも電話しましたが、わけのわからないことばかり言うんです。エマとポール、そしてふたりの偉大な愛に捧げるためだとか。墓石を買ったり住所を変えたりするのがポールへの愛とどう関係するのか説明しろと言うと、口汚く罵《ののし》りはじめたんです。だが、いまはあの男の話をしたいわけじゃない。あなたにお礼を言いたかったんです。叔父のことを気にかけてくださってありがとう」

「いえ、たいしたことはしてませんよ。ポールさんはいい方ですね。これからも連絡をとりあいましょう」と、ルイースは言った。

それから一カ月も経たないうちに、ルイースは葬儀の準備をすることになった。彼女の世界では、人生はつねに混沌《こんとん》の中にあり、なんの前触れもなく始まっては終わる。ポールが亡くなると、グンナル・ベリストレムから葬儀を取り仕切ってほしいという依頼があった。ルイースはその電話を教会の準備室で受けた。グンナルはいま、ポールの家を片づけているところだという。

「叔父はあなたをとても気に入っていました。もしよろしければ、ここに寄って、なにか形見の品を持ち帰ってくれませんか」と、グンナルは言った。「喜んで。それに、そこなら葬儀についてだれにも邪魔されずに話し合えますからね」

それからまもなく、ルイースはすっかり慣れたキッチンにグンナルとふたりで座っていた。家に入る前に、ついいつもの癖で郵便受けを開けたが、今回はからっぽだった。その代わり、キッチンのテーブルは、グンナルが戸棚や引き出しで見つけた保険証書やら請求書やら購読申込書やら個人的なメモやらで覆《おお》いつくされていた。

「叔父さん抜きでここにいると、不思議というか、なんとなく厳粛な気持ちになりますね」グンナルは言った。「今日は、叔父さんが特別な日にしか使わなかった、いちばんいい磁器のカップにふさわしい日だ。ガラス棚にしまってあるので、とってきていただけますか?」

「ええ、もちろん」ルイースは椅子を引いて立ち上がった。「少しカタカタいいますね」ルイースは、片手に二人分のカップとソーサー、もう一方の手には厳重に封をされた封書を持って戻った。「お皿の横に押しこんでありました。〝贈与証書〟と書いてあるので、見ておいたほうがいいかと思って」

「中身はすぐに想像がつきますね」と、グンナルは言った。「ほかの書類といっしょにしておいてください」

ルイースとグンナルがようやく椅子に落ち着き、金の持ち手のついた花模様のカップに入ったコーヒーをすすりながら葬儀で歌う賛美歌を選んでいると、突然、だれかが玄関を開けた。カール＝エドヴァルド・パルムだった。手にはカメラを持っている。彼はずかずかと家の中に入ってきたが、キッチンの入口で立ち止まった。

「おやおや」カール＝エドヴァルドは驚きを隠さずに言った。「あんたがここにいるとは」

「どうも」グンナルも答えた。「亡くなった叔父のことで、牧師と相談していたんだ」

「こんにちは。ルイース・アルムです」と、ルイースは手を伸ばして言った。

「こいつはどうも」カール＝エドヴァルドも名乗ってからこう続けた。「こういうときには大量の書類をさばかにゃならんからね。叔父さんのことは残念だった。お悔やみを言わせてくれ」

パルムはしばらく所在なげに立っていた。どうやらこのふたりはしばらく帰りそうにないな、とパルムは気づいた。まあ、ふたりがいなくなってから戻ってくればいいだけのことだ。いまは間違いさえ犯さなければそれでいい。ただ、せっかくカメラを持ってきたのだから、という気もする。

「では、こっちはこっちで、自分の仕事をするとしよう」とパルムは言い、リビングへ消えた。

ルイースとグンナルは当惑して顔を見合わせた。そのうち、家具を引きずって動かす音と、そのために力む声が聞こえてきた。

「あの不動産屋、どうやら家の中の写真を撮っているらしい」リビングに閃光が走るのを見て、グンナルが言った。「この家を売りに出すつもりなんだ」

「こんなに素敵なお家なのに、あなたがたが住まないのは残念だわ」

「いや実は土地の分割が済んだら、ぼくの弟がここに住む予定なんですよ。叔父さんが歳をとって家のことをできなくなってからは、弟が管理を手伝ってきたので」とグンナルが言う。「パルムめ、いったいどういうつもりだ」

ルイースはグンナルとともにリビングに向かった。パルムは、この家の古風な魅力がいちばん伝わる角度を探している。

「なにをしているのか説明してくれないか」と、グンナルは言った。

「ああ、この家を売りに出すときに備えておこうと思ってね。買い手が多い時期に売りに出したほうがいい。来月になると休暇が始まって、不動産の価格が下がってしまうからね」と、パルムが言う。

「そうか。だが、遺産分割について弁護士を交えて話し合うのは再来週だ。まだなにも決まっていないはずだが」

「まあね。ただ力になりたかっただけさ。私たちはほとんど家族のようなものじゃないか。いや、家族のようなものだった、と言ったほうがいいかな」

「そろそろ帰ったほうがいいんじゃないか」と、グンナルは言った。

「そうだな、いつでも好きなときに戻ってこられるからな。ところで、ポールの遺産分割はだれが担当しているんだ？　きみか？」

「いや。叔父が選んだ弁護士だ」グンナルが答える。

「なるほど。名前を聞いてもいいかな？」

グンナルは弁護士の名前を告げると、もう一度パルムに帰るように言った。パルムはあからさまにムッとした顔で帰っていった。グンナルとルイースはキッチンに戻った。

「パルムは昔から、おせっかいというか、強引な男ではあったのですが、ここまで勝手なことをするとは思いませんでした」グンナルが窓を開けると、そよ風がレースのカーテンを揺らし、リンゴの花の香りが部屋に漂った。「きっと、エマが使っていた鍵を手に入れたんですね」少しの沈黙のあと、グンナルは続けた。「取り返さなければ。ただ、やつがいくつ複製をつくっているかは神のみぞ知る、だが」

「私から神さまに聞いてみてもいいけれど……」と、ルイースは言った。「教えてもらえそうにないわね」

グンナルは笑った。

ルイースは形見として小さなクリーム入れを持ち帰ったが、気持ちは晴れなかった。ポールとキッチンで楽しいおしゃべりをしていたときに使っていたクリーム入れなのに。

グンナルは、片づけと書類の仕分けをすますために、そのまま家に残った。そして、錠前師に電話をかけてから、重要な書類をすべて弁護士に届けた。

ポール・ベリストレムの葬儀の一週間後、カール＝エドヴァルド・パルムは、ポールの不動産を管理している弁護士に明るい声で電話をかけた。

「もしもし、カール＝エドヴァルド・パルムと申します。ポール・ベリストレムの不動産の件でお電話しました。ポールの甥のグンナルから、もうすぐ遺産分割についての話し合いがあると聞きまして」

「ええ、そのとおりです」と、弁護士は答えた。「次の火曜日の予定ですね」

「ですよね。ただ、私はその知らせを受けていないのですが」パルムが続ける。

「ええ、それはそうでしょう」弁護士は淡々と言った。「あなたには相続する権利がないので、当然です。あなたのお嬢さんおふたりには連絡が行っているはずです」

「なんだと？　そんな！　なにかの間違いだ！」パルムが大声を出す。「書類を全部、ちゃんと見たのか？　あの家の隅から隅まで探して」

「もちろんです」と、弁護士は言った。「すべてベリストレム氏の指示どおりに行なっています」

「いいや、そんなわけない。なにかがおかしい」パルムは声を荒らげた。「また連絡するからな。覚えておけ！」

「お電話ありがとうございました」と、弁護士は言ったが、すでにパルムは電話を切っていた。

「面倒なことになった」パルムは声に出して言った。「よくよく調べてみなければ」

だがポールの家の玄関に行ってみると、鍵は鍵穴に合わなくなっていた。

翌週、ポールの甥ふたりとエマの孫娘ふたりが遺産分割の話し合いのために弁護士のオフィスに集まった。話し合いのあと、グンナルはルイースに電話をかけた。

「ご報告したくてお電話しました。あの家はぼくと弟で管理して、エマのお孫さんたちはそれぞれ五万クローナを受け取ることになりました」

「思っていたとおりですね。みんな満足しているといいのですけれど」

「みんな、ではないかな」グンナルが言った。「実は裏でドラマがありましてね。あなたが見つけた封筒の中に、遺言書が入っていたんです。だれもそんなものがあるとは知らなかったのですが。そこには、あの家をカール＝エドヴァルド・パルムに譲り、パルムの娘たちにそれぞれ十万クローナずつ残すと書かれていました。証人の立ち会いのもとで書かれた、法的に有効な遺言で、エマが亡くなった翌週の日付が入っていました」

「ポールにとって、いちばんつらかった時期ですね」と、ルイースは言った。「重要な決断をできるような状態ではなかったのでしょう。なんの書類にサインをしているのか、わかっていたのかしら？　サインをすれば、あなたと弟さんから相続権を奪うことになるのに」

「いや、わかっていなかったでしょうね。ただ、エマの孫にいくらか残したい、とは前々から言っていました。お金だけですけれど」

「その気持ちはよくわかります」ルイースも言った。

「でも、家の件は疑わしいわね」

「そうなんです。でも、例の黒い墓石がちゃんとなっているのを見せようと、ぼくと弟でポール叔父さんを連れ出すと……」と、グンナルが言う。「話しているうちに、叔父さんが思い出したんです。パルムが、エマの孫への贈り物にとかなんとか言って、書類を持ってきたことを。でも、そのときは家じゅう探してもなにも出てこなかった。それで叔父さんは、自分の遺言が無効になったのではないかと心配になった。そこで、ぼくといっしょに銀行へ行き、新しい遺言を書いて、貸金庫にしまいました。なにを書いたのかはぼくにも見せてくれませんでした。金庫を開ける権利があるのは叔父さんの弁護士だけだったので、ぼくも今日になって初めて内容を知りました。あなたが戸棚で見つけるまで、あんなものがあったとは知りませんでした。なにかあるのではと疑ってはいましたが。とにかく、まったくの偶然のおかげで、叔父さんをだまそうというパルムの企ては失敗したのです。考えてもみてください。まったくの偶然ですよ」

グンナルとルイースは黙りこんだ。それ以上の言葉は必要なかった。

その日の夕方、ルイースは教会の階段で足を止めた。夕闇のなか、ポールの墓の前に鮮やかなバラの花束が供えられているのが見えたからだ。ほかにも彼を覚えている人がいるのかと思うと、心が温かくなった。他人を想う気持ちがかたちになったものには、真の希望が宿っている。ルイースは墓に近づいた。花束には小さなカードがついていた。贈り主の名前はない。ルイースはカードを読んだ。

ポールの遺言を無視する強欲な親戚連中とは違い、ほんとうにポールを想うだれかより。

もう一度、カードに目を走らせる。信じられない。あの不動産屋。神聖な墓地を戦場にする気だろうか？あの人以外にありえない。ルイースはほとほと呆《あき》れてカードを細かく破り、それを手にしたまま墓地の入口に向かった。怒りのあまり、心臓が激しく脈打っている。ルイースはバス停のそばのゴミ箱に紙くずを捨てると、家の方角に向かうバスに乗った。自宅の玄関前に立っても、まだ怒りはおさまらなかった。

まだこれで終わりじゃないと、ルイースは気づいた。衝動に駆られ、彼女は教会に戻った。ゴミ箱をあさって、カードの破片を集める。だが、教会の準備室で腰を下ろすと、戸惑いを覚えた。私はなぜここに戻ってきたのだろう？

心を落ち着けるためにろうそくに火をともす。目の前に広げて置いた紙きれは、アイスクリームの包装となにかの果物のせいでベタベタになり、ほとんど判読不能になっていた。ルイースは紙きれを見つめた。この汚れ方、カードにこめられた悪意にぴったりだ。

ルイースは大罪について考えた。そして、抑えのきかない欲望が社会と人間にどのような影響を及ぼすか——それを脈々と伝え、警告してきた聖なる書物に思いを馳《は》せた。どんなときにも役立つ警告だ。

ルイースはうなずき、次の説教の内容を書き記すためにペンをとった。ろうそくの炎が揺らめく。次の日曜日には〝強欲〟について話そう。

自宅のポーチに座るカール＝エドヴァルド・パルムは、日焼けと怒りで真っ赤になっていた。彼の妻も怒っていたが、夫ほど顔は赤らんでいない。日焼け止めを塗っているからだ。この日、うれしくてぺちゃぺちゃしゃべりまくっているのは、パルムの娘たちだけだった。

「ランチのとき、子どもたちがなんて言ったと思う？　あのじいさん、おれがあれだけ手を尽くしてやった数週間後に、べつの遺言を書いてやがったんだと」カール＝エドヴァルドは妻に言った。

「どうしてそんなことができたの？」妻が不思議そうに尋ねる。

「あの子どももいないボケ老人の代わりにいろいろやってやった見返りがこれだ」カールが言う。

「あんなにがんばったのにね」妻も傷ついたような声で相槌《あいづち》を打った。

「あれだけ金を使って、あれだけ働いて、結局どうなった？」とパルムは言った。「なにひとつもらえやしない。それが現実だ」

「不公平よね」

「あの家を売り払う手数料さえ入りやしない。どうやらだれかが住むつもりらしい。信じられるか？　すべて水の泡だ」苦虫を嚙《か》みつぶしたように言う。

いや、まだ回収できるものがある。パルムは車で自分のオフィスに向かい、あの黒い墓石の請求書と領収書のコピーを取ると、もう一枚、請求書をつくった。墓石の代金に手数料を加えて、できるかぎり高い金利をのせるとかなりの額になる。家に帰る道すがら、彼はそれをポール・ベリストレムの地所宛てに郵送した。

エヴァ・ガブリエルソンは、一九五三年、スウェーデン北部の海沿いにある小さな町、レーヴォンゲル（当時の人口は数百、現在は七百五十人ほど）に生まれる。ウメオ大学在学中の一九七二年、のちに生涯のパートナーとなるスティーグ・ラーソンと出会う。その後、ストックホルムの王立工科大学で建築を学び、卒業後は建築家、プロジェクト開発者として活動。環境への負荷の少ない建築とメンテナンスの専門家として、スウェーデン政府への助言も行なっている。ストックホルム在住。

〔＊この作品は書き下ろし〕

指　輪
Ringen

アンナ・ヤンソン
Anna Jansson
稲垣みどり訳

アンナ・ヤンソンは、十世紀に起源を持ち、中世には交易で重要な役割を担《にな》った町、ゴットランド島のヴィースビューで生まれ育った。ゴットランド島は、スウェーデン本土の東に浮かぶはるかに小さな島、エーランド島のさらに東に位置する。ヤンソンが最初のミステリを出版したのは二〇〇〇年で、その作品に登場した若い女性警官マリア・ヴェーンは、その後も十四作の長篇で主人公になっている。また、ヤンソンの数少ない短篇の主人公にもなっていて、本篇もそのひとつである。

初期の数作では、マリア・ヴェーンは本土で勤務につき、夏の休暇中にゴットランド島で事件が発生すると、特別に捜査に携わる設定になっていたが、七作目からはゴットランド島に永住するようになる。アンナ・ヤンソンのシリーズでは、発生した犯罪や警察の捜査だけでなく、献身的なプロフェッショナルとして、仕事をしながらふたりの子どもを育て、恋愛をし、自分の時間も確保しようと努めるマリア・ヴェーン本人が抱える問題にも焦点が当てられている。

二〇一〇年に、アンナ・ヤンソンはこのシリーズと並行してヤングアダルト向けのミステリ・シリーズも書きはじめた。主人公はマリア・ヴェーンの十一歳の長男、エーミル・ヴェーンで、母親や読書からインスピレーションを受けて、私立探偵事務所を立ち上げる。

アンナ・ヤンソンはスウェーデンでもっとも読まれている作家のひとりである。ベストセラーになった作品はテレビドラマや映画にもなっており、マリア・ヴェーンを人気女優のエヴァ・ローセが演じている。

水たまりに張った薄い氷の下で、ビール缶のプルタブが光っているのを見た瞬間、少年にはそれが指輪物語の指輪だとわかった。街灯の不思議な輝きを受けて、指輪の守護者エルロンドが裂け谷を治め、魔法使いの白のガンダルフがまだ〝灰色の〟と呼ばれていたころのように、いま秘密が明かされたのだ。いつかこういう日が来る、と少年は心ひそかに予期していた。

「十二月十二日火曜日の今日、フレドリック・ベンクトソンは指輪所有者に選ばれた」と彼は声に出して言った。意識の片隅で、授業の始まりを告げる二度目のベルが響いた。校庭にはもう人の姿はない。指輪は氷の棺に納まり、巧みに人目につかないようにしているが、それがまもなく世界を変えることになるだろう。

自転車置き場の脇に、先の尖《とが》った棒が落ちている。前の休み時間に、その棒でトシュテンにたたかれた背中がまだ痛む。トシュテンは、クラスの女の子たちに聞こえるように〝おもらし野郎〟と叫んだ。木剣こそ、いまフレドリックに必要なものだった。それを使って指輪の力を解き放つことができる。ひと振りすれば、計り知れない力が彼のものになる。フレドリックは指輪を手に取り、ガンダルフやエルフたち、無愛想なドワーフ族の名において、それを指にはめる。最初はとくになにも感じない。だが、自転車置き場にあるトシュテンの新しい自転車を見たとき、少年の中でなにかが変わる。ブレーキや、二十段ギア、ダブルのショックアブソーバーが付いた最新型の自転車だ。少年の歯は鋭く尖り、目は小さくなって燃える火の玉になる。

手から黒い剛毛がみるみる伸びてきて、爪は鉤爪《かぎづめ》に変わる。指輪所有者は、クラス1Aにいるフレドリック・ベンクトソンなら、勇気がなくてけっしてやるはずのないことを実行する。自転車を盗むのだ。

坂を下りはじめると、自転車のスピードが恐ろしいくらいに増していく。道路一面に氷が張っている。街灯の光が、危険な速さで過ぎ去る。フレドリックはペダルを逆回転させて速度を落とそうとするが、すぐに怖くなってハンドブレーキをかけてしまい、転倒する。手袋をしていたのでアスファルトで手をすりむかずにすんだが、ズボンの膝《ひざ》が破ける。自転車のフェンダーがへこみ、塗料にひっかききずがつく。指輪をしていなければ、怖くて痛くてとっくに泣きだしていたところだが、いまは泣かない。

指輪所有者は起き上がって、前方を見る。すると森の中の道が彼に呼びかけてくる。霜のおりた樹冠からささやき声が聞こえる。言い伝えにあるささやき声だ。

指輪所有者は鋼鉄の馬にまたがり、黒々とした樹幹の迷路へと入っていく。凍った小川沿いに、芝葺《ぶ》き屋根をいただく小さな灰色の田舎家《いなかや》の集落がある。集落の向こう端、牧草地が始まるところに、古びた木の扉のついた、草で覆《おお》われた塚が見える。まるでホビットの家のようだ。気をつけなくては。フレドリックは堆肥《たいひ》を入れてある大きな箱の後ろにしゃがみこみ、自転車を横に倒した。黒の乗手《のりて》たちがいるかもしれない。警戒が必要だ。指輪をはずしてポケットに入れた瞬間、草で覆われた塚の扉が開いて黒い人影が現われ、すぐに森の中へ姿を消す。顔がちらりと見える。善人だろうか、それとも悪人だろうか。敵か味方か。その場で身震いしてようすをうかがっていると、ほんの数秒が永遠に感じられる。朝の日差しが静かに木々の枝のあいだから射しこみ、影を飲みこんでいく。フレドリックは自転車を支えにしながら、自然の貯蔵庫を探るためにそっと近づく。扉は少し開いている。ホビットの家の特徴である、丸みや親しみは感じられない。壁はざらついていて、寒さが肌を刺す。さらに奥に進もうとすると、なにかが足にぶつかる。ジャガイモ袋のようだが、どうやらそうではなさそうだ。ポケットを探り、ライターを取り出す。今朝《けさ》兄のジャケットから拝借したものだ。細い炎を手に身をかがめると、自分の吐く白い息の向こうに、血の気のない、黄色い顔が現われる。ふたつの瞳が空虚にこちらを見つめてくる。口を大きく開いているが、上あごには歯がない。入れ歯が取れ、生々しいピンク色の歯茎《はぐき》がむき出しになっている。少年は唖然《あぜん》として数秒間動けずにいたが、われに返ると外の光に向かって走りだす。森を走り抜けながら、思いはおびえた鳥の群れのように千々に乱れる。

「また遅刻よ、フレドリック・ベンクトソン」先生の眉間にくっきりと皺《しわ》が寄る。クラスの全員が入口のほうを向く。机につく彼を、とがめる目が追う。

「トイレに行ってたんだ」

「おもらし野郎」本棚近くの隅の席から、トシュテンが言う。

マリア・ヴェーン警視は、痩《や》せた女性の遺体が黒いビニール袋に収納されるのを見守っていた。鑑識官はジッパーを閉じ、腰に手をあててぎこちなく立ち上がった。作業のあいだ、だれも口をきかなかった。静かで、森が慰霊しているように感じられた。人が土に還るには自然な場所だが、よく見るとそうとも言えないのがわかる。周囲の風景とは不釣り合いに、セメントの上には赤褐色の染みがあり、貯蔵庫の扉の横には子ども用の自転車が乗り捨てられていた。

「きみに会いたいという女性が来ている」

同僚のエークが白いサーブを指さした。立入禁止区域まで、砂利道をまっすぐ走ってきたらしい。

「サラ・スコグルンドという人だ。今日、電話できみと話したと言っている」

マリアは深呼吸をして頭に残っているイメージを追い払い、車に乗りこむ前に気持ちを落ち着けようとした。きっと、その女性は動転しているだろう。

「エレン・ボリとは」と言って、サラと名乗る女性は被害者のコテージを指さした。「同じアパートに住んでるんです。毎週月曜日にはいっしょにブリッジをしてましてね。昨日の夜、コテージまで送ってほしいと言われました。ここ二、三カ月ほどはずっと来てましたよ。毎週、月曜のブリッジのあとコテージに。だから今日は迎えにいく約束でした。二時の予定だったんですが、遅れてしまって。エレンはコテージには電話を引いてないから、連絡できなかったんです」

「ここに着いたのは、何時でしたか？」マリアはメモを取り出して訊いた。

「たしか、三時近くだったと思います。鍵はかかっていなかったので、中に入ってエレンって呼んだのですが……返事はなかった。村に出かけるときは、いつも階段を上がったところの鉢植えの下に鍵を置いていたんです。でも今日はドアにささったままでした。そのとき、ジャガイモの貯蔵庫の外に自転車があるのに気づいて、どうしたのかと思って近づいてみたんです。そうしたら……」

記憶がよみがえってきたのだろう。女性の顔が歪《ゆが》む。しばらく気を取り直す時間を取ってから、マリアは質問を続けた。

夜になった。フレドリックはベッドに横になって、曲が終わり、音がゆっくり消えていくのを聞いていた。テレビはもう消えていたが、兄のレオの部屋のＣＤプレーヤーから音楽が聞こえていた。馬のいななくような音が壁を突き抜けて聞こえてくる。エレキギターが壁紙をかきむしり、悲しげでかすれるような、きれいな音を奏でている。レオは恋をしている。だから深い低音のバラードを繰り返し聞いている。恋はつらい、とレオは言い、ベッドに身を投げ出して天井を見つめてばかりいる。なにがそんなにつらいのか、フレドリックは一生懸命考えてみた。いっしょに恋をできたらよかったのに、と思う。ちょうどいっしょに水疱瘡《みずぼうそう》にかかったみたいに。レオが指輪物語を読み聞かせてくれたときは、楽しかった。いまはとてもさみしい。暗くて、ママも家にいない。でもレオは苦しそうで、そっとしておいてもらいたがっている。少し前にそばに行こうとしたら、コーラの空き缶を投げつけられたので、よくわかった。窓のそばで待降節《アドヴェント》に飾る星形のランプが輝いている。それがわずかな慰めになった。怖いことばかりだけど、もうすぐ学校で聖ルチア祭の催しもある。まだ覚えきれていないが、フレドリックはみんなの前で一節を暗唱することになっている。頭の中がぐるぐるまわりはじめるまで練習する。やがて、

フレドリックは眠りの渦に巻きこまれ、夢の世界へ入っていく。ベッドの下には、ダックスフントたちがいる。黒い、ぬるぬるとした、死んだダックスフントの魂だ。ベッドの縁に足を下ろせば、嚙《か》まれて死に感染する。だからフレドリックは森の中に逃げて、走りつづける。走る脚に犬たちが嚙みついてくる。脚を蹴り上げては追い払う。小川が見えたので走りこむと、水は真っ黒で冷たい。流れてきた氷の塊に飛び乗る。すると氷の下にその顔がある。例の黄色い顔のまわりに、白髪《しらが》まじりの髪が塵《ちり》の暈《かさ》のように浮いていて、険しい目には恨みがこもっている。フレドリックは悲鳴をあげるが、声は喉にひっかかって凍りつく。反対側の岸、救いがある側には疵だらけの自転車が置かれ、その横にトシュテンが立っている。怖くて、もう耐えられない。じたばたするのをやめ、フレドリックは川の中に落ちて、氷のように冷たい水に運ばれてダムに流されていく。あまりの寒さに目が覚める。急にさみしくな

って、冷たくてびしょびしょに濡れているのに気づく。

「レオ！　起きて、レオ！」フレドリックはレオの肩を揺さぶる。

「どうした？」

「ダックスフントがぼくのベッドでおしっこして、とっても寒いんだ」


マリア・ヴェーンは、自分のオフィスで窓の前の椅子に座っていた。窓の外では雪が降っていたが、それも目に入らないほど思いに沈んでいた。エレン・ボリは毎週月曜日の夜、コテージでなにをしていたのだろう？　設備を見たところ、あの家は便利で快適とはとても言えなかったはずだ。一杯のコーヒーを飲むために、氷を割って水を運び、薪《まき》ストーブに火をおこさなければならない。寝具類は冷えきって湿っていたし、床も氷のように冷たかった。夏だったら快適かもしれないが、真冬になぜ？　そのときインターフォンからエークの声が聞こえ、もの思いは中断された。

「お客さんだ」

黒いコートを着た、長身で痩せた男がルードヴィグ・ボリだと自己紹介をした。薄くなりかけている髪を真ん中で分け、ワイヤーフレームの眼鏡《めがね》の奥からのぞく瞳は深い藍色《あいいろ》だった。母親が亡くなったことを伝える仕事は楽ではないが、昨夜はアルヴィッドソンとエークがその役目を担《にな》った。意外にも、ボリは母親のアパートメントにいた。ちょうど通りかかったので、自分の鍵を使って部屋に入っていたのだ。

マリアは彼に椅子を勧め、コーヒーを二杯手にして戻った。ルードヴィグはミルクと砂糖はいらないと言った。細い指で包みこむようにしてカップを持ち、手を温めている。ウールのコートを着ていても寒そうだ。

「母は、ほんとうに殺されたんでしょうか」少し考えてから、ルードヴィグはそう切り出した。

「ええ。残念ながら、疑いの余地はありません。頭に、鈍器で殴られた傷がありました」

「もの取りの犯行だと？」

「その可能性はあります。お母様はコテージになにか高価なものを置いていらっしゃったかどうか、ご存じないですか？　窃盗犯に狙われるようなものを？」

「そんなものがあったとは思えないな。裕福ではなかったですからね。年金はありましたが、郵便局勤めでしたから、たいした額ではなかったはずです。何年か前にコテージにかかる固定資産税が倍になったとき、払えるかどうか心配したくらいでした。それでも頑としてコテージを売ろうとしなかった。アパートメントのほうを手放して、コテージにずっと住むことにしようかと、しばらく迷ってました。よく両方とも手放さずにいられたと思いますよ」

「ええ、その固定資産税の話は覚えています。改定された評価基準を新聞で読んだけど、ずいぶん配慮に欠けると思ったわ。大勢の高齢者が不動産を手放さざるをえなかったんですよね。ところで、あの村に一年を通して住んでいる人はいるんですか？　それとも夏のあいだ別荘として使われているだけかしら」

「あそこで家を所有していられるのは、いまでは裕福な人だけです。最後まで住んでいたのは、食料雑貨店の奥さんですね。老人ホームに入られたんですが、家は売らずに貸しているんじゃないかな。夏のあいだは、たしか養護教諭が住んでいたと思います。冬はだれもいません」

「自転車を壊したやつを見つけたら、ぶっ殺してやるからな」トシュテンはゆっくりと言い、ルチア祭に参加する少年たちをにらんだ。

　少年たちは丈の長い白の衣装を着て、帽子を手に校庭に並んでいる。ぴかぴかの星が貼りつけられた円錐《えんすい》形《けい》の紙の帽子は、かぶるとすぐに風に飛ばされそうになるからだ。トシュテンが少年たちひとりひとりの目をのぞきこむ。鋭い目でにらみつけ、下唇を嚙んで脅すような顔をしている。フレドリックはお腹の中が揺れ動くのを感じたが、無視しようとする。今朝《けさ》は食欲がなかったので、水を飲んだだけだった。お腹に獣が住んでいて、人間の食べ物を受けつけなかった。

「自転車を盗ったやつは、ぼくの父さんに死ぬほどたたかれるからな。二週間は歩けなくなる。ぼくは警察に指紋を採られたんだぞ！」トシュテンはそう言って親指を突き出す。「逃げられると思うなよ！」

クラスの担任教師は、学校の聖ルチアに選ばれたイーダとお付き役の少女たちの近くにいる。そろそろルチア祭が始まる時間だ。少女たちは、長い白のドレスを着てそわそわしている。髪とウエストに巻きつけられた金色の紐《ひも》が月明かりを受けてきらきら光っている。イーダは長い髪がウェーブしていて、まるでエルフの女王様みたいだ。髪はとてもやわらかそうに見える。フレドリックはそのブロンドの髪に触れてみたいと思うが、とてもそんなことはできない。彼女がかぶっているコケモモの冠には、何本もロウソクが取り付けられ、炎が揺れている。先生が水の入ったバケツを持って、いちばん前の席に座ることになっている。去年は、ルチア役の子の冠から幕に火が燃え移ったのだ。

講堂は保護者や子どもで満員だ。でも、フレドリックのママは来られない。今日も夜勤なのだ。フレドリックは紙の星がついた棒を持って歌うが、緊張のあまり喉に大きな塊がつかえているように感じる。やがて、場が静まり返る。彼が暗唱するところだ。担任の先生がこちらを見てうなずく。講堂の暗がりは、黒く光る目であふれている。フレドリックは口を開くが、声が出てこない。トシュテンが星のついた棒で突っついて、にやにやする。先生が口を大きく開いて、なにかを伝えようとしている。フレドリックは全身が凍りつく。おしっこがしたい、と突然思う。トシュテンが棒の先の星で脇の下を突いてくる。物音ひとつしないなか、ジャーッという音が堅木の寄木張りのステージに反響するのが、全員の耳に聞こえる。

明け方、マリア・ヴェーンはルチアの歌の二重奏で目覚めた。夫のクリステルが手さぐりで眼鏡をかけ、裸の身体に毛布を巻きつけて玄関のドアを開けた。息子のエーミルと娘のリンダがそっと廊下に出てきて、クリステルの生徒たちが馬鹿騒ぎの一夜のあと、よろけるような足取りで入ってくるようすをうかがっている。マリアはみんなに出すコーヒーを沸かした。ほとんどの子が寝ていないようで、コーヒーを飲ませたほうがよさそうだった。家の前の階段で男の子のひとりが嘔吐《おうと》し、女の子ふたりはバスルームに入って鍵をかけたまま眠りこみ、三人目の女の子は薄いパンプスをはいていたため足の指が凍傷になっていた。

「十二月十三日に授業をする意味ってあるの？」マリアはキッチンで夫に尋ねた。ルチアの行列が通り過ぎ、次の教師の家へと騒々しく移動していったあとのことだ。

「だれかが面倒を見てやらないとな。ルチア祭の夜にはいろんなことが起こるから、明るくなってから自己分析したり、気持ちの整理をしたりすることが必要なんだ。感情的な対立が表面化したり、愛情が不愉快なものに変わったり、喧嘩《けんか》したり、酔っ払ったりするからね。教師にとっては忙しい日になる。警察官もそうなんだろうな。きみも今日はきっとてんてこまいだぞ」クリステルは言い、マリアの頰を撫《な》でた。

「たしかにそうかも」

マリアは子どもたちの着替えを手伝いながら、リビングルームを片づけた。見つかった忘れものを一カ所に集める。セーター一枚、ＣＤ一枚、ポテトチップス一袋、それにミカンの皮が山ほど。エーミルはジンジャーブレッド・マンに、リンダは聖ルチアに扮装することになっている。託児所では女の子は全員、聖ルチアになれる。リンダの針金の冠は大きすぎて、深くかぶると、光の女王というよりは鹿のようだ。エーミルは電池式のキャンドルを持っている。口の中に入れると、肌を通して頰が赤く光る。リンダも冠で同じようにしようとして、キャンドルの一本が喉に入り、アイロンをかけたばかりの白いドレスに嘔吐《おうと》した。マリアは声を張り上げてむずかるリンダをなだめ、すぐに予定を変更してサンタクロースの衣装を着せた。それから託児所のスタッフにあげるフラワー・アレンジメントを用意して洗濯機の上に置き、ネコたちにエサをやり、食洗機をかけ、まだ暗いなか、ようやく家を出た。

ハートマン警部が、サフラン入りのロールパンとジンジャーブレッドの入った皿をまわしてきた。まずまず静かな夜だった。交通事故はなし。ベッドで煙草《たばこ》を吸っていた酔っ払いがやけどで入院したのが一件。ティーンエイジャーがふたり、警察の泥酔者保護室で酔いを醒ましている。両親にはもう連絡ずみだ。ブレードストレムの宝石店のウィンドウが割られたが、盗まれたものはなかった。総じて穏やかなルチア祭の夜だ。エークがスタッフ・ルームのソファーに深く腰を下ろした。クッションが跳ねて、その勢いでマリアは危うくコーヒーカップを取り落としそうになる。エークは二日酔い気味の顔をしている。なにかいいことがあったのだろう。

「エレン・ボリの住まいはどんな感じだった?」マリアは、エークから安全な距離にコーヒーカップを置きながら尋ねた。

「整理整頓されていて、清潔。小間もののたぐいが異常に多い。ソファーには刺繡《ししゅう》をしたクッションが山のように置いてある、そんな感じだ。キッチンには望遠鏡が据えつけられて、向かいの家の寝室が見えるようになっていた。ご近所についてはかなり情報通だったんじゃないかな。それに、現金が見つかった。アパートメントじゅうのあちこちに隠してあったんだ。ちょっと思いつかないようなところからも出てきたよ。全部合わせると、金額は十万近くになったね」

「息子さんは彼女のこと、餓死寸前のような言い方をしてたわよ。ベッカルンドの鑑識は終わったの？」マリアは訊いた。

「ああ」ハートマンは両手で魔法瓶を持っている。「コテージをもう一回見てくるか？」

「ええ、これから行ってみましょう」

　森の道は暗くてわびしい。夜のうちに雪が降ったが、木の枝が雪を受けとめて、地面には積もっていない。そのコントラストが神秘的な雰囲気を醸《かも》し出している。マリアは車を降り、東から昇る太陽のまぶしさに目の上に手をかざす。エレン・ボリは十月のなかばからなぜ急に、月曜日の夜にコテージに通いはじめたのだろう？　ここに来て、だれかに会っていたのか？　サラ・スコグルンドによると、エレンには友だちはほとんどいなかったようだが、彼女はここで生まれ育った。町の友人とはべつに、だれか知り合いがいたとも考えられる。エレンはちょっと変わっていた、とサラは言っていた。お嫁さんとは、まったくそりが合わなかったという。息子のルードヴィグが母親に会いに来るときは、決まってひとりだったそうだ。郵便局で働いていたときには、地域の住民についてはほとんどなんでも知っていて、暮らしには活気があったはずだ。そんな暮らしから年金生活に入るのはどんな気持ちだったろう。ワンルームの部屋で新聞を手に過ごし、人とはほとんど会わない生活はどんなだったのだろうか。

　マリアが立入禁止のテープを越えて中に入ろうとしたとき、近くのコテージのカーテンの後ろでなにかが動いたのに気づいた。ルードヴィグが言っていた家だ。

食料雑貨屋の店主夫婦が住んでいたという家は、ここより大きなポーチつきのログハウスだった。門柱に、女性用の自転車が立てかけてある。マリアはその家のドアまで行ってノックした。雪の結晶が太陽を受けてきらめいている。雪が足の下でバリバリと音を立てる。ドアを開けたのは、魅力的なブロンドの女性で、二十五歳すぎといったところか。家の中は暖かそうだ。薪《まき》ストーブがパチパチはぜる音が聞こえる。

「マリア・ヴェーンと言います。警察の者ですが、少しお話をうかがえますか?」

「ロヴィーサ・グレンです。学校の養護教諭をしています」女性の握手は力強い。「寒いから、中へどうぞ。エレンおばさまの痛ましい事件のことなんでしょうね」

「そのとおりです」

マリアは家に入り、靴についた雪を落とした。薪ストーブの横にあるキッチンテーブルの椅子に座る。テーブルは木地のままの折り畳み式のもので、ナナカマドの乾燥した枝がつまった、白鑞《しろめ》の容器が置かれていた。壁には青い額が掛けられ、古い格言を刺繍《ししゅう》したものが飾られていた。〝小事は大事〟

「ボリ夫人に最後に会ったのはいつでしたか?」

ロヴィーサは両手で頬杖をつき、考えてから言った。

「正直、覚えていません。たぶん、夏ごろじゃないかしら。そう、たしか夏至の前夜だったと思います」

「最近ここにいらしたのは、いつでしょうか」

「夏至のときです。それから海外に行っていました。ここは雨ばかりですから」

「あなた以外に、このコテージをお使いになる方はいますか?」

「いいえ、いたら困ります。年間通して借りていますから」

マリアはコートのボタンをはずし、暖気を直接身体に感じた。手は冷えきって赤くなっている。火にかざすと心地いい。

「エレン・ボリはどんな方でした？　人となりは、どんな感じだったんでしょう」マリアは訊く。

「私と話すときは、病気の話ばかりでした。養護教諭だと言わなければよかったと、ときどき思ったくらい」

「なるほど。ところで、どうしてこの時期にコテージにいらしたんです？」

「新聞で殺人事件のことを読んで、うちにもだれか侵入していないか確認しておきたくて」

「とくに異常はありませんでしたか？」マリアはさりげなく部屋を見まわした。寝室の乱れたベッドが目にとまる。

「ええ、ここに泊まったんです」弁明するように彼女は言う。「ベッドメイクがまだで」

「ということは、怖くはなかったわけですね。ボリ夫人の息子さんにお会いになったことは？」

「ルードヴィグですね。春にここに来ていました。ジャガイモを植えに来るんです。もうかなり前から、エレンは自分では植えられなくなって。でも、夏至には採れたてのジャガイモがなくちゃ、って言ってました」

「息子さんについてはどう思われました？」

「なんとも言えないですね」

「正直におっしゃって大丈夫ですよ」マリアは言う。

「なにかお考えがあるような言い方でしたわ」

「どういうか、少し見栄っ張りな感じなんです」ロヴィーサは笑って言った。「いつでもピカピカの車に乗って。成功していることを見せびらかしているみたいに。金融の仕事がうまくいっているらしいんです」

エレン・ボリの小さなコテージは、どこもきちんと整理が行き届いていた。調味料の瓶には手書きのラベルが貼られ、整然と並べられている。タオルかけは刺繍されたカバー付きで、タオルにはすべてアイロンがかけられ、折り目がきれいについている。暖炉の上部の煉瓦《れんが》は漆喰《しっくい》で塗り固められ、まるで火を入れたことがないように真っ白だった。すべてが整然としているが、ひとつだけ例外があった。なぜかキッチンテーブルの上に望遠鏡があった。テーブルクロスの上の三脚に角度をつけて取り付けられている。老婦人は夏のあいだ、近所の人たちのようすを観察していたのだろうか。そうかもしれない。だが真冬に見るべきものがあったとしたらなんだろう。マリアは望遠鏡をのぞいて、どこを見ていたのかを確かめた。キッチンの窓からは幹線道路まで見渡せる。悪くない眺めだ。エレン・ボリのコテージは最後に建てられたので集落の端にあり、キッチンの窓からほかの家が全部見渡せる。マリアは家の中をもう一度歩いてまわり、リビングルームの暖炉の前に戻った。こんなに外が寒いのだから、暖房器具があれば使うのがふつうだろう。ふと思いつき、マリアは暖炉の内側上部の煉瓦部分に手をやる。煉瓦を順にさわっていくと、ゆるんでいてはずせるものがひとつあった。マリアはそれを持って窓辺に行く。煉瓦の下には、黒いノートが紐《ひも》でくくりつけられていた。

フレドリックはバスタブの下に濡れた服を隠す。となりの部屋で寝ている母親を起こさないよう、すばやく押しこむ。恥ずかしくて、まだ頬が熱い。もう一生忘れないだろう。あんなことがあったのだから、二度と学校には行けない。おもらしをしたら、自宅学習をさせてもらえるだろうか？　させるべきだろう。三年生に、脚の骨を折って自宅学習になった子がいた。おもらしのほうが、よっぽどひどい。そんな子はほかにいない。そう思うと、とてもさみしくなる。着替えたズボンのポケットを探り、指先で〝指輪〟の冷たい表面の感触を確かめる。ある意味、これは非常事態だ。そこで指輪をはめる。すぐにはなにも起こらない。だがこれからどうしようかと考えていると、悪は徐々に支配を始め、してはいけないと言われていることをするよう、フレドリックをそそのかす。フレドリックは、ドアを開けてレオの部屋に入った。デオドラントのにおいが残る部屋に立ち、いつの間にか壁に貼られていた新しいポスターを見つめた。オートバイに乗る紐《ひも》パンティーの女の人だ。フレドリックは写真を見て、面白いと思う。小さすぎるおむつをはいた赤ちゃんみたいだ。肩越しに彼のほうを見ていて、目を半分閉じ、唇を開いて突き出し、ちょうどだれかにおしゃぶりを取り上げられたみたいに見える。

レオの携帯電話が、水槽の上に置いてある。虎柄のケースに入っている。フレドリックはそれを手に取り、重みを感じて少し大人になった気がする。もしもし、こちらベンクトソン、フレドリック・ベンクトソンだ。連絡先リストには女の子の名前が載っている。フレドリックが連絡先の電話番号を押していると、突然だれかが返事をする。まるでホラー映画だ。彼女にはこちらが見えない。フレドリックは悪に支配されている。悪い人は電話でハアハアという息の音を聞かせて女の子を怖がらせる。テレビで見たことがある。

「もしもし、だれなの？」女の人の声は、ほんとうにおびえているように聞こえる。

フレドリックはハアハアと大きく息をして、自分のしていることの恐ろしさに身震いした。それと同時に、人を怖がらせることに喜びを感じる。突然、力を手に入れたかのようだ。もっと力が欲しくなる。最初の女の子に電話を切られると、次から次へと電話をかけ、リストに残った名前は祖母しかなくなるまで続ける。そこでやめ、手元は見ずに水槽の上に電話を戻す。だがガラスの蓋《ふた》の上に置いたつもりの電話は、そのまま水の中をゆっくりと回転しながら、底に沈んでいく。狩りをするイタチザメのようだ。すごくかっこいい。

玄関の呼び鈴が鳴る。

担任教師のヴィクトーション先生とママはキッチンにいて、ドアは閉まっている。フレドリックは腕時計を見る。十時だ。ママは夜勤明けで二時間しか寝ていない。あまり眠らないのはよくない。これまでの経験からそれがわかる。ママは夜の声で話している。病院で使う、ささやくような小声だ。一方、先生の声ははっきりしていて大きい。難しいとか、心配だといった言葉を使っている。病気と養護教諭という言葉も聞こえる。もう聞かなくてもわかる。学校の保健室でやられることといえば、注射を打たれるか、タマの数を数えられるかだ。どちらも同じくらい恐ろしい。議会の年寄りをアルファベット順に並ばせて、同じことをやってみたらどうだろう? きっと新聞に記事が出る。殺人事件と同じように。フレドリックは死んだ女の人のことは考えたくない。自転車のことも、貯蔵庫からだれが出てきたかも。お腹の中の獣がまた動く。そんなことを考えて、心を乱されるのがいやなのだ。たちまち吐き気がこみ上げ、トイレまでもちそうにない。廊下の青いカーペットに吐く。出てきたのは黄色い胃液だけ。キッチンのドアが開く。ここにはいられない。上着をつかみ、ブーツを履《は》く。

「フレドリック。フレドリック!」階段の吹き抜けに母親の声が響く。

だが、振り返らない。森へと急ぐ道すがら、両足がアスファルトにさわった感覚はほとんどない。森の暗がりに紛れると、彼は指輪をはずす。寒い。ミトンも帽子も持ってきていない。林道を歩くほうが楽だったが、人目につきやすい。木々のあいだを進むほうが隠れる場所がたくさんある。薄いゴムのブーツの中で足が冷えきって痛い。村の一軒の煙突から細い煙が出ているが、人の姿は見えない。暖かさを求める気持ちが勝つ。フレドリックはポーチのあるコテージへ走っていく。ドアには鍵がかかっている。だがここではだれもほんとうの意味で鍵をかけることはない。訪ねてきた人に、外出していることを知らせるためにかけておくだけだ。鍵は階段の西洋ビャクシンの小枝の下にあった。そっと廊下に入ると、暖かさに包まれる。一瞬、動きを止める。壁を背に、耳を澄ます。それから部屋のひとつにすべりこむ。椅子の上には巻かれた寝袋がある。フレドリックはそれを取るとベッドの下の床に、小さな自分の巣をつくる。

マリア・ヴェーンは長いブロンドの髪をポニーテールにまとめ、パトカーに乗りこんだ。ハートマンはすでに運転席に座っている。

「それで、ここからはどう進める？」と彼は言い、バックミラーを確認した。車が加速すると、ベッカルンドの学校は小さくなり、木々に隠れて見えなくなっていく。

「休んでいた子どもたちを訪ねる。ベンクトソン兄弟よ。ひとりが高校生で、もうひとりは小学一年生。上の子は風邪で家にいたそうよ。弟のほうはルチア祭の舞台の途中で家に帰ったらしいわ。学校の先生の話では、お腹の具合が悪そうだったとか。リンゴンスティーゲンへの行き方、わかる？」

「ああ。ほかに新しい情報は？」

「今朝《けさ》、鑑識の結果を聞いたわ。ほとんどなにも出なかったそうよ。指紋なし。犯行に使われた凶器もなし。貯蔵庫の外の地面は凍っていて、十二月十二日の午後に雪が降りだしている。見つかった足跡はサラ・スコグルンドのものだけで、彼女の証言とも合う。死亡時刻は午前八時少しすぎで確定」

「見つけたノートについては？」

「数字よ。書かれていたのは数字だけだった。なにかの時刻の記録かも。日付に何時、何分、何秒という。数字はすべて五十九以下だったから。それに記号も書かれていた。ドナルド・ダックが漫画で悪態をつくときみたいな感じ、と言ったらわかるかしら」

「十二月九日を示す数字もあったと思うか？」

「ええ。一時間くらいで分析結果が出るわ。でもね、ひとつだけ腑《ふ》に落ちないことがあるの。意味はないのかもしれないけれど、気になるのよ。ベッカルンドに行ってみましょう」


レオの声がして、フレドリックは目が覚める。最初、家にいて自分のベッドで寝ているのかと思ったが、においがまったく違う。湿ったにおいがする。ネズミの糞、松やに、なにかほかのもの、冷たくて得体の知れないもののにおい。兄の声に応じる前に、周囲を見まわす。足が見え、ふたりの人間が向かいあって立っているのがわかる。

「もう電話してこないで。そう決めたでしょう？」女の人がいらついた声で言い、追い払うように右足を振った。

「電話なんてしてないよ」レオは驚いたように言う。

「よく言うわよ！　ハアハア言う声が聞こえて、画面にあなたの名前が表示されてたんだから。どういうこと？」彼女の声は怒りを帯び、大きくなっている。

「わからないよ。家に携帯電話を忘れたから、ずっと持っていなかった。ガレージで車の修理をしてたんだ。もしかしたら、フレドリックがおれの部屋に入ったのかもしれない」

「ともかく、もう会えないから。わかったわね」女の人が言う。

「でも会いたいんだ、ロヴィーサ。好きなんだ」これまで聞いたこともない、めそめそした声でレオが言った。

小さいほうの足が一歩後ろに下がる。大きいほうが追う。

「単なる発情期よ。じきに落ち着くわ。もう帰って。わたしのことは忘れて」

「無理だよ！」

「忘れてちょうだい。立場上、養護教諭は生徒と関係を持つことはできないの」

「でも、愛してるって言ったじゃないか」レオは沈痛な声で言う。

「そうだったかもしれないけど、もう終わったの。エレン・ボリに見られたわ。小さな黒いノートを持っていて、私たちが会うたびにそこに書きつけてたの。黙ってる代わりにお金を要求してきたわ」

「でも、もう死んだよ」

「そう。このことを、ひと言でもだれかに洩らしたら、あなたがやったって言うからね。あなたが彼女を殺したって。安全な場所に、あなたの指紋とエレンの血痕がついたハンマーを隠してあるのよ。いつでも好きなときに、どこかに置いといて、警察に通報できるってわけ。だいたい、あなたがなにを言おうとだれも信じないわ」

「まさか。考えもしなかった……おれの指紋はどうやって？」

「壁に額を掛ける手伝いをしてくれたときよ」

「でも、どうして……殺すなんて」

「あなたは、私のことをなにもわかっちゃいないのよ」

レオの足がドアに向かった。バタンと閉まる音が家に響く。フレドリックは音を立てまいとするが、喉からしゃくり上げる声が出てしまう。すぐに手が伸びてきて、髪の毛をつかまれた。そしてベッドの下から引きずり出される。レオの車の音は遠ざかっていく。まるで子猫のように首の後ろをつかまれる。養護教諭はなにか言いつづけているが、頭の中を滝が流れていて聞きとれない。抵抗できず、されるがままに床のハッチから暗くて寒い地下室に押しこめられる。ハッチに鍵がかかる音がする。見まわしても、あるのは暗闇だけだ。それに寒さ。そして静けさ。

マリア・ヴェーン警視は、もう一度ドアをノックして待った。背後ではハートマンが両腕を身体にたたきつけ、少しでも寒さを和らげようとしている。ポーチのあるグレーのコテージの煙突からは煙が出ている。

「今度はなんでしょうか」ロヴィーサがドアを開けた。頬が紅潮している。

「お取り込み中でした？」

「大丈夫です」

ロヴィーサは先に立って家の中に入った。動きがぎこちなく、びくびくしているように見える。キッチンテーブルについた。ロヴィーサは下唇を噛《か》んだ。マリアはなにも言わずに待った。

「今度はなんでしょうか？」甲高《かんだか》い声でロヴィーサが繰り返す。

「ここにあるナナカマドは、ご自身で摘《つ》まれたんでしょうか」

「ええ。そうです。それがどうかしましたか？　なにをお訊きになりたいの？」

「このあいだは、夏至からこちらには来ていないとおっしゃっていました。ほんとうですか？」

ロヴィーサはテーブルを見つめ、両手で太腿《ふともも》をさすった。それからマリアと視線を合わせた。「十月に一、二回来たかもしれません。よく覚えてません」

マリアはなにも言わない。ハートマンも黙っている。ロヴィーサは目を伏せる。

「ご質問はそれだけでしょうか」硬い表情のまま、ロヴィーサは無理に微笑もうとする。

「はい。いまのところは。またおうかがいするかもしれません」

マリアはゆっくりと立ち上がった。窓の外の白い霜で覆《おお》われた木々に目をやる。雪の上に半分食べられた赤いリンゴが落ちている。カササギが残したものだろう。屋根からは長いつららがぶら下がっている。振り返ってハートマンにうなずいてみせ、先に立って玄関へ向かう。ロヴィーサは座ったままだ。突然、彼女がびくっと身体を引きつらせる。下のほうからひっかくような物音がした。小さな弱々しい声がママを呼んでいる。

「もしそのほうが楽だったら、指輪をはめて姿を消して話してくれてもいいわよ」マリア・ヴェーンはそう言いながら、録音機のスイッチを入れた。

「でも、ぼくが逃げちゃったらどうするの？」

「信じてるから大丈夫」マリアの目はやさしくて、とても真剣だ。

「もういらないや」フレドリックは言う。「この指輪、あげるよ」

アンナ・ヤンソンは、本土東岸から約九十キロのところに浮かぶスウェーデン最大の島ゴットランド島出身の作家。一九五八年に生まれ、看護師としての訓練を受けて二十年間勤務した。一九九七年に、家族が初めてコンピュータを購入したのを機に小説を書きはじめる。出版のあてもないまま二冊の小説を完成させたのち、二〇〇〇年に三作目の『神は黙して座す』（*Stum sitter guden*）を書き、この作品でゴットランド警察の捜査官マリア・ヴェーンを初登場させた。その後、ヴェーンはアンナ・ヤンソンの十四作におよぶミステリの主人公となる。二〇〇六年に出版されたマリア・ヴェーン・シリーズの『死を歌う孤島』（創元推理文庫）は、毎年北欧五ヵ国でもっとも優れたミステリを選ぶ、「ガラスの鍵」賞のスウェーデンの候補作となった。この作品をはじめ、マリア・ヴェーン・シリーズはテレビのミニ・シリーズにもなっている。ヤンソンはスウェーデンでもっとも人気のある推理作家のひとりで、ヨーロッパ各国で翻訳されている。ヤンソンはまた、大人向けの小説のほかに児童書も執筆している。

〔＊この作品は、スウェーデンで二〇〇三年に刊行された『クリスマスイブの殺人』（*Mord på julafton*）に収録された〕

郵便配達人の疾走
Postskjutsen

オーサ・ラーソン
Åsa Larsson
庭田よう子訳

オーサ・ラーソンはスウェーデン屈指のミステリ作家である。処女作の『オーロラの向こう側』（ハヤカワ文庫）は、二〇〇三年のスウェーデン推理作家アカデミーの最優秀新人賞を受賞、さらに二〇〇四年に発表した二作目と、二〇一二年刊の五作目は、ともにスウェーデン推理作家アカデミー最優秀長篇賞を受賞した。ラーソンの長篇の舞台は現代で、女性弁護士（のちに検事）のレベッカ・マーティンソンを主人公にしたものだが、本篇はそれとはまったく趣《おもむき》を異にしている。

本篇は、オーサ・ラーソンの父方の祖父の故郷であり、ラーソン自身も四歳から大学入学直前まで暮らしていたキルナを舞台にした歴史ミステリ。キルナはスウェーデン最北に位置する巨大な鉄鉱床の上に建設された鉱山都市で、一八九一年になってこの地にようやく鉄道が敷設され、創業まもない鉱山会社ルオッサヴァーラ＝キルナヴァーラAB（LKAB）が広大な土地を手に入れてから、採掘事業が盛んになった。それ以前のキルナはルオッサヴァレという名で、掘立小屋があちこちに雑然と建っているだけの町だった。LKABが近代的な町の建設を推し進め、資金を提供し、運営管理するようになると、一九〇〇年にキルナと改名された。一世紀前のスウェーデンにおけるこの辺境地帯の滑稽《こっけい》かつ悲劇的な側面を、ラーソンは深い洞察力で描き出している。もっぱら鉄道員と鉱山労働者が暮らし、サーミ人、フィンランド人、スウェーデン人が混在した当時のキルナでは、キリスト教原理主義の諸派が大きな影響力を持っていた。なかでももっとも有力だったのは、ルター派の流れを汲むレスタディウス派という保守的な一派で、厳格な生活様式、恍惚感をもたらす宗教儀式、過剰な信仰心が特徴とされる。レスタディウス派で内部分裂が起きて久しいが、同派の信徒は現在でもスウェーデンやフィンランド、アメリカに存在する。

本作品はスウェーデンの開拓物語と呼べるかもしれない。保安官と犯罪者が登場する一世紀前の話だが、舞台は日の照りつける西部ではない。年間平均気温が一度前後、太陽が二カ月ものあいだ地平線上に昇らず、十月から六月初旬まで、積雪が六十センチを超えることも多い北部山間部に企業が切り拓いた町、そこがこの物語の舞台だ。

あの出来事を境に、ベックストレムの助手は人が変わってしまった。以前は、歌を口ずさんで仕事に精を出す陽気な青年だった。百キロ近い袋をひょいと背負いながら、娘たちに目配せして、嗅ぎ煙草《スヌース》を唇の裏側にねじこんだりしたものだ。それがあのあと、そうした軽さが影をひそめた。無愛想と言っていいほどになった。〈ハンヌラ雑貨店〉に品物を取りに行っても、娘たちに軽口をたたくようなことはなくなった。賭け事で給金の半分をすったりもした。マルムベリエットで密造者から酒を仕入れ、分別はないが小金を持っているの若い鉱山労働者に売りつけることまで始めた。

それはともかく、あの一件のことを語らなければならないだろう。あれは一九一二年の十二月五日のことだった。運送屋のベックストレムと助手の青年は、イェリヴァーレに向かう途中だった。ふたりの乗った橇《そり》には、鉄道でストックホルムに送る予定の雷鳥が山積みになっていた。もっとも、キルナとイェリヴァーレの区間は、線路に降り積もる雪のせいで運休になっていた。吹雪《ふぶき》は三日前から猛威を振るい、その日ようやくおさまってきたところだった。けれども、ストックホルムのレストランは待ってはくれない。

ベックストレムは冬の夕べを楽しんでいた。大きくてやわらかい雪の花が、天からゆっくりと舞い降りた。雪片は狼の毛皮の外套にひとつ、またひとつと眠たげに降り立ち、毛皮のロシア帽の上にこんもりと白い小さな丘を作った。

雪雲の切れ間から月が顔をのぞかせた。極寒というほどではなかったが、粗《あら》い手織りの生地と毛糸の服しか着ていなかった助手は凍えそうだった。それでも、トナカイの毛皮を身体に巻きつけてしばらくすると、橇を引く牝馬《ひんば》に愛情たっぷりの言葉をかけはじめた。彼にとっては世界一の馬で、リントゥという名はフィンランド語で〝鳥〟を意味する。首がすらりと長くて鶴みたいじゃないか。なんて美しい馬だろう！　ときおり、雪道をそれて吹きだまりにはまりそうになると、馬を励ますために鞭を当てることもあった。橇はひっくり返りこそしなかったが、新雪のせいで進むのに難儀した。積荷が軽いとはいえ、重労働に堪える馬の身体からは湯気が立ちのぼっていた。

　運送屋のエリック・ベックストレムは空を見上げて、舞い降りる雪を目で追った。もしかすると、神の御使《みつか》いの天使は、針仕事をしている大勢の女たちなのかもしれない。そんなことを想像して口元をほころばせた。天に召された母親や子どものころ暮らした村の女たちと大差ないことをしているのではないか。もしかするとあの女たちも、裾《すそ》の長いスカートをはき、長い髪を上げてピンで留めて頭巾《ずきん》で覆《おお》い、神の御国《みくに》の古ぼけた小屋に腰を下ろして編み物をしているのかもしれない。生きているあいだ、女たちは休むことなく針仕事にいそしんだ。靴下やセーター、帽子に襟巻《えりまき》と、いくつ編んでも足りなかった。糸を紡《つむ》ぎ、毛糸で編み、生地を織り、繕《つくろ》いものをする日々だった。でも、いまはもう神の御手《みて》に抱かれ、気ままに雪の結晶を編むことができるのだろう。女たちはかつて、凍てつく冬の朝、牛にやるために井戸から水を汲み、氷に穴を開けて洗濯物をすすいだものだった。いまはその節くれだった手で雪の結晶を編んでいて、うっかり床に落としてしまうのだろう。

　もっともその床とは、自分たちの頭上に広がる天空のことだ、とベックストレムは悟りすましたように思った。

「なにか楽しいことでも？」助手の青年が息を切らして尋ねた。

青年は橇を降りて牝馬に寄り添い、苦労しながら雪道を進み、馬が坂をのぼりきれるように手助けしていた。この馬は、彼に光と喜びを与えてくれる存在だった。青年はポケットの角砂糖を馬にやった。

「いや、べつに」そう答えながらも、ベックストレムは頭の中で自由な空想を楽しんでいた。なにしろ、労働者で商売人でもある自分のような人間でも、他人に知られることなく、こんな少女みたいな考えにふけることができるのだ。

青年はふたたび橇に飛び乗り、ズボンの雪を払い落として、襟巻を耳元までしっかり巻きつけた。

しんしんと雪の降る冬の森は深い静寂に包まれ、ときおり馬が鼻を鳴らす音しか聞こえなかった。積もったばかりのやわらかな雪の上を、橇は音もなくすべった。そのうち、橇を引く馬の鈴の音が聞こえ、べつの橇が行く手に姿を現わした。

ベックストレムと助手は、すぐに郵便配達人の橇だとわかった。

ふたりとも郵便配達人のことはよく知っていたので、大声で挨拶《あいさつ》した。

「やあ、ヨハンソン！」

返事がない。郵便配達人のエーリス・ヨハンソンは、ひどく背中を丸めた格好で橇に座っていた。ベックストレムたちがどんなに大声で呼びかけても、返事をしなかった。

郵便配達人の橇が後方に走り去ったので、ベックストレムたちはそのままイェリヴァーレをめざした。

「酔ってたのかな？」助手の青年はそう言って、郵便配達の橇が去ったほうを振り返った。橇はもう見えなかった。雪雲の狭間から漏れるほのかな月明かりに、木々の黒い輪郭《りんかく》が浮かび上がるだけだった。

「まさか」ベックストレムは語気を荒らげた。ヨハンソンソンにかぎってありえない。彼は実に敬虔《けいけん》なレスタディウス派の信者で、絶対禁酒主義者だった。

「深い祈りの境地にいたのかもしれませんね」青年は揶揄《やゆ》するような口調で言った。

ベックストレムは答えなかった。先ほどまで神の御《み》国《くに》について想像にふけっていたことを恥じる気持ちが邪魔して、ヨハンソンをかばうべきなのにできなかった。とはいえ、ヨハンソンが仕事熱心で有能な男であるのは承知していた。彼の信仰は真剣そのもので、聖書を絶対視していた。いましがた自分がしたように、天国について自由気ままに想像をめぐらせたりはしないはずだ。

それに、ヨハンソンは信仰を他人に強要したりしない。人が酒を飲んでもなにも言わなかった。レスタディウス派の信者の多くは黙っていられないのに。招待された家で酒を断わるだけでなく、酒を飲んだ者を怒りに満ちた目でにらみつけ、説教を始める。「一杯ではロさびしくなる。もっと欲しくなり、二杯目を飲む。すると、酒が酒を呼んで、三杯目になる。そうなればもう止まらない」

けれども、ヨハンソンは違った。個人の自由意志に任せた。ベックストレムは助手をひっぱたいてやりたくなった。

なのに、助手の青年は話を蒸し返した。レスタディウス派の偽善者やうそつきや酒飲みについて、延々《えんえん》とまくしたてた。みんな、知ってますよ、礼拝に行って神や仲間の赦《ゆる》しを求めながら、月曜になると相も変わらず罪を犯す人たちがいることは。それに、強い酒でも飲んでなければ、橇に座ったまま、あんなにぐっすり眠れるものでしょうか？

馬が急に足を止め、青年の長話は中断された。馬はあとずさりした。首をぴんと伸ばして目をむいていた。

「いい子だ、落ち着いて」と、青年がなだめた。

「いったいどうしたっていうんだ？」ベックストレム

は鞭《むち》を振りまわした。

馬は動かなかった。鼻孔をふくらませ、鼻を鳴らした。筋肉が皮膚の下で鋼線のようにぴんと張っていた。

青年はベックストレムの腕に手をかけ、さらに鞭打とうとするのを制止した。

「リントゥはいい馬です」控えめな口調で言った。「怒りにまかせて打つのはよくありません。こんなふうに動かないのは、なにか理由があるはずです」

青年の言い分はもっともだった。エリック・ベックストレムは鞭を放し、箱の下に置いたライフル銃を手で探った。狼の群れの姿が脳裏をよぎった。あるいは、冬眠から目を覚ました熊か。

ベックストレムは、牝馬が急に言うことをきかなくなった場合に備えた。馬がくるりと向きを変えて駆けださないともかぎらない。橇がひっくり返るおそれもある。橇から転げ落ちて狼の群れの中に取り残された場合、銃が手元にあったほうがいい。

「あそこになにか見えませんか？」青年はそう言って、降りしきる雪の先に目を凝らした。

「なんだ？」ベックストレムにはなにも見えなかった。

「人ですよ！　ちょっと待っていてください」

青年が橇から飛び降りて数歩ばかり駆けだしたとき、道になにかが横たわっているのがベックストレムにも見えた。

青年は駆け寄ったが、道路の真ん中に横たわる人間まで数メートルというところで立ち止まった。それからゆっくり近づいた。

「だれだ？」ベックストレムは声を張り上げた。

その人物はうつぶせに倒れ、顔は雪に埋もれていた。青年はかがみこんで、横から顔をのぞきこんだ。

「オスカル・リンドマルクです」橇の椅子から立ち上がり、前方を見据えているベックストレムに、青年は叫んだ。「死んでいるみたいです！」

オスカル・リンドマルクは、ヨハンソンのもとで使い走りをしている十二歳の少年だ。

「どういうことだ?」ベックストレムは大声で問いかけた。「橇から転げ落ちて首の骨を折ったのか?」

「いえ、そうじゃなさそうです……」

オスカル・リンドマルクのそばに身をかがめていた青年は口をつぐんだ。この黒々としたもの、これはすべて血なのだろうか? おぼろげな月光のもとでは、色は判然としなかった。黒っぽい液体に雪片が落ち、溶けて消えた。

「なあ、おい」と、青年はオスカル・リンドマルクの背中に手を置いた。

それから意を決して、少年の片腕を引っ張り、仰向《あおむ》けにした。まだ生きているかもしれない。それなら空気が必要だろう。

オスカルの顔は雪のように真っ白だった。目を見開き、口も開いたままだった。

これは血だろうかと、青年はミトンをはずしてオスカルの額の黒いものに触れた。

たぶんそうだ。ねっとりしている。青年は自分の指先に目を落とし、人差し指と中指を親指にこすりつけた。

気づくと、ベックストレムがとなりに立っていた。

「死んでいるように見えるのですが?」

「なんということだ」ベックストレムは喉から声を絞り出した。「死んでいるに決まってる。頭がすっかり砕けているじゃないか」

青年はそのことに初めて気づいた。あわてて立ち上がり、あとずさりする。

ベックストレムは、ユッカスヤルヴィの方角を向いた。

「ヨハンソン」と、森に向かって懸命に叫ぶ。

雪の降るなか、声だけが虚《むな》しく響いた。ふたりはその場に立ったまま、森に向かって一心不乱に叫びつづけた。

「その子を橇に乗せろ」ベックストレムは助手の青年に命じた。青年は恐怖で身を震わせ、倒れないように樺《かば》の木に寄りかかっていた。

「できません。血だらけじゃないですか。さわれませんよ」

「しっかりしろ」ベックストレムは怒鳴りつけた。「来た道を引き返して、郵便配達人の橇に追いつかなきゃならん」

結局、ふたりで少年の死体を橇まで引きずり、雷鳥の詰まった布袋の上に乗せた。死体の血が布袋に染みこんで雷鳥の白い羽を汚すことに、ベックストレムは気づいた。だが、すぐに思い直した。ストックホルムのレストランの店主には、なんの血だって関係ないだろう。

キルナ警察署では、地区保安官のビョルンフートと保安官代理のスペットが、机をはさんで座っていた。

窓の外では、街灯の光を浴びて雪が舞い落ちる。警察署には立派なタイル張りのストーブがあり、スペットが樺の木を終日くべていた。スペットの飼い犬のカイサは、木の床に敷かれたくたびれた絨毯《じゆうたん》の上で、ヘラジカの顎《あご》の骨をかじっていた。

ビョルンフート保安官は業務日誌をつけているところだった。が、たいして書くことはなかった。ビョルンフートはスペットより年長で、長年ストックホルムで勤務していた。妻と知り合ったのもストックホルムで、妻と娘ふたりを連れてキルナに戻ってきたのは、ほんの一年前のことだ。思慮分別をわきまえた男で、記録をつけるにしろ証人の取り調べをするにしろ、スペットがひとりでこの警察署を管理していたときは真面目にやっていなかったことに、とりたてて文句をつけたりはしなかった。

独り身のスペットは靴下を繕《つくろ》っていた。ストーブの節気弁にも靴下が一足干してある。ビョルンフートは見て見ぬふりをした。彼がキルナに赴任するまで、スペットとカイサはこの警察署で生活していた。前々からの習慣には目をつぶったほうが波風も立たない。

ビョルンフートもスペットも、肩幅が広く屈強そうな体格だった。スペットは引き締まった身体つきだが、ビョルンフートの腹は突き出ていた。キルナ警察署に給与を払う鉱山会社は、正義の番人に〝外交的手腕と体力〟を求めた。要するに、厄介事を起こす者をぶちのめす能力ということだ。なにしろ、町にはそういう連中がごろごろいた。社会主義者や共産主義者、扇動家や労働組合のオルガナイザーなどだ。宗教関係者といえども信用ならなかった。レスタディウス派と熱狂的な福音主義者ときたら、いつも忘我と無分別の一歩手前にいた。ノルウェー北部のカウトケイノでは、改宗したばかりのレスタディウス派の一団が、熱烈な信仰心から事件を起こした。罪業である酒の販売をやめさせようと、保安官と店主を殺して牧師館に火をつけ、牧師夫妻を殴打したのだ。ビョルンフートが生まれる前の事件とはいえ、カウトケイノの暴動として、いまだに人々の口の端にのぼっていた。そのうえ、ありとあらゆるたぐいの若者、土木作業員や鉱山労働者、年《とし》端《は》のいかない子どもたちが、あちこちからキルナに移り住んでいた。父母と離れて暮らす若者たちは給金を酒につぎこみ、お定まりの振る舞いに及ぶことが多かった。

だがいまのところ、部屋の隅に設けられた留置場は空《から》っぽだった。ビョルンフートは日誌を閉じ、自宅で待つ妻のことを考えた。

絨毯から身を起こしたカイサが吠え声をあげた。その直後、ドアをノックする音が聞こえ、運送屋のエリック・ベックストレムが署に転がりこんできた。彼は挨拶《あいさつ》もせずにこう切り出した。

「郵便配達人のヨハンソンとオスカル・リンドマルクを橇で運んできた。どっちも死んでるんだ」

中庭には郵便配達人の橇とベックストレムの橇があった。橇の馬の背は助手の青年がかけてやった毛布で覆《おお》われていた。ヨハンソンは郵便配達の橇に、年若いオスカル・リンドマルクはベックストレムの橇に横たわっていた。

スペットは中庭の入口に集まった野次馬を追い払った。

「見世物じゃないぞ。おれの堪忍袋の緒が切れる前に、さっさと消えろ！」とがなりたてる。

「……それで、オスカル・リンドマルクが雪の上に倒れているのを見つけたとき、ヨハンソンになにかあったにちがいないと思った」と、ベックストレムは話を始めた。「オスカルを橇に乗せて、来た道を引き返し、ヨハンソンに追いついた。あっちの馬は速足で駆けていた。昼間の配達で道がわかってたんだろうな。馬を止めて橇を見ると、ヨハンソンが撃たれていた……」

ベックストレムは首を横に振った。数歩離れたところで、助手の青年が血の気の失せた顔でリントゥの手綱《たづな》を握りしめていた。リントゥは青年をなだめるように、まるで成長期の息子に接するみたいに息を吹きかけた。坊や、怖がらなくてもいいのよ。

「というわけで、郵便配達人の馬を自分たちの橇につないで、一目散《いちもくさん》にここに来たというわけだ」とベックストレムは話を締めくくった。

ビョルンフート保安官は郵便配達の橇に乗りこみ、ヨハンソンの身体をつぶさに眺めてからうつぶせにした。

「背中を撃たれている」保安官は考えこむように言った。「発見したとき、この男は座った姿勢だったんだな」

「そうだ」

「で、若いリンドマルクは地面に？」

「ああ。雪に顔を埋めていた」

ビョルンフートはヨハンソンのポケットを調べ、橇の中を見まわした。

「この男の銃はどこにある？　こいつが荒くれものだったと言っているわけではない。ただ、仕事で遠出するときには武器を携帯していたはずだ」

ベックストレムは肩をすくめた。

「銃は見てないな」

「郵便を入れる箱が壊されている」ビョルンフート保安官は続けた。「つまり、これは強盗の仕業だ。だが、強盗が相手の銃を使って配達人を撃つとは思えない」

ビョルンフートはもうひとつの橇に移り、オスカル・リンドマルクの頭の傷を調べた。少年の上に身をかがめ、顔のそばへランプを近づけた。

「今日はずっと雪が降っている。跡は消えてしまっていたかもしれないが、なにか見たかね？」

「いいや」とベックストレムは答えた。「ただ、あたりは暗かったし、おれたちも気が動転していたもんで」

「こっちに来て、ちょっと見てくれ」ビョルンフートはスペットに声をかけた。

スペットが近づく。

「ほら、これは涙が凍ったあとだ」ビョルンフートは指でオスカル・リンドマルクの顔に触れた。「それから、この子の襟巻《えりまき》を見てくれ。こんな薄着だったら、顔を襟巻で覆っていたにちがいない」

「というと？」スペットは尋ねた。

「つまり、こういうことだ。おそらく犯人がヨハンソンを撃ち、少年は泣き叫びながら逃げ出した。そのときに襟巻をはずしたんだ。もっと楽に息ができるように」

「そうかもしれませんね」スペットは考えるように言った。「でも、犯人はどうしてこの少年を撃たなかったんだろう？」

ビョルンフートは片手で顔を覆った。なにかを考えているときのしぐさだ。その手を立派な口ひげと口元にずらし、親指とそれ以外の指で両顎をはさんで顎先までなで下ろした。

「郵便局長と話さなくてはならないな」ビョルンフートは口を開いた。「どんな郵便物を運んでいたのか訊いてみなくては。それから、ヨハンソンの奥さんに伝えなくては。オスカル・リンドマルクの両親にも」

スペットはなにも言わずにビョルンフートの顔を見つめた。カイサも橇の滑走部のあたりを嗅《か》ぎまわるのをやめて、雪の上に座ってビョルンフートを見上げた。なにかを訴えるようなリズムで尻尾《しっぽ》を地面に打ちつけている。犬とその飼い主のまなざしがなにを意味するのか、ビョルンフートにはわかっていた。悲報を伝えて涙する家族の姿を見たくないのだ。血の臭跡を追いたいのだ。

「わかった、わかった」ビョルンフートはカイサのほうを向き、ため息をついた。「きみたちには郵便局長の話を聞いてもらおう。わたしが遺族に話す」

それを聞いて、カイサはうれしそうに吠えた。むくりと起き上がり、アーチ道めがけて走りだした。通りに出ると振り返り、促すような目をスペットに向ける。尖《とが》った耳は前方に傾いていた。

さあ早く、お仕事ですよ、とでも言っているみたいに。

悲惨な事件が起きた晩だというのに、ベックストレムは思わず笑みを浮かべた。

「あれを見ろよ」ベックストレムはスペットに話しかけた。「そのうち、あんたのシャツにアイロンがけしてくれるんじゃないか」

「アイロンがけなんかさせるのはもったいないくらい、カイサはりこうだがな」年下の同僚が飼い犬を追って通りに消えていく姿を見守りながら、ビョルンフートは言った。

その晩、ビョルンフートは十一時過ぎに帰宅した。灯りがひとつもついておらず、家の中は真っ暗だった。妻は台所のテーブルの前に座っていた。

「いま帰ったよ」彼はそっと声をかけた。「灯りもつけずに座っているのか？」

そのとたん、馬鹿なことを言ったことに気づいた。灯りもつけずに座っているのは見ればわかる。妻はよくそうしていた。値の張る灯油代を節約するためだという。ゆっくり夫に向けた顔には笑みが浮かんでいたが、それはきちんとしつけられて育った妻がお座なりに浮かべただけなのかもしれない。

ビョルンフートは、スペットとカイサのことを思い浮かべた。独り身はなんと気楽なことか。彼は天井から吊るしてある灯油ランプと、テーブルに置かれたランプに火を灯した。

妻は夫の質問には答えず、逆に訊き返した。

「なにか召し上がる？」

彼女は夫にサンドイッチをつくろうと、パンと具を取り出した。ストーブにも火をつけた。ビョルンフートはいやな気分になった。自分ひとりのために火をくべるのはもったいないと、妻が暗に言っているように思えたからだ。娘たちのことを訊くと、もう寝ているという。

「それは？」と、ビョルンフートは食器棚の上の小包のほうに顎をしゃくった。

「母が送ってきた楽譜よ」妻は小包を見もせずに答えた。

「開けないのか？」

「ピアノを弾けるところなんてないもの」彼女はそっけなく答えた。「どうして送ってくるのかしら。サンドイッチは三つで足りる？」

ビョルンフートはどう言っていいのかわからないままうなずいた。公民館のピアノでも鉱山会社が経営する学校のピアノでも、いつでも好きなときに弾いていいんだとあらためて言いたかった。しかし、言ったところでどうなる？　妻はあらゆることに理由をつける。それを聞くのはうんざりだった。あのピアノは音がはずれていて耐えられないとか、学校のピアノを弾きに行くと、いつも目を光らせている女性校長がすかさず姿を現わす、とか。あるいは、卒業式の演奏や学生の指導があるからピアノを使いたいと校長が言えばそちらのほうが優先される、とか。もう毎度のことだ。

「せめて包みを開けて、中を見たらどうだ？」とビョルンフートは促した。「中身がなにか知りたくないのか？　それに、きっとお母さんの手紙もあるはずだ」

「なら、あなたが開けてみて」彼女はやはりそっけなく答えた。冷たく暗い水の上に張る秋の薄氷のような、情の薄い声だった。

ビョルンフートは包みに視線を向けた。クリスマスのあいだ、ずっとそこに置かれたまま、不快な空気をまき散らすことになるのだろう。彼は包みを火の中に投げ入れたい衝動に駆られた。

その衝動を抑え、浮かない顔でサンドイッチを食べた。妻はうつろな目でそのようすを見ていた。けっして刺々《とげとげ》しい態度をとっているわけではない。なのに、ビョルンフートはやはり罰を受けているような気がした。もっとも、なんの罰かは見当がつかなかった。

ビョルンフートは、その晩訪ねたエーリス・ヨハンソンの妻を思い浮かべた。夫の死を知らせたとき、彼女は無言だった。二間《ふたま》のアパートに六人の子どもがいた。物心がつく年頃の子どもたちが、母親のまわりに集まってきた。レスタディウス派の信徒やその子女がふだん着ている黒っぽい服を身にまとい、ビョルンフートを見つめた。彼の知らせを聞いて、子どもたちの目から涙があふれた。目の前に立つヨハンソン夫人も、裾の長い灰色のスカートにスカーフ、地味なカーディガンという質素ないでたちだった。華美なところなど少しもなく、フリルひとつついていない。アパートもくしてくれる。

ビョルンフートは妻に問いただしたかった。どうして、おまえは幸せを感じられないのだ？

娘たちは健康で、食べる物には不自由しない。洋服は誂《あつら》えてもらえる。新しいレースのカーテンを買ったばかりだ。なのにどうして、年から年中あらゆることを惨《みじ》めに思っていられるのか。婦人講演協会から会員に誘われたときも、よく覚えていないが、妻はあれこれ理由をつけて断わった。

いつだったか、「わたしは開拓地向きじゃないの」と言っていた。

開拓地がどんなものか知ってるのか、と言ってやりたかった。この鉱山都市には街灯も店もある。公衆浴場だって！　しかし、ビョルンフートはなにも言わなかった。ふたりが交わす言葉は間遠《まどお》になる一方だった。

床についてから、ビョルンフートは長いことまんじりともしなかった。天井の暗闇を見つめながら、オスカル・リンドマルクの両親のむせび泣く声がまだ耳に残っていた。

質素で、カーテンもなく、壁に絵一枚掛かっていなかった。ヨハンソン夫人は泣かなかったが、おびえているのか、小鼻をふくらませ、口をあんぐりと開けていた。

夫人はどうなるのだろう。女手ひとつで子どもを育てていけるのだろうか。子どもを何人か手放さざるをえないのではないか。あれは郵政局のアパートなのだから、もうあそこで暮らすことはできないはずだ。夫人からコーヒーはどうかと言われたが、ビョルンフートは遠慮した。夫人のおびえた目を思い出しただけで、とても耐えられなくなった。それに、オスカル・リンドマルクの両親のむせび泣く声がまだ耳に残っていた。

ヨハンソンのアパートにいるあいだ、ビョルンフートは家に帰りたくて、エミリアと娘たちに会いたくてたまらなかった。

もっと早く帰宅できればよかったのに。そうすれば娘たちはまだ起きていただろう。ふたりは周囲を明るカル・リンドマルクの砕けた頭のこと、ヨハンソンの未亡人のことを考えた。妻に触れたくてたまらなかったが、拒まれるのが怖くてこらえた。

「寝ているのか？」

返事はなかった。けれども、妻がまだ起きていることは息遣いでわかった。


ビョルンフートが目覚めたとき、外はまだ暗かった。しばらくして目が覚めた理由がわかった。だれかが窓に雪玉を投げつけているのだ。ベッド脇のテーブルに置いた懐中時計の針は、五時十五分を指していた。

スペットとカイサが外で待っていた。運送屋のベックストレムもいる。

「支度していっしょに来てください」スペットが大声で言った。「ベックストレムが見せたいものがあるそうです」

雪の降るなか、彼らは歩いて町を通り抜けた。カイサは人間たちの前を行ったり、後ろにまわったりしながらついてきた。うっすら積もった雪を尖《とが》った鼻先で押し分け、ときおり鼻を鳴らして、うれしそうにぴょんと飛び跳ねた。

冬用の制服と外套を着ていても、ビョルンフートは寒くて凍えそうだった。とはいえ、例年の十二月ほどの厳しい冷えこみではない。

多くの家ではもう灯りがともっていた。女たちがとっくに起床して火をおこしていた。ちょうど、朝食や夫の弁当をつくっている時間だ。それを終えたら、女たちは自分の仕事に出かける。台所の窓は湯気で曇っていた。

一行はベックストレムの地所に着いた。運送屋は先に立って橇置き場へ行き、一台の橇のところへふたりを案内した。

「一時間前に、うちの牝馬がこの橇を引いて戻ってきたんだよ。だれかが断わりもなしにこの馬を連れ出して、どこかに置き去りにしたらしい。でも、馬は自力で戻ってきた。寒空の下、馬小屋の外で、中に入れてもらえるのをじっと待ってたんだ。おれが橇を見てみると……」

ベックストレムは最後の言葉の代わりに、橇の床を指さした。

斧だ。スペットがかがんで拾い上げた。斧の背には、血と髪の毛がべったり張りついていた。

「いったいどこのどいつがこんなことを？　それに、こんなものもあった」ベックストレムはそう言って手を差し出し、細かく砕けた赤い封蠟《ふうろう》を見せた。

「郵便に使う封蠟か？」とスペット。

「署に持ち帰って詳しく調べてみよう。郵便局長と話したか？」ビョルンフートはスペットに尋ねた。

「はい。話によると、ヨハンソンはとても高価な配達物を橇に積んでいたようです。二万四千クローナの保険がかけられていました。おそらく郵便物はその倍の値打ちがあるとか。それに、武器を携帯していました。郵便局長によれば、それは確かなようです」

「馬を容赦なく走らせたみたいだ」とベックストレムは言った。「背に鞭打たれたあとがある。汗だくになって走ったんだろう、毛にうっすらと氷が張っていた。うちの助手がそれをこすり落として毛布をかけてやったんだ。病気になったり、死んでしまったりしなければいいんだが」

「そうだな」ビョルンフートは考えこむように言った。「橇引きの馬は昨日から実にいろんなことを体験したようだ。馬が話せたらいいのにな」

「話せるさ。もっとも、文字どおりの意味ではないがね」とベックストレムは応じた。

そのとき、橇置き場の戸が開き、少年がひょっこりと顔をのぞかせた。十歳ぐらいで、ぶかぶかの革の上着を着こみ、灰色の毛糸の襟巻を首に巻き、鼻水を垂らしていた。毛糸のミトンに、葡萄《ぶどう》みたいに小さな雪の塊がぶら下がっていた。

「やっぱりここでしたか」少年はそう言って、ビョルンフート保安官におじぎのようなしぐさをした。「奥さんからここだって聞いて……最初、家に行ったんです、それからここに……強盗が捕まったそうです。捕まえた人たちが、警察署の外で保安官を待っています」

　警察署の外の通りで、四人の男がビョルンフート保安官とスペット保安官代理を待ちかまえていた。四人とも二十歳ぐらいだった。三人は寒くないように厚着をしていたが、ひとりはシャツとズボンしか身につけていなかった。厚着のふたりが、薄着の男を押さえていた。ひとりは薄着の男の腕を背中にねじり上げ、もうひとりは手袋をはずして素手で男の首根っこを押さえつけている。

　手がふさがっていないもうひとりの男は、ビョルンフートとスペットの姿を見たとたん、大声で挨拶した。

「警察の人だね。あんたがたに渡すものがあるんだ」

　そう言ったのは大柄な男で、到着した正義の公僕ふたりと同じくらい体格がよかった。髪はブロンドで、瞳は春の雪のように青く輝いていた。

　取り押さえられている男はなで肩で、ひょろりとしたという形容がぴったりの身体つきだった。髪は茶色で脂《あぶら》ぎっている。黒い瞳には恐怖の色が浮かんでおり、こわばり青ざめた顔に溜まった沼の水のように見えた。唇は切れて腫《は》れ上がっていた。目が開けられないほど片方のまぶたが腫れ、鼻は真っ赤にふくれ上がっている。男は自分で鼻血を止めようとしたのか、白いシャツの肘《ひじ》まで、点々と赤い血がついていた。

「こいつがお捜しの殺人犯ですよ」大柄な男はそう言って、ふたりと握手しようと手を差し出した。「おれはペール＝アンデシュ・ニエミ。郵便局に勤めてます。ゆうべなにがあったのか、郵便局長から聞いたんでね。

少し考えただけでわかりましたよ。高価な配達品のことを知っているのはだれかってね。今朝《けさ》、エドヴィン・ペッカリが勤務時間になっても来なかったので思ったんだ……それなら、こちらから訪ねて驚かせてやろうじゃないか、ってね」

「おまえがペッカリか？」ビョルンフートはふたりの男に押さえこまれた青年に尋ねた。

「答えろよ」痩《や》せた青年の首根っこを押さえている男がそう言い、空いたほうの手で青年のこめかみを殴った。

ペッカリは答えなかった。

「この男がペッカリです」ペール＝アンデシュ・ニエミが代わりに答えた。「こいつも郵便局で働いている配達員です。さっき言ったように、ペッカリは書留郵便のことを知っていた。こいつの部屋でこれを見つけました」

ニエミはポケットから銃を取り出し、ビョルンフートに手渡して言った。

「ヨハンソンの銃だ。おれにはわかります」

「だが、金のほうは？」ビョルンフートは尋ねた。

「見つかりませんでした」ペール＝アンデシュ・ニエミが答えた。「でも、部屋を隅から隅まで調べたわけではないからね。こいつを警察に引き渡すほうが肝心だと思ったので」

「この男は抵抗したのか？」ペッカリの殴られた顔を丹念に調べながら、スペットは質問した。

ペール＝アンデシュ・ニエミともうふたりの男は、意地の悪そうな笑みを浮かべて肩をすくめた。

「まずはこの男を留置場に入れよう。それからこいつの部屋を調べるとしよう」とビョルンフートは言った。

ペッカリがおびえた顔つきになった。

「留置場には入らない」ペッカリは声を絞り出すように言った。「ぼくはやっていない」

ペール＝アンデシュ・ニエミはすかさずペッカリの

ほうを向き、その腹に一発くらわせ、怒鳴りつけた。

「黙れ。この人殺しのろくでなし」

ペッカリは雪の上にがくりと膝《ひざ》をついた。

「おれたちがこいつを見張ってますよ」ペール＝アンデシュ・ニエミはビョルンフートに申し出た。

「見張りなんかいらない」スペットはきっぱりと言い、ジャガイモ袋かなにかのように、ペッカリを男たちの手からひったくった。

スペットはペッカリの襟巻をつかんで警察署に入った。カイサが署の入口の前で見張り番についた。しばらくして、スペットが戻ってきた。ドアをガシャリと閉めて施錠し、その鍵をこれ見よがしに自分のポケットにしまいこんだ。

「すぐにでも縛り首にするべきだ」ペール＝アンデシュ・ニエミが不満げに言った。

「われわれの留守中に、このドアに指一本でも触れてみろ……」と、スペットは彼らに釘を刺した。

「いいかな、きみたち」ビョルンフート保安官がそつなく言い渡した。「われわれはこれからペッカリの部屋に行き、隅々《すみずみ》まで捜査する。警察に従わなかったというだけで、きみたちみたいな市民の良き手本に罰金を科したくはないんだ。だから、きみたちは……」

保安官は、その場から立ち去るようにという身振りで話を締めくくった。

若者たちはいかにも小生意気な挨拶をすると、おとなしく帰っていった。

エドヴィン・ペッカリの部屋は、ヤーンヴェーグ通りに面する木造アパートの二階だった。アパートに足を踏み入れると、茹《ゆ》でたトナカイの肉と染みついた煙と湿った木のむっとするにおいが、ビョルンフート保安官とスペット保安官代理を出迎えた。

「ここです」そう言って、大家の女がドアを開けた。大勾配のある屋根の下に設けられた狭い部屋だった。

家はカイサを横目でにらんだが、なにも言わなかった。

「だれかといっしょに住んでいるのか？」ビョルンフートは大家に質問した。

「いいえ。十月に越してきたとき、とくにひとり暮らしを望んでたんでね。割れた窓ガラスを板でふさいでいるので、賃料は安くしときましたよ。いえ、あの人に知り合いはいないし、ずっとひとりぼっちでしたよ。ヨハンソンと御者《ぎょしゃ》の男の子を殺したってほんとうなのかね？　とても信じられないわ。騒ぎを起こしたことなんか一度もないし、家賃だって遅れずに払ってくれているのに」

ベッド、ひきだしのついたタンス、小さな椅子、ひげ剃《そ》り用の鏡――それだけで部屋はいっぱいだった。捜索に手間はかからなかった。ビョルンフートはタンスのひきだしを全部開けて調べた。壁のフックに掛けられた外套を調べ、ポケットの中を探った。スペットは粗末な絨毯を蹴とばして脇に寄せ、床下に札束が隠されていないかと、床板が緩んでいる部分を捜した。なにも見つからなかった。

ふたりは部屋を出て廊下に戻った。「くそっ」スペットは毒づいた。

「終わったかい？」大家が声をかけた。「この部屋はすぐに貸しに出すと、あの男に伝えてくださいな」

「あれはなんだ？」ビョルンフートが天井の小さな扉を指さして質問した。

「なんでもありませんよ。屋根裏の入口ですよ」

「あそこも見せてもらう」

ビョルンフートがそう言うと、スペットはペッカリの部屋から椅子を持ち出し、真下に置いて天井の扉を開けた。次に、扉に結わえつけてあった梯子《はしご》を広げる。中を照らす灯りを求めると、大家は簡素な携帯ランプを手に戻ってきた。ビョルンフートはそれを片手に持ち、梯子をのぼった。

梯子をのぼりきり、ランプを屋根裏に置くと、奥のほうでカサカサとなにかが動く音がした。扉の端に置いた手の上を、一匹のネズミが駆け抜けていった。ほかにもたくさんのネズミが右往左往する音がした。鋭い鳴き声が暗闇で聞こえたので、ビョルンフートはあわてて梯子に戻った。

「ネズミだ！　いまいましいやつらめ！」

大家がニヤリとした。大の男がネズミを怖がるのを面白がっていた。

「保安官、どいてください。カイサに行かせましょう」スペットが提案した。

スペットはカイサを持ち上げ、脇に抱えて梯子をのぼり、暗い屋根裏に犬を下ろした。スペットは梯子に立ったまま、ランプを掲げた。

たちまち屋根裏で狩りが始まった。ネズミがあわてて屋根裏を逃げまわる音がした。ネズミのものより大きい、カイサのすばやい足音も聞こえた。まもなく、カイサに背を嚙《か》みつかれた一匹のネズミが、断末魔の叫びをあげた。その叫びがやむと、今度はカイサが獲物を嚙《か》み砕き、血肉をすする音しかしなくなった。ほかのネズミはいっせいに逃げ去った。しばらくは、その醜い鼻づらを見せることはないだろう。

法の番人ふたりは梯子をのぼって屋根裏に入った。ご主人さまに褒《ほ》めてもらおうと、カイサが甘えた声を出し身体を揺らしながら、二重床の上を得意げに近づいてきた。

「おまえはほんとうにたいしたもんだよ」スペットは誇らしげに声をかけたが、自分の口をカイサになめさせはしなかった。なにしろ、カイサはさっきまでネズミをたいらげていたのだから。

「明日にでもカイサ用の制服を注文してやろう」とビョルンフートは言った。

ふたりは屋根裏を調べた。今度の捜索は空振りには終わらなかった。

「さあ、吐いてもらおうか！」ビョルンフート保安官は留置場の外に立ち、エドヴィン・ペッカリに迫った。保安官は郵政公社の印がついた木綿の袋を手に握っていた。

「おまえの部屋の屋根裏でこれを見つけた。五千クローナ入っている。どうしてあそこにあったのか説明してもらおう」

エドヴィン・ペッカリは答えなかった。簡易ベッドの隅に座ったまま身じろぎもしない。

「協力すれば、罪が軽くなることもあるんだぞ」ビョルンフートはなおも説得を続けた。「明日、予審判事が到着する。盗んだ荷物を引き渡して自白すれば、おまえに有利に働くだろう。袋にはもともと五万クローナ入っていたはずだ。残りの金はどこにある？」

「保安官の言うことをよく聞け」と、スペット保安官代理が背を向けたまま言った。ストーブの節気弁から乾いた靴下を取りこみ、ポケットに詰めているところだった。「首を切り落とされるかもしれないのに、金なんかなんになる？」

「ぼくはやってません」ペッカリは小声で答えた。

「前にもそう言ったはずです……」

スペットが勢いよく振り返った。カイサが起き上がり、激しく吠えたてた。

「ヨハンソンには六人の子どもがいたんだぞ！」スペットは声を張り上げた。「あの子たちはこれからいったいどうなるんだ。オスカル・リンドマルクだって、まだ十二歳だったのに。ヨハンソンの銃はおまえの部屋で見つかったし、金の一部もおまえの部屋の屋根裏にあった。心当たりがあるはずだ。話してもらおうか……運送屋のベックストレムの橇をどうやって盗んだのか、どんなふうにヨハンソンの銃で彼を撃ったのか、どんなふうにオスカル・リンドマルクを斧で殺したのか。おまえの忌々《いまいま》しい嘘にはもう我慢ならない。白状する気になるまで黙っていろ」

スペットは警官用の外套と毛皮の帽子をつかんだ。

「ちょっと出てきます、新鮮な空気を吸いに」と、ビョルンフートに告げた。

スペットがドアを引き開けようとしたとき、外に立っていた男がノッカーに手をかけたところだった。男は身体のバランスを崩し、倒れこむように中へ入ってきた。スペットが腕に抱きとめたおかげで、男は転倒せずにすんだ。立派な口ひげを生やした長身の男で、町で写真屋を営むボリ・メッシュだった。

「保安官代理!」写真屋は驚きの声をあげた。「これで音楽さえあれば! それにしても、どちらが男役をやりますかな? 保安官代理か、それともわたしか?」

スペットは沈んだ気分が失せて大笑いした。外套をフックに戻し、カイサを外に出して夜の散歩に行かせてやった。メッシュは商売道具の入った重たい箱をいくつか署に運びこんだ。そのあと、留置場の鉄格子のあいだに腕を差しこんで、エドヴィン・ペッカリに自己紹介した。

「写真を撮らせてもらってもいいですかな?」メッシュは尋ねた。

ペッカリは手を引っこめた。

「いいえ、ぼくは……」

ペッカリはスペットの顔をちらりと見て、黙りこんだ。

「写真をお見せしましょうか」なんとか沈黙を破ろうと、ボリ・メッシュは熱心に話しかけた。

彼は書類カバンを開け、モノクロ写真をひと束取り出し、きちんと薄紙に包まれた写真を一枚ずつペッカリに見せた。次の写真を見せる前に、見せ終えた写真を薄紙で慎重に包み直した。

「ほら、これ」とメッシュは説明した。「ご覧ください……オスカル二世のお写真です。鉱山が国境まで掘られたことを記念する開山式のあとに、ルンドボーム取締役が王室主催の晩餐会《ばんさんかい》に招かれたときのものです。高名な紳士たちですぞ。わたしは高名な方々の写真を撮影しているのです。それがわたしの仕事です。さて、あとはどれをお見せしましょうか……ああ、そうそう、これを……ご覧ください……キルナ・スポーツクラブの写真です……」

スペットとビョルンフートも写真を見ようと近寄ってきた。陸上クラブの屈強な男たちが、黒いベスト、太い革ベルト、薄い色のタイツという姿で腕組みをしている写真だ。彼らの前にケトルベルやダンベルが置いてある。

「メダルをかけているのがヘルマン・トゥーリッツです。町にこれほど優秀で多才なスポーツ選手がいるとは、なんともすばらしいではありませんか……」

メッシュは口をつぐみ、ペッカリの顔をしげしげと眺めた。

「彼に少し似てますな。頭を少しだけあちらに向けてもらえますか……いや、そちらではなく……みなさん、わかりますか？　似ているでしょう？」

メッシュは話しながら、あっという間に商売道具を広げた。

「とくに額と顎の線が。ペッカリさん、骨相学的に見て、あなたの額は興味深いですな。内面の強さが表われている。気づいておられましたか？　トゥーリッツ氏の肖像写真を撮ったときにも、ご本人にそうお伝えしました。氏の特徴は、ヘラクレスを思わせる後頭部だと、みなさんおっしゃるかもしれません。筋骨たくましい人にはたいていそういう特徴がある。でも違います、あの額なんです。あいにく彼の肖像写真は持ってきてませんが。きっと興味を持たれたはずですよ。まあ、次の機会にでも。スポーツ選手にとっては体格よりも内面の強さが大切だと、トゥーリッツ氏にも申し上げました。あの方が日々練習に励み、あれほど多くのメダルを獲得するためには欠かせない自己犠牲を続けてこられたのも、内なる強さのおかげなのです。練習の一環で、深い雪の中をはるばるクラヴァーラまで走ったという話を先日聞きました。できるなら……写真を撮る許可をいただけるなら……もう少し鉄格子のほうに近寄ってもらえませんかね。そう、そこです。いえいえ、こちらを向く必要はありません。目を少し伏せてください、さっきみたいに。悲しみがにじみでた表情をちゃんと写したいんです。では、そのままで……」

ボンという音とともにフラッシュがたかれた。

ボリ・メッシュはもう一度カメラにガラス板をはめこみ、マグネシウムの粉末をフラッシュに詰めた。

「できれば、今度はもう少しこちらに近寄って」メッシュはなおも話しつづけた。「お顔が鉄格子のあいだから見えるようにしたいので。そうそう。鉄格子を握ってもらえませんでしょうか？　片手は高いところに、もう片方はもっと下のほうに。そうです。その気があれば俳優になれたのではありませんか、ペッカリさん。ちょっと待ってください……」

メッシュはすばやくペッカリに近寄り、血に染まった部分がはっきり見えるようにシャツの袖《そで》を直した。

「ペッカリさん、もう少し目を見開いて。そう！　そうです！　勘がいいですね！」

ビョルンフート保安官は、ペッカリが写真の中で永遠の命を手に入れるようすを黙って見守った。

いまやペッカリは、明らかにカメラの前でポーズをとっていた。鉄格子の外に飛び出そうとしているような姿勢でそこに立っている。目を大きく見開き、鉄格子をがたがた揺らしているみたいにぎゅっと握りしめていた。血のついた袖と、黒い瞳と、腫《は》れ上がった唇を見せつけるようにして。

警察署の外でカイサが吠える声がした。スペットが中に入れてやると、カイサはすかさずヘラジカの顎の骨を見つけ出し、ストーブの前に伏せてかじりはじめた。メッシュはトルコ産の煙草《たばこ》をみんなに勧めた。

ノッカーの音が聞こえた。「今度はだれだ?」スペットがいぶかるように言った。「まったく呪われたみたいに忙しい日だな」

メッシュは窓の外に目をやった。外はもう薄暗かった。この時期は、真昼でも日の差す時間が短く、太陽は地平線にへばりついたままだ。

「言葉に気をつけたほうがよろしいかと」メッシュは目配せした。「神の僕《しもべ》がお越しです」

東レスタディウス派の説教師ヴァンハイネンは、黒のズボンに作業用ベスト、羊毛の外套という質素な身なりだった。彼は平日、町で水運びの仕事をしていた。この会派の説教師は、信徒が汗水たらして稼いだ金で暮らしている牧師とは違って、自活していた。説教師は会派の信徒の上に立つものではなく、彼らに負担をかけることもない。スウェーデン国教会の牧師のように、甘い言葉を探してやわらかな指で聖書をめくることもなかった。

ヴァンハイネン説教師は、殺された使い走りの少年オスカル・リンドマルクの父親を引き連れるようにして警察署に入ってきた。

説教師はレスタディウス式に挨拶《あいさつ》した。左腕で相手を抱き寄せながら、スウェーデン式の握手をする。

「ユマラン・テルヴェ」

フィンランド語で、神の挨拶という意味だ。

ビョルンフートとスペットは気づまりを覚え、落ち着かなくなった。説教師が握った手をなかなか離さず、こちらの目をまっすぐにのぞきこむので、すべてお見通しの神の目で見られているような気がした。しかも、握手を解く前にいつもやるしぐさなのだろう、説教師はふたりの背中をたたいた。それが思ったより痛かった。

ボリ・メッシュはこのときもユーモアを忘れなかっ

た。もっとも、彼が答えた〝ユマラッレ・テルヴェイシア〟——神への挨拶——には、からかうような響きがこめられていたように、スペットは感じた。

ふたりの公僕はオスカル・リンドマルクの父親とも挨拶を交わした。しかし、父親はほとんど床に目を落としたままだった。

説教師はペッカリに話しかけた。

「あなたが殺した少年の父親が、あなたを許しに来ました」

説教師は父親の背に手を添えて、留置場のほうへ押しやった。

「わたし自身も許されているのだから」と、父親はかすれた声で言った。「きみを許そうと思う」

「覚悟はいいですか?」説教師は愛想のいい口調で問いかけた。「これまでの無軌道な暮らしを捨てて、あなたの兄弟の救いを受け入れますか? 地上で縛られているものは天上でも縛られ、地上で解放されるものは天上でも解放されるのです」

エドヴィン・ペッカリは抗《あらが》いがたい力で鉄格子に引き寄せられた。

もしかすると、涙をたたえたオスカルの父親の誠実な瞳に、天の創造主の姿を見たのかもしれない。

ペッカリは、オスカルの父親の節くれだった手を握りしめずにはいられなかった。そうしているあいだに、ふたりの頬を涙がつたい落ちた。

ボリ・メッシュはカメラを準備し、その瞬間を写真に永遠に封じこめた。

「神のお赦《ゆる》しを」説教師はそう言うと、やはり鉄格子のすき間から手を差しのべて、ペッカリの手を握った。

その瞬間、警察署のドアが勢いよく開き、西レスタディウス派の説教師ユッシ・サルミが大股で入ってきた。レスタディウス派が東西に分裂してからというもの、両者のあいだには信仰上の対立が続いていた。ユッシ・サルミは、留置場で起きていることを人づてに聞いて、自分の会派に属する郵便配達人の未亡人を連れてきたのだ。頬を紅潮させ、手袋をはずしていたことから、説教師が大急ぎでやってきたのがわかった。彼は東レスタディウス派と同じようにビョルンフートとスペットを抱擁し、「神の平安を」と言った。

ヨハンソンの未亡人も、小さな声で「ユマラン・テルヴェ」と言った。オスカル・リンドマルクの父親と同様、未亡人も床板ばかり見つめていることに、スペットは目をとめた。

「ユマラン・テルヴェ」とヴァンハイネンも挨拶を返し、頬の涙をハンカチで念入りにぬぐった。「今晩、ペッカリはお赦しを受けました」

それを聞いたサルミ説教師は歯噛《が》みした。警察署に来るのが遅れ、ペッカリの罪を赦す功績をさらわれたことは、屈辱以外のなにものでもなかった。だが、打ちひしがれてばかりはいられないと外套を脱ぎ捨て、ヨハンソンの未亡人を指さした。

「こちらにいる母親は」と、声を震わせてペッカリに話しかけた。「こちらの女性は、ご主人を亡くされた。父なし子を抱えたこの母親は、あなたを許すためにここに来たのです。殿方のように、鈴をつけた橇に乗ってくることはできませんでした……」

ここで、サルミ説教師は少し間を置いた。敵対関係にあるヴァンハイネンは、悔しさで顔を真っ赤にした。

ヴァンハイネン説教師とオスカル・リンドマルクの父親は、たしかに馬橇《ばそり》でやってきた。その馬の首に鈴がついていたのも事実だった。なんたる思い上がり、虚栄心の極みであるか！

「……が、今夜は子どもたちを家に残して、暗がりの中を歩いてきたのです……」

さらに続けて、一家の働き手を突然失い、神と、そして言うまでもなく会派の兄弟姉妹に頼らざるをえない未亡人について、感動的な説教が行なわれた。説教はあちこちに話が飛んだ。未亡人の子どもや、聖書のラクダと針の穴の一節についても取り上げ、自分を偉大な人間と見なす者の多くは神の国に入れず、真の神は貧しい者の神であり、未亡人の神である。そして、いま未亡人はここにいる、と締めくくった。

ヴァンハイネン説教師は、西派の説教師と未亡人を窓から放り出してしまいたい気持ちに駆られたが、ひたすら傍観していた。自分たちも巡礼者のように歩いてくれればよかったと思いながら。

「ひとり息子を亡くすということは……」ヴァンハイネンはペッカリの注意を引きつけようとした。

しかし、彼の言葉は届かなかった。未亡人と殺人者の手は、鉄格子のすき間で重ねられていた。

ペッカリは未亡人に許しを請うた。彼女はペッカリと視線を合わせないまま、もしほんとうにすまないと思っているのなら、あなたを許します、と小声で言った。それから自分の会派の説教師のほうに向き直り、子どもたちに留守番させているので帰らなくては、と告げた。

スペットは窓越しに、通りに出ていく未亡人を見守った。腰をかがめて、雪を両手にこすりつけている姿が街灯の光に浮かび上がった。まるで手を清めているように見えた。それがすむと、未亡人は足早に立ち去った。

留置場のそばでは、世界の虚栄や、東レスタディウス派の女性が帽子の着用を許可された件について、説教師ふたりが話しこんでいた。

スペットは振り向いて大声で告げた。

「さあ、お帰りください。改宗者も罪人も寝る時間だ。明日の審問のあとにまた来ればいい」

説教師たちが帰ったあと、スペットは鉄格子に寄りかかってペッカリに話しかけた。

「もう神の赦しを得たのだから、残りの金をどこに隠したのか打ち明けてもいいんじゃないか」

翌日の裁判に備え、ブーツ磨きに余念がなかったビヨルンフートは、手を止めて顔を上げた。

しかし、ペッカリは答えなかった。無言のまま留置場の隅の簡易ベッドに戻り、警官ふたりに背を向けて横になった。

翌朝、裁判が開かれた。雪はもうやんでいたが、夜間に風が強まり、嵐が来そうな気配だった。風が新雪を舞い上げながら、山に激しく吹きつけ、街路に吹き下ろした。目の前にかざした自分の手さえ見えないほどで、息をすることすらままならなかった。

こんな天気でも、町の人々は法廷に集まってきた。残虐な事件の噂はすでに広まっており、だれもが殺人犯の顔をひと目見たい、身震いするような所業の詳細を聞きたいと思っていた。それに、正義に仕える人たちの制服や、ぴかぴかのボタン、市販のブーツも拝みたがっていた。貧しい人々にとって、仕立ての靴など高嶺《たかね》の花でしかなかった。聴衆が履《は》いていたのは、自分で作ったぶかぶかのトナカイ皮の靴で、中には干し草が詰められていた。

裁判長を務めるマンフレッド・ブリランデル判事は、法廷を見渡した。その日は傍聴人であふれんばかりで、外の通路まで身動きがとれないほどの人だかりができていた。当然、法廷内はどんどん暑くなった。廷吏が朝からずっとストーブに薪《まき》をくべていたので、湿った毛織の外套や毛皮から湯気が立ちのぼり、溶けた雪が床に小さな水たまりを作った。尖《とが》った靴先からはすえた脂《あぶら》のにおいが漂う。飼い主の足元に伏せている何匹もの犬の体臭が、法廷に充満するかびくさい貧困のにおいを増幅していた。ブリランデル判事は額に垂れる汗をぬぐい、小槌《こづち》をたたいて、女性と子どもと若者は退出するように命じた。ところが、彼らが退出したあとも、法廷には聴衆がひしめいていた。廊下から中に入りこむ者もいた。法廷から出ても、女性や子どもはそのまま裁判所内にとどまり、判事の目の届かないところでたむろしていた。

判事は傍聴人をねめつけた。レスタディウス派の信徒がいた。まるでトウヒの枝にとまる陰気なカラスみたいだ。東派と西派の信徒は、傍聴席でもたがいに不信の目を向けあっていた。憤った市民もいた。ラップランド人もスウェーデン人もフィンランド人も、殺人犯が命をもって罪を償《つぐな》うところを見たがっていた。

ペール＝アンデシュ・ニエミと友人たちは、傍聴席の最前列に陣取っていた。殺人犯を捕まえたということで、市民は彼らに称賛のまなざしを向け、よくやったと背中を軽くたたいたりした。硬貨や干し肉を彼らにこっそり渡す者までいた。

「いつになったら始まるんだ?」ペール＝アンデシュ・ニエミは大声をあげた。自分が退出させられることはないと承知している口ぶりだった。

キルナは抵抗者と扇動者の町だ、とブリランデル判事は思った。法廷じゅうに電気が充満し、なにかが小刻みに震動し、解放されるのを待っているようだった。判事には、聴衆の燃えるような瞳の中にそのなにかがあるように見えた。被告人を目にしただけで聴衆が爆発するのではないかと、判事は恐れた。彼はビョルンフート保安官とスペット保安官代理に目を向けた。制服姿のふたりは、きれいに磨かれた靴を履いてかしこまっている。保安官は自分の銃に軽く手を添えていた。

「なにか騒ぎが起きれば、退出を命じる」ブリランデル判事は、ペール＝アンデシュ・ニエミのほうを見ずに警告を発した。

地区警察本部長のスヴァーンストレムが検察官を務めた。被告に弁護士は付いていない。法廷で自白すると本人が表明していたからだ。

被告人が入廷した。両手両足を鎖でつながれており、被告人席に座るときに鎖が軽く触れあう音がした。ぶかぶかの囚人服を着せられ、以前にも増して小柄に見えた。

裁判が始まった。スヴァーンストレム検察官は、ペッカリが犯人であることを裏付ける有力な証拠を提示した。ペッカリの部屋で見つかったヨハンソンの業務用の銃と、ペッカリの屋根裏で見つかった、盗まれた金の一部が入った郵便袋だ。

判事が尋ねた。「十二月五日に、運送屋のベックストレムのところから無断で橇を持ち出したこと、それでイェリヴァーレに向かい、冷酷にも郵便配達人のヨハンソンを銃で撃ち、使い走りの少年オスカル・リンドマルクを斧で殺害したことを認めるか？　そのあと郵便物を入れた箱を壊し、書留郵便を盗んだことを認めるか？」

ペッカリはなにか小声で言ったが、聞こえなかった。

「大きな声で！」と判事は命じた。

ペッカリは無言だった。すると、傍聴席でひとりの男が立ち上がった。オスカル・リンドマルクの父親だった。父親はひと言も発することなく、ただペッカリを見据えていたが、判事に命じられるとおとなしく着席した。

だがそのとき、ペッカリが口を開いた。

「話します」と落ち着いた声で言った。

「これはきわめて重大な犯罪であるから、本法廷の質問に正直に答えるように」ブリランデル判事はペッカリに忠告した。「被告は自分ひとりでこの行為に及んだのか？」

「はい」ペッカリは答えた。

「同行した者はいなかったのか？」

「だれもいません、悪魔以外は！」

傍聴席にどよめきが走った。洟《はな》をかむ者もいれば、胸の前ですばやく十字を切る者もいた。なにかつぶやきながら、椅子から腰を浮かす者も。まるで突風で地《じ》吹雪《ふぶき》が起きて、凍った雪面を吹き過ぎていくようだった。ブリランデル判事は、レスタディウス派の宗教的恍惚状態、〝リイクトゥクシア〟のことは聞いていたが、その目で見たことは一度もなかった。このカラスの群れは、どんなときにそのような状態になるのだろうか、それとも、すでにその状態に陥っているのか。判事は小槌を持ち上げたが、打ち下ろしはしなかった。「だれかといっしょではなかったのだな？」と、もう一度被告人に尋ねた。

「だれもいません、悪魔以外は」

ペッカリはさっきより声を張り上げ、説教師さながらに被告人席から呼ばわった。

「ぼくは悪魔に従ったのです。トゥオルヴァーラで引き返そうと思いました。でも、あれが耳元でささやいたのです。そのまま進め、と。神の子羊が流された血も、ぼくを守ってはくれなかった」

いまやカラスの群れは、傍聴席で抱きあいむせび泣いていた。目の前のこの兄弟に神の赦しが与えられますように、と祈りながら。

「ぼくがやりました」ペッカリは大声で言った。鎖につながれた両手を掲げ、天に向かって懸命に振り動かした。「オスカル・リンドマルク、あの子はぼくの前にひざまずいて命乞いをした。母親が悲しむと言って、両手を胸の前で組み合わせ、ぼくの顔を見上げた。その子をぼくは殴り殺した」

ビョルンフートはスペットにぼそりと耳打ちした。

「ちょっと外に出よう」

通りに出ると、ビョルンフートは早足で歩きはじめた。嵐がふたりに襲いかかった。風が通りに激しく吹きつけていた。もっとゆっくり歩いてほしいと、スペットは前を行くビョルンフートに頼んだ。スペットの口の中は雪だらけだった。外套の襟を立ててボタンを留めるのもひと仕事だった。雪が首元とボタンのあいだに容赦なく吹きこむ。カイサはスペットの後ろについて走り、彼の足を風よけにしていた。

「あいつはやっていない」ビョルンフートは大声で言

った。

　ふたりは寄り添って歩いていたが、その声は風にかき消された。スペットは保安官の声を聞き漏らすまいとした。

「保安官、どういうことですか？」スペットも大声で訊き返した。

　ビョルンフートはスペットを戸口のほうへ引っ張っていき、風を避けるために中に入った。ふたりの服は硬い皮のようになった雪で覆《おお》われていた。カイサは雪の塊を取り除こうと、自分の足をかじった。

「くそっ、ペッカリは無実だ」ビョルンフートは息を切らして言った。「オスカル・リンドマルクを見ただろう。ミトンをしていた。ひざまずいて、両手を組み合わせて、母親の話をするなんて、できっこない」

「でも、ペッカリが話をふくらませたのでは。あいつはきっと注目されてうれしくなって、それで……」

「たしかに」ビョルンフートは応じた。「きみの言うように、あいつは注目されて喜んでいる。オスカル・リンドマルクの後頭部は砕けていた。背後から殴られたんだ。もしあの子がひざまずいて顔を殺人犯に向けていれば、ここを殴られたはずだ」

　そう言って、自分の額を指さした。

「ペッカリは嘘をついている。残りの金のありかを言わないのはどうしてだ？」

「どこかに隠しておいて、死刑にならないことを祈ってるんじゃないでしょうか。もしかしたら、逃げるための……」

　ビョルンフートは首を横に振った。口ひげにできたつららがぶつかり合って、音を立てた。

「あいつは知らないんだ。それだけのことだ」

「なら、どうして自白なんか？」スペットは疑わしげに訊き返した。

「そんなことはどうでもいい！」ビョルンフートはぴしゃりと言った。「だが、ほかに書留郵便のことを知っていたのはだれだ？　知っている人間は……」

「ペッカリの部屋で銃を見つけたのはだれでした？」「ペール＝アンデシュ・ニエミですよ」

スペットは歯ぎしりした。

ふたりは、ペール＝アンデシュ・ニエミと友人たちが、ひどく殴られたペッカリを警察署に連れてきたことを思い出した。

「あいつの頭を引っこ抜いてやる」スペットは絞り出すように言った。「白状するまで追いつめてやる。それに、あの腰巾着《こしぎんちゃく》どもときたら……」

「だが、まずはあの男の部屋を調べよう」ビョルンフートはそう言って、戸を開けた。

風が戸をひきちぎろうとした。カイサがふたりを見上げた。

その顔は、ほんとうにこの嵐の中に戻らなくてはいけないの、と言っているようだった。


郵便局補助職員のペール＝アンデシュ・ニエミは、教会通りに面した、漆喰《しっくい》の塗られていないレンガ造りの家に間借りしていた。

「友だちと同居してますよ」と言って、大家の女はビョルンフートとスペットのために、ニエミの部屋のドアを開けた。

「おとといの晩、ニエミは家にいたかね？」ビョルンフートは部屋に足を踏み入れながら質問した。

「たぶん、いなかっただろうね。たいていは婚約者といっしょですよ。その娘も自分で部屋を借りてるからね」

大家はそう答えて、わかるでしょ、という視線をふたりに送った。

防寒対策として、粗末な絨毯が何枚か重ねて敷いてあった。二台のベッドは、天井から吊るされた一枚の布で仕切られていた。洗面台に水差しと洗面器が置いてある。壁には、オスカル二世の肖像画のとなりに、錆《さ》びて茶色くなったひげ剃《そ》り用の鏡が掛かっていた。それぞれのベッドの脇に、コート掛けが置かれている。ペール＝アンデシュ・ニエミのコート掛けには、黄ばんだ肌着と靴下一足が掛かっていた。

ビョルンフートとスペットは、両方のベッドからカバーをはぎ取り、枕と馬巣《ばす》織りのマットレスを持ち上げた。布の絨毯をくるくる巻いて、ペッカリの部屋と同じように床板を調べた。部屋じゅうを引っかきまわし、屋根裏も調べたが、結局なにも見つからなかった。

「終わりました？」散らかした部屋をとがめるような目で見ながら、大家が尋ねた。「もうベッドを整えてもかまわないかね？」

その声はビョルンフートの耳に届かなかったようだ。彼は窓から真っ白な雪のカーテンを見つめていた。彼には確信があった。だが、にわかにそれが揺らいだ。もしかすると、やったのはやはりペッカリかもしれない。オスカル・リンドマルクを背後から殺したことを認めたくなかっただけなのか。背後から襲うのは、卑怯としか言いようがない行為だからだ。ひょっとすると、ペッカリは事実に脚色を加えたのかもしれない。

カイサは床に伏せて、がっかりしたようなため息をもらした。

「あいつの友だちの部屋を調べてはどうでしょう」スペットは提案した。

ビョルンフートは首を横に振った。

「友人を信用するような男ではないだろう……」

彼は大家に尋ねた。

「ニエミの婚約者はなんという名前だ？　彼女の住所と仕事は？」

マイケン・ベールン。それが、郵便局補助職員ペール＝アンデシュ・ニエミの婚約者の名前だった。年は十九歳。ふっくらした頬と巻き毛の持ち主で、売り子として働く〈ハンヌラ雑貨店〉の客たちに人気があった。身支度をしていっしょに来るように彼女に告げたとき、捜査が正しい方向に進んでいることが、ビョルンフートにはわかった。

マイケンは理由を尋ねなかった。エプロンもはずさずに、急いで外套を着た。すばやく身支度しさえすれば、警察が職場に迎えにきたことを、店主の妻のハンヌラ夫人が大目に見てくれるとでも思っているかのように。

「理由はもうわかっているだろう」彼女といっしょに通りを歩きはじめると、ビョルンフートがそう切り出した。

しかし、ことはそう簡単に運ばなかった。

外は吹雪で、マイケン・ベールンはスカーフを何重にも首に巻いていた。彼女は首を横に振った。

「きみの婚約者のペール＝アンデシュ・ニエミのことだ。おとといの晩は彼といっしょだったね？」ビョルンフートは風に負けじと声を張り上げた。

「はい」彼女も大声で答えた。「それはまちがいありません」

そのあとですぐに言い添えた。「どうしてそんなことを訊くんですか？」

「ふたり殺された事件があったんだ」スペットは吐き捨てるように言った。「その晩のことを思い出してもらいたいんだよ、お嬢さん」

三人は押し黙ったまま、吹雪の中をなんとかマイケンの家までたどり着いた。

居心地のいい部屋だ。ビョルンフートは室内を見まわしてそう思った。縁に毛糸のフリンジのついた織物のカーテン。二重になった窓の中間に、湿気対策としてミヤマハナゴケが置いてある。これは、白い地衣類で、トナカイの大好物だ。ミヤマハナゴケの鉢に、毛糸で作った小さなサンタクロースの人形がいくつか飾られている。ベッドの置かれた奥まった一角の壁には、屋敷に住む妖精が馬に赤いリンゴを食べさせる場面を描いた、クリスマスの吊り飾りがあった。

折り畳み式の補助板がついたテーブルの両側に、飾り気のない木製の椅子が置かれている。刺繍《ししゅう》が施されたテーブルクロスには染みひとつなかった。鉄製ストーブの上に鉄板が敷かれ、コーヒーポットが置いてある。かぎ針編みの小さな鍋つかみが、コーヒーポットの取っ手にきちんとかぶせられていた。

カイサは精いっぱい雪を振り払った。それから、奥まった一角に水桶があるのを見つけ、音を立てて中身を飲んだ。スペットとビョルンフートは部屋を調べた。ひきだしの中はもとより、部屋じゅうくまなく探したが、なにも見つからなかった。

なにを探しているのか尋ねもしない、彼女にはわかっているんだ。ビョルンフートはそう思った。

スペットはカイサを呼んだ。カイサが来ないので、ベッドのほうに行ってみた。

「犬が飲んでるのはなんだ？」

桶の中に服をつけ置きしてあるのが目に入り、スペットは尋ねた。

「洗剤は入っていないだろうね」

「ええ、入ってません」マイケンはそう言ったあとで、にわかに頬を紅潮させた。「これはただ、なんでもないんです……」

「この洗いものは？」マイケンが頬を赤らめたのを見て、ビョルンフートは問いただした。スペットは桶から服を取り出してみせた。男もののズボンだ。濡れていたが、膝の下の部分に血痕がついているのが見えた。ビョルンフートはマイケン・ベールンのほうに向き直った。ほんの少し前まで紅潮していた娘の顔は、いまや蒼白になっていた。

「それはきみの婚約者のズボンだね」ビョルンフートはずばりと指摘した。「血痕はオスカル・リンドマルクのものだ」

マイケン・ベールンの呼吸が荒くなり、なにかにしがみつこうとして、やみくもに手を伸ばした。

スペットはたたみかけた。「全部話してもらおう。そうすれば、きみは罪に問われないかもしれない。さもなければ共犯者として罰せられるぞ。これはただの脅しではない」

マイケン・ベールンは黙りこんだ。だが、ゆっくりと身体の向きを変えると、ストーブから伸びる鉄製の煙突を指さした。

スペットは濡れたズボンを床に放り出した。ストーブに駆け寄り、大きな手で煙突をわしづかみにした。

「どうやって？」

スペットが問うと、マイケンは肩をすくめた。

「知りません」

スペットが煙突をぐいと引っ張ると、中間部分が緩《ゆる》んだ。

「中になにか詰まっているぞ」そう言って、緩んだ部分から煙突をのぞきこむ。

マイケン・ベールンはおびえた声でビョルンフートに訴えた。

「ペール＝アンデシュには言わないで。きっと殺される」

「あの男がこれ以上、人を殺《あや》めることはない」ビョルンフートは落ち着いた声で言った。スペットは煤《すす》まみれの手で分厚い札束を広げはじめた。

マイケン・ベールンは窓のそばで立ちすくんでいた。婚約指輪に目を落としてから、窓ガラスをつたうシダ模様の白い霜を見つめた。

知らなかったといえば嘘になる、とマイケンは思った。でも、どう説明すればいいのかわからなかった。

おとといの晩、彼女は急に目を覚ました。ペール＝アンデシュが部屋のストーブのそばに立っていて、ストーブの煙突をまわして締めているところだった。

「なにしてるの？」とマイケンが訊くと、「いいから寝てろ」と言われた。

　そのあと、ペール＝アンデシュはマイケンのとなりにもぐりこんできた。身体が冷えきっていた。両手は冬場のカワカマスみたいだった。「もうすぐだ」と、彼はマイケンがふたたび眠りに落ちる前に耳元でささやいた。「もうすぐ毛皮のコートを買ってやれるぞ」

　翌朝、ペール＝アンデシュはマイケンより早く起きた。マイケンがコーヒーを淹《い》れようとすると、ストーブには火をつけるなと言われた。数日のあいだはストーブを使ってはいけない、とも。それに、彼のズボンは汚れていた。洗ってくれと頼まれた。「靴屋がクリスマス用の豚をさばくのを手伝ったんだ。そのせいですっかり血だらけになった。おまえに持ってこられるように豚の頭を分けてくれないかと頼んでみたよ」

　マイケンは笑い声をあげて、身震いするふりをした。あとでふたりが殺された話を聞いたとき、マイケンはもう笑えなかった。それでも、彼女はなにも言わなかった。たぶん知りたくなかったのだ。ストーブには一度も火をくべなかった。

「それにあの人、エドヴィン・ペッカリときたら」スペットとビョルンフートがそばにいるのもかまわず、マイケンは独り言を続けた。「ほんとうに嫌な人。ひと言も口をきかないんだから。郵便局に行っても挨拶《あいさつ》ひとつしないし。なのに、気づかないと思って、わたしのことをじっと見つめていたわ。あの目で。あの白目の濁った目で。あの人だったかもしれないのに。あの人だったらよかったのに」

　ビョルンフート保安官は法廷のドアを勢いよく開けた。マンフレッド・ブリランデル判事は、判決を言い渡しているところだった。法廷にいた人々が入口を振り返った。

「ペッカリは無実です」ビョルンフートはそう言って、

被告人席まで大股で近づいた。「彼を釈放してくださ
い！」
「なにを言っているのだ？」ブリランデル判事は声を
張り上げた。
さっきビョルンフートとスペットが法廷を出ていっ
てから、判事は苛立ちと不安をつのらせていた。薄く
なった頭髪は汗ばみ、地肌に張りついていた。その息
遣いは、棒でたたかれた魚みたいに苦しそうだった。
「盗まれた金はここにあります」マイケン・ベールン
のストーブで見つけた包みを、ビョルンフートは高々
と掲げた。
「それに、これは」と、もう片方の手を持ち上げて、
先を続けた。「殺人犯のズボンです。オスカル・リン
ドマルクの血痕がついています」
傍聴人はいっせいに息を呑んだ。それはビョルンフ
ートの手にある濡れたズボンに恐怖を覚えたせいもあ
るだろうが、もう片方の手が握る金の包みにうっとり
としたせいでもあった。
ペール＝アンデシュ・ニエミはさっと立ち上がり、
すばやい足取りで数歩踏み出した。だれかが彼を止め
るよりも早く――止めるべきだと気づくよりも早く―
―ニエミは法廷の前方にある通用口から逃げ出そうと
していた。ほんの一時間前に、被告人のペッカリが法
廷に連れてこられたばかりの通用口だ。
「待て！」ビョルンフートは叫んだが、ペール＝アン
デシュ・ニエミはすでに法廷から消えていた。
スペットの固く握った拳《こぶし》が、通用口の外でニエミを
待ちかまえていた。
ほんの一、二秒しかかからなかった。スペットはニ
エミの襟首をつかまえて法廷に入った。
ビョルンフートは法廷を見まわし、ペール＝アンデ
シュ・ニエミに協力して、エドヴィン・ペッカリを警
察に突き出した男たちを探した。ひとりは、祭壇の前
にひれふす罪人のように傍聴席で身体を丸めていた。

ビョルンフートはその男の髪をむんずとつかみ、椅子から立たせた。

「話すから」その男は哀れっぽい声を出した。

「おい、黙れ！」きつくつかんだスペットの手から力ずくで逃れようとしながら、ペール＝アンデシュ・ニエミはがなりたてた。

「いやだ」その男はやけになって叫んだ。「もう話す。あれ以来眠れないんだ。おれはペール＝アンデシュから金の話を聞いた。郵便配達の橇から盗む話だ。でも、それだけだ。人を殺すとは聞いてなかった。運送屋が出発したあと、おれたちは橇を拝借した。ルオッサヨッキで橇を止め、橇をひっくり返して滑走部が壊れたように見せかけた。みんな襟巻を耳まで巻いて、帽子を目深にかぶった。おれたちは顔を知られていないから、隠れる必要はなかったが、ペール＝アンデシュは木の陰に隠れた。郵便配達人とは顔見知りだったからだ。郵便配達人は橇を止め、おれたちに手を貸そうとした。オスカルが橇から飛び降りて、滑走部をよく見ようと腰をかがめた。郵便配達人のヨハンソンは橇に残り、馬が走りださないように手綱《たづな》を握っていた。そこに、ペール＝アンデシュが木の陰からこっそり出てきた。やつは橇に乗りこみ、ヨハンソンを後ろから撃ったんだ」

「ヨハンソンの銃で？」ビョルンフートが問いただした。

「違う、自分の銃で。ヨハンソンの銃はあとから見つけた。それで、ペッカリの部屋に押しかけたとき、そこで見つけたことにした。ペッカリでさえ、自分の部屋のひきだしで見つかったと思っていたよ。だれかがそこに入れたにちがいない、眠っているあいだにだれかが忍びこんだんだ、とおれたちに訴えた」

ビョルンフートはさらに問いつめた。「だがそのあと、森の中でなにがあったんだ。ペール＝アンデシュ・ニエミが郵便配達人のヨハンソンを撃ったあとに」

「銃声を聞いて、馬が暴れだした。おれたちの馬は前脚を宙に蹴り上げて駆けだそうとした。でも、橇はひっくり返って雪に埋まっていたから動かなかった。郵便配達の馬は駆けだした。ペール＝アンデシュ・ニエミは橇に踏んばって立っていた。それから、おれに向かって叫んだ。その子をつかまえろ、と」

ペール＝アンデシュ・ニエミの友人はふらっとよろめいた。頭の中でその場面が再現されたのだ。ビョルンフート保安官は、くずおれないように男の身体をしっかりと抱えた。

月に照らされたオスカル・リンドマルクの顔は青ざめている。少年は膝をついて、目を大きく見開き、壊れたように見える橇を調べようとしている。銃声がしても、おびえた郵便配達の馬がいななないて走りだしたときも、少年にはなにが起きたのかわからない。雪面がやわらかかったので、駆けだしはしたが、郵便配達の馬はそれほど速く走れない。ペール＝アンデシュ・ニエミは、郵便配達の橇に立ったまま叫ぶ。

「おれは荷物をこじ開けて金を手に入れる。おまえはその子をつかまえろ！　逃がすなよ！」

ペール＝アンデシュ・ニエミの友人とオスカル・リンドマルクは見つめ合う。ふたりとも、目の前で行なわれていることにおびえて、凍りついたように動けない。男は心の中で叫ぶ――おれにはできない！

馬が前脚を蹴り上げ、逃げ出そうとする。そのとたん、オスカル・リンドマルクが急に動く。少年は立ち上がる。よろめいたが、転びはしない。月明かりを駆ける野ウサギみたいに、少年は走りだす。

「つかまえろ」ペール＝アンデシュ・ニエミが大声をあげる。「森の中に逃げられたら、おしまいだぞ」ペール＝アンデシュ・ニエミの友人は斧を手に取り、少年を追う。

雪片が宙を美しく舞い踊っている。まるで、落ちるかのぼるか決めかねているみたいに。月に雲がかかる。サウナの蒸気に透けて見える女の尻のようだ。丸々として、輝いている。月は雲間に見え隠れして、ヴェールの踊りを披露する。雪面に映る樹木の影が濃くなってくっきりしたかと思うと、すぐにぼやけて見えなくなる。月が雲にすっかり隠れても、オスカル・リンドマルクが逃げる助けにはならない。雪の上の足跡は簡単にたどれるからだ。それでも、ペール＝アンデシュ・ニエミの友人は血を求めて全力で走る。足が雪にめりこむが、少年の足跡をたどって走ればやがて追いつくだろう。それに、オスカルはまだほんの子どもだ。ああ、だめだ。ほどなくペール＝アンデシュ・ニエミの友人は少年に追いつく。斧を振り上げ、少年が後ろを振り返る前に、その頭に一撃を加える。少年に見られてはならない。少年の顔が目に入れば、男にはとても耐えられなかっただろう。いまやオスカル・リンドマルクは男の目の前にうつぶせに倒れている。少年の足はまだ、眠っている犬のそれのようにバタバタと動いている。

足が動かなくなるまで、男は少年に何度も斧を打ち下ろす。

ペール＝アンデシュ・ニエミの友人は、ビョルンフートを見据えたままだった。

「リンドマルクは逃げた。でも、すぐに追いついた。おれは斧の背で頭を殴りつけた。あの子は雪の中で息絶えた。おれは橇まで戻り、ひっくり返った橇を起こして道に戻した。ペール＝アンデシュが金を持って戻ってくるまで、馬を押さえていた。あいつはヨハンソンの銃を持って戻ってきた。おれのズボンは血だらけで、気が変になりそうだった。そうしたら、ペール＝アンデシュがズボンを取り換えてやると言ってくれた。あいつはおれの血だらけのズボンをはいて、汚れていないズボンをおれにくれた。町に入る前、おれたちは橇を降り、馬を放して鞭《むち》をくれた。それから家に歩いて帰った。雪が激しくなったので、足跡がすぐに消えるのはわかっていた」

ペッカリを警察に突き出したときいっしょにいたもうひとりの男が、いきなり立ち上がった。

「そんな馬鹿な！」そう叫んで、ペール＝アンデシュ・ニエミと、たったいま凄惨な行為を白状した友人の顔を慄然と見つめた。「この人でなし。信じてたのに。ペッカリの部屋を探すと言われたときも、あいつが怪しいと言われたときも。おまえら、血も涙もないろくでなしだ！」

法廷はしんとなった。そのときスペットが大声で言った。

「全員、ここを出ろ。明日、ここで新たな公判が開かれる。今日のところは、出てった、出てった！」

人々は呆然としたまま傍聴席から立ち上がった。だれひとり口を開かなかった。いまのいままで、彼らはここに座って無実の男の死を欲していたのだ。罪悪感が分厚い毛布のように法廷を覆《おお》っていた。レスタディウス派の信徒たちは、気まずそうに床に目を落とした。だれもエドヴィン・ペッカリの顔をまともに見られなかった。

鎖につながれたまま、被告人席に立つペッカリが大声をあげた。

「でも、ぼくがやったんだ！　聞こえないのか？　ぼくが犯人だ。ぼくが犯人なんだ！」

三日三晩猛威を振るったあと、吹雪《ふぶき》はべつの土地へ去っていった。キルナは平穏を取り戻し、白くやわらかい雪の毛布に包まれた。馬たちは雪かき用の橇を引き、亀裂の入った柵を片づけた。樺《かば》の木の枝は、雪の重みで地面まで垂れ下がっていた。

ビョルンフートとスペットは駅にたたずみ、南に向から列車に乗りこむエドヴィン・ペッカリを見守っていた。線路の雪かきは、鉱山会社が人を雇ってやらせていた。駅のホームを乗客や荷物が行き来している。

毛糸の帽子をかぶり、肩をすぼめたペッカリは、身のまわりのもの一切合財を詰めこんだ旅行カバンひとつを携えていた。いっしょに旅立つ者はいなかった。見送りに来る者さえも。

「じゃあ、あいつは引っ越すんですね」スペットは言った。

ビョルンフードはうなずいた。

「なんで自白したんでしょうね？」スペットは疑問を口にした。

「わからんが、注目を浴びたかったのかもしれんな」ビョルンフートは言った。「なにしろ、一夜にして有名になったんだからな。それまでは、だれひとり目もくれない孤独な人間だったのに」

ビョルンフートはペッカリの部屋を調べたときのことを思い出した。ひきだしを開けたとき、一通の手紙も、写真の一枚もなかった。

「首をはねられたかもしれないのに。それでは割に合いませんよ」スペットは異を唱えた。

「彼がやったと裏付ける証拠がそろっていた。もしかすると、自分がやったと思いこんだのかもしれない。みんながそう言っているのだからそうなんだろう、とな。わからんがね」

信じられないとばかりに、スペットは鼻を鳴らしたが、カイサが車掌に遊んでもらおうと尻尾《しっぽ》を振って愛想を振りまくのを見て、口元をほころばせた。カイサはぐるぐると激しくまわって、車掌に雪をはねかけた。

「まあ、そうだな」ビョルンフートは口ひげを撫《な》でながら言った。「人間は神の神秘を語るが、人間も同じくらい大いなる神秘に包まれている、そう言えるのではないだろうか」

「それは女だけだと思ってましたよ」とスペットは応じた。

女と聞いて、ビョルンフート保安官は懐中時計に目を落とした。午後一時に妻と落ち合う約束をしていた。そろそろ行く時間だ。

「でも、たしかに変ですね」急いで立ち去ろうとするビョルンフートに向かって、スペットは言った。「レスタディウス派の信者のことですよ。ペッカリの冷酷な殺人は許したのに、彼が嘘をつくことは許せないなんて」

「人間は神秘に包まれているんだよ」ビョルンフートは同じ言葉を繰り返し、スペットと別れた。

ビョルンフートが息を切らしながら丘陵地帯を越えてたどり着くと、妻は街角に立って待っていた。白テンの毛皮帽の下に黒く太い眉毛がのぞいている。両手は白いマフに包まれ、黒く長い外套の裾《すそ》は雪で縁どられていた。

「待たせたね!」ビョルンフートは朗らかに言って、妻と腕を組んだ。

新設の音楽ホールまで、歩いて三分しかかからなかった。鍵は事前に借りてあった。舞台の客席寄りのところに、スタインウェイのグランドピアノが置かれていた。

「毎週木曜日の二時から三時半まで、これはきみのものだ。だれにも邪魔されずに弾けるぞ」

彼女はグランドピアノに目をやった。罠におびきよせられているような気がした。

北に向かう列車に乗り、キルナを初めて訪れた旅のことを思い出した。イェリヴァーレで、車掌から〝保証人〟がいるかどうか尋ねられた。

「どういう意味ですか?」と訊き返すと、こう言われた。

「あなたひとりでキルナまで行くことはできません。保証人の男性がいっしょでなければ。あるいは、向こうであなたを迎え、あなたの保証人になる男性がいることを保証する証明書が必要です」

「わたしの保証人ですって？」彼女が驚きの声をあげたとき、ちょうど夫のアルベルトと娘たちが客室に戻ってきた。停車中に列車を降りてホームを散歩していたのだ。

車掌は非礼を詫《わ》び、切符を確認して立ち去った。

夫は車掌を擁護した。

「ストックホルムとは違うんだよ。キルナは鉱山の町だからね。でも、会社はキルナをマルムベリエットみたいな町にするつもりはない。酔っ払いとか……」

ビョルンフートはそこで話を中断した。好奇心で目を輝かせながら聞いている娘たちを横目で見てから、先を続けた。

「……あれこれと奉仕をする女たちであふれている町にはね。会社はそういう女たちを町から締め出すことを考えている。きみが気分を害する必要はない」

「フィンランドでは女性の投票が認められているというのに、ここでは列車に乗ることも認められないのね」と、彼女は夫に言った。

キルナは男の支配する町だった。紳士と彼らの事業が牛耳る町だ。当然ながら、なんらかの討議が行なわれる際は、決まって保安官が呼ばれた。ルンドボーム取締役に招かれたときなど、ビョルンフートは懸命にブーツを磨いた。つばをつけて、布で磨き上げた。取締役は会議に作業服で姿を現わすこともあったのに。

この前途ある町に彼女が期待していたのは、もっとべつのこと、近代を感じさせるようなことだった。ところがこの町の女性ときたら、エウシェン王子の描いた祭壇画の前で、信心深くため息をつくばかりだった。

そのうえ、ひどい貧困も目の当たりにした。山の頂《いただき》みたいに頬骨が突き出た女性や子どもたち。果てしなく続くその日暮らし。鉱山で怪我をしたり死んだりした夫を持つ女たち。児童人身売買。そうしたことはストックホルムでも見られるが、ここではすぐそばで起きている。それが彼女に悪い影響を及ぼした。

　夫は保安官として五年間の契約を結んでいた。その期間をどうやって耐えたらいいのか、彼女には見当もつかなかった。近頃は、夫のことも我慢ならなくなっていた。就寝中の荒い息遣いやテーブルマナーが気にさわった。そういう自分が恥ずかしかったが、だからといってどうなるものでもない。あらゆるものから逃げ出せるなら、病気で倒れてしまいたいと思うときさえあった。

　ビョルンフートはお仕着せの外套の前を開き、彼女の母親が送ってきた楽譜の包みを取り出した。

「無理よ。手が凍えて動かないもの」妻は言った。

　アルベルトは楽譜を放り出して、妻の手を取った。

「弾きたくないのかい？」訴えるような口調で言う。「もう、わたしを思う気持ちは少しも残っていないのか？」

　彼女は根負けした。夫の手をほどくと、ピアノの前に座った。和音を弾いてみる。調律が狂っていることを望んでいた。狂ってはいなかった。

　ここで溺《おぼ》れてみましょう、と彼女は思った。

　その瞬間、彼女の指は鍵盤の海へと飛びこんだ。指は、ドビュッシーの『沈める寺』の最初の和音に着水した。

　ドビュッシーを弾くと、そのピアノの本性が明らかになる。曲の冒頭のひとつひとつの音が自己主張してくるからだ。だが、このグランドピアノは最初からその要求に応えてくれた。

　いまや大聖堂の鐘が深海で鳴り響いている。彼女は一鍵一鍵、確実にたたいた。ああ、この鐘の響き。嵐が海面を切り裂き、波が高くうねる。海中で鐘が鳴りわたる。

彼女のタッチは強く激しく、荒々しいほどだった。指も腕もそれほど長くはない。外套の腕の部分が拘束衣みたいにきつかった。汗が噴き出て、腕を伸ばすと背中に痛みを感じた。

夫のアルベルトの顔に目を向けた。微笑んではいるが、その笑みの陰から不安がのぞいていた。夫はこの音楽を理解していなかった。それどころか、この音楽は彼をおびえさせている。こちらがほんとうの自分をのぞかせたというのに、夫はおびえてしまった。

彼女はいきなり演奏を中断し、手を膝の上に置いた。動かせないように、手をお尻の下に敷いてしまおうかとも思う。

「続けて」と、夫は言った。

どうして、と言いたかった。あなたにはこの音楽がわからないのに。

すると、彼女の心を見抜いたかのように夫は言った。

「おれは単純な人間だから……」

そう言って口ごもった。夫が泣きだすのではと思うと、彼女は死ぬほど怖かった。

「……ただ、最愛の妻《マイ・ソングバード》であるきみのことを、どれほど誇らしく思っているか知っておいてほしい。きみの演奏を理解できたらいいと……そうなるように努めてもみたが……」

彼は先を続けられなかった。きつく結んだ唇を、小刻みに震わせていた。

彼女は窓の外に視線を移した。リスが一匹、木の枝を走っていた。枝から雪が地面に落ちる。外は晴れていた。真っ白な世界の彼方で、空がバラ色に染まっている。

心が少し軽くなったような気がした

幸せになるようにやるだけはやろう、と彼女は心に決めた。木曜日の午後二時から三時半まで――わたしに必要なのはそれなのかもしれない。

彼女は夫に向かって微笑んだ。それから、ふたたび鍵盤に指をのせて弾きはじめた。今度はシューベルトの『即興曲変ト長調』だ。抒情的な曲だから、これなら夫の好みに合うだろう。彼女は夫を見上げてにっこりした。妻がピアノを弾くことを、夫は喜んでいた。今度は、夫が妻に微笑んだ。彼の心は急に明るくなった。まるで妻が、ふたたび顔を出した太陽であるかのように。

夫はいい人だわ。この人はもっと幸せになってもいいはずよ、と妻は心の中でつぶやいた。

キルナの暮らしはとても憂鬱だ。頭がおかしくなりそうになるときもある。

でも、夫はいい人だ。それに、もうすぐクリスマスがやってくる。

オーサ・ラーソンは一九六六年に、ストックホルムのおよそ八十キロ北に位置する、大学の町ウプサラで生まれた。四歳のとき、さらに千二百キロ北にある鉱山都市キルナに一家で引っ越し、その地で育った。ラーソンの父方の祖父エリック・アウグスト・ラーソンは、一九八二年に亡くなるまでこの町で暮らした。祖父はクロスカントリー・スキーの選手で、一九三六年の冬季オリンピックで金メダルと銅メダルを獲得した。しかし、のちにスポーツの世界を離れ、ファーストボーン・レスタディウス派（スウェーデンでは西レスタディウス派として知られる）の説教師に転身した。この会派は、頑強な伝統主義と保守的な敬虔《けいけん》主義で名高い。

オーサ・ラーソンは、厳格なレスタディウス派の両親のもとで育ったが、学生時代、しだいに同会派の過激な思想を拒絶するようになり、ウプサラの大学で法律を専攻し、卒業後は税務専門の弁護士になった。もっとも、極北地帯の厳しい環境、信仰問題、宗教の対立は、重要なテーマとして彼女の小説に何度も取り上げられることになる。

二〇〇三年に上梓した処女作の『オーロラの向こう側』（ハヤカワ文庫）で、スウェーデン推理作家アカデミー最優秀新人賞を受賞。この作品には、それ以降の作品でも主人公を務めるレベッカ・マーティンソン検事が登場する。二〇〇四年に発表した二作目の『赤い夏の日』（ハヤカワ文庫）は、スウェーデン推理作家アカデミー最優秀長篇賞を受賞した。五作目に当たる『モロクへの生贄《いけにえ》』（*Till offer åt Molok*、二〇一二年）も、同賞を受賞した。ラーソンの小説は多くの国で翻訳されている。現在は専業作家として、ストックホルムにほど近いマリエフレッドという小さな町で、夫とふたりの子どもと暮らしている。

〔＊この作品は、スウェーデンの日刊紙《ダーゲンス・ニュヘテル》に掲載されたが、本書への収録にあたり、改稿された〕

呼び出された男
Superhjärnan

スティーグ・ラーソン
Stieg Larsson
ヘレンハルメ美穂訳

スティーグ・ラーソンがプロの作家として出版した初めての、そして唯一の小説は、彼が二〇〇二年の夏、四十八歳の誕生日を迎える直前に書きはじめた三部作だ。『ミレニアム』三部作として知られるこの作品は、二〇〇四年秋のラーソンの死後、世界中の出版界で一大センセーションを巻き起こした。これまでに約五十カ国語に翻訳され、計八千万部以上の売り上げを記録している。

だが、スティーグ・ラーソンの読者であっても、彼が人生のほとんどの期間、小説家になる夢を抱いていた事実を知る人は少ないだろう。ラーソンは十歳になる前からもう物語を書いていた。十代のころには小説の執筆に挑戦し、自ら、あるいは他人が出したガリ版のSF同人誌に、作品をいくつか掲載した。そのあとも、ひじょうに野心的なSFの執筆に取りかかっていたようだが、本人が満足できずに捨ててしまったらしい。

このように、ラーソンが最初にのめり込んだジャンルはSFだったが、十代前半のころにはミステリにも夢中になっていた。骨太なハードボイルド小説を好み、ダシール・ハメット、レイモンド・チャンドラー、ロス・マクドナルド、ピーター・オドネルなどが気に入りの作家だった。その後、十七歳で同人誌に作品を載せるようになると、彼はときおりこれらの二ジャンルを組みあわせ、SFの世界観の中でサスペンスやミステリを書いた。

ここに掲載する短篇は、ラーソンと彼の親友ルーネ・フォシュグレンが共同で出した同人誌『球体』

（*Sfären*）第三号が初出である。この号は一九七二年四月にガリ版で印刷されたもので、部数は五十部にも満たなかった。事実上、この短篇集で初めて公《おおやけ》になる作品と言ってよいだろう。

「呼び出された男」は、のちに『ミレニアム1　ドラゴン・タトゥーの女』（ハヤカワ文庫）を書くことになる男が、十代のころに著したごく初期の作品だ。それでもこれを読むと、まだ年若いスティーグ・ラーソンにも、すでにストーリーテラーとしての才能が備わっていたことがよくわかる。十七歳のころからもう、権力の濫用《らんよう》、特権階級による市民の自由の侵害、などといった問題を気にかけていたこともわかるし、サスペンスを盛り上げ物語を進める方法として、事実を小出しにし、なにが起きているのか少しずつ読者に明かすのを好んでいたこともわかる。

つまり、リスベット・サランデルを生んだストーリーテラーの揺籃期《ようらんき》をかいま見ることができるわけだが、それだけではない。ラーソンのSFとミステリへの愛、彼が執筆に見出していた喜び、正義や思いやり、自由への生涯にわたる献身も、この作品に見ることができるだろう。

マイケル・ノヴェンバー・コリンズ殿
セクター41
アルディード・ストリート
8048 ニューヨーク 18-A-34

マイケル・ノヴェンバー・コリンズ殿というのはおれのことだ。ある朝、おれの名前と住所の書かれたこの手紙が、郵便管を通って朝食のテーブルにぽとりと落ちてきた。

ジュディスが――おれの妻だが――カゴからそれを拾い上げて宛名を読み、おれに手渡した。ふつうの手紙じゃないことは開けなくてもわかった。封筒に押されたスタンプはひとつだけで、政府が送料を払ったのだとわかる――いや、納税者が払ったと言うべきか、見方によっては。政府から手紙が来るなんて珍しいことで、これまで一度しか経験はない。二年前、ランナーとしてオリンピックで金メダルを取ったときに、大統領が祝いの手紙をくれた。二一七二年のことだ。いまは二一七四年で、おれの世界記録はまだ破られていない。

おれは封筒をびりりと開けた。

マイケル・ノヴェンバー・コリンズ 46-06-18

コリンズ氏は政府の要請により、七四年八月二十四日、ボストン大学政府研究部門マーク・ウェスター医師による診察を受けられたし。

文章はそれで終わっていた。あとは判読しがたい署名と、その下に〝秘書〟の一語があるだけだ。

よくわからないまま手紙を見つめていると、マイケル・ジュニアとティナが、スクールエレベーターへ急ぐ前におれにハグをしようと近寄ってきた。ジュディスがおれの手から手紙を取り上げ、おれは子どもたちをハグして送り出した。

「これ、どういうこと?」ジュディスが尋ねる。

「さっぱりだよ。行って確かめるしかなさそうだ」

「どうしてお医者さんの診察なんか」

おれは妻を引き寄せて微笑み、キスをした。

「おれの身体能力に関係あるのかもな。なんといっても世界記録保持者だろ、おれは」

「それにしたって、どうして政府の要請なの?」

「さあな」おれは肩をすくめた。「そのうちわかるさ」

「マーク・ウェスター医師を」とおれは繰り返した。

ボストン大学中央ホールの案内カウンターで、受付係と話をしているところだ。

「どこに行けば会えるんですか?」じれったくなって、そう尋ねた。

「秘書に電話します。少し時間がかかるかもしれません。ご存じかもしれませんが、ボストン大学はふつうの大学ではなく、政府の研究センターですから、手続きにはたいてい数分はかかります」

「いや、知りませんでした。どうしておれが呼ばれたか教えてもらえますか?」

「医師の診察のためです。手紙にそう書いてあります」

受付係は受話器を上げ、番号を押した。

「もしもし、メアリー? 受付です。今日、マイケル

・ノヴェンバー・コリンズ氏との約束がありますよね。ご本人がこちらにいらしてますが」
沈黙。

「わかりました、すぐそちらへ案内します」

受付係はおれに微笑みかけ、ガラス張りのブースの中に座っている制服姿の男を指した。「あの中にいるあの男性に声をかけてください。私から電話しておきます。彼があなたをウェスター医師のもとへ案内します」受付係がまた受話器を上げる。おれは中央ホールを横切って歩きはじめた。中ほどにたどり着く前に、もう電話は終わったのだとわかった。制服姿の男が立ち上がり、ブースから出てきて握手でおれを迎えた。

「マーク・ウェスター医師とお会いになるとうかがいましたが」

「そうです」

「承知しました。ご案内します。ついていらしてください」


この男と連れ立って歩いているあいだ、不安が頭をもたげて徐々にふくらんでいった。なにかがおかしい、という気がしてならない。どうしてそう感じるのかはよくわからず、そのせいで不安に加えて苛立ちもつのった。二度、制服を着た警備員に止められて、通行証を見せろと言われたが、二度とも案内係がおれを指さして〝ウェスター先生に会われる方です〟と言っただけで通してもらえた。

困惑は深まるばかりで、ついにおれは我慢できなくなり、自分がウェスター医師に会いに行く理由を尋ねた。が、この男も、受付係以上のことはなにも知らなかった。やがておれたちは到着した。

看護師が――きっとこの人が〝メアリー〟だろう――おれをソファーに座らせ、ウェスター医師はすぐに来ますから、と言った。三分後、五十歳ぐらいの男が待合室に現われた。なかなか体格がよく、肌の見えるところはどこもこんがりと焼けている。化粧品店で売っている、あの気色悪い色つきクリームではない、ほんものの日焼けだ。身なりにとても気を遣っているように見える。

「ご足労ありがとうございます」と男は言い、片手を差し出した。おれは握手に応え、尋ねた。

「そうおっしゃるなら、どうしておれが呼ばれたのか教えてくれませんか?」

「手紙に書いてありませんでしたか? 診察のためです」

「書いてありましたけど、診察する理由がわかりません」

「ああなるほど、診察の理由ね、まあその点に関してはすぐにわかりますよ。もちろんすべては検査の結果しだいですが」

「そうなんですか? でも、なんていうか、検査を受けるのはいまひとつ気が進まないんですが。おれは健康そのものです。そうじゃなきゃおれの仕事はやっていけません」

「ええ、健康そのものでいらっしゃるのは承知していますが、内臓が実際どんな具合かを詳しく知りたいのですよ」

ウェスター医師は笑い声をあげ、おれの背中を軽くたたくと、自分のオフィスへおれを招き入れた。

「ボストン大学が政府の研究センターだとは知りませんでした。学生はもういないんですか?」

「いますが、いま行なっているのは特殊な専門教育だけです。われわれの仕事は、一般にはほとんど知られていません」

「いったいどんな仕事なんですか?」

「ほんとうはお教えしてはいけないんだが、まあ手短に言うなら、生物学の研究、ということになるでしょうな」

「で、それがおれとどうかかわってくるんですか? どうしておれが呼ばれたんです?」

「あいにくですが、必要な検査をしてからでないと、詳しいことはお教えできません」

「そうですか。そういうことなら、さっさと始めてもらいたいですね。早いところ終わらせて、ジュディスと子どもたちのいる家に帰りたいんで」

「ああ、そういえば結婚されているんでしたね」とウェスターは言い、頭を掻《か》いた。

「そうです。世界一すばらしい女性とね」おれは笑みを浮かべて言った。

「それはおめでとうございます。私には妻も子どももなく、いまとなってはもう、そういうことを考えるには歳をとりすぎました。いずれにせよ、検査にご協力いただけるのはありがたい」

「いつ始められますか?」

「明日には」

「明日? 今日のうちに全部終わると思ってました」

「細かいところまで徹底した、複雑な検査ですから、それだけ時間がかかりますよ。しかしご心配は無用です。大学内に個室を用意しました。奥さんにはいつでも電話できるでしょう」

「いったい何日かかるんですか?」

「なんとも言えません。長ければ一週間。すべてが期待どおりに進むかどうかによります」

「一週間! いったいなんの検査なんですか? どういうことなのか教えてください。おれが呼ばれた理由は? どういう検査をするんですか? どうして?」

「それはすでに申し上げたでしょう。結果が出るまではお話しできないと」

「じゃあ、検査には協力しません」おれはきっぱりと告げた。

ウェスターは笑みを浮かべた。

「どうか興奮なさらずに。検査に危険性はまったくありません。その点は保証します」

「そういう問題じゃない」とおれは言った。「とにかく理由が知りたいんです。あなたがたに選択肢はない。教えてくれないのなら協力はしません」

「どうやら誤解なさっているようだ。協力するかしないかを、あなたが選べるわけではないのです。あなたには協力していただく。そういう命令です」

「命令？　だれの？」

「政府の命令です」

「政府なんかくそくらえだ」おれは憤慨して言った。

「協力はしません」

「あなたに選択肢はないんですよ」

「あるに決まってる。ただ立ち上がって、入ってきたドアから出ていけばいいんだ」おれは立ち上がり、ウェスターから離れて歩きだした。

「この書類をちょっとご覧ください」おれがドアの取っ手に手をかけたところで、ウェスターが言った。

「どうして？」

「あなたに大いに関係のある内容だからです」

「さよなら」とおれは言い、ドアを開けた。

「大統領の署名の入った命令書です……」

おれはためらった。

「あなたの絶対服従を命じる内容です。拒否すれば、あなたは反逆罪で逮捕されることになる」

「なにかの冗談ですか？」

「まさか。刑罰は懲役二十五年、罰金二万ドルに達する可能性もあります」

おれはぽかんと口を開けてウェスターを凝視した。

「嘘に決まってる」

「ご自身で読んでみたらいい」

おれはゆっくりとドアを閉めた。ウェスターはだんだん威嚇《いかく》するような態度になっている。

「さあ、どうしますか？」

「どうやらおれに選択肢はないようだ」

「そういうことになりますな」

「妻に電話をしても？」

「もちろんです。したいことはなんでも、自由にしていただいてかまいません」

「この命令書に反しないかぎりは、ということですね」

「そのとおり。係が部屋まで案内しますよ」

「で、その部屋には見張りがつくんですか？」

「あなたご自身の安全のためにね。当然ですが」

「当然ね……」


複雑な検査だというマーク・ウェスターの言葉は、ちっとも大げさではなかった。おれは四日間、ひたすらにあちこちの部屋を行き来させられ、そこで会う医師たちはみな、躍起《やっき》になっておれの身体に悪いところを見つけようとした。すこぶる元気です、ぴんぴんしてます、とどんなに説いても無駄で、なにも変わらなかった。頭のてっぺんから足のつま先まで、内側も外側も調べつくされた。一日目はおびただしい数の体力テストを受けさせられた。連中はどんな細かい点も見逃すまいと念入りにチェックを行ない、ダブルチェックをし、トリプルチェックをし、さらに最終チェックまで行なった。

二日目はレントゲン検査だった。背中をたたかれ、舌を出して〝あああ〟と声を出せ、と言われた。

その日の検査はそれだけだったので、ちょっとひと休みできた。あてがわれた部屋は贅沢《ぜいたく》なスイートルームで、ふだん夢に見ていたような快適な生活を送れた。毎晩ジュディスに電話をかけて、もうしばらく帰れそうにないと伝えた。刑務所に入れられて罰金を払わされるかもしれない、というウェスターの脅しについては黙っていた。ジュディスは電話越しにキスをよこし、早く帰ってこられますように、と言ってくれた。

滞在中、このスイートルームに案内されたときからずっと、大学の警備隊に所属する制服姿のいかつい男ふたりに張りつかれている。おれ自身の安全のために、だ。当然ながら。

あとの検査も二日目と同じぐらい楽だといいと思ったが、その期待は大きく裏切られた。三日目、四日目、五日目は、おれの身体を裏表にしかねない勢いで、隅から隅まで徹底的に調べられた。水虫から肺がんまで、ありとあらゆる検査をされた。

六日目、ようやくすべてが終わった。ウェスターがやってきて、週末は帰宅してもいいが月曜日には戻るように、と言った。

「どうしてですか?」とおれは尋ねた。もはや恒例の質問になっていた。

「盲腸を切除するんですよ」

おれは病室のベッドで寝返りを打ち、半分読み終わったマンガ雑誌をぽんと放った。いまの状況はまったく気に入らない。手術をしたのは十二日前で、医者どもはそれ以来、ありとあらゆる病気のワクチンをおれに打ちまくっている。

退屈でしかたがないし、腹も立っている。連中の思いついたことを片っ端からやらされているみたいで、それが頭に来る。もう自分が合衆国の自由な市民ではなくなったような気がして、それが頭に来る。いったいなにが目的なのか、いまだに教えてもらえないのも頭に来る。

おれはため息をつき、マンガ雑誌を拾い上げた。

午後、マーク・ウェスターが病室に入ってきて、ベッドの脇の椅子に座った。深刻な顔をしていて、なにかあったのだとおれは悟った。こいつの計画どおりには進まなかったわけだ――どんな計画かはさておき。

「明日、退院していただきます」

「万歳」おれは珍しく冷ややかでない声で言った。

ウェスターは黙ったまま動かず、それから五分ほど、ほとんどなにも言わなかった。

「今回のこれがいったいどういうことなのか、お知りになりたいでしょうね」ついにウェスターが言った。

「あんたがそんな冴《さ》えたことを言うの、初めて聞きましたよ」

ウェスターが気を悪くしたようすはなかった。

「ハンス・ツェーゲルという名前をお聞きになったことは？」

「ハンス・ツェーゲル教授ですか？」

「そうです」

「聞いたことない人なんていうんですかね？」

ハンス・ツェーゲル教授はこの現代で、だれよりも偉大な科学者だ。生まれはドイツだが、ドイツがロシアに占領された二一三六年にイギリスへ逃げて、そこから合衆国に渡ってきた。ハンス・ツェーゲルが何者かを知らない人がいるとは思えず、名前を聞いたことがあるかというウェスターの質問は、ちょっとした侮辱のように感じられた。ツェーゲルに比べたら、あのアインシュタインだってただの雑魚《ざこ》だ。

「そうですね、たしかに、聞いたことがない人などいないでしょう。教授が何歳かはご存じですか？」

「さあ、八十五歳ぐらいかな」とおれは答えた。

「八十六歳です。教授がどんな研究をしているかはご存じで？」

「マスコミの言うことを信じるなら、いろんなことをやってますよね。科学のどんな分野についても、たいがいのことは知ってるみたいだ。でも、専門はたしか物理学じゃなかったかな。ほら、光子宇宙船を初めて造ったのはあの人ですし」

「そのとおり、教授の専門は物理学です。しかしここ十年は主に生物学の研究をなさっています」

「でも、ちょっと待ってください。ツェーゲル教授とおれになんの関係があるんですか？」

「まもなくわかりますよ。SFはお読みになりますか？」

おれはここ何日かのあいだに読んでいた雑誌の山を

指さした。

「脳移植については最近、なにかお読みになりましたか？」

「物語にはときどき出てきますが。どうしてですか？」

「現実に脳移植を行なうことについては、どうお考えになります？　実行可能だと思われますか？」

「ありえないな」おれは笑い声をあげた。「不可能だ」

「ところがそれが不可能ではないのです。ハンス・ツェーゲル教授は脳移植を何度も成功させている。最初の成功は六年前でした」

「なにを言いだすんですか、そんなのありえませんよ。つなげなきゃならない神経線維が星の数ほどあるんだから。どう考えたって無理だ」

「ツェーゲル教授はすでに百四十五件の移植を行なっています。うち四十六件が人体での移植でした。コンピュータ設備の助けを借りて、確実で安全な方法を練り上げたのです。ちなみにそのコンピュータも、教授自身が設計したものです」

「信じられないな」

「疑われるお気持ちはわかりますが、これはほんとうです。保証します」

「いったいどうやるんですか？」おれはまだ疑っていた。

「まず必要な処置は、すべてツェーゲル教授が自ら行ないます。頭蓋《ずがい》を開くとか、そういったことです。それからあとの手術は、コンピュータの助けを借りて行ないます。接合しなければならない神経線維を、コンピュータがすべて把握して、一本の見落としもないよう計らいます。神経線維はレーザーで接合します」

　おれは頭を掻いた。

「ほんとうにそんなことをやってのけたんなら、ツェーゲル教授はおれが思ってた以上にすごい人だ。どうして公表しないんですか？」

「この手法が完全に確立されるまでは公表しない、というのがツェーゲル教授の方針なので」

「いつ確立されるんです？」

「九年か、十年後には」

「正直、やっぱりいまひとつ信じられないな。証拠みたいなものがあればぜひ見てみたい。ツェーゲル教授にお会いすることはできますかね？」

「いや、それは無理です。残念ながら」

「どうしてですか？」

「教授は死の床にあります。高齢ですからね。心臓がもたなくなってきている」

おれはベッドに横たわったまま、黙っていた。ツェーゲルに同情した。

「けど、結局、その件とおれになんの関係があるんですか？」やがておれは尋ねた。

ウェスターはひげの生えていないあごをゆっくりとさすった。

「ツェーゲル教授は世界最高の脳の持ち主だ、という点については同意していただけるでしょうね。ひょっとすると史上最高でもあるかもしれない」

「それはもちろん」おれはうなずいた。「天才ですよね」

「そんな脳が人類のために使われるとしたら、その脳はこの地球上でなによりも貴重なものとなる。これについても同意していただけますかな？」

「そりゃもう。亡くなるなんて残念ですよ」

「ここからが本題です。はっきり申し上げて、世界はツェーゲル教授の脳ほど貴重なものを失うわけにはいかない」

「でも、だれだっていつかは死ぬじゃないですか」

「ツェーゲル教授の仕事は完成が近い。あと十年もあれば足りるでしょう。彼にはその時間が要る」

「で、それとおれになんの関係が？」おれは辛抱強く繰り返した。

「ツェーゲル教授は、人類史上最大の仕事を完成させるため、あと十年の時間を必要としている」

「つまり……」

「われわれは、必要な時間を教授に与えてくれる人を探しています」

「いったいなにが言いたいんです？　人の死を止めることはだれにもできない」

「たしかに。しかし、先に延ばすことはできる。われわれは、ツェーゲル教授が仕事を終えられるよう、教授の脳にあなたの頭蓋を貸していただきたいと考えています。教授の新たな心臓、新たな身体になっていただきたい」

おれは信じがたい思いでウェスターを凝視した。返事ができるようになるまでに、かなり時間がかかった。

「頭がおかしいんじゃないか」そう言った声はかすれていた。

「ツェーゲル教授にとっては生きるか死ぬかの瀬戸際です」

「おれは？　おれの生死はどうでもいいんですか？　そんなの願い下げだ！」

「協力していただくしかありません。ツェーゲル教授の余命は一週間もないのです」

「いやです。ツェーゲルがそんなことを望んでるなら、おれに言わせりゃいつ死んでくれたってかまわない。おれにとっては自分の命のほうが、やつの命なんかより大事なんだ。こんな話を持ちかけてくるなんてどうかしてる」

「あなたに選択肢はない。ツェーゲル教授はあまりにも重要な人物です」

「そんな無理強いはごめんだ！」おれは跳ね起きてウェスターの上着をつかんだ。

「後生ですから落ち着いてください」

「落ち着けだと！」おれは怒鳴り返した。「ツェーゲルの命を救いたいがためにおれが自殺するなんて、本気で思ってるのか？」

「ツェーゲル教授の知見は、全人類にとって意義深いものなのです」

「絶対にいやだ。だからずっとおれの検査をしてたのか？　どうしておれを選んだ？」

「それは自明でしょう。あなたほどすぐれた体力と健康の持ち主はいない。すばらしい身体をお持ちだ。三カ月前、ツェーゲル教授が自らあなたを選び……」

「なるほど、教授がおれを選んだ。そうやって自分自身を救おうと考えた。で、本人の研究を利用して、おれが教授の命を救ってやる、と。けど、おれのほうはそんなの願い下げなんだ」

「あなたに選択肢はない。大統領が直々《じきじき》に認めた計画です」

おれは何秒か、黙って座っていた。それから勢いよく立ち上がり、力まかせにドアを開けた。とにかくこの大学を出ようと思ったのだ。が、五歩も進まないうちに、ドアの外にいた警備員ふたりにつかまった。おれは叫び、悪態をつき、警備員たちを振りほどこうとやみくもにもがいた。片方がおれの腕を強くねじりあげて背中にまわす。おれは痛みに悲鳴をあげた。

「怪我はさせるな！」ウェスターが叫んでいるのが聞こえた。

なるほど、ということは、おれのほうがちょっとは有利なわけだ。こいつらはおれに怪我をさせられないが、おれがこいつらに気を遣ういわれはない。それになんといっても、おれは世界有数のスポーツ選手だ。片方の警備員の腹を狙ってキックを繰り出すと、みごとに命中した。そいつの身体が二つ折りになる。おれはもうひとりの警備員に止められる前に、もう一度蹴りを入れた。もうひとりの警備員が後ろから腕をまわしてきて、両腕が動かせなくなったが、代わりに相手を壁に強く打ちつけてやった。大理石に後頭部がぶつかってうめいているのが聞こえてきたが、同情している場合ではない。これは命をかけた戦いなのだ。それでも警備員はまだ腕を離さない。そこで勢いをつけて前かがみになり、警備員を背負って頭の向こうへ投げ飛ばした。両手が自由になり、おれは渾身の力をこめて相手のこめかみに拳《こぶし》を見舞った。

立ち上がりかけているもうひとりの警備員を飛び越え、出口へ走った。二歩も進まないうちにウェスターに追いつかれ、引き止められたが、突き飛ばしてやった。「この悪党めが!」と叫び、スイングドアから外へ駆けだした。

廊下を走り、階段を下り、一階にたどり着く。そこで一、二秒立ち止まり、記憶をたどった――この建物を出るには、右へ行けばいいのか、それとも左か？ 左を選び、廊下を進んでいる途中で、おれが逃げたという館内放送が聞こえてきた。見かけたらつかまえてほしい、ただし怪我はさせないように、と全員に呼びかけている。ふと気づくと、おれは中央ホールに戻っていて、自由につながる大きなガラス張りのドアが見えた。

走りだすと、案内カウンターにいる受付係にたちまち見つかった。受付係が立ち上がり、待ちなさい、とおれに向かって叫んだが、もちろん従うわけがない。すると彼女は、初日におれをウェスターのもとへ案内した制服姿の警備員に向かって叫んだ。そいつが横から近づいてくるのが視界の隅に映る。そいつのほうがドアに近いが、足はおれのほうが速い。ここから出ることさえできれば、まちがいなく追っ手を振り切れる。一流ランナー稼業もそう悪くはないのかもしれない。警備員にあやうくつかまりそうになったが、十センチの差で逃れた。

ドアを抜けて疾走し、芝生を横切りはじめた。パジャマ姿で裸足だから、しかたなく芝生を選んだ。なにはともあれ、大学の敷地からは出ることができた。道路を渡ると、男がひとり、ちょうど車に乗ろうとしているのが見えた。そいつがイグニッションキーを差しこんだところで、おれは車のドアをぐいと開け、そいつを道路に引きずり降ろした。

「悪いが、命にかかわることなんだ」とおれは言った。キーをまわすと、一回目はかからなかったが、二回目でエンジンが動きだした。アクセルを踏んだ時点で、警備員たちとの距離は二十メートルで、この車のナンバーを覚えられてしまうな、とおれは思った。六ブロック走ってから、ハンドルを切って幹線道路に入る。赤信号にぶつかって止まるしかなくなり、交差する道を車が走っていくのを待っているあいだ、おれは自分が恐怖のあまり震えていることに気づいた。ひどくうつろな気分で、いったいどうして自分が——ほかのだれでもないこのおれが、こんな悪夢に巻き込まれているのか、さっぱり理解できなかった。

「あのクソ大統領め」とおれはつぶやいた。「あんたに投票してやったのに。次は民主党に投票してやる……次があれば、だけどな」

目を覚ますと、ウェスターがおれに覆《おお》いかぶさるようにして立っていた。注射されたショックがゆっくりとおさまって、思考力が戻ってきた。身体を起こそうとしたら、革ベルトでベッドに縛りつけられているのがわかって、力を抜いた。

「いったいこれは……どうして？」

「警察があなたをつかまえたんですよ。逃げようとするなど愚かなことだ」

「そうか。たしかにな。さっさと手術してくれって言えばいいのか？」

「手術は今夜行ないます。ツェーゲル教授にこれ以上、闘病を続けていただくリスクは冒せない。いつ亡くなってもおかしくない状況です」

「そりゃあとは祈るのみだな。やっぱり、ほかのだれかじゃだめなのか?」

「無理です。いまからでは遅すぎるし、いずれにせよ必要なのはあなただ。あなたはすばらしい体力の持ち主だから、ツェーゲル教授がこれまでに手術した患者のだれよりも、生き残れる確率は高くなる。しかも手術をするのは私で、今回が初めての執刀なのです。成功の確率はできるかぎり上げたい。この手術の重要性を思えばなおさらです」

「おれにとっては自分の命が大事だ。妻がいるし、子どももふたりいる。家族の面倒を見る責任がある」

「ご家族のことは心配無用です。国が最高の形でお世話しますよ。なにも困ることのないように」

「けど、おれは家族を失いたくない。死にたくない!」

「お気の毒ですが、もうこれ以外に道はないのです」

「どうして必然を止めようとするんだ? ツェーゲルはいずれにせよいつかは死ぬんだ。おれだって、せいぜいあと五、六十年しか生きられない」

「その五、六十年を、ツェーゲル教授はきわめて有意義に使うことができるのです。心配なさることはなにもありません。手術のあいだ、あなたはなにも感じません」

「手術が終わったら、おれの脳はどうするんだ?」おれは皮肉をこめて尋ねた。「研究のために寄贈する?」

「いや、まさか、そんなことはいたしません。冷凍保存する予定です。何年後かはわからないが、ツェーゲル教授が手術法を確立できたら、あなたの脳に合った身体を探しましょう。場合によってはご自身の身体を取り戻せるかもしれない。まあ、それは政府が認めないでしょうが」

「そうだろうな。その時点でもツェーゲルはまだ重要人物だろうから。おれの身体が使い古されたあとはどうするんだ? また新しい身体を探すのか?」

「そうなるかもしれません。教授の脳がどれほど磨耗しているかによります」

「あんたらには人間らしい感情ってものがないのか？」おれはウェスターへの嫌悪を隠しもしなかった。

「われわれがなぜこんなことをするか、ぜひご理解いただきたい。われわれの立場になって考えてみてください。いちばん国のためになると思うことをしているだけなのです。ツェーゲル教授は医学研究のかたわら、ロシアの防御網を破れるロボットの設計も行なっています」

おれはウェスターに向かってつばを吐いたが、ウェスターは眉ひとつ動かさなかった。

「ここでお別れです。次にお会いするのは手術室ということになります。奥さんが二時間の面会を許されています。そのあいだはいっさいお邪魔しません。なにをなさろうとあなたがたの自由です」

ウェスターがドアを開け、警備員がふたり入ってきた。おれを縛っていた革ベルトをはずすと、おれが身体を起こす前にもう出ていった。数分後、ドアがまた開いて、ジュディスが入ってきた。目に涙を浮かべて、おれの腕の中に飛びこんできた。

「マイケル」息をはずませている。「どうして、マイケル？どうしてあなたなの？」

「選ばれちまったんだよ。これからどうなるか聞いたか？」

「うん、説明された。でも、こんなこと許されていいはずがない。マイケル、あの人たちに言って！こんなこと許されないって！」

おれはため息をついた。「許されるんだよ。あいにくな。おれだって必死で逃げようとしたけど、ほんの何ブロックか行っただけで警察につかまった」

「警察は人の命を守るためにあるのに」

「警察は政府の言うとおりにするまでだよ。で、いまはツェーゲルの命のほうが、一介の陸上選手の命よりも大事ってわけだ。ジュディス、ジュニアとティナをちゃんと育てるって約束してくれ。どんなことでも最高のものに恵まれるように」

「ああ、マイケル、どうにかして止められないの?」

「どうにかって?」

ジュディスがお手上げだというしぐさを見せる。おれは彼女を引き寄せて口づけた。ジュディスみたいな妻を得たおれは、ほんとうに信じられないほど運がよかったんだと、初めて気づいた。

「子どもたちはどこだ?」と尋ねる。

「連れてきちゃだめって言われた。まだ幼いから、こういうことは理解できないだろう、って」

「まだ幼いから……」おれは苦々しい思いだった。

「私、しっかり育てるから」

おれは彼女をベッドに引き寄せた。

「マイケル……外にいる、あのウェスターって人が言ってたんだけど、もしかしたらあなたの脳を冷凍保存して、また生き返らせることができるかもしれない、って」

「でも、おれの身体はその時点で、いまより十歳は歳を食ってるんだ。いや、もっとかもしれない。だいたい、ツェーゲルが仕事を終えたところで、おれの身体を返してもらえるとは思えないよ。この身体でツェーゲルはあと五十年生きられるかもしれないんだ。おれに身体を返してその年月を無駄にするなんて、国はきっと認めないさ」

おれはまたジュディスにキスをした。はじめは、軽く。それから、激しく求めた。

「二時間ある。どうだ? これが最後だよ」

おれはジュディスの服を脱がしはじめた。ふたりで触れあって興奮を高め、愛撫を交わしてたがいを追い立てた。やがてベッドに飛びこみ、かつてないほどのやさしさと愛情をこめて愛しあった。おれにとっては、これが最後なのだ。こんな喜びを感じたのは初めてだった。人生がどれほどいとしいものか、初めてわかった。おれの、最後。おれがいなくなったあとも、ジュディスには死ぬまで独身でいてほしい――そんなことを言うわけにはいかないだろう。彼女はいずれ再婚するかもしれない。だとしたら、だれと？　考えるのも耐えがたかった。

　おれたちはひとつに溶けあった。

　そのあと、おれたちは横になったまま話をした。ジュディスが煙草《たばこ》を吸う。おれは彼女をじっくりと撫《な》でた。不思議なことに、これからどうなるかわかっているにもかかわらず、おれも彼女も絶望や恐怖は感じていなかった。ふたりとも落ち着いていて、おれがトレーニング合宿で何週間か留守にする前のような感じで、いつものように話をした。まるで、おれがしばらくしたらまた戻ってくるかのように。

　連中は二時間以上、おれたちをふたりきりにしておいてくれたが、三時を過ぎたところで警備員のひとりがドアをノックして顔をのぞかせ、そろそろお別れの準備を、と言ってきた。おれたちは――いや、正確に言えばジュディスだけだが――服を着て、たがいに別れを告げた。それから連中が戻ってくるまで、ずっと抱きあっていた。

　ジュディスが出ていってドアが閉まり、警備員の片方が病室に残って、おれと話をしようとした。が、おれは話す気になれなかった。ただベッドに横になったまま、天井を見つめ、ジュディスの唇を思い出していた。

　四時半、もうひとりの警備員が入ってきて、準備をしろと言ってきた。あと三十分だという。牧師に会いたいかと聞かれたが、断わった。そのあと看護師が入ってきて、おれの頭を剃《そ》った。

　腹が減っていたが、なにも食べさせてはもらえなかった。五時ちょうど、看護師がストレッチャーを押してきて、手術室に運ぶのでここに横になってください、と言った。

「冗談じゃない」とおれは言った。「歩くために脚があるんだ。最後の道のりぐらい自分の脚で歩きたい」

だれも反対はしなかった。おれは立ち上がり、短パンをはいて、看護師のあとについて歩いた。警備員たちがおれの後ろを歩いた。廊下に出たとき、また逃げられないこともないな、と思ったが、そんなことをしても意味がないのはわかっている。ほんの数分でつかまるだろう。そのままエレベーターに乗った。新たな廊下、新たなスイングドア。やがて手術室にたどり着いた。人が五、六人いて、みな手術の準備を進めている。

マーク・ウェスターがおれのもとにやってきた。こくりとうなずいてから、横になるようおれを促した。

手術台は二台ある。その片方に男がひとり、すでに寝かせられていた。あれがツェーゲルなのだろう。一瞬、あいつに駆け寄って頭をかち割り、脳をぐちゃぐちゃに潰してやろうか、という考えで頭がいっぱいになった。が、ウェスターに腕をつかまれてもう片方の手術台へ連れていかれ、おれはわれに返った。横になる。

だれかが紫色のシーツをかぶせてきた。

「あなたのご助力、ご協力に感謝します」とウェスターが言った。「ありがとうございます」

腕に針が刺さるのを感じた。

最後の記憶は、この男が憎い、と思ったことだ。この男が憎い。憎い……

一九五四年、シェレフテハムンという小さな町に生まれたスティーグ・ラーソンは、人口五十人にも満たない小さな村で母方の祖父母に育てられ、両親と暮らしはじめたのは九歳のころ、祖父が亡くなったあとのことだった。十六歳でひとり暮らしを始める。十八歳のとき、政治活動の仲間で彼と同じSF愛好家でもあり、のちに建築家となったエヴァ・ガブリエルソンと交際を始め、ふたりはラーソンが亡くなるまでパートナーとして連れ添った。一九七〇年代にはふたりともSFファン界でさかんに活動していた。一九七七年、ストックホルムに移り住む。一九八〇年代と九〇年代にはグラフィック・アーティストとして通信社に勤務していたが、それと並行して、人種差別や全体主義に対抗する屈指の活動家として知られるようになり、こうしたテーマについて本を何冊か出版したほか、英国の反ファシズム雑誌《サーチライト》のスカンジナヴィア特派員ともなった。一九九五年、《サーチライト》に似たスウェーデンの雑誌《EXPO》の創刊にかかわり、一九九九年から亡くなるまでその編集者を務めていた。十代のころから小説家として成功する夢を抱いていたラーソンは、二〇〇二年、全体主義への反対やフェミニズムに基づく自身の信念をテーマに、一連のミステリ小説を書きはじめた。二〇〇四年十一月、心臓発作により急死。ジャーナリストのミカエル・ブルムクヴィストと、天才ハッカーであるリスベット・サランデルを主人公とした連作の、三作目までをすでに書き終えて出版社に売り込み、四作目を執筆している最中のことだった。完結した三作は『ミレニアム』三部作と呼ばれ、スウェーデンでは二〇〇五年から二〇〇七年にかけて刊行されて、出版界の歴史に名を刻んだ。これまでに約五十ヵ国で出版され、計八千万部以上の売り上げを記録しており、大人向けの小説としては二十一世紀の最初の十年で世界一売れた作品となった。スウェーデンと米国で映画化もされた。三部作の第一部『ドラゴン・タトゥーの女』は、その年北欧五ヵ国で出版された中でもっともすぐれたミステリ小説に贈られる、スカンジナヴィア推理作家協会の「ガラスの鍵」賞を受賞。第二部『火と戯れる女』(ハヤカワ文庫)はスウェーデン推理作家アカデミーの最優秀長篇賞を、第三部『眠れる女と狂卓の騎士』(ハヤカワ文庫)はまたもや「ガラスの鍵」賞を獲得した。三部作はほかの国々でも数多くの賞を受けている。

ありそうにない邂逅
Ett osannolikt möte

ヘニング・マンケル＆ホーカン・ネッセル
Henning Mankell & Håkan Nesser
ヘレンハルメ美穂訳

ヘニング・マンケルとホーカン・ネッセルはいずれも、現代のスウェーデン・ミステリの巨人というべき存在だ。ミステリ以外の作品でも広く知られ、高く評価されている。

ヘニング・マンケルは一九九一年、最初のミステリ小説（著作としては十一作目）を発表した。この作品で、シリーズを通じての主人公、イースタ警察署のクルト・ヴァランダー警部が初めて登場する。ヴァランダーはその後、さらに小説十作と短篇集に登場し、このおかげでスウェーデンの南岸の小さな町、十二世紀末に漁村として生まれた人口一万八千人余りのイースタは、世界的に有名になった。これらの小説のうち、二〇〇二年に発表された『霜の降りる前に』（創元推理文庫）は、警察学校を卒業したてのヴァランダーの娘リンダが主人公だ。

ホーカン・ネッセルの最初のミステリ小説は『目の粗い網』（*Det grovmaskiga nätet*）で、スウェーデン語では一九九三年に刊行された。マールダムのファン・フェーテレン刑事部長の初登場作品である。マールダムは架空の町で、北ヨーロッパのどこか、オランダやスウェーデン、ドイツ、ポーランドを思わせる架空の国にある、という設定になっている。ファン・フェーテレンはシリーズ開始時点で六十代前半だ。初めの五作では刑事として職務に就いているが、その後は警察を引退し、古書店を営みながら警察の捜査を手伝っている。仏頂面のシニカルな男で、チェスの愛好家でもある。

ファン・フェーテレン刑事部長シリーズの小説を十作著したのち、ホーカン・ネッセルは舞台を変え、イタリアの血を引くスウェーデン人刑事、グンナル・バルバロッティを主人公とした小説を五作、またノンシリーズの小説も何作か発表している。ヘニング・マンケル同様、ネッセルも数多くの国で翻訳刊行されている作家だ。このふたりを合わせた受賞歴は、スウェーデン推理作家アカデミーの新人賞が一度、最優秀長篇賞が五度、ということになる。

「ありそうにない邂逅」は、ふたりが共同で執筆した唯一の作品だ。それぞれの有名な主人公の人生のひとコマ、ある不思議な夜の出来事を描いた、魅力あふれるメタフィクションである。なお、ホーカン・ネッセルは長身痩《そう》軀《く》で茶色の髪は薄め、ヘニング・マンケルは背が低くがっしりとした体格で、やや長めの白髪であるということを、ここで言い添えておきたい。

〔＊ヘニング・マンケルは二〇一五年十月に死去した〕

ふと気づくと、ヴァランダーは自分がどこにいるのかわからなくなっていた。まったく、どうしてあの子がイースタに来るんじゃだめだったんだ？

カッセルの北あたりの高速道路で、そもそもこれ以上先に進めるのだろうかと不安になった。すさまじい勢いで雪が降っている。その時点ですでに、娘との約束にはもう間に合わないとわかった。どうしてリンダはよりにもよって、大陸ヨーロッパのど真ん中でクリスマスを祝おうなどと言ってきたのだろう。

ヴァランダーは車内灯をつけて地図を出した。ヘッドライトに照らされた道路は閑散としている。どこで道を間違えたのだろう。あたりは真っ暗だ。ふと、クリスマスイブの夜を車内で過ごすはめになる、という不吉な予感に襲われた。大陸の見も知らぬ道路をうろうろとさまようばかりで、結局リンダには会えないのではないか。

地図を目でたどる。そもそもここは地図に載っているのか？　見えない境界線をいつのまにか越えて、存在しない国に入っているのではないか。ヴァランダーは地図をしまい、ふたたび車を走らせた。雪はぱたりとやんでいた。

二十キロ走ったところで交差点にさしかかり、ヴァランダーは車を停めた。標識に書いてある地名を確かめ、また地図を目でたどる。見つからない。こうなったら、だれか人を見つけて道を聞くしかない、とヴァランダーは考えた。そこで標識によればいちばん近くにあるらしい町をめざしてハンドルを切った。

思ったよりも大きな町だった。が、道路に人の気配はない。ヴァランダーは開いているように見えるレストランの前で車を停めた。降りて鍵をかけていると、腹が減っていることに自分で気づいた。

ヴァランダーは薄暗がりの中に足を踏み入れた。


レストランの中は、もはや存在しないヨーロッパの息吹に満ちていた。止まった時間、むっと淀んだ葉巻の強烈なにおい。鹿の頭の剝製《はくせい》や紋章の描かれた壁掛けと、ビールの広告が、茶色い壁を共有している。バーカウンターも茶色で、向かっている客はいない。客席は薄暗く、家畜小屋の囲いよろしく仕切られている。テーブルの上のビールグラスにかかる影。店のどこかにあるスピーカー。クリスマスソング。『きよしこの夜』。

ヴァランダーはあたりを見まわしたが、空いている席は見つからなかった。ビールを一杯やろう、と考える。で、ここからの道順をしっかり説明してもらおう。それから、リンダに電話だ。今夜のうちに到着できるかどうか伝えなければ。

ある席に、男がひとりきりで座っていた。ヴァランダーはためらった。が、やがて腹をくくった。近づき、席を指さす。男はうなずいた。座ってもよい、ということだ。

男は向かい側で食事中だった。悲しげな顔をした年配のウェイターが近寄ってきた。グヤーシュ（ハンガリー起源の、肉や野菜を煮込んだ料理）だろうか？ヴァランダーは向かいの男の皿とビールグラスを指さした。そして、しばらく待った。向かいの男はゆっくりとした動作で食事を続けている。

話しかけるのはべつにかまわないだろう、とヴァランダーは考えた。ここがどこかを聞いて、道順を教えてもらおう。男が皿を脇へ押しやったタイミングを見計らって口を開いた。

「邪魔するつもりではないんですが」とヴァランダーは言った。「英語は話せますか？」

男はあいまいな態度でうなずいた。

「道に迷ってしまいまして」とヴァランダーは言った。「私はスウェーデン人で、警察官です。娘とクリスマスを祝う予定なんですが、道に迷ってしまって。ここがどこなのかもよくわかりません」

「マールダムですよ」と男が言った。

ヴァランダーはさきほどの標識を思い返した。が、マールダムという名を地図上で見た記憶はなかった。ヴァランダーは自分の目的地を相手に伝えた。

男がかぶりを振る。

「今夜じゅうに着くのは無理ですよ。距離がかなりある。ルートをはずれてしまったんですな」

そう言って笑みを浮かべた。意外な笑顔だった。顔がぱかりと割れたように見えた。

「私も警察官なんですよ」と男は言った。

ヴァランダーはまじまじと相手を見た。それから片手を差し出した。

「ヴァランダーといいます」と名乗った。「刑事をやっています。スウェーデンの、イースタという町で」

「ファン・フェーテレン」男が言う。「ここマールダムの警官です」

「ひとりぼっちの警官がふたり」とヴァランダーは言った。「うちひとりは道に迷っているときた。あまり笑えない状況ですね」

ファン・フェーテレンはまた笑みを浮かべ、うなずいた。

「おっしゃるとおりだ」と言う。「片方がミスをしたせいで出会った警官ふたり」

「まあ、こうなってしまったものはしかたがない」とヴァランダーは言った。

ちょうど食事が運ばれてきた。

ファン・フェーテレンがグラスを掲げ、乾杯を唱えた。

「どうぞごゆっくり」と彼は言った。「時間はたっぷりありますからね」

ヴァランダーはリンダに思いを馳せた。電話をしなければ、と思う。とはいえ、自分と同じ警察官だという、この妙な名前の男の言うとおりだとわかっていた。今年のクリスマスイブは、地図にすら記されていなかったように思える、このマールダムという不思議な場所で祝うことになるのだ。

しかたがない。

もう変えようのないことだ。

そういうことが、人生にはたくさんある。

ヴァランダーはリンダに電話をかけた。娘は当然がっかりしていた。が、わかってくれた。

通話を終えても、ヴァランダーは電話ボックスの外にしばらくたたずんでいた。

クリスマスソングのせいで憂鬱な気分だ。

憂鬱は好かない。クリスマスイブには、なおさら。

外では、また雪が降りだしていた。


ファン・フェーテレンは囲いの中に残り、十字架のように重ねられた爪楊枝《つまようじ》二本を眺めた。なんと妙なめぐり合わせだろう。クリスマスイブの夜が明けるまで、他人とろくに言葉を交わすことなどないと思っていた……そこに、あの男が現れた。

スウェーデン人の刑事だと？　大雪の中で道に迷った？

あまりにもありそうにない話で、まるで人生そのものだ。もっとも自分だって、ここに来ようと計画して来たわけではない。むしろ逆だ。もはや義務と化しているレナーテとのクリスマスランチを終え、午後エーリッヒ、ジェス、孫たちに電話をかけたあとは、黒ビールを片手に泡風呂にもぐりこんで、大音量でヘンデルをかけていた。そうして、夜を待っていた。

クラブで、マーラーと、クリスマスイブ恒例のチェスをやる。

昨年もやったことだ。一昨年も。

マーラーから電話がかかってきたのは、六時をまわる直前だった。アールラッフの病院からだった。老詩人は、彼よりもさらに年老いた父親が大腿骨《だいたいこつ》を折ったとかで、病院に足止めをくっていた。元気いっぱいだった九十歳の老人が哀れだった。バスタブの中で考え抜いたのに無駄になったチェスのオープニングも哀れだった。とにかくいろいろと哀れだった。

それでも吹雪《ふぶき》の中クラブまで足を運んでみたが、マーラーがいないのならここに用はない、という結論に達した。そのまま数ブロック先の〈ツヴィレ〉まで歩いていき、いちかばちかで店に入ってみることにした。なんにせよ食事はしなければならないのだし。酒を飲むのもいいかもしれない。

スウェーデン人の刑事が、陰気な笑みを浮かべて戻ってきた。

「連絡はつきましたか？　失礼、お名前はなんだったかな」

「ヴァランダーです。ええ、つきましたよ。約束を一日延ばしました」

スウェーデン人刑事のまなざしが、たちまちやわらかな温もりを帯びた。どこから生まれた温もりかは疑いようがなかった。

「なかなかいいものですな、娘というのは」とファン・フェーテレンは言った。「たとえ道に迷って会えなくてもね。何人いらっしゃる？」

「ひとりだけです」とヴァランダーは答えた。「だが、いい娘だ」

「うちもですよ」ファン・フェーテレンは言った。「息子もひとりいるが、娘とはまた別物だ」

「そうでしょうね」とヴァランダーは言った。

悲しげな顔のウェイターが現われ、なにかほかにご注文は、と尋ねてきた。

「個人的には、ビールはひとりで飲みたいが」とファン・フェーテレンは言った。「ワインは人と飲むのがいい」

「泊まるところを考えなければ」ヴァランダーが言う。

「私がもう考えましたよ」とファン・フェーテレンは答えた。「赤と白、どちらにします？」

「ありがたい」とヴァランダーは言った。「じゃあ、赤で」

ウェイターがまた影の中へ消えた。テーブルにしばしの沈黙が下り、だれの作曲かわからない『アヴェ・マリア』がスピーカーから流れだした。

「あなたは、どうして警察官に？」ヴァランダーが尋ねる。

ファン・フェーテレンは自分と同じ職業に就いている相手をしばらく見つめてから、口を開いた。

「もう数えきれないほど自問を繰り返したせいで、答えが思い出せない」と答える。「だが、あなたのほうが十歳は若い。あなたなら答えを知っているかもしれませんね？」

ヴァランダーは口角を上げ、椅子にもたれた。

「まあ、たしかに」と彼は言った。「ときどき立ち止まって思い返さなきゃならないのも事実ですが。私が警察官になったのは、いわゆる悪というやつのせいです。この世の悪を根絶やしにしたい。ただ問題は、どうやらわれわれの文明はまさにその悪の上に成り立っているらしい、ということだ」

「土台になっている要素のひとつではあるでしょうな」ファン・フェーテレンはうなずいた。「しかし、スウェーデンという国は、その中でもどん底のたぐいにはあまり縁がないものと思っていたが……スウェーデン・モデル、人の和を大事にする文化……まあ、新聞などで読んだだけですが」

「私もそう思っていましたよ」とヴァランダーは言った。「だが、もう昔のことだ……」

ウェイターが赤ワインを持って現われ、サービスだと言ってチーズも何種類か出してくれた。『アヴェ・マリア』が徐々に消え、重々しい弦楽曲が代わりに流れだした。

ヴァランダーがグラスを掲げたが、途中ではたと動きを止め、耳をそばだてた。

「この曲、なんだかわかります?」

ファン・フェーテレンはうなずいた。

「ヴィラ＝ロボスだ」と言う。「曲名はなんだったかな」

「なんだったか」ヴァランダーが言った。「いずれにせよ、チェロ八台とソプラノ独唱の曲です。とんでもなく美しい曲ですよ。聴いてください」

ふたりはしばらく黙っていた。

「われわれにはどうやら、共通点がいくつかあるようですね」とヴァランダーが言った。

ファン・フェーテレンも満足げにうなずいた。

「そのようですな。これでチェスもやると言いだしたら、あなたはまちがいなく架空の人物だ」

ヴァランダーはワインを飲んだ。それから首を横に振った。

「とんでもなく下手《へた》ですよ」と告白する。「ブリッジのほうがまだましだが、それも達人にはほど遠い」

「ブリッジか」とファン・フェーテレンは言い、カマンベールを三分の一取った。「もう三十年はやっていないな。当時は、ブリッジは四人でやるものだったから」

ヴァランダーは笑みを浮かべ、頭でそっと合図をした。

「あそこに、トランプをしている二人組がいます」

ファン・フェーテレンは席から身を乗り出し、その姿を確かめた。

ヴァランダーの言うとおりだった。何メートルか離れたところにある仕切りの中に、男がふたり座っていて、退屈しきった顔でカードをぞんざいにやりとりしている。片方は長身瘦軀《そうく》で、やや猫背ぎみだ。もう片方はその逆と言っていい――背が低くて恰幅《かっぷく》が良く、頑固そうな顔をしている。顔の皺《しわ》や髪の生えぐあいを見るに、ふたりとも四十代後半といったところだろう。

ファン・フェーテレンは立ち上がった。

「よし」と言う。「クリスマスイブは年に一回しかない。突撃を仕掛けるとしよう」

十分もしないうちにオークションが始まり、二十五分後にはヴァランダー＝ファン・フェーテレンのペアが、ダブルのかかったフォースペードのコントラクトを達成していた。

「まぐれだな」男たちふたりのうち、背の低いほうが言った。

「盲目の雌鶏《めんどり》も、ときには穀粒《こくつぶ》を探し当てるものだ」背の高いほうが言い添える。

「盲目の雌鶏が二羽ってわけか」ファン・フェーテレンが言った。

ヴァランダーがやや慣れない手つきでカードを切った。

「それで、お二方《ふたかた》のご職業は？」ファン・フェーテレンが尋ね、すすめられた煙草《たばこ》をありがたく受け取った。

「作家です」背の高いほうが答える。

「推理小説を書いてましてね」背の低いほうが言った。

「わりに名が知られているんですよ。少なくとも、母国では。少なくとも、私はね。今日は道に迷ってしまって、ここにいるというわけです」

「今夜は道に迷う人が多いんだな」ファン・フェーテレンが言った。

「推理作家はよく道に迷う」とヴァランダーがコメントし、カードを配りはじめた。「なかなか因果な職業なんでしょう、推理作家というのも」

「でしょうな」ファン・フェーテレンは同意した。

次の回――切り札なし、ダブルもなしのコントラクトで、有名だと自称した作家がディクレアラーになった――がなかばまで進んだところで、ウェイターが呼ばれてもいないのに影の中から姿を現わした。気まずそうな顔をしている。

「失礼ながら」へりくだった態度で告げた。「あと十分で閉店となります。クリスマスイブなので」

「なんだって……?」ヴァランダーが言う。

「そんな馬鹿な」ファン・フェーテレンが言った。

背が高いほうの推理作家が咳払いをし、チッチッと人差し指を振ってみせた。だが口を開いたのは、背の低い有名なほうだった。

「こちらこそ失礼ながら」へりくだった態度など微塵《みじん》も見せずに言う。「作家をやっているとね、ひとつ好都合なことがあるんですよ……」

「……たとえ道に迷って途方に暮れていても」背の高いほうが口をはさんだ。

「……それは、セリフを決めるのがわれわれだということだ」背の低いほうがそう続けた。「さあ、やり直し!」

ウェイターは一礼した。姿を消し、ほんの数秒後に鍵束を持って戻ってきた。ふたたび一礼し、咳払いをする。

「当店の支配人に代わり、みなさまがよいクリスマスイブの夜を過ごされますよう、お祈りいたします」と彼は言った。「飲み物はバーからご自由にお取りください。冷蔵庫には冷製のソーセージなどが入っています。お帰りの際には鍵をおかけください。鍵をドアポストから中に入れるのをお忘れなきよう」

「すばらしい」ファン・フェーテレンが言い、煙の輪をぷかりと吹き出した。「この世界にも、善とか良識とかいったものがまだ少しはあるわけだ」

ウェイターは今度こそ去った。彼が外へ出ていくときに、吹雪の音が一瞬聞こえたが、地図にない町の小さなレストランはやがて、冬の夜にすっぽりと包みこまれた。

良識だと？　クルト・ヴァランダーは心のうちでそう言いつつ、すでに出されているキングとジャックに向かって、3のカードをはじき飛ばした。善だと？　たしかに、クリスマスイブの夜なら、あるのかもしれない。

架空の詩人たちとともに過ごす、この夜なら。

いや、詩人ではないな！　ヴァランダーは次の瞬間、そう考えた。小説なら八冊あるが、詩など、韻を踏んでいないのさえ一行も見かけていないぞ！

明日こそ、リンダに会える。

ヘニング・マンケルは一九四八年、ストックホルム生まれ。早くから執筆を始めたが、演劇にも興味を示し、まずは舞台監督として活動を始め、一九八四年から一九九〇年までヴェクショーのクロノベリ劇場を率いていた。一九六〇年代には極左の政治活動に身を投じていたが、これは主にスウェーデンやノルウェーの毛沢東主義グループに同調してのことだ。一九七〇年代はほぼずっとノルウェーで暮らしていた。マンケルは現在、四人目の妻であり、映画監督・演出家イングマル・ベルイマンの娘にあたるエヴァとともに、南スウェーデンのイースタ、ゴットランド島北東のフォーロー島、モザンビークの首都マプトに家を持っている。一九七三年に最初の小説『発破技師』（*Bergsprängaren*）を出版し、以来三十を超える数の小説に加え、戯曲や短篇、ヤングアダルト作品、自伝も著している。最初のミステリ小説、イースタのクルト・ヴァランダー警部の初登場作品は、一九九一年に刊行された『殺人者の顔』（創元推理文庫）だ。これはその年のスウェーデン推理作家アカデミー最優秀長篇賞を獲得し、また北欧五カ国でその年出版された最優秀ミステリに贈られる「ガラスの鍵」賞の第一回受賞作ともなった。一九九五年、刑事ヴァランダー・シリーズ五作目にあたる『目くらましの道』（創元推理文庫）で、ふたたび最優秀長篇賞を受賞。スウェーデンでは、ヴァランダー警部を主人公とした映画やドラマが合計で三十五本発表されており、マンケルの小説はすべて映像化されているほか、脚本家によるオリジナルストーリーも二十作以上加わっている。イギリスでも、ＢＢＣが刑事ヴァランダー・シリーズを原作としたドラマを十二本制作しており、ケネス・ブラナーが主人公を演じている。マンケルの作品は世界各地で翻訳出版されている。

ホーカン・ネッセルは一九五〇年、クムラという小さな町に生まれた。スウェーデン有数の厳重な警備の敷かれた刑務所があることで有名な町だ。ネッセルはウプサラ大学で学び、一九七四年から、一九九八年に専業の作家となるまでは、中学校教師としてスウェーデン語と英語を教えていた。最初の小説は一九八八年刊行の『振付師』（*Koreografen*）。二作目が一九九三年の『目の粗い網』（*Det grovmaskiga nätet*）、ネッセル初のミステリ小説であり、架空の町マールダムのファン・フェーテレン刑事部長を主人公としたシリーズ十作の一作目にあたる。この小説はスウェーデン推理作家アカデミー新人賞を受賞した。シリーズ二作目『終止符《ピリオド》』（一九九四年、講談社文庫）と四作目『アザのある女』（*Kvinna med födelsemärke*、一九九六年）で、同最優秀長篇賞を獲得。七作目『カランボール』（*Carambole*）では、二〇〇〇年に北欧五カ国で出版された最優秀ミステリとして、「ガラスの鍵」賞を受賞した。二〇〇六年、ネッセルは新たな主人公、イタリア系スウェーデン人警察官グンナル・バルバロッティ刑事を生み出した。二〇〇七年に刊行したバルバロッティ刑事シリーズ二作目『まったくべつの物語』（*En helt annan historia*）で、三度目の最優秀長篇賞を獲得。バルバロッティ刑事シリーズはその後さらに三作刊行された。ネッセルはノンシリーズのミステリ作品も書いており、舞台はスウェーデンであったりロンドンやニューヨークであったりとさまざまだ。彼もまた、国際的に高く評価されている作家のひとりである。

〔＊この作品の初出は、スウェーデンで一九九九年に刊行されたアンソロジー『サンタクロース殺害事件』（*Mordet på jultomten*）〕

セニョール・バネガスのアリバイ
Ett alibi åt señor Banegas

マグヌス・モンテリウス
Magnus Montelius
山田 文訳

マグヌス・モンテリウスは長年、環境コンサルタントとしてアフリカやラテンアメリカ、また一九九一年まで旧ソビエト連邦の一部だった東欧諸国で仕事をしてきた。現在はストックホルム南部に家族とともに暮らしている。二〇一一年に出版された初めての長篇は、舞台が一九九〇年に設定されており、六〇年代からの数十年間の政治史を扱っている。モンテリウスの親族には、とりわけ一九六〇年代から七〇年代に急進派の左派として政治活動に携わっていた人が多くいた。そのような環境で育ったため、当時の思想状況と、それを取り巻く世界や現実との関係を、作品の中で描こうとしたのだ。『アルバニアから来た男』（*Mannen från Albanien*）はきわめて優れたデビュー小説であり、冷戦末期を舞台に、綿密な下調べと独自の洞察とに支えられたポリティカル・スリラーである。

その作品の前後にも、モンテリウスは不定期に短篇を発表してきた。長篇小説のときとおなじく、登場人物のキャラクターを起点にして、さまざまな物語が展開していくスタイルをとっている。ここに収められた作品も、緻密《ちみつ》なストーリー展開、ユーモア、巧みな人物造形といったモンテリウスの特徴が表われた一篇である。

小さな取調室には、彼らふたりだけだった。被告弁護人は眠たそうなまぶたの下から男に視線を向けた。弁護士の顔は赤くむくみ、髪もすこし乱れている。おそらくうんざりするような冬休みを過ごして、くたびれきっているのだろう。あんたもそうか、おたがい楽じゃないな、とアダムは思った。

「つまり」弁護士はため息をついた。「容疑については、正真正銘の無実だと言うわけですね」

アダムはうなずいた。

「それなのに、警察には全面的に自白した？」

「ちょっとこみいった話なんです」

弁護士は、さらにけだるそうなようすを見せた。明らかにアダムの言うことは信じておらず、こみいった話など勘弁してくれといった感じだ。それでも実際になにが起きたのか話さねば、とアダムは思った。そこで、事の始まりから語りだした。

セニョール・バネガスはホット・ワインをおもむろにすすって、満足そうに周囲を見まわした。バネガスとアダムのほかには、ホテル・ライセンのバーには客がいなかった。なにも不思議はない。今夜はクリスマスイブの前夜なのだ。

「悪い考えじゃないだろう？」

アダムは返事に窮した。実際のところ、これほど馬鹿げた話は聞いたことがなかった。

バネガスはにやりとした。「もちろん、多少の不便はともなう。それに、私にすれば、かなりの出費だ。

ただ、きみ、愛のためならどんな犠牲でもはらう価値があろうというものじゃないか」

セニョール・バネガスはホンジュラスのインフラ担当大臣で、持ちつ持たれつの勘所《かんどころ》を押さえた取引の達人だ。一週間ほど前に代表団とともにストックホルムに到着した。こんなおかしな時期にわざわざやってきたのは、クリスマス・ショッピングのタイミングと合わせたからで、代表団の面々はみな妻を連れていた。

バネガスは、白毛まじりの口ひげをひねりながら言った。「アダム、これは心からそう思うんだが、人間、いつどこで大いなる愛に打ちのめされるのかわかったものじゃないな」

そう言いながらも、なぜか自分が情熱をそそいでいる相手についてはひと言も明かさなかった。

アダムの考えを読みとったかのように、バネガスは言った。「きみも私も、おたがい紳士ではないか。だから、その女性の名前を言う必要はないだろう。それで支障を来《きた》すわけではないからな。さっきも言ったとおり、問題はうちの妻なのだ」と、ため息をつく。「あいつは正気じゃない。厳密に医学的な意味でだ」

アダムもその意見に賛成だった。ホンジュラスを訪れたとき、歓迎会でバネガス夫人に会ったことがあった。肉づきのいい女性で、にらみつけるような目で夫の一挙手一投足を追っていた。

「われわれ夫婦だけ、一週間滞在を延長して、ストックホルムでクリスマスを祝おうじゃないかと言ったら、初めは大喜びしていたんだ。しかし、そのうち嫉妬と疑いの目を向けてくるようになった。どうしてそんな気になったのか、だれかに会う予定でもあるんじゃないのかとか言いだしてね。ほんとうに正気じゃないんだな」

「そうですね、あながち的はずれでもない気がします。そこで私の出番というわけですね?」とアダムが答えると、バネガスは両腕を広げた。

「そのとおり。うちのやつに言って聞かせた。残念だがずっといっしょにいるわけにはいかん、そうしたいのはやまやまだが無理だとね。あのアダム・ディルネルくんがわが政府と彼の会社との取引の打ち合わせを入れている。それで何度かそっちに時間を割《さ》かなきゃならん。断わることもできんだろう、と言ったら、あいつも納得していたよ。わが国では休日に打ち合わせが入るのは、ごくごく普通のことだ。ここではもちろんそうじゃない。ただ、そんなことは、あいつにはわからんからね」

たしかにそのとおりだ。

バネガスは、上着の内ポケットから紙を一枚引っ張りだして、テーブルに載せた。「勝手ながら、きみが用意したことになっているスケジュールを、こちらでつくってきた。それらしく見えるかと思ってね。きみの会社のレターヘッドを使わせてもらったよ」

レターヘッドをいったいどこで手に入れたのか。

「こう言ってはなんですが、かなりの過密スケジュールですね」

バネガスは厳《おごそ》かに右の手のひらを胸にあてた。「なあ、きみ、私は人を愛してしまったんだよ」少し抑えた声で先を続けた。「きみには、ちゃんとこの筋書きどおりに行動してもらいたい。家族には重要な取引先と約束があると言っておきたまえ。当然のことだが、予定が入っている時間帯は家にいないように。さっきも言ったとおり、妻は情緒不安定だからな、きみが家にいないのを確認しに行くかもしれない。それくらいの用心はあたりまえじゃないか」

アダムはスケジュール表を見た。あたりまえどころか、きわめて非常識と言わざるをえない。クリスマスから新年までのこの時期に、かなりのあいだ家をあけて吹雪《ふぶき》の中を歩きまわらなくてはならないことになる。バネガス夫人が不実の夫のアリバイを崩さないようにするためだけに。中央アメリカのクライアントと業務契約を結ぼうと思ったら、普通はもっと簡単なやり方があって、それでたいていうまくいく。ただ今回は、バネガスの正気を失った夫人が、アダムが仕事をうまく運ぶために不可欠の存在になっていた。

「おじいちゃん、おじいちゃん、おじいちゃん！」

マックスとアーダは、リビングを囲むコースで追いかけっこをしていた。廊下を走り抜けてキッチンを通り、またリビングへ。アダムはキッチンへ行って、ワインをもう一杯グラスに注いだ。

妻のカティスがアダムを見る。「アダム、今夜は楽しく過ごしましょうね」

義母が空《から》のワイングラスを片手にキッチンへ入ってきた。カーペットにつまずいて、ぶつくさとなにかつぶやき、腰をかがめてボックスワインを見ると、鼻に皺《しわ》を寄せた。「スペインのワインはないのかしら。リオハとか？」

彼女が飛行機でスペインのマラガを発《た》ってから、まだ十時間も経っていない。

カティスは、ジンジャーブレッドが目いっぱい載った鉄板をオーブンから取り出している。「アダム、探してみてくれない？」

しかし、義母はいま言ったばかりのことをすっかり忘れて、グラスにワインのおかわりを注いだ。「そうそう、今夜はトフィーをつくろうと思うの。かわいそうなおちびさんたち、クリスマスのお菓子をほとんど食べさせてもらってないじゃないの」

「砂糖をあまりとらせないようにしてるんですよ」

「まあ、アダム、はやりの健康法をなんでも試してみればいいってもんじゃないわよ」

「べつにそういうわけじゃ――」

カティスは持っていたのし棒をおいて言った。「それはいいわね、ママ！」

義母はリビングの子どもたちに大声で呼びかけた。

「みんな、どう？　おばあちゃんのトフィー、食べたい？」

大歓声が返ってきた。まったくどうしようもない、子どもたちはいつだってとろけた砂糖に魂を売りわたす。そんなものだ。

「ほら、ごらんなさい」義母はそう言って、おぼつかない足取りでリビングへ戻っていった。

カティスと向きあう。

「アダム、楽しく過ごしましょうって言ったでしょう！」と、低い声でとがめられた。

リビングでは義父がマックスとアーダと遊んでいるかたわらで、義母はカティスが用意しておいたスウェーデン語の古い家庭雑誌をめくっていた。アダムとカティスが部屋に入ると、義父はウイスキーをついでソファーに座り、背もたれに両腕を広げた。「カタリーナからそのメキシコ人のことを聞いたよ、アダム」

「ホンジュラス人ですよ」

義父はじれったそうに片手を振り、「そう言ったじゃないか」と、にらみつけてくる。「よくわからんのだが、夫ともあろうものが、妻と子どもをクリスマス休暇のあいだずっとほったらかしにして、どこかのコロンビア人の観光ガイドをするなんて、いったいどういうことだ」

「ホンジュ――」

「小さい子どもがふたりもいて、妻の両親が訪ねてきてるというのに――」

「パパ、べつにいいのよ。ちゃんと事情は聞いてるんだから。仕事なんだし」

「男女平等がさんざん叫ばれてきたのに、まだまだだな。アダム、なにがそんなに大事なんだ、その……ホンジュラス人の」

アダムは口ごもった。「道路建設のプロジェクトを受注しようとしてるんです。ホンジュラスからニカラグアにつながる、新しい高速道路なんですがね。そのバネガスという人が……」

義父はゆっくり首を左右に振った。「アダム、アダム、アダム。こんな時代になにを言ってるんだね。代わりに鉄道を敷いたらどうだ？」

義母は雑誌を置いて、カティスのほうを向いた。

「パパはね、トレモリノス環境保護クラブの会長なのよ。パパもわたしも、いまや活動家よ」

「すごいじゃない、ママ！」

アダムはしかたなくホンジュラスのインフラについて説明しだしたが、また義父にさえぎられた。

「ニカラグアへの新しい道なんていらんのだよ、アダム。必要なのは、地球温暖化の悲劇から遠ざかる道じゃないか」

「まあ、なんてうまいこと言うのかしら、ヨーラン」

義母は声をあげた。「アダム、メモをとっておきなさいよ」

アダムはゆっくり立ち上がった。「テーブルの準備をしてきます」

キッチンに立っていると、義母の声が聞こえた。

「わたしたちの言うことなんて、まったく聞きやしないんだから」

明日はクリスマスイブだが、バネガスのスケジュールでは、何時間か家をあけて南連絡道《セードラ・レンケン》の道路技術について説明することになっている。待ち遠しくてしかたがない。

バネガスの計画のおかげで、アダムはクリスマスイブに何時間かニーブロー通りのカフェで過ごすことができた。自分へのクリスマス・プレゼントにした本を持ってきてはいたが、だいたいはコーヒーをすすって、クリスマス間際のショッピングに急ぐ買い物客を眺めていた。アダム自身はもう買い物の必要はない。さかりのついたインフラ大臣のアリバイづくりのほかには、なにもすることはなかった。

クリスマス当日はさすがのバネガスも予定を入れていなかったので、アダムは丸一日、家族と義父母とともに過ごした。例年にもまして、げんなりする一日になった。カティスの家族があれこれとしきたりを持ちこんできて、がんじがらめのクリスマスを過ごすはめになったのだ。なにもかも隅々《すみずみ》まで決められていて、口をはさむことは許されず、順番はけっして変えられない。

大半はゲームに関するしきたりだった。十年経ったいまでも、なにが面白いのかアダムにはさっぱりわからない。サンタクロースの格好をした豚のぬいぐるみを探すゲームや、ライスプディングの中のアーモンドを見つけるゲーム、それに小さなサンドバッグでたがいに頭をたたきまくるなにかのゲーム。サンドバッグは、義母がそのためにわざわざスペインから引きずってきた。仲間に入りたくはなかったが、これまでの経験だと、参加を拒むとさらにまずいことになる。ルールをわかっていないのはアダムだけだから、いつも負ける。義父はそれをあからさまに喜んでいた。アダムとは対照的に、子どもたちは残念ながらとても熱心にゲームに興じているようだ。

その夜の締めくくりは、親族の面々についてのクイズだった。アダムに出されるのは、ほかとは違ってとても簡単な問題ばかりだが、それすら一問たりとも正解したことがない。

「もう、アダム」義母が声をあげる。「ロッタおばさんのおんぼろアウディの問題は、去年も出したでしょう！」

明日、クリスマスの翌日には、テレビの前で昔ながらのワッフルの朝食をとることになっている。続いて屋外を歩きまわりながらクイズに答えるゲームをして、オーストラリアにいるカティスの姉とインターネットで昼食をともにする。そのあとは〝クロコファントどこだ〟。異様に甘ったるいチョコレート・バーにちなんで名づけられたゲームだ。

ありがたいことに、バネガスはスケジュールを目いっぱい入れてくれていた。

アダムは、地中海博物館のカフェテリアに腰を落ち着けることにした。スケジュール表では、バイオガスの補給ステーションを案内していることになっている。たしか夜には、なにかもっとくだらないことをする予定だったが、なんだったかは覚えていない。どうでもいいことだ。

本に読みふけっていると、電話が鳴った。バネガスからだった。

「アダム、問題が起きた。ゆゆしき事態だ、いますぐ会いたい」

アダムがなにを言っても、説明を求めても、抑えてはいるものの怒りのこもった声ですべてはね返された。

「ぜひとも会う必要がある。ホテル・ライセンのバーで待ってるぞ」

アダムは旧市街《ガムラスタン》へ続く橋に積もった雪の上を、重い足取りで歩いた。いったいなにをやらかしたんだ。

バネガスはまったく取り乱したようすもなく、ホット・ワインを片手に心地よさげに座っていた。どうやら一杯目ではなさそうだ。すぐ本題に入ってきた。

「われわれの今晩の予定に問題が起きた」

われわれ？

バネガスは先を続ける。「ハンマルビー・ショースタッドへ行くことにしていたんだ、妻がボートに乗るのをいやがるのでね。ところが陸づたいに行けるというじゃないか。教えてくれなかったのは、きみの手落ちと言わなきゃならん」と、アダムをにらみつけてきた。「当然、妻は調べだして、ついてくると言って聞かない」

ああ、どうしてバネガスの計画の片棒を担《かつ》ぐ気になったんだろう。

「アダム、そんなことになるのは避けたい。だから直前にきみがスケジュールを変更して、代わりにオペラに行くことにしよう」

「オペラ？」

「妻はオペラを毛嫌いしている。念には念をいれて、輸出協議会のセニョール・ハーラルド・トールヴァルソンも同行することにしておいた。オペラのあとは〈ユレネ・フレーデン〉で食事をとりながら仕事の打ち合わせをする」バネガスは、トールヴァルソンの名刺をまるで宝くじの当たり券かなにかのように見せつけた。「そこでこれをもらうというわけだ。筋書きの信憑性《しんぴょうせい》が増すだろう」

輸出協議会の役員をつかまえるのは、平日の昼間でも至難のわざだ。クリスマスの翌日にホンジュラスの大臣のオペラ鑑賞につきあうよう説得するなど、おそらく人間にできることではない。とはいえ、アダムが異を唱えたところで、妻にはそんなことはわからないと言い返されるだけだろう。

バネガスはスケジュール表を取り出した。「というわけで、計画に修正を加えてもらいたい」アダムにペンを手渡して、やさしく付け足した。「手書きでお願いするよ」

催眠術にでもかけられたかのように、バネガスの指示どおりハンマルビー・ショースタッド訪問という文字に取り消し線を引いて、オペラ鑑賞と書きこんだ。

「セニョール・トールヴァルソンがいっしょだということも書き忘れないように」

修正作業を終えると、バネガスは今晩上演予定の『ドン・ジョヴァンニ』のチケットを一枚、どこからともなく取り出して、仰々《ぎょうぎょう》しくミシン目に沿って破いた。「これがきみのチケットだ、アダム。抜かりなくやっておきたいからね」

「ここまでする必要があるんですか」

「ぜひとも必要だ」

外に出ると、バネガスがアダムを抱きしめてきた。

「アダムくん、なんと言って――」そこまで言ったところで、ふたりは不意に足をすべらせ、バネガスの言葉は途切れた。バランスを崩し、抱きあったまま雪の積もった踏み段から歩道へとよろめき降りる。アダムはなんとか手を放して体勢を整えたが、助かったと思った瞬間、片足が水たまりの氷を破って、靴の中があっという間にびしょ濡れになった。

「くそっ、この《メン・フェル・イ・ヘルヴェテ》！」

　バネガスはとがめるような目でアダムを見た。「アダム、いまのがどういう意味かはわからんが、心配することはない。ふたりとも、このとおり無傷なんだ」バネガスはアダムの足に視線を向けた。「ああ、靴は悪いことをしたな。でも、たいしたことじゃない。きみもそう思うだろう」時計を確認する。「悪いがこれ以上、油を売っているわけにはいかん。覚えているな、スケジュールでは、オペラのあとは食事だぞ。午前零時前には家に戻らないように」

　バネガスはクングストレードゴーデンのほうへ足早に消えていった。

　家に戻ると、窓から明かりが漏れていた。アダムは雪の積もったライラックの茂みの陰に身を隠した。計画では、ここにいてはいけないのだが、どうしようもない。あまりの冷たさに足がこわばっていた。洗濯室にはゴム長靴があり、洗濯かごには足を暖めてくれる靴下がある。地下室《セラー》の鍵は温室に入って右手、三つ目の植木鉢の中。完璧だ。

　そのとき、気がついた。セラーの扉が開いている。また、子どもたちが遊んでいたにちがいない。まったく何度いったらわかるんだ……このあたりでは最近、泥棒に入られた家がたくさんあるのに。しのび足で芝生を横切る。靴に入った冷たい水がつま先で跳ねるたびに、小声で悪態をついた。

音を立てないようにセラーへ入り、洗濯かごの中をあさろうとしたまさにそのとき、アダムの目に男の姿が映った。鼓動が速くなり、叫び声をあげないように唇を嚙《か》む。あれは……まちがいない、なにか金属製のものが、きらりと泥棒の手元で光った！　アダムはあたりに目を走らせて、改装に使った板の余りを見つけた。完璧だ。それをつかんで、そっと前へ進み出る。こめかみが脈を打つ。こいつ、思い知らせてやる！　泥棒が握っているものを板で払い落とせばいい。この野郎、捕まえてやる。ところが、腕を振り上げたところで足がすべって、バランスを崩した。それでも、一撃は加えた。いや、思ったよりも上のほうへずれて、頭を直撃した。しかも強く殴りすぎた！　鈍いいやな音がして、腕から身体全体に衝撃が走る。男は床に倒れこみ、あえぐような声をもらした。

なんてことだ、思いっきりぶん殴ってしまった。まさか……男の耳から流れ出した血の細い筋が、頰から出ている血に合流する。アダムは懸命に生命のきざしを探したが、その気配はない。震える手で慎重に相手の身体を仰向《あおむ》けにしてみる。すると、なじみのある顔が現われた。茶色く日焼けしているのは、トレモリノスのゴルフコースでさんざん日にさらされたからだ。明かりのついていない懐中電灯が男のゆるんだ手から転がり落ちた。頸動脈《けいどうみゃく》に触れてみた。脈がない。嘘だ、嘘だ、嘘だ！　嘘だと言ってくれ！　ほかはともかく、これだけは勘弁してくれ！　不意に、子どもたちがリズムに乗ってはやしたてる声が階上から聞こえてきた。

「クロコファントどこだ、クロコファントどこだ」

板を放り出し、靴下を見つけて長靴を履《は》いた。くそっ、くそっ、くそっ。芝生を突っ切って林を抜け、いつも使うのとはべつの地下鉄駅まで走った。念のためだ。靴を工事現場のコンテナに放りこむ。ようやくプラットフォームにたどり着くと、そこで嘔吐《おうと》した。こんなことがあってたまるもんか。ストックホルム中央駅のパブでビールを一パイント、一気にあおり、すぐさま二杯目を注文した。そのおかげで、ともかく手の震えだけはおさまった。なんてことをしちまったんだ。でも、あれは偶然の事故だ！　そうだとも。それにしても！

林を駆け抜けているときに、自首することも考えてみようと自分に約束した。しかし、三杯目のビールを半分ほど飲んだところで、気持ちが固まった。いまさらどうしようもないじゃないか。自白したって義父が生き返るわけでもない。アダムが恐れていたのは刑務所ではなく、子どもたちの反応だった。自分のことをどう思うだろうか。大好きなおじいちゃんを殺した犯人として、あの子たちの記憶に一生とどまりつづけることになるだろう。カティスはどうか。だめだ、だめだ、やっぱり黙っていよう。

リビングで刑事がふたり待っていた。どちらも制服は着ておらず、態度も控えめだった。ご遺体はすでに運び出しました、と年上のほうがささやいた。親切な男で、会社の人事課にいる同僚に雰囲気が似ていた。もうひとりの刑事は、若い女性だ。髪はポニーテールにして、なにを考えているのか表情からは読みとれない。女性刑事は、アダムを頭のてっぺんから足のつま先までじっくりと観察した。どこかに血痕はついていなかっただろうか。かなり念入りに確認はしたんだが。人事課の同僚似の刑事がアダムをわきに呼びよせた。

「恐ろしい事件です。さぞかしショックを受けていらっしゃることでしょう」それから状況を説明してくれた。アダムがすでに、よくよく承知している状況だ。

「この地域では、不法侵入が多発していましてね。お義父《とう》さんはドアを開けっぱなしにしていて、襲われたにちがいない。お子さんたちとゲームをしていたんです、ええと……」

若い女性刑事がノートを確認する。「クロコファントどこだ、ですね？」

「そう、それだ」そう言って男性刑事は続けた。「この国際窃盗団は、かなりたちが悪い。逃げきるために、暴力だって平気で使います。残念だが、もう国外に逃亡しているかもしれない」

ほっとしたのを隠そうと、アダムは怒ったように奥歯を嚙《か》みしめて、ゆっくり首を左右に振った。

「もちろん、そう決めてかかっているわけじゃありません」女性刑事が付け加えた。アダムはなにも言わなかった。年上の刑事のほうがよっぽどいいやつだ。

刑事たちが帰ったあと、その晩はカティスを慰めて過ごした。義母が子どもの面倒を見てくれた。自分も悲しみに暮れているはずなのに、気丈にやさしくふるまっていた。これまでずっと義母のことを誤解していたのだろうか。刑事たちが立ち去る前に、アダム自身はその夜どこにいたのかと尋ねられた。かたちだけの質問なのだと、男性刑事は気づかいを見せて言った。アダムはオペラを観にいっていたと伝え、バネガスからもらった半券を見せた。男性刑事は、形式上のことなんです、すみませんねと申し訳なさそうに言った。女性刑事はなにも言わずに、座席番号を小さなノートにメモした。いやなやつだ、やっぱりこの女は好きじゃない、とアダムは思った。

その夜は一睡もできなかった。警察はバネガスと連絡をとるだろうか。あの女性刑事はずっとなにを考えていたのか。警察が行く前にバネガスをつかまえなくては。朝八時にこっそり部屋を抜け出して、庭でバネガスの携帯電話に連絡してみた。出ない。何度かかけなおしているうちに九時半になった。夫人の疑い深い性格を考えると、ホテルの部屋に電話する気にはなれない。

たまりかねて、アダムはグランド・ホテルまで出向くことにした。ロビーで少なくとも一時間は待った。すると突然、バネガス夫人の姿が視界の片隅に入ってきた。ひとりで足早に回転ドアを抜けて、外に出ていく。スケジュールでは、架空の現地視察は三時まで入っていなかった。この時間、バネガスは夫人といっしょのはずだ。警察が来て事情を訊かれているのだろうか。

なにげないふうを装って、アダムはエレベーターに乗りこみ、三階の三一八号室へ向かった。

「セニョール・バネガス」ノックしながら声を抑えて呼びかけた。「セニョール・バネガス、私です、アダムです」

返事がない。もう一度試してみた。「エクトル！ 開けてください、大切な用事があるんです」

さらに一分ほど待ってふたたびノックしようとすると、だれかが後ろで咳払いした。背の高い男で、ぴかぴかのボタンがついたホテルの制服を着ている。

「どなたかお探しでしょうか」

アダムは説明をしようとしたが、しどろもどろになった。

「わたくしどものきまりでは、訪問者の方はみなさま、まずフロントにお越しいただくことになっています。それに、ご友人はお部屋にいらっしゃらないようですね。お名前を頂戴できましたら、お見えになったことをお伝えしますが」その男はいぶかしげな顔つきで言った。「フルネームでお願いします」

アダムはほんの少し考えてから「ヨーナス・リンドグレン」と答えた。トラブルを起こしてばかりいた昔の同級生の名前だ。制服の男はアダムが外に出るまでずっとついてきた。

カティスはその日、母親と子どもを連れ、スペインに発《た》つことになった。しばらくここを離れて気分を変えたほうがいいと言うのだ。アダムはもっともだと理解を示して、対応が必要なことはすべて自分が引き受けると約束した。アーランダ空港の出発ラウンジでみんなを見送ると、額に汗がにじみ出た。バネガスが警察になにかしゃべっているのではと不安だったからではない。アダムの頭の中は、義父の耳から流れ出る血の記憶でいっぱいだった。偶然の事故だったんだ、そうつぶやいたが、すこし声が大きすぎた。まわりの人たちが不審そうにこちらを見ているような気がした。

家に帰ってもなにも食べられず、大きなグラスになみなみとウイスキーをついだ。聞いたところでは、あの事件を受けて、近所の人たちが地域を夜間パトロールすることになったという。ただ、だれもアダムには参加を求めなかった。いまアダムになにかを頼もうという人はいない。思いやりからだ。良心の呵責《かしゃく》を感じて、あれこれと考えた。スーダンに水道でも引きに行こうか、ホームレスに全財産やってしまうのはどうか、いっそのこと修道院に入ろうか。しかし、どの考えも浮かんだ先から消えていった。そんなことをしても、ヨーランの死を償《つぐな》えるわけではない。子どもの宿題を手伝う赤十字のボランティアにでも参加しよう。どっちみち、ただの事故だったのだ。

ソファーに横になり、ブランケットをかけて本を読もうとした。ドアベルが鳴ったときにはすっかり熟睡していて、どのくらい時間が経ったのか見当もつかなかった。例のふたり組の刑事だ。どこかようすが変わっている。若い女性刑事のほうが前に立ち、男性刑事は斜《なな》め後ろにややうつむきぎみに立っていた。初めに口を開いたのも女性刑事のほうだった。

「お邪魔してもいいでしょうか、もう少しお尋ねしたいことがあって」

尋ねられたのは、バネガスと過ごした夜のこと、オペラと食事のことだった。今度もアダムは精いっぱい、スケジュールどおりに答えた。バネガスは警察になにを話したのだろう。

「バネガスとは話をされたんですか?」アダムは努めて笑顔をつくりながら言った。「あの人はちょっと勘違いするときがありましてね、たぶんスウェーデンの警察が来たというので緊張したんだと思いますよ、もし……」アダムは黙りこんでしまった。明らかになにかおかしい、ものすごくおかしい。ふたりの刑事は目配せをした。女性刑事が咳払いをする。

「バネガスは死にました」

「死んだ?」アダムは、ひとまず心からほっとした。バネガスがしゃべることを心配していたが、その必要はまったくなくなった。

「バネガスは、カステルホルメン島で殺されました」と、女性刑事が言った。「鈍器による撲殺です。死亡推定時刻は午後十時から深夜零時のあいだ。つまり、オペラが終わって、あなたが劇場を去ったすぐあとですね」

もっともらしいことはなにも言えず、アダムはただあいまいにうなずいた。

「細かい点がいくつか、わかっていません。足りない情報を埋めるのに、ご協力いただけるんじゃないかと思いまして」

弁護士の立ち会いを要求すべきタイミングだろうか。それともまだ早すぎる? かえって怪しまれるだろうか。

アダムが結論に達する前に女性刑事は言った。「どうでしょう、署でお話をうかがえませんか」

ふたりが順番に質問をしてきた。年長の男性刑事がまず、すべておきまりの手続きで、なにも心配することはないのだと説明してくれた。やさしい笑顔をたたえている。

女性刑事のほうは、そうはいかない。バネガスのスケジュール表を出してきた。「これがなにかわかりますか」

アダムはうなずいた。

「食事はどうなさったのですか。〈ユレネ・フレーデン〉では、だれもあなたのことを覚えていません。そもそも、あなたの名前で予約も入っていなかった」

アダムがなんとかひねり出した答えは、そこそこ説得力があるように思えた。テーブルを予約するのを忘れていただけで、バネガスは食事をするよりも、ひとりで散歩に行きたがったのだと。ひょっとしたら、前は違うことを言ったかもしれないが、それは勘違いだとも付け加えた。女性刑事は黙ってアダムの言ったことを書きとめた。女性刑事が席をはずすと男性刑事が引き継ぎ、もちろんこれは取り調べというわけではない、とことわったうえで、あと二、三時間ここでご協力を願えないかと言ってきた。

実際には、わずか四、五十分ほどで女性刑事が戻ってきた。「スケジュールでは、輸出協議会のハーラルド・トールヴァルソンもいっしょにオペラを観にいくことになっていましたね」

しまった！

「けれども、トールヴァルソンとお話ししたら、まったく心当たりがないと言っていました。はっきりと否定しています」

アダムはどうにか答えはしたものの、今度はあまり説得力のある回答にはならなかった。さらにそこからいくつか質問を重ねられ、どんどん窮地に追いやられた。しばらくすると、休憩をとってからまた再開しましょうと女性刑事が言った。アダムは弁護士の同席は辞退した。

部屋に戻されると、親切な男性刑事はいなくなっていて、髪をポニーテールにきつくくくった女性刑事がひとりで質問をしてきた。今度も、雑談や愛想笑いに時間を浪費することはなかった。「グランド・ホテルのスタッフと話をしたんですが、興味深いことを聞きました。事件の翌日、だれかがバネガス夫妻の部屋に入ろうとしたらしいんです。そわそわと落ち着かないようすで、残していった名前もあとで偽名とわかった。ところが、ほかの事件に関連して撮っていた写真を見せたら、その人物はあなただという」

弁明を試みたが、それに対しても次々と質問を繰り出されて、アダムの説明は完全に破綻した。ひと眠りしなければ、そして自分に有利と思われるこの一点にしがみつかなければ。「でも、どうしてぼくがセニョール・バネガスを殺さなきゃならないんです？ そんなことしても意味がないじゃないですか！」

「実は、もっともな動機があるとバネガス夫人からうかがっています。大規模な道路建設プロジェクトについて、ずいぶん前から話し合ってこられたそうですね。でも、バネガスはすでにアメリカの共同事業体《コンソーシアム》に発注してしまった。ストックホルムを発《た》つ前にあなたには伝えるつもりでいたそうです」

なんて野郎だ！ 「だからといって、殺す理由には――」

アダムの反論はもっともだったが、女性刑事は関心を示さなかった。睡眠をとるために家に帰らせてはくれたが、翌朝にはふたたび連れ戻された。初めのうちは、昨日よりもなごやかな雰囲気だった。親切な男性刑事が言うには、オペラが終わったあとすぐに家に帰ったというアダムの供述は認められたらしい。よかったとアダムは言い、男性刑事もうれしそうだった。しかし女性刑事はずっと黙ったままで、手をゆるめるようすは微塵《みじん》も見られない。なんの前ぶれもなく彼女はこう尋ねた。

「それじゃあ、お訊きしますが、どうして家に戻ったのは二時間も経ってからだったんですか。それに、ゴム長靴をはいていたのは？」

やにわに取り調べは新たな恐ろしい局面へ転じた。

弁護士はメモから顔を上げた。「それで、そのときバネガス殺害を自白しようと決めたわけですね？」

アダムはうなずいた。「義理の父のヨーランを殺した罪で裁かれるのだけはいやだったんです」カティスと子どもたちのことを思って目を閉じた。「こうすればアリバイができるでしょう」

「でもいまになって、バネガス殺害には関与していないと主張するわけですね？」

「だからそう言ってるでしょう。でも――」

弁護士は言葉をさえぎるように手を上げた。「一度にあれこれ言われても困ります。まずはいま逮捕されている容疑に集中しましょう」

弁護士は陳腐な言葉で簡単に状況を振り返ってから、時計を見た。「そうですね、こみいった案件だ。作戦を考えなきゃならん、同僚と相談してみますよ」

アダムを房へ連れ戻しに警官がやってきた。あとについて廊下を歩いていくと、開いた扉の前を通り過ぎた。その部屋では、丸々と太った喪服姿の小柄な女性がすすり泣いていた。顔を女性警官の肩にうずめていたが、それでもすぐにバネガス夫人だとわかった。夫人は上目づかいにアダムを一瞥《いちべつ》した。狡猾《こうかつ》そうな目が勝ち誇ったように輝いて、口は歪《ゆが》んで傲慢《ごうまん》な笑みをたたえている。

たしかにこの女は正気ではない。

マグヌス・モンテリウスは一九六五年生まれで、アフリカやラテンアメリカで水管理・環境管理のアドバイザーとして長年働いたのちにスウェーデンに帰国して、現在はストックホルムに暮らしている。旧ソビエト連邦の東欧諸国でも広く仕事をしてきた。本格的に執筆活動を始めたのは二〇〇九年で、同年および二〇一一年に短篇小説コンテストで受賞している。二〇一一年には初めての長篇小説、『アルバニアから来た男』を刊行。一九六〇年代から七〇年代を舞台にしたスパイ小説で、広く好評を得て八カ国に版権が売られ、スウェーデンで映画化される予定。現在は次の長篇小説を執筆中である。

〔＊この作品は、スウェーデンで二〇一一年に刊行された『欲しいものリストに殺人を』(*Mord på önskelistan*) に収録された〕

瞳の奥にひそむもの
Något i hans blick

ダグ・エールルンド
Dag Öhrlund
吉野弘人訳

ダグ・エールルンドのスウェーデンの読者は、ここに収められた作品を読んで驚くかもしれない。

ダグ・エールルンドは十五歳で執筆を始め、ジャーナリスト、エッセイスト、レポーター、写真家として長い年月を過ごす。やがて小説の執筆を始め、二〇〇七年の終わりには、ダン・ブトレルとの共著による最初の小説を出版する。その後、ふたりで七冊の小説を世に送り出す一方、エールルンド単独の名義で一冊の小説を書いている。彼が手がけた作品はすべて犯罪小説だが、スウェーデンではやや珍しいタイプに属するものだ。ダグ・エールルンドの単独、またはダン・ブトレルとの共著による作品は、ハードボイルドやアクション小説に分類されるのがもっともふさわしい。その作品は、一冊を除くとすべてが犯罪捜査官ヤコブ・コルトを主人公にしており、シリーズのほとんどで、コルトはサイコパスであり連続殺人犯《シリアルキラー》でもあるクリストフェル・シルヴェルビエルケという敵役と対決する。作者自身の言葉を借りると、〝人々が想像の中でしかできないことを実際にやってのける〟人物である。

スウェーデン国内でコルトとシルヴェルビエルケのシリーズの人気がきわめて高いのは、もしかしたらこの悪役が国民の総意に基づく社会的統制をもののみごとに打ち破ってしまうことで、人々の心の奥深くに潜んでいる反逆願望を刺激するからかもしれない。だが、こうした非情で、女性嫌いのキャラクターを何度も登場させたために、作者たちの名はアクションが詰めこまれたプロットと独創的な陰惨さの代名詞となってしまったのは気の毒としかいいようがない。

「瞳の奥にひそむもの」は、これまでとは違う作者の小説観と関心のありかを見せてくれるはずだ。

　バルコニーの手すりから手が離れ、落下しはじめた瞬間、レニヤは悲鳴をあげた。ほんの数秒間にこんなにも多くのことが頭をよぎっていくのが不思議だった。氷のように冷たい風が頰を刺した。

　人生が映画のように頭の中を流れていく。アザドのまわりをよちよち歩く幼いころのレニヤ。もちろん、ほかの子どもと同じようにきょうだい喧嘩《げんか》もした。だが、兄を愛するように、だれかを愛したことはなかった。

　兄は神であり、愛であり、すべてだった。もっとも彼女がほんとうにそうわかったのはずっと大きくなってからのことだが。

　兄は父のことを許すだろうか？　こんなことがあっても。

　数秒後、レニヤ・バルザニの頭はアスファルトにぶつかり、考えることをやめた。

　即死だった。

　どこかで天使が嘆きの声を発していたとしても、バルコニーから聞こえてくるレニヤの父親の泣き叫ぶ声にかき消されていただろう。

　イェニー・リンド警部補は吐き気をこらえようと車のハンドルを強く握った。

　車はダウンタウンへ通じるエッシンゲ街道で渋滞にはまっていた。大雪のなか、車の列は数フィート動いては止まるを繰り返し、ワイパーはフロントガラスの雪を払うのにひどく苦労していた。

いまのイェニーには、なにもかもが腹立たしかった。

電話を受けたのは、数分前のことだった。少女の死体が地面に横たわっているという目撃者からの通報を受けて、パトカーが一台、テンスタ郊外のアパートに差し向けられた。猛吹雪《ふぶき》のせいでパトカーや捜査官が出はらい、警察本部は手薄な状態になっていた。

そのせいでイェニーに仕事がまわってきた。

〝まるで、私が抱えている問題だけじゃ足りないみたいじゃない〟彼女は心の中でそうつぶやく。

彼女の人生は、およそ一週間前、スラムの悪ガキの言葉を借りれば、すっかりクソまみれになった。

あの晩からだ。

その日、イェニーは夜勤中に気分が悪くなり、風邪をひいたと言い訳して早退した。

同僚には妊娠していることを知られたくなかった。少なくともいまのところは。

あの晩の映像が頭によみがえり、すんでのところでつかんだティッシュで、こみ上げてきた小さな嘔吐物《おうとぶつ》の塊を受けとめる。

小声で罵《ののし》りながら窓を開け、粘つくティッシュを投げ捨てると、渦巻くように降りしきる雪に顔をさらした。

〝ダニエル、それに……あの売女《ばいた》〟

そう。あの女はまるで娼婦だった。ブロンドの髪にぽっちゃりとした身体つき、レースのブラに黒のガーターという姿で、あえぎ声をあげながらベッドでダニエルにまたがっていた。

ふたりのベッド。私のベッドで。

部屋の戸口に立ちつくしているあいだに、何時間も彼女を苦しめていた吐き気はどこかに消えていた。吐き気は怒りに変わり、胃の中に火がついたような熱さを感じ、その熱さが喉から口元へ上がってきた。

イェニーは叫んだ。あの売女が夫のいちもつから離れて身体を隠そうとしたとき、目をいっぱいに見開くのが見えた。ダニエルは起き上がって、なにかから身を守ろうとするように片手を上げた。

「イェニー、これはきみが考えてるようなことじゃ……」

こんな間の抜けた言い訳は聞いたことがなかった。

イェニーはホルスターから銃を抜いた。

笑える光景だ。彼女が銃で狙うあいだ、ダニエルと売女はほとんどなにも身につけずに家を飛び出した。ふたりは、なんとか服を着ようとしながら、雪の中を転げるように走り去った。

なぜかわからないが、渋滞はゆっくりと解消していった。イェニーは煙草《たばこ》を取り出して火をつけ、バッグの中に痛み止めがあっただろうかと考えた。深夜二時までウイスキーを飲んでいた。そのせいで頭がずきずきする。

ええ、わかってる——妊娠中はお酒を飲むべきじゃない。

ええ、わかってる——二日前からまた煙草を吸ってるけど、それがよくないのも。

でも、だからどうだというの？　イェニーは中絶するつもりだった。結婚生活は終わったのだ。絵に描いたような生活は終わった。彼女が夢見ていた警官同士のカップルの幸せな暮らしは、的はずれな数字に賭けたみじめなルーレットに変わり果てた。

唯一の友人であるクララの存在が、イェニーをぎりぎりのところで踏みとどまらせた。タフで頭のいいクララはいつもそばにいてくれた。いつも正しい答えを示して、安らぎと勇気を与えてくれた。彼女は一家言持っていて、男とのつきあい方についてはイェニーとはまったく違う考えをしていた。

〝永遠の愛なんてたわごとよ。だから私は自分で稼いで、男とやって、楽しく生きてくわ〟

クララはそんな女だった。

イェニーは手でハンドルをたたくと、すばやく左の車線に移り、スピードを上げた。右手で青い回転灯を探し当て、ルーフの上に取り付けてからスイッチを入れた。

〝さあ、道を空けなさい！〟

それから十六分後、イェニーは青と白の立入禁止テープの外側で、現場を観察していた。

最初に彼女の目を惹《ひ》いたのは、その建物の醜さだった。だれがこんなものを考え出したのか不思議だった。

だれも、なにも考えなかったんじゃないかしら？

およそ四十年前、この小さな国の中道派と呼ばれる政治家は住宅が不足していることに突然、気づいた。

百万戸のアパート建設計画。

百万戸が完成するまでに十年かかった。その結果が、いま目の前にあるこのアパートだ。

見るもおぞましい外観だ。

最初に現場に到着した警官は、現場の周辺二十五メートル四方を立入禁止にした。鑑識の青灰色のフォルクスワーゲンのバンがテープのすぐ外側に止まっている。テントが建物の近くに立てられ、おそらく死体にちがいないなにかを覆《おお》っていた。報道陣に写真を撮らせないようにするためだ。

数センチ積もった雪の上を、つなぎの作業服にブーツ姿の男が重い足取りで近づいてきた。ビョルクステットだった。犯罪現場捜査に長年携わってきた信頼のおける男で、仕事の虫でもある。

「やあ、よければ中へどうぞ」

「ありがとう、アンデシュ」イェニーはテープを持ち上げて、その下をくぐった。「で、なにがあったの？」

「バルコニー・ガール、モデル1A」

「どういう意味？」

「足跡はなし、死体のまわりに痕跡もない。墜落死だろう。首が不自然な角度に曲がっていた」

「折れてるの？」

「おれは検視官じゃないんでね。だが、まちがいないな。なんなら来月の給料を賭けてもいいぜ」

「ほかには？」

「普段着のままだった。ジーンズにTシャツ。携帯電話がポケットから飛び出して壊れていた。地面に激突したときに下敷きになったんだろう」

「見てもいい？」

「もちろん」

ビョルクステットは踵《きびす》を返すと、雪の中を先に立って進んだ。イェニーはテントに入るためにかがまなければならなかった。中では強力なLED照明が、さっきまで生きていたティーンエイジャーに冷たい光を投げていた。

少女は顔を横に向け、うつぶせに横たわっていた。その顔は穏やかとはほど遠い表情で固まっていた。頬に擦《す》り傷とあざがあったが、それ以外、顔にはとくに目立った傷はなかった。

イェニーが傷を指さした。「あなたの見立ては？」

ビョルクステットは肩をすくめた。「動かされてはいない。雪の上に頬の跡がある。それに血が流れている。たぶん、アスファルトにぶつかったときについた傷だろう。だが飛び降りる前についた可能性もある。どちらとも言いきれないな」

「この娘について、ほかにわかってることは？」

ビョルクステットは背後の建物を親指で指した。

「ほかの警官に聞いたところでは、彼女はレニヤ・バルザニ、十七歳だそうだ。五階の住人だ。制服の連中が五階にいるよ」

彼女はうなずいた。「ありがとう」

「どういたしまして」

イェニーはテントを離れた。彼女のブーツが正面玄関近くの立入禁止のテープまで、雪の中にまっすぐ足跡を残した。

〝夫はあの売女とふたりで私を裏切った。私たちのベッドで。

十七歳の少女が死んだ。たぶん殺されたんだろう。集中しなきゃ。ああ、痛い〟

頭がズキズキする。彼女はポケットの中の痛み止めを手探りしながら、エレベーターに乗った。階を上がっていくにつれて、エレベーターシャフトに響くざわめきが大きくなっていく。

イェニーはエレベーターのドアを開け、混沌《こんとん》とした現場に足を踏み入れた。両手を振りまわして泣き叫んでいる女を脇へ押しのけて進む。興奮した隣人たちが理解できない言葉で声高に話していた。制服警官が彼らを部屋に入れないように辛抱強くガードしていた。

イェニーは警官にバッジを見せると、興奮して騒ぎたてる人だかりをかき分け、もうひとりの制服警官が立つ玄関に入った。

「犯罪捜査課のイェニー・リンドよ。なにかわかったことは？」

その警官は手帳に目を走らせた。

「亡くなった少女はレニヤ・バルザニ、十七歳。北イラク出身のクルド人。父親のショルシュがリビングにいます。われわれが着いたとき、ほかにはだれもいなかった。家の中は確認しました。リビングとバルコニーはひどい状態で、いま鑑識が調べています」

「ありがとう」

イェニーは警官の脇をすり抜けて、廊下に向かった。右側の寝室のドアが開いている。彼女は立ち止まって、中をのぞいた。

そこは典型的な女の子の部屋だった。ジャスティン・ビーバーのポスターが壁に貼ってあり、化粧台の上にはラップトップ・パソコンが口紅や消臭剤、香水を押しのけるようにして置かれていた。ｉＰｈｏｎｅ用のスピーカー、テディベア、ピンクの枕が、ぞんざいにメイクされたベッドの上にある。ジーンズとキャミソール、下着が椅子の上に置きっぱなしにされていた。

〝レニヤの部屋かしら？〟

彼女は先へ進んだ。ほかの部屋のドアは閉まってお り、廊下はリビングルームへと続いていた。

ソファーに座っている男は六十歳ぐらいだろうか。茶色のズボンにベージュのシャツ、茶色のセーターを着ている。両手で頭を抱えて座りこみ、すすり泣いていた。となりに女性警官が座り、男の肩に手を置いて穏やかに話しかけている。

〝裸足だ。足元の床が濡れている。なぜだろう？〟

イェニーは女性警官に小さくうなずくと、キッチンの入口があるのに気づいて、中に入った。ポケットからアスピリンを二錠取り出して口の中に放りこみ、水道の蛇口をひねって両手で水を受けた。錠剤のひとつが溶けだし、いやな味が口に広がる。イェニーは手の中の小さな水たまりを、まるで鏡を見るように見つめた。


〝ずっといっしょの人生を歩むはずだったのに。幸せだった。家も買ったし、子どもも授かった。あなたが裏切ったのよ。なにが不足だったの？〟

彼女は水を勢いよく口に含むと、もう一度手のひらを水で満たし、目を閉じて飲みこんだ。そのまま数秒間じっと動かずにいた。蛇口から水が流れ、となりの部屋では女性警官がソファーに座った男に優しく話しかけていた。

〝集中よ、イェニー〟

イェニーはほつれ髪をかきあげると、あたりを見まわした。

壁にかかった織物の装飾を除けば、どこにでもあるキッチンだった。その織物にはなにか宗教的な意味があるのだろう。クルド語かしら？　彼女には理解できない言葉が書かれていた。イェニーはリビングルームに戻った。女性警官はまだそこにいて、ショルシュ・バルザニの肩に手を置いていた。窓の外のバルコニーでは、鑑識官がしゃがみこんで作業を続けている。イェニーがドアを開けると、鑑識官が彼女を見上げた。

「犯罪捜査課のイェニー・リンドよ。どんなようす？」

鑑識官はゴム手袋をつけた手で額をぬぐった。

「そうだな、ここで争ったようだ。雪が蹴散らされていて、植木鉢がいくつか落ちて壊れている。あの椅子は脚がひとつとれていた。いま、靴の跡を採っているところだ。それと、何本か繊維を採取した」

彼女はうなずき、ドアを閉めかけて、ふと尋ねた。

「ここから地面までどのくらいかかるかしら？」

鑑識課の男の目が焦点を失い、宙を見つめた。

「五階だからな……たぶん二秒くらいかな」

「ありがとう」

イェニーはドアを閉めた。

〝二秒か〟

頭はまだズキズキしているが、痛みは和らいできたようだ。イェニーはソファーに腰かけている男の向かい側に座り、女性警官と目を合わせた。

「なにか話した？」

女性警官は肩をすくめた。「彼女は自分の意志で飛び降りたそうです。父親はショックを受けていて……止めようとしたと言ってます」

「それまでふたりは言い争いを？」

「いいえ、それはなかったそうです」

あら、ほんとうに？　じゃあ、レニヤは無邪気に笑いながら、ソファーに座った父親の脇を通って、これから飛び降りるわって言ったわけね。で、あなたは立ち上がって追いかけて止めようとしたけど、十七歳の少女を止める力もなかった、と。

しかも、重い足を引きずって娘が倒れている中庭に行く気力さえなかったというわけね。

「妥当な容疑はありそうね。彼を連行して取り調べましょう」

イェニーは身を乗り出して言った。

「ショルシュさん……？」

反応はなかった。彼女はもう一度声をかけた。

男はゆっくりと顔を上げた。顔は赤らみ、泣いたせいでむくんでいた。目は涙で濡れ、うつろなまなざしには絶望の色が浮かんでいる。

「ショルシュさん、警察本部に来てもらえますか。いくつかうかがいたいことがあるので。言ってることがおわかりになりますか？」

男の反応は鈍かった。

「なぜここで話さないんだ？」

「手続き上の理由で」

「ここでは言えないことでも……？」

「いいえ、そんなことはありません。ですが、邪魔の入らないところでお話しする必要があります」と言って、イェニーは言葉を継いだ。「ほかのご家族はどちらに？」

彼はまたためらいがちに答えた。「アザドは友だちのところに……」

「アザドというのは？」

「息子だ」

「奥さんは？」

「妻とララは従兄弟のナウシャドのところに」

「ララとは？」

「娘だ」

「何歳ですか？」

「十四歳」

〝ララの名前を口にしたとき、瞳の奥をなにかがよぎったような気がする〟

「わかりました。じゃあ、いっしょに来てもらえますか……」

クロノベリの警察本部は、まるまる一ブロックを占拠する巨大な灰色の醜い建造物で、人々が想像する以上に多くの部門と廊下と職員を抱えている。建物の中央付近にある取調室のひとつで、イェニー・リンドが六十二歳のクルド人と向きあって座っていた。

クルド人は疲れきって、不安そうに両手を握りあわせている。だいぶ前から、まわりを見まわすのをやめ、うつろなまなざしを前方に据えていた。

イェニー・リンドは録音機を作動させ、マイクをショルシュ・バルザニに向けた。

刑法八条二十四項に従って所定の予備的な取り調べを行ない、その後検事にショルシュの逮捕を求めるつもりだった。

だが、事情聴取はだらだらと長引き、イェニーを不安にさせた。通訳も弁護士も同席していなかった。いれば、まだ気が楽だったかもしれない。

ショルシュはなかなか話をやめようとしなかった。もう一時間近く話しつづけていた。レニヤについて。ショルシュについて。家族全員について。北イラクのハウラマンからの脱出。何年か前に政治亡命者としての保護を求め、滞在を許可されるようになったいきさつとその後の生活について。

イェニーはまだ鈍い頭痛に悩まされていた。個人的な問題は忘れて、ショルシュの話を理解しようと努めた。

彼の話はもちろんでたらめだ。お決まりのうそっぱちだ。彼が娘をバルコニーから投げ捨てたのはまちがいない。これまでムスリムの男たちが娘や姉妹にそうしてきたように。少女たちはこの国に来て、正真正銘のスウェーデン人になると、ムスリムの掟に縛られて生きることを望まなくなる。ダンスに行き、煙草《たばこ》を吸い、男の子と恋に落ちる。あらゆる掟に背《そむ》く。

なにが起きたかは明らかだった。ショルシュ・バルザニは、娘が自分の定めたルールを破ったから殺した。家族を辱《はずかし》めたから殺したのだ。

警察はこれまでにも同様の事件に対処してきた。幾度となく。有名な事件は新聞でも取り上げられた。トルコ出身の二十六歳のクルド人女性、ファディメ・シャヒンダルは、父親に脅され、殴られたあげく、銃弾を二発浴びて殺された。恋愛だけが彼女の犯した罪ではなかった。彼女はクルド人男性が女性をどう扱っているかを公表したのだ。

　スウェーデンに住む十九歳のクルド人女性、ペラ・アトロシは、家族の名誉を汚したとして、イラクに帰省中に殺された。父親の兄弟に死刑が宣告されたが、数年後、父親本人が娘を殺したのは自分であることを告白した。

　イェニー・リンドは顔をしかめた。〝名誉殺人〟という考えは嫌いだった。政治家やフェミニストがこの言葉を使う理由がどうしても理解できなかった。彼女にとっては〝名誉〟という言葉には肯定的な意味あいがあった。だから文化殺人、あるいは不名誉殺人と呼ぶべきだといつも考えていた。

　人を殺すことに名誉などない。まして、自分の娘ならなおさらだ。

　彼らの考え方は現代の西洋社会では受け入れられない。〝彼ら〟は信仰や尊敬を最優先するのかもしれないが、〝われわれ〟はなにより法を重視する。

　イェニー・リンドは長年警官として働いてきて、そのあいだに見たり、経験したりしたことから、自分も多くの差別を受けていると感じていた。ムスリムが女性に対してしていることも同じだ。服従を強《し》い、ベールをかぶるように強《し》いる。顔を見せることも自分の選んだ男性を愛することも禁じる。

　イェニーはショルシュに視線を戻した。クルド人は自分自身やレニヤ、そして家族についての長い話を終え、いまは口を閉ざしていた。

　彼はレニヤを愛していると何度も繰り返した。生まれたときから、あの娘《こ》を愛していた。あの娘《こ》が死ぬはずはない、と言った。

あの娘《こ》を止めるためにできることはすべてした、と。

イェニーは言いたいだけ言わせておいた。彼女の意見を受けて、検事はすでに逮捕を決定している。彼女は何秒か相手を見つめてから、静かに言った。

「ショルシュさん、あなたにはもう少しここにいてもらわなければなりません。いま、あなたには殺人の容疑がかけられています」

ショルシュがはっとして見つめ返した。目には驚きと絶望が浮かんでいた。

次の瞬間、彼の表情が一変した。

ショルシュの瞳の奥に、イェニーには理解できないなにかがよぎった。

数時間後、イェニーはこの事件の捜査担当検事にマグヌス・ストルトが任命されたことを知らされた。彼女は検事に会うために、しかめ面のままソルナのストックホルム西地区検事局へと車を走らせた。

イェニーが部屋に入って挨拶しても、ストルト検事は顔を上げようともしなかった。

〝やなやつ〟

警察内でも有名な人物で、おおかたの者が誇り高い《ストルト》ではなく横柄《ドリューガ》という名前のほうがふさわしいと考えていた。マグヌス・ストルトは偏見が服を着て歩いているような男で、周囲を不快な気分にさせるのが得意だった。みんなから嫌われていたし、法廷でもさほど実績を上げているわけではなかったから、もっと優秀な検事がたくさんいるのに、なぜいまの職に留まっていられるのか、イェニーは不思議でならなかった。

「失礼します」

「やあ、座ってくれ」

ストルトは、フォルダーと書類をシャッフルするようにめくってみせた。どれだけ忙しいかを見せつけているかのようだ。最後に山のいちばん上からフォルダーを取り、眼鏡《めがね》を額に押し上げてイェニーのほうを見た。

「テンスタの件だね？」そう言ってプリントアウトされた調書に目をやる。「ショ……ええと、バルザニか」

イェニーは黙ってうなずく。

ストルトが意地悪そうな笑みを向けた。

「やつは罪状をすべて否認しているようだな。まあ、ああいう連中はだいたいそんなものだよ。いいだろう――勾留しよう。そうすればきみも、ゆっくり仕事ができるからな」

鼻にかかった声で、相手を見下すような口調だった。この男が人の神経を逆なでする理由がわかる気がした。

ストルトは立ち上がると、ドアを閉めて席に戻った。眼鏡のつるを指でつまんでくるくるまわす。

「すぐに正式な尋問をしろ。かならず弁護士と通訳を同席させるんだぞ。でないと、あとになって弁護士が無効だと騒ぎたてるからな。ほかにわかったことは？」

「鑑識が現場でがんばってくれています。娘のパソコンを押収して科学捜査チームにまわしてあります。近所の家も一軒一軒聞き込みをしていますが、ショルシュ以外の家族が帰ってくるのを待って、事情聴取を始めるつもりです」

「なるほど。家族は何人だ？」

「妻とレニヤの妹、それに兄です」

ストルトが片方の眉を上げた。「それで全部か？普通だと、ああいう連中は家族が七、八人はいるんじゃないのか」

〝ああいう連中〟

「あの……」イェニーは口ごもる。

「なんだ？」

ストルトが苛立っているのがわかった。それがイェニーを落ち着かない気分にさせた。いまは彼の支援が必要だった。

「……あの男は無実です」

「なぜ？」

　イェニーは肩をすくめる。「勘です」

　ストルトの眼鏡は、書類をめくっているあいだにもとの位置に戻っていた。「検視報告書と鑑識の報告書が届くまでは、きみの勘とやらには蓋《ふた》をしておけ」

　イェニー・リンドは立ち上がり、検事局を出た。

　四×二・五メートルの拘置所の監房では、ショルシュ・バルザニが血が出るほど壁に拳《こぶし》をたたきつけ、苦痛と絶望のうめき声をあげていた。


　その晩、イェニー・リンドはまた飲みすぎた。彼女は家の中をゆっくりと見てまわった。ふたりの家を。

　ここで生涯の愛がはぐくまれるはずだった。

　ふたりの子どもが育つ場所になるはずだった。

　酔いがまわるにつれ、まるで喧嘩《けんか》腰で片づけをした。怒りにまかせてクローゼットの衣類を引き裂いては、床にぶちまけ、アルバムをページごとに破り、額に入った写真や思い出の品を段ボール箱に投げ入れた。

　クローゼットのひきだしの奥に、だいぶ昔にふたりで恥ずかしい思いをしながらセックスショップで買った性具を見つけた。うんざりした気分になり、電池をはずしもせずにゴミの中に投げこむ。

　気分が悪くなった。トイレで吐き、またワインを飲む。そして自分の、ふたりの五年間の人生が詰まったあらゆるものを捨てつづけた。

　すべて処分しなければ。

　彼。子ども。家。

　この先どうなるのか、イェニーにはまったくわからなかった。


　翌朝、イェニーは衝動に駆られ、事件のあったアパートを再訪した。現場はまだ封鎖されたままだった。家族はどこかべつの場所で夜を過ごさなければならなかったようだ。

家族が自分の家から閉め出されたとき、どこに泊まるのだろう？　友人のところか？　それともホームレス用のシェルターか？

イェニーは深いため息をついた。これからの一日、何人もに事情聴取を行なわなければならない。

鑑識はアパートの部屋を徹底的に調べていた。イェニーには、ここで自分がなにをしようとしているのかよくわかっていなかった。鑑識が見落としたものを見つけられるはずもない。

ただ、見てみたかっただけだった。感じて、理解したかった。

午前十時に、ショルシュに対する長い取り調べを再開した。彼は、自分は無実なのだから弁護士は必要ないと言い張ったが、ともかく弁護士を一名同席させた。

彼は通訳の助けも断わったが、これも同席させた。

始まる直前にマグヌス・ストルトが部屋に入ってきた。

イェニーはプラスチックのコップで冷たい水を飲み、気分の悪さを和らげようとした。いつもどおり冷静に、落ち着いて取り調べを始めた。時間が経つにつれ、検事が苛立ちをつのらせているのに気づいた。検事は深いため息をつき、ときおり鉛筆で机を軽くたたいた。

ショルシュ・バルザニの表情には動揺と疲労が色濃く表われ、目は赤く、少し白髪《しらが》の混じった髪は逆立っていた。ショルシュは同じ話を繰り返した。

自分がやったのは、レニヤが飛び降りるのを止めようとしたことだけだ、と。

彼が口を開くたびに、ストルトが鼻を鳴らし、弁護士が驚いたように検事のほうを見た。

ショルシュは通訳を介することなく、すべての質問に答えた。ああ、もちろん娘たちを厳しくしつけていた。ピアスもタトゥーも禁止し、自分たちの血筋に誇りを持ち、コーランに従って生きるように言い聞かせた。その一方でやりすぎにならないように、娘たちには好きな服を着ることを許し、ダンスに行くことも認めていた。そうはいっても、娘たちの結婚相手を選ぶ権利だけは譲れなかった、とショルシュは言った。

「なんの権利だって?」と、ストルトが唐突に口をはさんだ。

ショルシュは驚いた顔をしたが、両手を広げて父親の役割を力説した。検事は椅子に腰を沈めると、疲れたように手で顔をこすり、遠くの一点を見つめた。

イェニーは冷静に質問を続けた。ショルシュは、レニヤがなぜあれほど動揺していたのかまったくわからない、と答えた。レニヤがバルコニーに出ていこうとしたので、なにをするんだと尋ねると、娘は放っておいてくれと言った。そしてバルコニーのドアを開け、ストッキングだけの足で外に出た。寒気が部屋に流れこんだ。ショルシュがあとを追うと、レニヤが手すりをつかんでよじのぼろうとしたので、引きずり下ろした。娘はショルシュの顔に爪を立て、たたいたり、蹴ったりした。植木鉢が落ちるほどの激しさだった。捕まえようとしたが、娘のほうが力が強く……

あの娘《こ》は手すりをよじのぼり、身を投げた。

そう言って、ショルシュがまた泣きだしたので、イェニーはしばらく質問するのを控えた。ちらりと横目で見ると、検事はあきれたように目をむいて、テーブルに身を乗り出し、苛立ちを隠そうともせずに言った。

「白状したほうがいいんじゃないか、バルザニ? 見苦しいぞ。吐けば楽になる」

通訳がその言葉を伝えると、ショルシュ・バルザニは首を振り、両手に顔をうずめた。

「おれは……おれは娘を愛していた」と、しゃくり上げながら言った。「そんなことをするわけが……」

取り調べは午前十一時四十二分に終わった。

翌朝早く、警察本部の玄関警備の担当者から電話があり、イェニーに会いたいという男が何人か来ていると伝えてきた。

「ショルシュ・バルザニの件だそうです」

　どんな用なのかはわからないが、とにかく下へ降りてきて、ひどく興奮した一団をなだめてほしい。でないと、ほかの制服警官の応援を呼ぶしかない、と警備担当者は言った。

　イェニーはため息をつくと、エレベーターに乗った。

　警備担当者の言ったとおりだった。ショルシュ・バルザニの友人と名乗る五人のイラク系クルド人はいきり立っていた。彼らは、ショルシュは家族の名誉を守るためならなんでもする男だが、絶対に人を殺したりはしない、すぐに釈放すべきだ、と言い張った。

　イェニーは、スウェーデンの司法制度がどうなっているかを辛抱強く説明した。

　だが、まるで効き目がなかった。男たちは捜査担当者と話がしたいと言った。

　イェニーが担当者は自分だと告げると、信じられないという目を向けられた。男たちはしばらく自国語でひそひそと話し合っていたが、やがて彼女の上司の男性と話がしたいと申し出た。

　イェニーは、自分の上司はレーナ・エクホルムという女性だと告げた。

　それでも男たちの興奮はおさまらず、またしてもバルザニをすぐに釈放するよう求めてきた。イェニーが捜査は今後も継続されることになるとはっきり説明しても、男たちは執拗《しつよう》に食い下がり、スウェーデン語と自国語をごちゃ混ぜにして叫びだした。もはや彼らをなだめるすべはなかった。制服警官が玄関ロビーに駆けつけ、クルド人たちを無理やり外に押し出そうとして小競り合いになった。男のひとりが激しく抵抗したために逮捕された。

　イェニーはゆっくりと首を振った。

　なんでこんなことになるの？

三週間後、イェニーは新たに開発された郊外の住宅地にあるワンベッドルームのアパートで、人生について考えていた。

すべてはあっという間だった。家は売却したが、家具はほとんど残してきた。なにをとっておこうかと考えるだけで、気分が悪くなったからだ。友人とトラック、それにイケアの力を借りて、数日で新居の体裁が整った。

そのあとは、そう簡単ではなかった。

中絶。

まず精神科医のカウンセリングを受けなければならず、案の定、イェニーは取り乱してしまった。五年間の生活、永遠の愛の誓い、不倫とセックスの記憶――おなかの子を堕ろすかどうかの決断を突きつけられたとき、そういったものが全部、一気に押し寄せてきた。

〝子ども〟

すべてが終わると、イェニーは覚悟を決め、休暇は出血のひどかった数日だけにした。

思い出す価値もない記憶にひたって家に閉じこもるよりも、仕事に没頭するほうがましだった。

ダニエルは何度か気まずそうに連絡してきた。「敬意をもって」とか「大人らしく」とかいう言葉を使い、せめて話し合う努力はすべきだと言った。

イェニーはメールを送り、（a）あの売女を連れて地獄へ落ちるか、（b）なにかお望みなら弁護士に連絡するように、と言ってやった。

〝それが大人のやり方よ、イェニー〟鏡の前で化粧をしながらそう心の中でつぶやき、唇を嚙《か》んだ。涙でマスカラが流れてしまったので、やり直さなければならなかった。

そろそろクララと、ワインを飲んで夜を過ごしてもいいころあいだ。

仕事をしながら濃いコーヒーを何杯も飲んだせいか、胃が焼けるような感じがして、イェニーは顔をしかめた。

レニヤ・バルザニの死に関する資料をもう一度注意深く読み直しているところだった。

鑑識官とコンピュータ科学捜査チームの報告書は、病理学者の検視報告書や国立犯罪研究所《SKL》の調査報告書と同様、よそよそしいほどに形式的だった。

バルコニーに積もった雪にはレニヤとショルシュの足跡が残っており、争った跡も数多く見られた。レニヤの血痕も発見された。彼女の爪のあいだから父親の皮膚が見つかった。取り調べ初日にショルシュの頬の傷あとから採取したサンプルには、レニヤのDNAが含まれていた。イェニーは、病理学者の長い報告書から重要な箇所を拾い出した。レニヤの首の骨は折れ、頭蓋骨《ずがいこつ》と脳は損傷を受けていた。顔は腫《は》れ上がり、あざもできていた。左腕も折れている。病理学者はこれらの傷が同時に生じたものなのか、短い間隔をおいてできたものなのかは判別できないとしていた。理論的には、レニヤの傷の一部がバルコニーから飛び降りる前にできた可能性もなくはなかった。肺を調べた結果、喫煙者だったことがわかったが、それを除けば健康そのものだった。血液からはドラッグもアルコールも検出されず、体内から精液も見つからなかった。

コンピュータ科学捜査チームはレニヤのパソコンに難なくアクセスし、ファイルやメール、フェイスブックのアカウントをくまなく調べあげた。報告書には、レニヤと友人とのやりとりが百ページ近い文書として、日記のようなもののプリントアウトとともに添付されていた。

イェニーは何時間も集中して、そのプリントアウトを読み通した。レニヤと友人たちとのメールのやりとりから、ショルシュがレニヤとララのふたりに厳しく接していたのが読みとれた。ショルシュの言ったとおり、服を選ぶ自由や行動の自由は認めていたものの、いちばん重要な点についてははっきり自分の考えを貫いていた。ボーイフレンドの選択については。

レニヤが、ヨアキムという少年と恋愛関係にあったのはまちがいなかった。ふたりはメールで愛を語り合い、レニヤはヨアキムとのことを友人たちに打ち明けていた。

一方で、日記にはしだいに深まっていく苦悩も書き残されていた。レニヤは数年前に、父親から親戚のナウシャドの息子ラワンドと結婚するよう命じられていた。未来の夫が、北イラクのバディーナンに父親と住んでいることが話をさらに複雑にした。

レニヤは、友人のエッバとのフェイスブックのやりとりで、父親がヨアキムとの関係に気づいて怒り狂ったと記していた。ショルシュはレニヤを激しく、執拗《しつよう》に問いつめた。その後、彼女を外出禁止にし、自分かアザドがいっしょでなければどこにも行ってはならないと命じた。

それだけではなかった。彼女の日記には、ショルシュが妻のルナクに、レニヤをテンスタに住むイラク人、自称医師のハバルなる男のところへ連れていくように命じたことが書かれていた。レニヤがまだ処女であるかどうかを確認するためだった。

日記の記述によれば、それは気分の悪くなるような体験だったという。診察はごく普通のアパートの一室で行なわれ、レニヤにはハバルが専門教育を受けた医師とは思えなかった。ハバルがレニヤの性器に触れているあいだ、母親は目をそらしていた。レニヤはその経験を、つらく屈辱的だったと日記に書き残している。彼女はヨアキムともだれともセックスをしたことはなかったが、一年ほど前、バレエの練習のときに処女膜が破れたことをメールでエッバに打ち明けていた。

ショルシュは、〝医師〟の報告書を受け取るとさらに怒り狂い、無期限の外出禁止を命じた。レニヤがバルコニーから落ちる一週間前のことだった。その後は、レニヤの兄が毎日学校まで迎えに行き、彼女を家まで連れ帰った。

イェニーは書類を置き、コーヒーを飲んで深いため息をついた。文化が違うとはいえ、私ならこんな仕打ちには耐えられないだろう。

レニヤの母のルナクと通訳が、テーブルをはさんでイェニーの向かいに座っていた。ルナクは寝不足のせいで疲れているのか、イェニーの質問に短く答えるだけだった。長年暮らしてきたので、夫のことはよくわかっている、と彼女は言った。娘たちを愛しているので、傷つけたりするはずがない、と。ルナクはショルシュがいつ釈放されるのかと尋ね、はっきりした答えが得られないとヒステリックにわめきはじめた。

二時間後、イェニーは十四歳のララの事情聴取を行なった。通訳の代わりにテンスタのソーシャルサービスから来た女性が同席した。

なにを質問しても、ララから明瞭な答えは返ってこなかった。イェニーはテーブルに身を乗り出し、少女に微笑みかけた。

「なにかを、それともだれかを恐れてるの、ララ？約束するわ。あなたに危害は加えさせない」

少女はしばらく黙っていた。やがて肩をすくめると、イェニーの目を見て言った。

「どうしてそんな約束ができるの？　あなたはなにもわかってないわ」

〝そのとおりよ。どうすればわかるっていうの？〟

「じゃあ教えて、ララ。わかるように説明してちょうだい」

少女は無言のまま、テーブルを見つめるだけだった。

アザドに対する事情聴取はさらにひどかった。彼は一部の質問に対しては言葉少なに答えたが、それ以外は肩をすくめるか、まったく答えないかのどちらかだった。

「ところで、アザド、レニヤはお父さんを恐れていたみたいね？」

「なぜ、恐れなきゃならないんだ？」

「最近、レニヤはひとりで外出するのを禁止されてたってほんとう？　お父さんはあなたに毎日学校まで迎えに行くように言ったそうね？　ヨアキムに会わせないように」

「ヨアキムってだれだよ？」

「レニヤにはヨアキムっていうボーイフレンドがいたんでしょう？」

「妹にボーイフレンドなんかいないさ」

「でも、ヨアキムと話したのよ。レニヤとつきあってたと言ってたわ」

「嘘だ」

　質問のあいだ、アザドは一度もイェニーの目を見なかった。なにも話すつもりがないのは明らかだった。

〝別世界ね。名誉について、スウェーデンとは違う考え方を持つ男たちの世界だわ〟。一瞬、男性の同僚に取り調べを引き継いでもらおうかと考えた。

　いいえ、絶対にだめ！

　私はイェニー・リンド警部補なのだ。


　翌日、イェニーはレニヤの親友、エッバ・グレーンの事情聴取を行なった。エッバには恐れるものはなく、コンピュータのプリントアウトに書かれていたことの多くを裏付けてくれた。

　ええ、レニヤが父親を恐れていたのはまちがいないわ。父親はとても怒りっぽくて、いつも彼女に新しいルールを押しつけていた。化粧もほとんど認めてもらえなかったし、スカートではなくスラックスをはかされていた。ボーイフレンドをつくることなど論外で、レニヤはイラクに住むラワンドとかいうおやじと結婚することになっていた。そのことはもう何度も話し合っており、レニヤの望みは家を逃げ出すことだけだった。でも、逃げたところでなにができるだろう。住むところもなければ仕事もない十七歳の高校生に。結局、父親や親戚や友人に見つかって連れ戻されるのがおちだ。

ショルシュは一家の独裁者で、ふたりの娘は彼を恐れていた、とエッバは言った。レニヤは命の危険さえ感じていた。ボーイフレンドがいると知ったら、父親は彼女を殺すだろう。母親のほうは、けっして夫に逆らわなかった。

しょせん母親もただの女だった。

調書はデータ化され、ほかの捜査報告書とともにDurTvå（公判前捜査資料電子記録）システムに収められた。

翌日、イェニーは昼食の間際に検事から電話を受けた。そっけない口調で、すぐにオフィスに来て捜査状況を報告するよう指示された。彼女は苛立ちを覚えながら、ふたたびソルナまで車を走らせた。検事局の廊下を足早に進み、マグナス・ストルトのオフィスに入ると、応接用のソファーに腰かけた。検事が眼鏡を額に押し上げて言った。「聞き込みでわかったことは？」

「ほとんどなにも。だれもなにも見ていないし、聞いてもいないようです。事件が起きたのが午前中でしたから。ほとんどの人は仕事をしてたのでしょう」

彼は短く笑った。「仕事だって？　あのあたりの住民が真面目に働いてるなんて話は聞いたことないな。どんな連中か知ってるだろう？　わが国の文化を豊かにしてくれるんだそうだが」

皮肉たっぷりの口調だった。イェニーはこれまでにも同じような言い方を何度も耳にしてきた。相棒の車の中や警察本部の廊下で。〝文化を豊かにする者（移民による異文化の侵入を皮肉った言い方）〟。〝ラクダ乗り〟。〝砂漠の黒人〟。

特別な教育を受けた警官ですらこんなありさまでは、

一般の人々が彼らを市民として受け入れることなど期待できるはずもなかった。

イェニーは、ポピュリストや右翼の過激派がかなりの支持を得ていることをニュースで見て知っていた。軍国主義者と呼ばれる人々だ。

身震いが走る。

〝生まれ育ちだけで人を憎むべきじゃない〟

ストルトは書類の山を探ると、黄色の付箋《ふせん》を貼った書類を取り出した。

「きみはだれも見てないし、聞いてもいないと言ったが、ここに言い争っているところを聞いたペッテションという目撃者の証言がある。父親と娘がバルコニーで争っていたと言っている」

「ええ、たしかに。ただ、その男はまちがいなくアルコール依存症です。話したとき、酒のにおいをぷんぷんさせてました。それに証言をころころ変えています。調書からも彼が混乱してるのがわかるはずです」

「だが調書には、父親が娘をバルコニーから投げ落とすのを見たとあるぞ」

イェニーは深く息を吸いこんだ。

「その先を読めば、時間が経つと確信がなくなったと書かれています。あの男を証言台に立たせたら、たちまち被告弁護人の餌食《えじき》になりますよ」

ストルトは苛立たしげに、書類を机の上に置いた。

「さらに聞き込みを続けろ。目撃者や補強証拠がなければ殺人罪では起訴できない」

「父親がやってないとしたら?」

よく考える前に言葉が口をついて出た。

イェニーは、検事の目のまわりの筋肉が引きつるのに気づいた。ストルトは眼鏡をもとの位置に戻すと、デスクに肘をついて身を乗り出し、彼女を見つめた。

「やってないとしたらだと？　しっかりしろ、リンド。レニヤの友人の事情聴取を読んだはずだ。レニヤは命の危険を感じていた。これはよくある名誉殺人のひとつだ。バルザニには終身刑を求刑するつもりでいる。この国で石器時代の蛮行を認めるわけにはいかんからな」

イェニー・リンドは立ち上がった。オフィスを去るとき、検事が小声でつぶやくのが聞こえた。「くそったれのハジ（中東系移民をさす蔑称）どもが」

振り向いて、ストルトを見る。

「なにか言いました？」

ストルトは作り笑いを浮かべた。

「いや、なんでもない」

次の日の午前中、イェニーはショルシュ・バルザニをあらためて取り調べた。ちょうど始めようとしたところに、検事が入ってきた。息を切らしている。その表情から、明らかにストレスを感じていることがうかがえた。朝刊もタブロイド紙もまだレニヤの死をトップで報じていたから、おそらくストルトは警察本部と政治家からの電話への対応に追われていたのだろう。

イェニーも、事件に微妙な政治的要素がからんだ場合、なにが起きるかを知っていた。次の選挙が間近に迫っていた。中道と右派の連立政権は野党の攻撃を受け、権力の維持のためになりふりかまわず駆け引きを行なっていた。信頼できる世論調査によれば、移民反対を掲げるポピュリスト政党が二桁《けた》の支持率を得ていた。それは彼らの影響力が増すだけではなく、中道国家と呼ばれるこの小国の議会で、今後も彼らがキャスティングボートを握りつづけることを意味した。

政治的には由々《ゆゆ》しき事態だ。

そしていま、ひとりの移民の少女が死んだ。またしても。

その少女の父親が殺人の容疑をかけられている。これまでの多くの父親と同様に。

この裁判の結果には政治的に大きな意味がある。

この小さな民主主義の国は、異なる文化圏から来た移民に、〝自らの名誉を守る〟ために実の娘を殺すことを認めるのだろうか？

　ショルシュは前かがみに座っていたので、イェニーには彼の身体が縮んでしまったように見えた。レニヤが死んだ日のことを尋ねると、彼はこれまでどおりの話を繰り返した。

　レニヤが横を通り過ぎたときはテレビを見ていた。バルコニーまで追いかけて、飛び降りるのを止めようとして争いになった。

　イェニーは前と同じく、レニヤが落ちたあと、なぜアパートを出て中庭に降りていかなかったのかと質問した。

　ショルシュはゆっくり首を左右に振った。

「まるで……身体が麻痺《まひ》したみたいだった。動けなかった。なにが起きたか理解できず、じっと座っていた」

ストルトが椅子の上で身じろぎし、苛立ちの目をイェニーに向けた。〝いつまでやってるんだ――早く自白させろ！〟。検事の目はそう言っていた。

　それでもイェニーはまた同じ質問を繰り返し、そのたびに同じ答えが返ってきた。家族でスウェーデンに逃げてきたことを、レニヤが幼かったころのことを、ショルシュが娘たちの暮らしぶりをどう思っていたかを尋ねた。レニヤが落ちる前の数分間、彼がなにをしていたかを、なぜ裸足だったのかを尋ねた。

　このクルド人が、移民嫌いのスウェーデン人の軽蔑の対象になる典型的なタイプの男であることは明らかだった。妻と娘を支配し、勝手に法律を作り、自分に都合のよい罰を与える、絵に描いたような中東系の男。

　イェニーはさらにもう一度、レニヤがバルコニーに出ていったときのことを質問した。

　またしても、ショルシュの瞳の奥をなにかがよぎった。

イェニーは、ますます彼が無実であることを確信するようになった。ショルシュが権力と圧制を用いて、レニヤに恐怖心を抱かせたことはまずまちがいない。もしかしたら、レニヤの心を徹底的に破壊し、自殺という考えを植えつけたのかもしれない。もし検察官がそれを証明できれば、ショルシュを有罪にできる可能性もある。似たような事件がこれまで法廷に持ちこまれたことがあったかどうか、イェニーにはわからなかった。

だが、だれかを死に至らしめることと実際に人を殺すこととは天と地ほどの違いがある。

イェニーは最後にもう一度だけ試すことにした。ショルシュの目をのぞきこみ、できるだけ毅然《きぜん》とした口調でこう言った。

「ショルシュ、そろそろ白状したらどうです？　あなたがレニヤをバルコニーから投げ落としたんでしょう？」

疲れきった白髪《しらが》まじりの男は、イェニーに驚きの目を向けた。いまのいままで、あれほど親切だった女性がなぜ？　まもなく彼は絶望のあまり泣きだした。

弁護士がショルシュの肩にやさしく手を置いた。ショルシュはすすり泣きながらかろうじて答えた。

「違う……おれは……あの娘《こ》を愛してたんだ……！」

マグヌス・ストルトは苛立たしげにノートを閉じ、足早に部屋を出ていった。

イェニー・マリナ・エリザベト・リンドは両目に手をあてながら思った。なんで警官になんかなったんだろう。

イェニーへのプレッシャーは日増しに高まっていた。ストルトは少なくとも二日に一度は報告するよう求めてきたが、報告できる新しい情報はほとんどなかった。二回目の聞き込み作戦は初回ほどの成果は上げていない。唯一の目撃者であるペッテションは何度も事情聴取された。そして証言をするたびに、彼の見たもの、聞いたもの、経験したものには矛盾が生じた。ペッテションはどうやら、注目されることを喜び、質問に答えるのを楽しんでいるようすだった。問題は、答えるたびに証言が食い違うことだった。

しかも、彼はいつも酒のにおいをさせていた。

イェニーは、レニヤのボーイフレンドと思われるヨアキム・メルケルの事情聴取を行なった。ヨアキムとは以前に何回か電話で話をしていたが、今回は正式な聴取だった。

ヨアキムは十八歳で、メディア研究を専攻している高校三年生だ。穏やかで落ち着いた雰囲気の少年で、イェニーは会ってすぐに好印象を持った。

ヨアキムとレニヤは半年前に学校で出会った。それをきっかけに、その後も会うようになり、いっしょに歩いたり、コーヒーを飲みに行ったり、おしゃべりをしたりした——よくある話だった。

やがて、それが愛へ変わった。

むろんヨアキムはいつからレニヤを好きになったか、あるいはレニヤがいつから彼を好きになったか、正確な日付は答えられなかったが、ふたりにとって特別な日のことは覚えていた。たとえば、ストックホルムのヒュートリエットで彼女に指輪を買おうとした日のことは。だが、イェニーは受け取らなかった。両親に指輪を見られて、詰問されるのを恐れたからだ。

ヨアキムは進んで話をしてくれた。イェニーはときおり質問をはさんだが、彼が真実を話していることは確信していた。

ええ、ぼくらはハグしたり、キスをしたりするようになって、やがてたがいに身体に触れあうようにもなった。玄関先や庭の小道など、人に見られない場所で。ぼくの家の地下室でも。レニヤはぼくの部屋にも来たけど、いつも母親やきょうだいが家にいたので、そう……けっしてそれ以上のことはなかった。

どちらもそれ以上の関係に進みたかったが、レニヤにその勇気がなかった。

レニヤとつきあう前、ヨアキムにはガールフレンドがふたりいた。ふたりともスウェーデン人で、そのうちのひとりとはセックスもしていた。レニヤは彼にバージンであることを明かし、喜んで自分をヨアキムに捧げ、ずっと彼を愛し、ともに生きていくことを誓った。

だがまもなく、彼女は不安な思いを打ち明けるようになり、ふたりのロマンスにも悲しみの影が差しはじめた。

もし、ボーイフレンドの存在を父親に知られたら、レニヤもヨアキムも大変な厄介事に巻きこまれる可能性があった。もしセックスをしたなどと思われたら、殺されかねない。

たぶんヨアキムも殺されるだろう。

はじめ、ヨアキムはレニヤの話を信じなかった。

レニヤは時間をかけてヨアキムに説明し、理解させようとした。

だが、別れを受け入れさせることはできなかった。

これほど愛しているのに、どうしてあきらめなければならないのか？　ほかの人間がふたりの愛を認めないからといって、どうして別れなければならないのか？

しかも、まだ十七、八歳という年齢なのに。

そんなことは無理だ。

ふたりはこっそり会いつづけた。ハグをし、キスし、愛撫しあった。

だが、それ以上は進まなかった。

ヨアキムは幸せだった。心の奥深くで、いつかすべてが解決するという希望を持っていた。彼女の父にすべてを打ち明け、結婚を承諾してくれるように頼もうとまで言った。

その日のレニヤの顔は悲しみにあふれていた。彼女は涙をこぼしながら、ただ首を振るだけだった。

それが数週間前のことだ。

ある朝、レニヤがすっかり取り乱したようすで学校に現われた。ヨアキムを校舎の隅に引っ張っていくと、なにがあったかを話した。なぜか父親にふたりの関係を知られてしまった。これからは監視され、会うこともできなくなる。アザドが毎日学校へ迎えに来るので、携帯電話のメールでこっそり連絡をとりあうことしかできない。それも、携帯電話を取り上げられなければだが。

ヨアキムは精いっぱい彼女を慰めた。だがレニヤがアザドに連れられ、自分に一瞥《いちべつ》もくれずに学校をあとにするのを見て、彼は胸が張り裂けるような痛みを覚えた。

次の日の最初の休み時間に、レニヤは前の晩に交わした父親との会話の中身をヨアキムに話した。

もしふたりが学校の外で会っているところを父親に見られたら、ふたりとも殺されてしまうだろう、とレニヤは言った。

ヨアキムはショックを受けた。彼女の言葉を信じたくなかった。そこでよく考えた末に、いちばん親しい友人に相談した。ショルシュのことを警察かどこかに通報すべきなんじゃないだろうかと。なんといっても、ここは二〇一二年のスウェーデンなのだから。

事情聴取のあと、イェニーはヨアキムと握手し、感謝の言葉を述べ、裁判で証人として召喚されることになるだろうと伝えた。

ヨアキムが去ると、イェニーは濃いコーヒーを淹《い》れ、自分が十七歳ではないことに感謝した。

そのとき、ダニエルとあの売女《ばいた》のことが頭によみがえってきて、またなにもかもがいやになった。

エッバ・グレーンは公園のベンチに座り、宙を見つめながらせわしなく煙草《たばこ》の煙を吸いこんだ。

〝ろくでなしのくそおやじ〟

　裁判は一週間前に終わっていた。彼女は証人として召喚され、知っていることをすべて話した。ヨアキムもまた、なにもかも証言した。

　その後、あの隣人が証言台に立ち、父親がレニヤを殴り、バルコニーから放り投げたと証言した。

　弁護人がその証言を崩そうとしたが、男はこのときばかりは自信たっぷりに答えた。

　男はふたりが争っているのを目撃し、レニヤの父が娘を手すりの上に持ち上げるところを見たという。

　エッバは今朝《けさ》、オンラインニュースであのくそおやじが殺人罪で有罪となり、終身刑を宣告されたという記事を読んだ。

　いい気味だ。

　エッバはこの数週間、ジャケットのポケットにずっと入れておいたしわくちゃの紙をゆっくりと取り出した。

　レニヤからの手紙だった。

　それは、レニヤが死んだ翌日にエッバのもとに届いたものだった。封筒にきちんと手書きされた宛名を見て、彼女はひどく驚いた。

　レニヤが手書きするなんて。

　ふだんはメールや携帯メール、チャットで連絡をとりあっているので、いままでレニヤから実際の手紙、つまり紙に書かれた手紙を受け取った記憶がなかった。

　エッバ、愛してるわ！　あなたとヨアキム、グッセ、アンナ、マリアナ、リネア、みんな大好きよ。でも、もう耐えられない！

　父さんは絶対に変わらないだろう。私に希望はない。イラクへ行って結婚させられてしまうのよ。そんなの、我慢できない！　私にはヨアキムしかいないのに。

　もうこうするしかないの。ほんとうに手首を切ったり、飛び降りたりできるかどうか自信はないけど、でもやるしかない。あなたは止めようとするでしょうから、この手紙は普通の郵便で送ることにするわ。

ずっと愛してる。裏にヨアキム宛にメッセージを書いたから、この手紙を大好きな彼にも見せてちょうだい。

XOXO（Xはハグ、Oはキスを意味する）、レニス

エッバはヨアキムに手紙を見せた。彼は読み終わっても、ずっと口をつぐんだままだった。やっと口を開くと、この手紙を持って警察に行くべきだと言った。レニヤの死は自殺だったのに、いま彼女の父親は殺人罪を宣告されている。

エッバはヨアキムの手から手紙を奪い、そのまま走り去った。

あのくそおやじを自由にしてなんかやるものか。

彼女はライターを取り出して火をつけた。しばらく風に揺らめく炎を見つめていたが、やがて手紙に火をつけた。

手紙を地面に落とし、炎がレニヤの手書きの文字を焼きつくすのを見ていた。涙があふれてきた。手紙が灰になると、エッバはそれを靴の裏で地面にこすりつけた。

イェニー・リンドは何日か休みをとり、静かなアパートに腰を下ろして、窓の外を眺めて過ごした。

裁判では何度も騒ぎが起き、検察の弁論のたびに大声で抗議しつづけるクルド人たちは、最後には判事によって退廷させられた。

イェニーはすべての証言を傍聴したが、隣人のペッテションの証言には驚かされた。彼は小ざっぱりしたシャツとスーツ姿で、きれいにひげを剃《そ》って証言台に立ち、酒のにおいもさせていなかった。いまやその証

言にはなんの迷いもなかった。彼は、ふたりが争ったあとに、ショルシュ・バルザニが娘を持ち上げて、バルコニーから投げ落としたのを目撃したと言った。

判決が言い渡されたとき、イェニーはすぐ近くでショルシュ・バルザニを観察していた。視線を感じて、ショルシュが彼女に目を向けた。

その瞬間、彼の瞳の奥をなにかがよぎった……

一九五七年生まれのダグ・エールルンドは、一九七二年からプロとしての執筆活動を始め、その後三十年以上をジャーナリスト兼写真家として過ごした。二〇〇七年、彼は最初のミステリ『マーダー・ネット』（*Mord.net*）をダン・ブトレルとの共著で刊行した。その作品で、ふたりはその後も共著のほとんどに登場する犯罪捜査官ヤコブ・コルトを世に送り出した。とはいえ、この共作チームの成功が長く続いたのは、第二作の『ほとんど普通の男』（*En nästan vanlig man* 二〇〇八年）に、人を惹《ひ》きつける才能の持ち主で、大変裕福な株式ブローカーでありながら、女性を辱《はずかし》め、男女を問わず殺しを楽しむサイコパスの殺人鬼クリストフェル・シルヴェルビエルケを登場させたことによるところが大きい。これまでシルヴェルビエルケは五作に登場し、ふたりの作者の人気をスウェーデンで最高のレベルまで押し上げた。ブトレルとエールルンドは、ヤコブ・コルトやシルヴェルビエルケの登場作以外にも、アメリカ人を主人公とした作品『地の護り手』（*Jordens väktare* 二〇一一年）を発表、これもシリーズ化が予定されている。またダグ・エールルンドは単独でも、ハードボイルド・スリラー『チャーリーKの思い出に』（*Till minne av Charlie K.* 二〇一二年）を発表している。

〔＊この作品は書き下ろし〕

小さき者をお守りください
Se till mig som liten är

マーリン・パーション・ジオリート
Malin Persson Giolito
繁松 緑訳

マーリン・パーション・ジオリートは編者の知るかぎり、スウェーデンのミステリ界でただひとりの二世作家と言える。彼女の父親は、著名な犯罪学者であり卓越したミステリ作家でもあるレイフ・G・W・パーションだ。若いころの彼女は、自分が文筆業で身を立てるとは思ってもいなかった。ウプサラ大学で法律を学び、卒業後は欧州司法裁判所で二年間働き、その後、一九九七年から二〇〇七年までスウェーデンでもっとも有名な法律事務所のひとつであるマンハイマー・スワートリング法律事務所に勤務した。二〇〇一年まではブリュッセルのオフィスに所属し、その後はストックホルムに異動する。クリストフ・ジオリートと結婚し、二〇〇〇年に第一子を出産。六カ月の育児休暇から復帰すると、給料もやりがいのある仕事も減らされていた。第二子出産後には、共同経営者《パートナー》昇進はありえないと言われ、二〇〇六年に第三子を妊娠すると育児休暇後の職場復帰は不可能だと通告された。

結局、マンハイマー・スワートリング法律事務所でのさまざまな経験が、彼女のひそかな小説執筆願望を実行に移すきっかけとなる。第一作『ふたつの前線』（*Dubbla slag*）は、若い女性弁護士ハンナが有名な法律事務所に引き抜かれたものの、出産後は職場で自分が拒絶され嘲笑《ちょうしょう》されていることに気づく、というストーリーだ。

この第一作はミステリではないが、二〇一〇年刊行の第二作『ほんの子ども』（*Bara ett barn*）と、二〇一二年刊行の第三作『すべての合理的疑いを超えて』（*Bortom varje rimligt tvivel*）はミステリである。いずれも主人公は弁護士のソフィーア・ヴェーベル。ソフィーアは、依頼人からの仕事をこなすうちに、探偵のまねまでしなければならなくなるという筋立てである。これらの作品で、著者はストーリーテラーとしての資質を示すとともに、正義の名の下で行なわれる悪行や、メディアの早計な判断、政治的な理由で歪められる司法といった重要な問題を深く憂慮する作家であることもアピールしている。スウェーデンの現代ミステリ界における新進気鋭の作家のひとりといえよう。

これから紹介する短篇では、モラルの問題について、観点が変わると解釈も変わるということが典型的な手法で提示される。その語り口は穏やかだが、だからこそ注意深く耳を傾ける価値があるだろう。

そこには、シナモンや封蠟《ふうろう》や、クリスマスのトフィーやカリカリに焼いたハムの芳香は漂っていなかった。あるのは、ぴんと張りつめた空気と、鼻をつく油のにおいだけだった。風が富くじのブースのざわめきと、耳をつんざくような電子音の『ジングル・ベル』を運んでくる。空を覆《おお》う雲は雨の重さに耐えかねて、いまにも落ちてきそうだ。

その女は片手で自分の娘の手を引き、もう一方の手にペンを握っていた。息子はベビーカーに座っている。市営遊園地や博物館ではよく、小さい子が迷子にならないように、子どもの手首に巻きつける小さなリボンを入口で配っている。IDブレスレットと呼ばれるものだ。だが、このクリスマスマーケットにそんなものはなかった。そういう場合は子どもの手か腕に電話番号を書いておけばいい。育児雑誌でそんな記事を読んだことがある。

こんなところに来るんじゃなかった、と女は思った。来たのが間違いだった。だが、家では子どもたちがいらいらして喧嘩《けんか》を始め、おもちゃを奪いあったりして大変だったのだ。一方が他方をいじめると、いじめられたほうは相手の髪を引っ張る。しまいにはふたり同時にわめきだし、なんとかしないとみんなおかしくなってしまいそうだった。幸せそうな家族にまじってしばらく散歩をし、袋入りの自家製トフィーを買い、菓子パンで子どもたちの腹を満たしてやろう。そのときは、それがすばらしい考えに思えたのだ。

ところが、いまは家に帰りたくてたまらなかった。

アパートメントに戻ってソファーに横になり、子どもたちがテレビの幼児番組を見ているあいだに昼寝をしたかった。

それなのにまだここでぐずぐずしているのは、ベビーカーを押して広場を一周もしないで家に戻れば、負けを認めたような気分になるからだ。それに、いますぐバスに乗ったら息子は眠ってしまうだろう。そうなると、今夜寝かしつけるのはとうてい無理になる。女は娘の手をしっかりと握った。少女の薄い肌に字を書くのは難しく、そのうえインクが定着するまで押さえておかなければならない。娘は抗議の声をあげ、女は娘の腕をさらに強く引き寄せた。

「じっとしてて……」女は小声で言った。それ以上、説得する言葉が見つからないので、黙って数字を書きつづけた。片方の目の下がぴくぴく引きつり、女はまばたきをした。

一周だけ。マーケットを一周したら、家に帰ろう。運がよければ、子どもたちは早く寝てくれるかもしれない。そうなれば、夜を思いどおりに過ごせる。平和と静寂の数時間。それぐらいの贅沢《ぜいたく》はしてもいいはずだ。

十桁《けた》の電話番号を娘の腕に書き終えると、女はインクを指でなぞって乾いているのを確かめた。母親が腕を放すのを待ちきれないように、娘はひび割れのできた親指を半開きの口にくわえる。だが吸うと痛いのか、親指は口先に置かれたままだった。母親は首を横に振ったが、なにも言わなかった。

「ママ」ベビーカーの息子が不満の声をあげる。「マァーーーマァーーー！」

こんな人混みのなか、一歳になったばかりの息子を歩かせるわけにはいかない。でも、息子はベビーカーが嫌いで一秒たりともじっと座っていられない。窮屈な安全ベルトから逃れようと懸命に身をくねらせ、シートの上で跳ねるので、ベビーカーが揺れていた。女は、指をくわえている娘をそばに立たせたまま、ベビーカーの留め金をいくつか締め直し、息子をシートにしっかり座らせようとした。それでも息子はもがくのをやめなかった。女はあきらめて歩きだし、息子がシートの中におさまるよう、ベビーカーを何度も揺すった。

娘は履《は》いているブーツを暑がった。おまけに大きすぎるのか、砂利道を歩きながらかかとを引きずっている。女が下ろしてやったスノースーツのファスナーのすき間から娘の鎖骨がのぞき、薄青く透けて見える血管が脈打っている。

「ちゃんと歩きなさい」と女は叱った。「足を上げられないの？」

〝マーケットを一周するだけ〟女は心の中で繰り返す。〝たった一周だけだから〟

マーケットがこんなに混んでいなければよかったのに。キャンディケインの屋台はずいぶん遠く、ワッフル屋はもう閉店したようだ。十メートルほど先に六十センチくらいの高さのステージがあった。ステージ上には、付けひげを風になびかせ、鮮やかな赤のフェルト帽をかぶった中年の男が座っている。そのとなりに置かれたぬいぐるみのトナカイの目は黒いガラス玉で、背中の両側に鞍袋のように掛けられたかごの中にはスモークソーセージが山盛りに入っていた。看板には〝ソーセージ、二十クローナ。よい子のみんな、クリスマスに欲しいものをサンタに教えてね〟という手書きの文字。

女はなんとなくほっとしてベビーカーを止めた。娘はもうサンタクロースを信じていない。息子はサンタクロースがなんなのか知らないし、ましてやそれが奇跡を起こしてくれる人だということもまったくわかっていないだろう。とはいえ、ほかの場所へ行くよりはまだましだ。女はバッグから鎮痛剤を取り出して、そのまま飲みこんだ。硬い錠剤が喉につかえる。その痛みをやりすごそうと、女は目を閉じ、拳《こぶし》で胸を軽くたたいた。

事が起きたのはそのときだった。列に並んでいた女は、バッグの底にあったビスケットで息子のご機嫌をとろうとした。すると、息子は、そんなものではごまかされないぞとばかり、母親の手首に爪を立ててビスケットをひったくり、前に並んでいる男に投げつけた。女は平謝りして、ビスケットのかけらを男のコートから払った。そのあいだに、娘がいなくなった。

女はあたりを見まわした。何度も何度も。あらゆる方角へ目を向けた。そして娘の名を呼んだ。はじめは小声で、次に少し大きな声で。三回目は声をかぎりに叫んだ。

娘はどこ？　そんなに遠くには行っていないはずだ。ほんの少し前までここにいたのだから。さっきあの子を見てから一分も経っていない、ほんの数秒のあいだだ。

最初に感じたのは、苛立ちと怒りだった。

「じっと座ってなさい！」女は息子に向かって金切り声をあげ、肩からずり落ちてくるバッグを何度もかけ直した。ひどく疲れた感じがした。力が抜けてしまった。女は、「どうして？」とつぶやいた。不安というより、気力を失いかけていた。「どうして、どうしてなの、どういうことなのよ？」なぜ自分がこんな目に？　いったいどうすればいいのだろう？

女はとなりにいる男にベビーカーを託すと、娘の名前を何度も呼び、遠くを見渡すために飛び跳ねるようにして人混みをかき分けた。息子は目を見開き、見知らぬ男を見上げていた。

どっちの方向を捜せばいいのだろう？　女はあちらへ数メートル、こちらへ数メートルとあらゆる方向へ行ってみた。だが、結局見つけられずに息子のところへ戻ってくる。心配はつのり、先ほどまでの怒りや疲労や憂鬱はもはや消え、不安が有毒ガスのように女を包みこんでいく。

あの子はどこ？　娘はどこにいるの？　いきなりいなくなるなんて。どうして見つからないの？

だれかが娘の腕に書いてある番号に気づいて電話をかけてくるかもしれない。そう思い立って、バッグの中を引っかきまわして携帯電話を取り出した。画面が真っ暗だ。バッテリー切れ。反応なし。

やみくもに振ったりボタンを押したりしてみたが、無駄だった。娘はいなくなり、電話も使えない。いまや恐怖が不安を押しのけ、爪を立て歯をむき出しにして背中を駆け上がってきた。

娘がいなくなった。その事実をはっきり意識した。娘はこの買い物客の大群に、あるいはまったく未知のなにかに飲みこまれてしまったのだ。

息子がまたもやベビーカーの中で身をくねらせはじめた。だが先ほどのように荒々しくはない。母親の不安が伝染したのだろう。上空ではついに力つきた雲から雨が落ちはじめた。人混みはあっという間に散り散りになり、みんな、ステージの脇や屋台を覆うテントに避難する。だが、女はその場に残って、降りしきる雨の中、目を凝らしつづけた。少女の姿はない。広場にはひとりも子どもがいなかった。娘はいなくなったのだ。

ペトラ、というのがその女の名前だった。ジーンズに薄手のダウンジャケット、髪は染めている。勤務先から育児休暇をもらっていた。シングルマザーというわけではなく、そうなるつもりもなかったのに、相手の男はいなくなり、どこにいるのかもわからない。男が姿を消したのは四カ月ほど前で、携帯に何度電話しても本人は絶対に出なかった。出るのはたいてい、男の両親か友人だった。兄弟が電話に出たことも一度あった。電話に出た者は口をそろえてこう言った。彼はひとりになる必要がある。落ち着いたら連絡するだろう。要するに、ペトラにはなにも知られたくなかったのだ。ペトラにも子どもたちにも、そっとしておいてほしかったのだ。男が出ていったあと、ペトラは家賃をひとりで払うことになり、男を憎みはじめた。男の両親や家族、それにちっとも役に立たない友人全員を憎んだ。だから、携帯が使えても、とても男に電話などできなかった。

あの子はどこにいるの？　こんなふうにいきなり姿を消すなんて、そんなことがあっていいのだろうか？

ペトラは途方に暮れた。どこへ行けばいいの？　だれに話せばいいの？　だれかに助けてもらいたいけど、どうやって頼めばいいのだろう？　なんでもないふりをするべきなのか？　話を聞いてくれる人などいるのだろうか？　大声をあげるとか、せめて涙を流して一大事であることをまわりにアピールするべきなのだろうか？　どうすべきか決めかねていたペトラの肩に、だれかの手が置かれた。よほど困った顔をしていたのだろう、サンタの列のペトラの前に並んでいた男が、捜すのを手伝いましょうかと声をかけてきたのだ。サンタクロースに頼めばいい、と男は言った。

「なにがあったのか、サンタクロースに話してみたらいかがです？」と男は言った。「きっとうまくいきますよ」さらに、ペトラを安心させようと思ったのだろう、こう言い添えた。「心配しないで。お嬢さんはすぐに戻ってきますから」

そんなことを言われても、すでにどれだけ心配していることか。さまざまなイメージが次々とペトラの頭に浮かんできて、付けひげのサンタに事の顛末《てんまつ》を説明することもできない。容赦ないイメージが折り重なるように頭の中を通り過ぎていく。あの子はまだ四歳と九カ月。夜はいまだにおむつをつけているし、親指をしゃぶる癖も治っていないのに。

この近くに、溺《おぼ》れてしまうほど深い池のようなものがあっただろうかとペトラが思いをめぐらしているあいだに、サンタクロースこと本名マグヌスは電話をかけ、マーケットの臨時園内放送を使って呼びかけるよう、だれかに指示した。

「娘の名前はエマです」とペトラは伝えた。

「エマ」と呼びかける声が、雑音まじりのスピーカーから聞こえてきた。「お母さんがサンタクロースのとなりで待ってますよ」

「あの子は泳げないの」とペトラはつぶやいた。湖や川や運河などがあっただろうか？　深いかどうかは問題ではない。子どもは深さ二十センチだって溺れるときは溺れるのだ。

でもここは街の真ん中。いったいどこで溺れるというのだ？　噴水は冬のあいだは止まっているし、港は遠いのでそこまで行けるとは考えにくい。歩いたら一時間以上かかるだろう。エマがひとりでそんなに遠くまで歩くはずはなく、歩けたとしても途中でだれかが気づくはずだ。

それでもまだ、さまざまなイメージが追いかけてきた。ひどい事故にあったのかもしれない。どこかから落ちたのだろうか？　娘がバランスを失うところは簡単に想像できる。高いところからまっさかさまに落ちるシーンが目に浮かぶ。だれもいない運動場とか、すべりやすいブランコ、高い木、壁、岩、ジャングルジム。あるいは道路のマンホールに落ちたのかもしれない。道路の下の暗闇に飲みこまれたら、助けを求めて叫んでもだれの耳にも届かない。窮屈な空間でしだいに息苦しくなり、押しつぶされ、胸がへこみ、骨もなにも粉々《こなごな》に砕かれていく。息を引きとるまでの苦痛は長く続くかもしれないが、死そのものはあっという間にやってくる。命ある子どもから息絶えた子どもへ、育ち盛りの子どもから腐りゆく肉体へと容赦なく変り果てる。

雨が小降りになり、人々がふたたび動きはじめた。スピーカーから雑音まじりのアナウンスがまた聞こえた。「エマは四歳です、お母さんが捜しています。青いスノースーツを着ていて、金髪です。お母さんはメインステージで待っています」

捜すのを手伝ってくれた先ほどの男が戻ってきた。自分の子どもたちが疲れてお腹をすかせているのでそろそろ帰らなければならない、と申し訳なさそうに言う。

「きっと大丈夫ですよ」彼はもう一度そう言うと立ち去った。それでもペトラの妄想はどんどん広がるばかりだった。

広場が狭く感じられる。人混みにたくさんの屋台。あの子がこんなところにずっと留まっていたいと思うだろうか？　ほんの数メートル先から、物騒な街が始まっている。駐車場、道路、車、薄暗い路地。そこをエマは通り抜けていったのだろうか？　街はさほど遠くない距離にある。人混みに紛れてしまったら、子どもがひとりで歩いていても目立たないだろう。

車にはねられたり、轢《ひ》かれたりするかもしれない。この季節は暗くなるのが早い。エマのスノースーツのポケットにはウサギの形をした歩行者用反射鏡を入れてある。でも、あの子が、運転中のドライバーが気づくようにそれを取り出すことなど思いつくわけがない。道路を渡る前に左右を見ることさえまだ教わっていない子に、どうしてそんなことができるだろう？　あの子は自分がどれぐらい歩いたかも、どこに向かうべきかもわからないはずだ。いったん歩きはじめたら、どこで曲がるかを教えてもらわないかぎり、ずっとまっすぐ歩きつづける。そんな子に、どうすれば、ここに戻ってくる道がわかるというのだ？　まだ四歳なのに。

サンタのマグヌスは、プレゼントに欲しいものを子どもたちに尋ねるのをやめ、帽子もひげもはずして、椅子をペトラのほうに向けた。サンタのステージの前にはもうだれも並んでいなかった。みんな、プレゼント釣りをしに、社会保険事務所の屋台へ移動していた。あたりはすっかり暗くなり、街灯がついた。赤十字社の屋台のまわりに並べて下げられたランプがわびしく揺れていた。

　マグヌスはペトラといっしょに警察を待った。数人の出店者が屋台を離れ、少女を捜すのを手伝ってくれていた。マグヌスは心配のあまり行ったり来たりしている。エマの弟はベビーカーの中で眠ってしまい、ペトラは凍りついたように椅子に座ったままだ。

　マグヌスもペトラも行方不明の少女に起こりうることについてはいっさい話さなかった。そんな必要はなかった。想像ならいくらでもできる。それに、過去の統計や経験について語ったところで、エマの発見にはなんの役にも立たない。

　ペトラはじっと座りつづけた。ショックを受けているからなのだろうとマグヌスは思った。マグヌスは両手をぎゅっと握ると、また開いた。関節がこわばっている。自分の母親を思い出した。そういえば、母親はいつも心配していた。いつもだ。

　ペトラはなにか考えごとをしているのだろうか？　いままでに読んだり聞いたりしたことが実際に起こるかもしれないと思っているのか？　親のもとに二度と戻らなかった子どもたちのことを考えているのだろうか？　それとも、見つかったものの生涯癒《い》えることのない心の傷を負ってしまった子どもたちのことを？　誘拐された子どもは、車に轢かれるとか崖から落ちるといった危険のかわりに、見知らぬ人物によってどこかに閉じこめられる。力強い腕や、強靭《きょうじん》な肉体、地下室、かぎりない欲望、そして絞め殺すことのできる手を持つ怪物によって。

　マグヌスは、娘を捜そうとしないペトラを不思議に思った。ペトラはただ座って一点を見つめている。そんな彼女の身体を揺さぶり、ひっぱたいてやりたくなった。そこでマグナスはごほんと咳払いをしてから、ペトラのほうを向き、身をかがめて片手を彼女の膝《ひざ》に置いた。ペトラに母親らしい行動をとってもらいたかった。エマがひとりで戻ることはないだろう、と変声期のように声が裏返ったまま言ってみたが、ペトラは視線を上げようともしない。一刻も早い対応が必要だ。少女がいなくなってからすでに一時間が過ぎ、事態は坂道を転げ落ちるように大惨事へと向かっている。それなのに母親は相変わらずここに座ったまま、時間を無駄にしている。

「携帯電話を充電しなきゃ」ペトラが言ったのはそれだけだった。

マグヌスは自分の携帯を取り出し、SIMカードを抜いて彼女のカードを差し込んだ。プロバイダーに接続されるまで、ふたりで画面を見守った。だがペトラ宛の着信履歴もメッセージもなかった。そのとき、警官が到着した。

こういうときには、とるべき手順がある。どのように事情聴取して、なにに目を注ぐべきかは決まっている。女性警官のヘレーナ・スヴェンソンはチェックリストまでポケットに入れていた。それを取り出して項目ごとにチェックを入れることもできたのだが、ヘレーナはそうはせずに、ペトラが座っている椅子のとなりに腰を下ろした。努めてやわらかい声で話しかける。ペトラを落ち着かせないと、答えを引き出すことができないからだ。いまは正確な情報を得ることがなによりも重要だ。

ヘレーナ・スヴェンソンはこの出来事を深刻に受けとめていた。エマの身長や体重、服装を細かく質問した。ペトラは娘の写真を持っていなかった。

「気にしなくていいですよ」ヘレーナはなだめるよう

に言った。「写真がどうしても必要というわけではありませんから」

それからペトラの腕を取っていっしょに立ち上がり、エマがいなくなった正確な場所を教えてほしいと頼んだ。すでにヘレーナの同僚六人がこの界隈《かいわい》を捜しはじめている。さらにほかの件で探索中の警察犬チームも、そこが終わりしだい合流することになっていた。十二月の黄昏時《たそがれどき》、広場の照明はまばらだったが、警官の懐中電灯で照らされるとそのあたりだけが一瞬明るくなった。ヘレーナはペトラから、エマの父親とは四ヵ月前から連絡をとっておらず、居場所も知らないし、電話番号がいまでも通話可能なのかどうかすらわからないということを訊き出した。それから、ちょっと失礼と言ってその場を離れると、署に電話をかけて同僚にその旨《むね》を伝えた。

ヘレーナは、似たような事件の統計については詳しかった。警察学校では統計が重視される。子どもの行方不明については、毎年およそ千七百件の報告がある。そのほとんどで、警察が到着する前になにもなかったように子どもが自力で戻ってきていた。なかなか見つからない場合もあるが、そういうときは厳しい寒さや暗闇が訪れる前に対処することが重要になる。子どもは夜になるといっそう迷いやすく、眠りこんで凍死することもあるからだ。一方、子どもが誘拐された場合は、たいていは両親のどちらかの仕業であることもヘレーナにはわかっていた。

ヘレーナはエマの父親について詳しく知りたかった。父親の話を聞いて、興奮をほとんど隠せなかった。ふたりが別れたときになにがあったのか、父親の家族はスウェーデン在住か、父親はどんな仕事をしているのか。ヘレーナがそういった質問を投げかけると、やがてペトラは怒りだした。そしてほとんど叫ぶように、馬鹿げた質問はやめて、あなたがほんとうに訊きたいことがなんなのか、私にはわかってないとでも思っているの、と言った。

「エマの父親が誘拐なんかするはずないわ」ペトラは吐き捨てるように言った。「そこまでして娘に会いたいのなら、いつだって私は会わせます」大きく息を吸ってから、さらに続けた。「私はひとりで全部やっている、すべての責任を負ってるんです。あの人はまったくお金も出さなきゃオムツを替えることもない、子どもが吐いても片づけもしないし料理もしない、子どもを抱っこすることもなければ寝かせることもないし、着替えも手伝わない。それでもエマと過ごしたいのなら、好きなだけいっしょにいればいいんです」ペトラはあえぐように言った。それからこんな言葉でとどめを刺した。「もしあの人が頼んできたら、どうぞ連れていって、連れていってずっと面倒を見てね、って言ってやるわ」

ヘレーナはペトラをなだめるようにうなずいた。心配だった。こんな状況であれば、だれだって声を荒らげるだろう。当然のことだ。それにしても、ペトラはまったく気持ちを静めようとせず、完全に自制心を失っている。あまりの大声に、息子が目を覚ました。

息子が安全ベルトを嫌がって立ち上がろうとしているのを見て、ペトラが言った。「家に帰らなくちゃ。エマが見つかったら電話をください、私は帰ります。一晩中ここにいるわけにいきませんから。この子のおむつを替えて、なにか食べさせないと。それに、あなたのくだらない質問にもう答えたくないわ」

ペトラのそんな反応が、ヘレーナには意外だった。たしかに、極度のストレスを抱えた人の反応を簡単に予測することはできない。警察学校でいろいろなことを学んだが、いまのような状況への対処法についてはだれも教えてくれなかった。行方不明の子どもを捜すために、その母親にどうやって協力させればいいのだろう。

そのときヘレーナは、運よくベビーカーの中に新しいおむつがあるのを見つけた。そこで、おむつを取り替えましょうかと申し出た。ペトラはわずかに気を取り直したようだった。すると、だれかがペトラの息子にバナナを与え、救世軍の女性が菓子パンを食べさせた。そこでペトラはふたたびサンタの椅子に座って、温かいコーヒーをすすりはじめた。ヘレーナはその場を離れて署に電話をかけに行こうとした。エマの父親が見つかったかどうか、知りたかったのだ。

だが、その必要はなかった。人々が口々に叫びはじめた。言葉は聞きとれなかったが、声の調子やしぐさでなにが起きたのかは察しがついた。すると、同僚のステファンが子どもを腕に抱いてこちらへ近づいてくるのが見えた。ステファンは微笑み、ヘレーナも微笑みを返した。いまやだれもが笑顔でステファンを取り囲んでいる。拍手が沸き起こった。あたりがパッと明るくなったようだった。みんながみんな本気で心配していたわけではないだろうが、それでもこの結末を素直に喜んでいる。

ステファンは、ペトラのいる場所から十メートルも離れていないところでエマを見つけた。仮設ステージの下の奥だった。懐中電灯を手に腹ばいで進まなければならず、戻るときはさらに大変だったが、なんとかエマを引っ張り出せた。エマは眠りこんでいて、スノースーツからはおしっこのにおいがした。彼が引っ張ると目を覚ましたが、泣きはしなかった。

ヘレーナは喉にこみ上げてくるものを感じたが、笑顔を取り戻して、ペトラを大声で呼んだ。

「ママが待っているわ」

「ママのところへ行きましょうね」とエマにささやく。

ステファンが笑顔で、エマを大切そうに抱きかかえてステージに上がると、ペトラは椅子から立ち上がった。だが、その場で腕を組んだまま、近寄ろうとしなかった。抱えられたわが子を目にしても、なにも訊こうとしない。無事なのかとも、怪我《けが》をしていないのかとも、生きているのかとも。まったくなにも。

「お嬢さんは眠ってました」ステファンが言った。「でも、元気です。隠れていただけだと思います」

　エマは振り返って母親に目を向けた。だが、母親に手を差しのべることもなく、またステファンのほうを向いてその胸に顔をうずめた。ステファンがエマにそっと話しかける。「ママのところに行きたくないのかい？」少女はいやだと言って、か細い腕を見知らぬ男の首にぎゅっと巻きつけた。それを見たヘレーナの微笑みがこわばった。

　無理もない。エマはおびえているのだ。目覚めたばかりで、なにもかもが恐ろしく見えるのだろう。まだ幼いのだから不思議はない。

　だが、ペトラはそんな娘に手を貸そうともしなかった。

「いやな子ね」と小声で罵《ののし》る彼女の目つきは険しかった。それから、やっと腕をほどいて、ステファンから娘を引き取った。エマは泣きだした。小さな拳《こぶし》を口にあてて声を押し殺したが、涙が頬を伝っていた。

「おもらししたのね？」ペトラはスノースーツの湿った部分を指で触れた。

「わざとじゃないの、ママ」エマが小さな声で言った。

「行きましょうか」ステファンがペトラの腕を取った。

ヘレーナもそれがいいと思った。少女がおびえるのはしかたないだろう。隠れていたのに、懐中電灯のまぶしい光で照らされ、見知らぬ大人たちの視線を浴びたら圧倒されてしまう。ペトラのほうは、きっとショックのあまり茫然自失の状態なのだ。極度のストレスに対して人はさまざまな反応をする。警察学校でそう学んだ。なにひとつ異常なことはない。奇妙なことなどなにもなく、すべては当然のことなのだ。ペトラはじきに落ち着くだろう。

　いまや弟のほうも叫んでいた。大声を出しているが、それはいい兆しだ。泣き叫ぶ子どもは深く傷ついてはいないものだ。押し黙っているときのほうが要注意だ。「おもらししたわね」ペトラがもう一度、しかも金切り声で言ったので、エマは激しく泣きだした。三人とももうここを去ったほうがいい。暖かいアパートメントに戻り、子どもたちはなにか食べ、乾いた服に着替えるべきだ。また降りだした雨は本降りになりそうだった。ヘレーナは、自分の脈が速くなり手に汗をかいているのを感じた。こんな混乱のさなかに落ち着いていられる人などいるだろうか？　自分だってこんなに混乱しているのに、母親が取り乱していないとしたらむしろ不思議ではないか。彼女のほうが何倍も動揺していたのだから。

やれやれ、今日は大変な午後だった、とヘレーナは思った。そのせいでだれもがぴりぴりしている。

結局、ヘレーナはこう申し出た。「私の車で行きましょう。お宅まで送ります」

だが、その申し出が母親の気分を楽にさせたようには見えなかった。むしろ自力でなんとかしたいようだ。バスで帰るつもりなのだ。ペトラは「どうしてうちまで来るんです？」と不審がった。「ひとりで連れて帰れます。それとも、帰れないとでも？　だれだって、ちょっと子どもを見失うことぐらいあるでしょう？　あの子は戻ってきた。もう調べることなどなにもないはずよ。私は大丈夫、ずっとなんとかやってきましたから」

それでもヘレーナは送っていくと言い張った。ヘレーナが、ペトラと子どもたちを連れて自分のパトカーのところへ行くと、駆けつけた救急車がとなりに停まっていた。ヘレーナは青色灯を消してほしいと頼んだ。救急隊員のひとりがエマの身体を調べ、傷もなく治療の必要もないと判断した。片方の膝をすりむいていて、あざが肋骨《ろっこつ》のあたりにひとつと腕にふたつあったが、骨折はしていないし、新しい青あざはないようだった。

本人も、どこも痛くないと言っている。

エマが診察を受けているあいだ、ペトラはそばに立っていた。

「ステージの下を這《は》いずりまわっていてなにかにぶつかったんですよ、きっと」ペトラはあざをにらむようにして言った。それからヘレーナのほうを向いた。「娘には何度も言ってるんです。聞き分けのない子で。それにほんとうに不器用で、いつもなにかにぶつかって倒れてばかり。ちゃんと私の言うことを聞いていれば……」

肋骨のあざは黄ばんでおり、腫《は》れも青みもだいぶ前にひいているようだった。

ヘレーナは、あざは最近できたものでも今日できたものでもないと思った。それから救急隊員にちらりと視線を向けた。だが救急隊員は、エマの産毛《うぶげ》に覆《おお》われた背中に手をまわしてシャツを引っ張り下ろしただけでなにも言わなかった。隊員は少女の頬を撫《な》でた。診察はそれで終わりだった。

子どもはしょっちゅう怪我をする。よくあることだ、とヘレーナは思った。保育園でもそうだ。この子もきっと、保育園で怪我をしたのだろう。

「落ち着かれるまでお手伝いします」ヘレーナはペトラに言った。「人手が必要でしょうし」そして、なぜか自分でもわからぬまま、ペトラの抗議をかわすように先を続けた。「報告書を書くためにいくつかお尋ねしたいことがあるんです、お宅でお訊きできれば、わざわざ署まで来ていただく必要もありません。おひとりになりたい気持ちはお察ししますが、規則ですので。申し訳ありません」

ペトラは黙ってうなずいた。またどっと疲れが出て、言い返す気力もないようだった。

ヘレーナの同僚が運転した。ペトラと子どもたちは後部に座った。家の前に着くと、同僚は路上で待機し、ヘレーナがひとり、いっしょに建物の中に入った。アパートメントは小ぶりだがきちんと整頓されていた。玄関からすべての部屋が見渡せる。台所にはバターの塊が出しっぱなしだったが、ベッドは整えられ、居間の床におもちゃはひとつも出ていなかった。

子どもたちは靴とスノースーツを脱がせてもらうと、別の部屋に走り去った。

「あなたがお帰りになったら、娘にシャワーを浴びさせます」ペトラはもうだいぶ落ち着いたようすで、そう言いながらエマのスノースーツを玄関扉のそばにある洗濯物用バスケットに入れた。「ジーンズとパンツも脱ぐのよ」と娘に呼びかける。

ヘレーナはうなずいた。住まいはこざっぱりしていた。温もりのある、ごく普通の家だ。

ヘレーナは玄関で足をもぞもぞさせながら、つぶやくようにいくつか質問をした。ペトラは質問には答えたが、中へ招き入れることもせず、自分だけ居間に入っていった。テレビをつけたらしい。ヘレーナは、一瞬あとについて入ろうかと思ったが、やめておいた。

「ママ、お腹《なか》すいた」エマがテレビの前のソファーから大声をあげたので、ペトラは台所へ行った。冷凍のミートボールをフライパンにあけるのを、ヘレーナは敷居に立って眺めた。

ヘレーナはそれ以上言うべきことを思いつかず、ふたたび玄関へ引き返した。続きは明日ということにしよう。いくつか補足質問をするだけだ。

「じゃあね」ヘレーナは子どもたちに呼びかけた。

「バイバイ」子どもたちは答えた。

ペトラが鍵をまわし、ドアチェーンを掛ける音が聞こえた。

ヘレーナは階段を降りて道路に出た。そこで振り返り、三人の住む部屋の窓を探そうと建物を見上げる。そうしたのは、これで帰れるという安堵《あんど》の思いからではなかった。むしろ違和感を覚えていた。なにかひっかかる。

同僚が車の中で待っていた。同僚とはいえ、ヘレーナよりもかなり年上だ。警察に入って少なくとも十五年は経つはずだ。同僚はいかにも家に帰りたそうだった。彼女を送り届けたら、あとは家に帰って夕飯を食べ、家族といっしょにテレビを観て過ごそうと考えているのだろう。

「彼女のこと、どう思います?」ヘレーナは思いきって尋ねてみた。「あの母親のことです。だいぶ……怒っているようじゃありませんでした?」

「だれだって怒るんじゃないか?」同僚はそう言って笑った。ヘレーナは頬が赤らむのを感じた。馬鹿なやつだと思われたにちがいない。「子どもがいなくなって、なにが起きても不思議はなかった。あの女の子は、ステージの下にはまりこんだのかもしれないし、這い出せなくなったのかもしれないけど、ぼくにはわからないよ。母親はきまりが悪かったんじゃないかな? あんなに大勢の警官を駆り出しておいて、結局子どもは十メートル先で眠りこんでたんだから。恥ずかしかったんだよ」

ヘレーナはうなずいた。きっとそうだろう。

「もう忘れることだ」彼はヘレーナの家に向かって道を曲がった。「われわれは今日、善《よ》いことをしたのさ、ヘレーナ。そう考えればいい。こんなこと、毎日起きるわけじゃない。もう帰ろう。じきにクリスマスなんだから。笑顔で喜べばいい。今日はいい一日だったってね」

その夜、ヘレーナは早めにベッドに入った。ナイトテーブルに大きなティーカップを置き、雑誌をぱらぱらめくる。ジンジャーマフィンのレシピや、刺繍《ししゅう》入りのシルククッションの写真が並んだインテリア記事。有名女優が家に伝わるクリスマスの行事について語っている。〝与える喜び〟を自分の子どもたちにも教えたいのだそうだ。

ヘレーナはページをめくり、読み、最後までめくってまた最初に戻った。なかなか寝つけなかった。気がつくと同じ記事を何度も読んでいた。トウヒの小枝を使う、砂糖をまぶしたようなクリスマスリースの作り方にどうしても集中できない。頭の中は、あの少女のすでに黄ばんでいたあざと、ステファンの首にしがみついたか細い腕のことでいっぱいだった。

警察学校でよく話題になった。少女たちへの第一の脅威は、ポケットにキャンディを詰めこみ、車のトランクに子犬がいるからと子どもをだます、いやらしい中年男ではない。実際にはそんな男はほとんど存在しないのだ。育児ノイローゼの母親や、けっして育児を手伝おうとしない父親。そういう親を持つ子どもたちのほとんどが、おまえはどうしようもない、不器用でだめなやつだ、馬鹿だと言われつづける。そして、木登りなどしたこともないのに打撲傷を負う。

だが、エマが住んでいるアパートメントには温もりがあった。母親は酔っ払いでもない。ミートボールを料理し、洗濯物用バスケットを扉のそばに置いておき、洗剤を買い置きし、共用の洗濯室も予約しておくような女性だ。

もう忘れることだ、同僚はそう言った。それでいいではないか？ ペトラは堅実な暮らしをしている。ふたりの子どもを抱えながら、たったひとりで。あえて社会保障サービスを受ける必要などないのだ。ヘレーナにはほかにいくらでも心配すべきことがある。

明日は明日の風が吹く。明日の勤務は十一時からだ。天気予報は寒くなると告げていた。寒さが厳しくなると、多くのホームレスが人目につくところに出てこざるをえない。だが、共同階段に行けば住人に臭いと文句をつけられ、ショッピングセンターに行けばクリスマスの飾りつけに目ざわりだと追い払われる。明日はきつい一日になり、夜にはもっとひどくなるだろう。こんなささいなことを心配していてはいけない。新人一年目を終える前に燃えつきてしまう。

ヘレーナは雑誌を床に落としてライトを消した。横向きになって掛け布団《ぶとん》を蹴り、足を動かせるようにした。

もう忘れること、ですって？　ほんとうにそうすべきなの？　ほんとうにそんなやり方でいいの？　じきにクリスマスだからなんて言われたけど、今日がほんとうにいい一日だったと言えるのかしら？

一九六九年ストックホルム生まれのマーリン・パーション・ジオリートは、著名なミステリ作家で犯罪学者のレイフ・G・W・パーションの娘である。弁護士として、国際的な法律事務所マンハイマー・スワートリングのブリュッセルおよびストックホルムのオフィスに十年間勤務したのち、二〇〇七年の終わりごろEUの執行機関である欧州委員会に職を得た。夫のクリストフ・ジオリートとともにブリュッセル在住。二〇〇八年に刊行されたデビュー作『ふたつの前線』はミステリではないが、その後刊行された二作によってもっとも興味深い若手スウェーデン人ミステリ作家のひとり、と認められた。彼女の小説は、説得力のある描写と深刻な時事問題をテーマにして展開していく。第二作『ほんの子ども』では児童虐待が、第三作『すべての合理的疑いを超えて』では誤審がテーマになっている。

〔＊この作品は、スウェーデンの日刊紙《アフトンブラーデット》に掲載されたが、本書への収録にあたり、改稿された〕

大富豪
Multimiljonären

マイ・シューヴァル&ペール・ヴァールー
Maj Sjöwall & Per Wahlöö
関根光宏訳

マイ・シューヴァルとペール・ヴァールーは三十五年にわたって、スウェーデンのミステリ作家の中でもっとも知名度があり、高い評価を受け、多くの読者を持つ共作作家として活躍した。ふたりの共作による警察小説シリーズ十作品は、いずれもマルティン・ベック警部（のちに警視に昇任）と同僚たちの活躍を描いている。一九六五年から七五年にかけてスウェーデンで刊行された同シリーズは、さまざまな言語に翻訳され、アメリカ探偵作家クラブ（ＭＷＡ）賞最優秀長篇賞をはじめ多くの賞を獲得した。アメリカ、スウェーデン、旧ソ連、ドイツ、オランダで映画化され、現在でも世界各地で読み継がれている。

マイ・シューヴァルとペール・ヴァールーは一九六二年の夏に出会った。ヴァールーは当時三十六歳。作家として、またジャーリストとしてスウェーデン国内ですでによく知られた存在であり、既婚で娘がひとりいた。一方、シューヴァルは当時二十七歳。ジャーナリストであり、雑誌のアートディレクターでもあった彼女には、二度の離婚歴があり、六歳の娘がいた。ふたりは出会ってすぐに惹《ひ》かれあったが、しばらくのあいだはひそかに時間を共有していた。バーで落ち合っては、いっしょに仕事や執筆に励んだ。そして出会ってから一年と経たないうちに、ヴァールーはシューヴァルの家に移り住む。さらに九カ月後、ふたりは最初の男の子を授かったが、ヴァールーとシューヴァルは最後まで結婚という形式を選ばなかった。ふたりの関係は当初、スウェーデン国内で

〝スキャンダル〟になった。だがその後、しだいに理想のカップルと見られ、伝説的な恋愛として話題になっていく。そもそも、ふたりは分かちがたい関係にあった。そして最初の出会いから一年が過ぎたころ、共通の信条であるラディカルな左翼的視点からスウェーデン社会を描くべく、ミステリのシリーズを構想しはじめる。シリーズ名の〝犯罪の物語〟は、実際に政治的事件を扱うことを意図して命名されたものであり、作中で描かれる犯罪はすべて、スウェーデン社会における労働者階層の軽視という問題と深く関連している。

ふたりは一章ごとに交替で、手書きで書き進めた。一方の文章にもう一方が手を入れながら書き進め、最終的にはタイプライターで仕上げていった。

十作の警察小説を除くと、マイ・シューヴァルとペール・ヴァールーが共作に割《さ》く時間はほとんどなかった。いっしょにいるあいだは、経済的理由からそれぞれ執筆の手を休めることができなかったからだ。それでも、映画の脚本やフィクションとノンフィクションの短篇を残している。ただし、短篇はふたり合わせて三作しか発表していない。いずれの作品にも同じパターンが見られる。著者が作中に観察者として登場し、自分たちが見聞きしたことを読者に語る形式である。「大富豪」は、十作の名だたるミステリの執筆にふたりを駆り立てた心理学的関心、そして暗示的に政治的関心を織りこんだシューヴァルとヴァールー唯一の共作短篇で、詐欺師として並はずれた能力を発揮した人物の物語である。

　何年か前に、私たちはある大富豪と知り合いになった。日々の暮らしの中で大富豪と出会えるチャンスはそうあるものではない。ましてや億万〝ドル〟長者となるとなおさらだ。なんといっても〝ドル〟という言葉には特別な存在感がある。

　私たちがその大富豪とどこで出会ったかを知れば、おそらくそれほど奇異な話には感じられないだろう。その男と出会ったのは、クイーン・エリザベス号の船上だった。いまでこそフロリダの港に係留されてホテルとして使われているが、そのころはほんものの豪華客船として活躍していた。しかも、いかにも富豪が乗り合わせていそうな一等客室での出来事だ。白髪を薄青く染めたアメリカのご婦人や、足元のおぼつかないイギリスの老貴族も多く乗船していた。だがその中でも、私たちふたりに話を聞かせてくれた男のことがとくに記憶に残っている。男から聞いたのは、教訓に富んだ話だった。

　港を出ると、船はヴェラザノ＝ナローズ橋の下を通過し、朝靄《あさもや》に包まれるアンブローズ灯台の脇を通り過ぎた。そのようすを船尾の甲板で眺めてから、私たちは船内のバーに向かった。そのとき、私たちはその男を初めて見かけた。

　ライトブルーのカシミアセーターを着込んだ男は背中を曲げ、ひとりでテーブル席に座って、ダブルのウイスキーのグラスを抱えこむような姿勢で考えごとをしていた。まだ午前中のかなり早い時間のことだった。

男は、私たちふたりがそれぞれスツールに座るのをちらりと見た。その時間にバーにいたのは私たちと男とバーテンダーだけで、昼食にはまだ一時間以上もあった。

男は六十歳ぐらいに見えたが、あとで四十二歳であるとわかった。

私たちが飲み物を注文していると、男は足元の絨毯《じゅうたん》に煙草《たばこ》の箱を落とした。そしてバーテンダーを青紫色の瞳でじろりと見ると、「拾ってくれないか」と言った。

バーテンダーは、私たちが注文した飲み物をつくる手を休めなかった。

「煙草を落としたんだ。拾ってくれないか」男は座ったまま言った。

バーテンダーは聞こえないふりをして、飲み物をかきまぜている。

「私を怒らせたいのかね?」と、男は言った。

バーテンダーはわれ関せずと、氷をかきまぜている。男は身じろぎもせず、特徴的な青紫色の瞳でバーテンダーを見つめつづけた。

いったいどうなるのかと、私たちはようすを見守った。

ライトブルーのセーターを着た男は、たたきつけるようにグラスを置くと言った。「では、怒ることにしよう」

男は、まさにそのとおりにした。猛然と怒りだしたのだ。立ち上がり、バーテンダーを声高に罵《のの》り、まるで五歳の子どものように振る舞ったかと思うと、カーペットに落ちた煙草の箱をそのままにして、足早にバーを出ていった。しばらくすると、バーのスタッフがやってきて、煙草の箱を拾ってテーブルに置いた。

「いやなやつだね」と、私たちは言った。

バーテンダーは、まるでスフィンクスのように無表情だった。

船旅のあいだ、私たちは客室責任者と船医といっしょのテーブルで食事をとることになっていた。夕食の時間にダイニングルームに行くと、そのテーブルで、バーで見かけた男とふたたび顔を合わせた。昼食のときにはだれもいなかった席に、その男が座っていた。見るからに機嫌が悪い。というのも、男は、船長と同じテーブルに自分の席が用意されているものと思いこんでいたからだ。なにしろ、大富豪なのだから。

船旅は、四日と十五時間二十五分。昔と比べればたいした日数ではないが、船上では時間が長く感じられるものだ。一般の客室と比べると一等客室の乗客数はそれほど多いとは言えないが、品数豊富な食事を終えるには時間がかかる。私たちはその大富豪と同じテーブルにつき、あれこれ会話を交わした。

男の名前はマクグラント。名前からすると、アメリカ人であるのはまずまちがいない。

どこに住んでいるのかと尋ねると、男は驚いた表情で眉を上げながら「もちろん、マクグラントだよ」と答えた。

実際に、ミシシッピ州だかケンタッキー州だかにあるマクグラントという町で暮らしているという。曾祖父はスコットランド出身で、アメリカにやってきて町を興し、その町を子孫が代々受け継いでいる。要するに、男は自分の名字のついた町を所有しているわけだ。銀行やデパートのほか、大半の建物、それに町の土地全体を実質的に手中に収めている。男が語るには、マクグラントはなかなかの町で、人口は一万ほど。ほぼすべての住民が持ち家で暮らし、ほぼ全員が白人だという。使用人も白人だ。そしてもちろんのこと、男は地元の政治家たちも意のままに操っている。

ベントレーがお気に入りだが、自家用にはロールス

・ロイスがいい。二台あるキャデラックのほうがアメリカ的だがね、と男は言う。キュナード汽船が運航するクイーン・エリザベス号の同じテーブルでいっしょに食事をし、白鳥型のプリンゼリーをいっしょに食べたよしみから、私たちふたりを友人と見なしてくれたらしい。

男は食事をしながら、船長とテーブルを囲む退屈な老人たちに怒りの視線を向けた。そして、老朽化したクイーン・エリザベス号のバーで怒りを爆発させ、床に煙草の箱を落としたときは、私たちと同席することになるとは思っていなかったと語った。

私たちは内心では驚きながら男の話に聞き入り、なかばあきれて男の一挙手一投足を観察した。

男は、自分でドアを開けることもなく、だれかが椅子の背を押してくれなければ腰を下ろすこともない。ひっきりなしになにかを落としては、けっして自分で拾おうとはしない。客室係がすぐに拾ってくれたとしても、決まって叱りつける。それがこの男のやり方であり、お決まりの行動パターンだった。

私たちのどちらかが、あるいは船客のだれかが手を貸そうとしても、男はかならず拒むのだ。

船客が男に手を貸すのは、まるで不適切なことでもあるかのように。

いったいどうしたらこの男のようになれるのかと、私たちは不思議に思ったものだ。

あるとき男は、私たちの考えを察したらしく、それを機に奇妙な物語を語りはじめた。

始まりは、それほどおかしな話には思えなかった。冷酷なまでに要求の多い父親を持つ、ひとりっ子の物語。息子は、一年以内にすべてを父親から譲り受けることになっていた。ただし、すべてひとりでやるという条件がついていた。さらに驚いたのは、そのやり方だった。

ある日、父親が言った。「サンフランシスコまでの片道切符を渡すから、一年間そこで暮らして、自分で稼いで生きてみろ。それができれば、マクグラントの町をおまえに譲ろう」（そのとき父親は、自分は年内に心不全で死ぬのだからと付け加えておくべきだった。実際にそうなったのだから）

マクグラントは、父親に言われたとおりにするしかなかった。小銭をポケットに、必要最小限の着替えをバッグに入れて、サンフランシスコ行きの列車に乗った。長い旅だった。そのうえ、西海岸に行くのも初めてなら、知り合いもいない。

「だが、なんとかしたんだ」と、マクグラントは言う。

「いや、それ以上だ。サンフランシスコで丸一年、贅沢《ぜいたく》に暮らしたのだから」

「なにか仕事でも？」

「仕事だって？」マクグラントは驚いたような顔をして青紫色の目を丸くすると、私たちに冷たい視線を投げた。

出航してから三日目は海が荒れた。午後になって、アイルランド沖の北東の方角にかすかに見える岩場、ファストネット・ロックを双眼鏡で確認した。大西洋のエメラルド色の荒波が容赦なく襲いかかってくるので、甲板にはぐるりと手すり綱が張られていた。

ダイニングルームにいるのは私たち三人だけだった。どうやら船医まで、船室の浴槽の湯が荒波につられて上下するのを見ているうちに、船酔いしてしまったらしい。私たちは、人影のないダイニングでブランデー入りのコーヒーを飲みながら話をした。

「いや……」と、マクグラントは言う。「仕事を見つけたわけではない。サンフランシスコで生きていく方法を見つけたんだ。きみたちは私の友人だから、その方法を教えてあげよう。いつか役立つこともあるだろうから」

私たちは男の話に聞き入った。

「サンフランシスコに到着したとき、手持ちの金はまったくなかった」

「一セントも？」

男は青紫色の瞳の上の眉を吊り上げながら、驚きの声をあげた。「私がどうやって生き延びたのか、ほんとうにわからないのかね？」

わかりません、と答えた。まったく見当もつかなかった。

すると男は言った。

「すっからかんでサンフランシスコにやってきた私に、思いがけない好機が一度だけめぐってきた。サンフランシスコは……」と、マクグラントは話を続けた。「アメリカでも指折りの手ごわい街だ。要するに、世界でもっとも手ごわい街のひとつといっていい」

「なるほど。では、そこでどうやって成功したのですか？」

にわかに信じがたい話だった。

するとマクグラントは、ふたたび語りはじめた――

「知ってのとおり、わが親愛なる父親は、私を無一文でサンフランシスコに送りこんだ」

「それで、どうなったんです？」

「サンフランシスコに着いたのは朝の早い時間だったが、手持ちが一セントもなくて空腹を抱えていた。それまでそんな思いをしたことがなかったから、どうしていいのかわからない。とりあえず駅舎から出てみると、客待ちのタクシーが列をつくっていた。いつものように、すぐにタクシーをつかまえて街いちばんのホテルに乗りつけられないのが、実に不思議だった。小さなバッグを手にしたまま立ちつくして、こう思ったものだ。〝さあ、ひとりでなんとかしなければ〟とね。だが、どうしていいか見当もつかなかった」

「そう思っていると、ひとりの男の姿が目に入った。背が低くて、みすぼらしい身なりのその男は、脚を引きずるようにして、反対側の歩道をよたよた歩いていた。よく見ると〝〈フレンドリー・レストラン〉でお食事を！〟というプラカードを持っている。すぐ下には小さな文字でこう書かれていた。〝家庭的な食事をぜひお試しください。満足できなければ、お代はいただきません！〟

知ってのとおりの腹ぺこで、父親から渡された路用《ろよう》の小銭は、いつもの習慣から食堂車で気前よく飲み物を注文して使い果たしていた。だから、そのプラカードに書かれているとおりにしてみようと決めたんだ。食べても絶対に満足しないことにしようと。都合のいいことに、そのフレンドリーなレストランは、道路を横切って半ブロックほど歩いたところにあった。店内はかなり広く、朝食をとっている人が大勢いた。奥のほうに席を見つけて座り、思いつくままに、ハムエッグ、トースト、バター、チーズ、ジャム、フルーツジュース、コーヒーをひととおり注文した。この船でいっしょに食事をしているからお気づきだと思うが、私はあまりたくさん食べない。かなりの小食だ」

それを聞いて、私たちふたりはうなずいた。たしかにここ数日、マクグラントが固形の食べ物を口にする姿をあまり目にしていない。

「ともかく、注文したものが全部運ばれてくると、どれも少しずつ食べただけですっかり腹がふくれた。それからウェイトレスを呼び、ほとんど手つかずの朝食を指さし、いままで食べた中で最悪の食事だったと宣言したんだ。するとウェイトレスが、すぐに給仕長に知らせに行った。私が食事に満足していないことを知った給仕長は、私ども〈フレンドリー・レストラン〉はお客様との約束をかならず守りますと言って、伝票にサインを求めてきた。そのとき、コメディアンのG・フォーンビーの名前が真っ先に頭に浮かんだので、その名前でサインした。私は昔から、バンジョーがお気に入りだったんでね。腹もふくれ、満足な気分で出口に向かって歩いていると、多くの客がテーブルにチップを置いていることに気づいた。よくあるように、皿の下に半分隠すようにしてね。アメリカではいつもそうだ。店を出るとき、その小銭をつかんでそのまま持ち去ることなど楽なものだった」

「そんなこんなで、出だしは悪くなかった。皿の下の小銭を集めれば、なんとか部屋が借りられた。しかも驚いたことに、その部屋の窓から通りに目をやると、さっきの老人が、駅の外で見かけたときと同じプラカードを手にしているではないか。〝〈フレンドリー・レストラン〉でお食事を！　家庭的な食事をぜひお試しください。満足できなければ、お代はいただきません！〟

外に出て、電話ボックスを見つけてさっそく調べてみると、うれしいことに、そのレストランは巨大なチェーン店だった。サンフランシスコのベイエリアだけでも百以上の店がある。その事実の陰に計り知れない可能性があると気づくのに、時間はかからなかった。すぐさまその店の常連になったことは言うまでもない。しかも、皿の下の小銭を集めれば現金に困ることもない。通いつづけてさえいれば、ゆっくりと、着実に資金が増えていくんだ。

そんなある日のこと、となりのテーブルの男が話しかけてきた。みすぼらしい身なりで、ふつうならこちらから話しかけたりはしない人物だった。その男が言うには──

〝いいアイデアだ。年に数回しか実行できないのは残念だが……。客がサインした伝票は、どこだかにある事務所に集められ、名前が記録される。何度も行ってはお金を支払わないことを繰り返していると、そのうちブラックリストに載ってしまうんだ。そうなればもう食事にはありつけない〟私は男をじろりと見た。どう考えても、その男が賢いとは思えなかった。男は、私が堂々とサインをすますのを見届けてから、ロのまわりをぬぐって言った――

〝いい考えがある。でも、その手は年に一度しか使えないがね。誕生日に〈パースリーズ〉に行けば、ただでケーキがもらえる。そのケーキを売り払っちまうんだ。ただし、誕生日を証明する書類が必要だが〟

私は、男に一瞥《いちべつ》もくれずに立ち上がって出口に向かった。二十五セント硬貨を何枚か集めながら」

「私はひとつ問題を抱えたわけだが、それもすぐに解決した。父親に連絡するわけにはいかなかったので、マクグラントの役人に手紙を書いて、誕生日の欄が空白のままのIDカードを百枚、送ってくれるように頼んだ。町では、IDカードの発行は保安官の仕事と決まっている。半年後に保安官の再選挙を控えていたから、連絡して三日でカードが手元に届いた。速達で送ってくれたわけだ。

それから先は、あらゆることが容易になった。私は〈パースリーズ〉というチェーン店でケーキを手に入れ、前に行ったことのある〈フレンドリー・レストラン〉に持っていって売った。

まだ話していなかったかもしれないが、歩くのは大嫌いでね。いわゆる公共交通機関を使うのもできるだけ避けたい。あくまでも〝できるだけ〟の話だが。ときにはこの客船のような例外もある」

マクグラントは黙りこみ、クイーン・エリザベス号のラウンジ全体をぐるりと見まわすようなしぐさをした。ラウンジでは、年老いてもうろくしたなんとか伯爵の五代目が、招集のかかった船員たちからなるまばらな聴衆を前に、ネルソン卿とアブキール湾の海戦について、愚にもつかない講演をしていた。そのご老体は、荒波のうねりにはまるで気づいていないようだった。

「さて……」と、マクグラントはコーヒーのスプーンをそれとなく床に落としながら、話を続ける。「手短に言えば、私がやったのはこういうことだ。まず、町のおもだったカーディーラーに片っ端から電話をかけて〝叔母が自家用車を買いたがっている。ついては高級車を探しているのだが、叔母は購入前に試乗をしたいと言っている〟と伝えた。その後、ディーラーの営業担当者と、できるだけ大きなホテルのロビーで会う約束をとりつける。それから一週間ほど、試乗車に乗って近場の名所を走りまわらせる。営業担当者が不安そうな顔つきになって、そろそろ決断をという段になると、当然のことながら私は、こだわりの強い叔母にはその車が向いていないと気づく。そうして次のディーラーに向かうというわけだ。あるときなどは、十日もダイムラーを乗りまわして、十一日目に叔母が心臓発作で倒れ、そのまま亡くなるということもあったよ」

「まあ、そんなわけで、私はサンフランシスコという過酷な街で一年を生き延びた。はからずもそういう街で暮らしていれば、どう対処すべきかを自然と知ることになる。そんなこんなで一年が過ぎると、列車に乗ってマクグラントに戻った。今度はポケットにドル紙幣をたんまり入れてね。だが残念なことに、父親は私の得意げな帰還を見届けることはできなかった。一週間前に死んでいたからだ」

マクグラントは用心深い男だった。ところが、いったん親しくなると、百種類ほどもあろうかという薬と手持ちの現金を見せてくれた。小切手帳に銀行の通帳、クレジットカードを持ち、旅費はあらかじめ支払い済みだというのに、西ヨーロッパ各国の高額紙幣でふくれた財布をいつも持ち歩いていた。

「いつなにが起きるかわからないからな」と、マクグラントは言った。

もちろん、その言葉は正しい。

シェルブールで下船するときには、運転手付きのリムジンがマクグラントの到着を待っていた。

マクグラントが最後に残してくれたアドバイスは――

「サウサンプトンに到着しても、靴磨きにはチップをやらないように」

彼の姿を最後に目にしたのは、ダイニングルームから気取った足取りで出てきたときだった。マクグラントは歩きながら、間抜けなアメリカ人がチップとして皿の下に置いていったドル紙幣を何枚かくすねていた。


ここまでの話をべつにすれば、この船旅はいたって代わりばえのしないものだった。トビウオにネズミイルカの群れ、潮を噴くクジラ……。ちなみにクイーン・エリザベス号の船長は、皮肉にも〝法〟を意味する〝ロー〟という名前だったことを、ここに記しておこう。

船上で開催された〝奇抜な帽子コンテスト〟で、私たちふたりは賞をもらった。このコンテストでは、参加者全員になんらかの賞が用意されていた。マクグラントは参加しなかった。その時間は甲板に上がっていたからだ。自分のスーツケースをきちんと荷造りしなかったからといって、客室乗務員を叱りつけていたのだ。ついでに言うと、彼が文句を言っていたのは、自分の部屋を担当する客室乗務員ではなかった。

ペール・ヴァールーは一九二六年生まれ。一九四七年にジャーナリストとして働きはじめ、しだいに演劇や映画の批評記事や特集記事に軸足を移しながら、一九六四年まで新聞や雑誌に寄稿を続けた。一九五九年に最初の小説を書き上げ、一九六八年までにさらに七作を発表。いずれもヴァールーの強い政治的信念を表明する作品であり、同時に社会の不正や権力の乱用に対する関心も表われている。こうした関心事は、一九三五年生まれのジャーナリストであり、編集者、作家、翻訳家でもあったマイ・シューヴァルと共作したミステリ十作の中心的テーマでもある。ヴァールーとシューヴァルは一九六三年にいっしょに暮らしはじめた。その後一九六五年に、〝犯罪の物語〟シリーズの第一作となる最初の共作小説『ロセアンナ』(角川文庫)を発表。主人公は、ストックホルム警察の殺人課主任マルティン・ベック警部。一九六八年に発表したシリーズ第四作『笑う警官』(角川文庫)の英語版は、一九七一年にアメリカ探偵作家クラブ(MWA)賞の最優秀長篇賞を受賞した。シューヴァルとヴァールーは映画の脚本、短篇小説、エッセイも書いている。警察小説シリーズ最終作の『テロリスト』(角川文庫)は、一九七五年にヴァールーが四十八歳で亡くなったときにはまだ刊行前だった。ふたりの共作はいまだに世界中で読み継がれ、いずれの作品も映画化あるいはテレビドラマ化され、作中の登場人物を主人公にした映画も二十五本以上製作されている。イギリスでは、BBCがシリーズ全十作のラジオドラマを放送した。

マイ・シューヴァルが書いているように、ふたりは自分たちの使命と感じていたスウェーデン社会の変革には成功しなかったが、結果的にスウェーデンにおけるミステリのテーマと方向性を変えることになった。

〔＊この作品の初出は、スウェーデンで一九七〇年に刊行された『クリスマスの楽しみ』（*Jultrevnad*）〕

カレンダー・ブラウン
Kalender Braun

サラ・ストリッツベリ
Sara Stridsberg
ヘレンハルメ美穂訳

二〇〇四年に処女作となる小説が出版された時点で、サラ・ストリッツベリは早くも文学界の大型新人として認められ、二〇〇六年に刊行された二作目で、スウェーデン文学を代表する新たな声といっていいのではないか、との評価が確立された。その後、ストリッツベリは三作目となる小説を刊行し、またもや批評家の絶賛を受けたほか、戯曲もいくつか執筆し、これらはスウェーデンの国立劇場にあたるストックホルムの王立劇場で上演されている。二作目の戯曲『メディア国』（*Medealand*）は二〇〇九年に上演され、『ミレニアム』三部作のリスベット・サランデル役で国際的に有名になった女優、ノオミ・ラパスが主役を演じた。

ストリッツベリの小説や戯曲は、たぐいまれな女性たちの人となり、その内面の葛藤や周囲との対立、彼女らが受けた扱いを掘り下げて語る内容だ。最初の小説『ハッピー・サリー』（*Happy Sally*）は、一九三九年にスカンジナヴィア人女性として初めて英仏海峡を泳いで渡ったサリー・バウエルの人生からイメージをふくらませ、バウエルの偉業を自分も成し遂げたいと願う現代の崇拝者を描き、ふたりの人生を比べた作品である。二作目『夢学科』（*Drömfakulteten*）の着想の源は、『男性根絶協会（SCUM）マニフェスト』を著した（ストリッツベリはこれを自らスウェーデン語に翻訳している）ヴァレリー・ソラナスの人生だ。三作目『ダーリン・リバー』（*Darling River*）は、だれもが知るウラジーミル・ナボコフの『ロリータ』（新潮文庫）から想を得たもので、いくつもの並行する物語を通じて、ナボコフの小説ではハンバート・ハンバートの視点でしか語られていないロリータことドロレス・ヘイズの人物像を完成させ、新たな解釈を加える作品となっている。ストリッツベリの最初の戯曲は、ふたたびヴァレリー・ソラナスをテーマにしたものだ。二作目はエウリピデスの『メデイア』（ちくま文庫ほか）が主題だが、舞台は現代で、主人公は移民の女性、夫に捨てられ、移り住んだ国に滞在する権利を失った、という設定である。三作目『降雪の解剖』（*Dissekeringar av ett snöfall* 二〇一二年）は、スウェーデンのクリスティーナ女王の生涯をおおまかなベースとしている。宮廷には、まわりの男たちに統治を任せ、自身は結婚して将来の王を産むことを期待されていたが、父王に王子として育てられ、男が決めた女の定義に従うために自身の人間性を捨てるなんてまっぴら、との意志を貫いた女性である。

ここに掲載する短篇は、ストリッツベリが二十世紀の伝説と化したある女性から想を得たものだ。だれもがよく知っている、それでいてまったく知らない女性。史上最悪の犯罪の目撃者であり、ある意味では共犯者でもあり、まちがいなく被害者であった女性だ。

　カーテンは光を通すが、風景までは通さない。外の景色は砂漠だ。列車のリズムがいやおうなしに眠りを誘う。前に話した場所に列車がさしかかったらカーテンを下げるように、とあの人が手紙で書き送ってきた。だからあなたはカーテンを閉めている。あるいは列車が近づいていくのを待ちつつ、窓ガラスに頭をあずけて、同じ車両にいるほかの乗客やその荷物を眺めている。質素な荷物をひとつだけ持って、通路に顔を向けているひとり旅の女性。ひまわりがひと抱え入った紙袋を持っている男性。車内には陽光が満ち、日に焼け

てぼろぼろになった革張りの座席は、かつては洒落《しゃれ》ていたのだろうが、いまは縫《ぬ》い目が裂けてスポンジのような詰め物が漏れ出している。政治はつまらないとあなたは思っている。死ぬほど退屈だと。昔からずっとそうだった。色褪《いろあ》せたカーテンが、あなたを世界から、地球から遠ざけてくれる。あなたはベルクホーフ山荘に戻るところだ。聞き分けの悪い日差しが、布の破れたところから忍びこんできている。丸みを帯びた青空の一片。この国にある美しいもの。麦畑、薔薇《ばら》。

　あなたのことを、どう言い表わしたらいいだろう？チョコレートの箱のような、甘い可愛らしさ。どこか夢見心地の美しさ。値の張る小さな宝石のような。だれもが知る青い瞳に魅せられたミュンヘン娘。長いあいだ、あなたはあらゆる公的な写真から消されている。あなたの愛する人が、女性といっしょにいるところを公《おおやけ》に見られてはならない、という考えの持ち主だ

から。というわけで。あなたが身にまとっているウサギの毛皮は写真から消える。アッシュブロンドの髪、真珠色の爪、あなたのひたむきな献身、すべてがあとから消し去られる。まるで、あなたなど存在していないかのように。十年の恋を自らでっち上げた、ただの亡霊であるかのように。彼の前腕にぽつりと置かれた女の手がときおり見えるが、その手の先に身体はない。一九四四年六月、イギリスの諜報機関はまだ、あなたのことを彼の秘書だと思っている。

文献に記されている、あなたを言い表わすほかの言葉――穏やか、無邪気、空想的、夢見がち。わたしはそのリストに、あなたの死の願望を加える。絶対にあるはずだから。地下の世界へ引き寄せられる性向。まちがいなく。

〝二十四歳前後、ブルネット、魅力的、型破りな服装。ときおりバイエルンふうのレーダーホーゼンをはいている。暇なときには黒い犬を二頭連れて散歩に出ている。散歩中にはRSD隊員の警護を受けている。化粧はいつもしていない。全体的に隙のない印象〟。イギリス特殊作戦執行部資料より。

この春は、芽吹いたばかりの緑と、灰のにおいがする。ひとりきりでの長い散歩、天気や犬についてのとりとめのない会話、眠れない夜。オーバーザルツベルク、まるで小さな舞台のセットのような、松脂《まつやに》の香る清潔なユートピア。人前で愛情を示してもらえることはいまだにない。ハンブルクは火の海と化し、人々は灰になった。今日はあなたの誕生日だ。封筒にはお金が入っている。祝いの言葉も、やさしい言葉も、なにもない。だがあなたの書斎はまるで花屋のようで、葬儀場の香りが漂っている。地下壕に避難したほうがいいのに、あなたは家にとどまって鏡に映った自分と踊り戯れ、空襲が終わるたびに自ら屋根にのぼって、焼《しょう》夷《い》弾《だん》が落ちたかどうか確かめる。木々の梢《こずえ》が川に向かって、まるで祈るように頭《こうべ》を垂れている。あなたは、こう書く――〝わたしの国は燃えているらしい。でも、大丈夫。きっとなんとかなる。ピクニックの食事にトンボが飛びこむ。わたしの水着は金色と銀色〟

あなたがいまほど幸せだったことはかつてない。何年も待って、ようやく彼があなたのものになったのだ。彼は妙に老けていかめしくなったけれど、今日は楽しそうにしている。犬のブロンディがツァラー・レアンダーみたいに歌う。まるで気のふれたオオカミのようだ。四月なのに雪が降っていて、あなたたちは夜を徹して彼の誕生日を祝い、約束の詰まった最高のシャンパンで乾杯する。一般市民からのプレゼントは、毒が仕込まれている可能性を考えて、すべて次の日にどこかへ送られる。あなたは彼のお気に入りのドレスを着ている。スパンコールのついた、マリンブルーの絹のドレス。あなたの死後、あるドイツ人ジャーナリストがそのドレスについて、こう書いている――〝彼女の好みはそれ以前よりも成熟し、華やかで若々しい服ばかりでなく、シックな服も着こなせるようになっていた〟。そのあとミュンヘンが空襲で破壊され、彼はまた地下に潜る。

あなたは毎日、まだ年若い愚かな従妹《いとこ》とともに水着を着て、オーバーザルツベルクの郵便配達人を待っている。湖へ、泳げるところへ連れていってもらうために。幸せな滝へ、凍てつくように冷たく青い湖の、おとぎ話のような岸辺へ。あなたたちはときおり水着を脱ぎ、アルプスの山々に囲まれて裸で泳ぐ。ここにいるお役人たちがあなたの裸を見て、ひとりでいかがわしい行為に及んでいるところを、あなたは想像する。そして、なかなか悪くない、と思う。暗殺計画は失敗に終わる。が、明るい日差しは消え失せた。過ぎゆく日々。やさしい手紙の数々、伝書鳩たち。〝前に話した場所に列車がさしかかったら、愛しいきみ、ロールカーテンを下げなさい。愛しいきみ、ロールカーテンを……〟

　あなたはクリスマスに向けて新しいドレスを注文する。ふつうとは違う特別なもの、みんなをあっと言わせるものがいい。請求書は途切れることがなく、ハイゼ嬢がしつこい。払ったものから破棄されればいいのに。あとかたもなく消えてしまえばいいのに。仕立屋とのやりとりを、のちに調べられたりはしたくない。あなたのドレスは、あなたの秘密だ。あなたはスリップとダイヤモンドのブローチを死にかざす。街には角砂糖のような雪が降る。もう未来への希望はいっさいない。

　ヴァッサーブルガー通りでの、姉妹との忘れがたいひととき。家の下の地下壕にいるときに、あなたはアクセサリーをいくつかゲルトラウトに渡す。ネックレスをひとつ、ブレスレットをひとつ。「もう要《い》らないの」とあなたは言う。心はすでに決まっている――すべてに別れを告げるときには、あなたとともに。あなたの行く先に、わたしも行く。あなたの葬られるところに、わたしも葬られたい。

　最後の誕生日、彼からのプレゼント――メルセデス・ベンツ一台、ダイヤモンドのブレスレット、トパーズの入ったペンダント。あなたたちは大理石張りの部屋で誕生会を開く。この家で過ごした最後の夜、あなたがどのドレスを選んだかは知らないが、きっと豪奢《ごうしゃ》なドレスだっただろうとわたしは想像する。刺繍《ししゅう》の入ったクリーム色のドレスを着て、コニャックグラスをひとときも手放さないあなたを想像する。あなたは巨大なクローゼットから、旅にそなえて服やアクセサリーを選ぶ。残りはいますぐだれかに譲るしかない。あなたは犬たちの行き先も手配する。最後にもう一度、ぜんぶ試着して、鏡張りの広いバスルームでもう一度だけ、自分の姿を眺めて楽しむ。鴉《からす》の群れが心から飛び立ち、空洞が残される。

寝台列車の個室のシーツは真っ白で、いい香りがする。外の風景は荒れ果てている。ベルクホーフに着くと、まだ雪が残っている。地下世界への列車は二十時十四分発。もはや彼もあなたを止められない。あなたが死を恐れていないから、むしろ望んでいるから。あなたが恐れているのはただひとつ、自分の身体が損なわれることだけだ。自らの手では守れない、服を着せることも宝石で飾ることもできない身体を、見知らぬ人々に陵《りよく》辱《じよく》されること。彼の警告にもかかわらず、あなたは今回、窓のカーテンを閉めない。いずれにせよ外は暗いのだ。昼間には、太陽が弱々しい光を放っていたけれど。不吉なほどに弱々しい光を。

自然光のない地下のようすにあなたは驚く。おぞましいネオンの灯り。人工的で、不吉だ。これからはずっと、閉ざされた狭苦しい夜が延々《えんえん》と続く。あなたは大きな展望窓を夢に見る。夢の中では、奇妙な熱帯の動物たちが、地上の庭をスローモーションで動いている。地図室のそばに設けられたあなたの小さな居室には、寝室、衣装室、バスルーム、トイレがある。ブロンディと子犬たちにも小さな個室があてがわれている。庭の蔓薔薇《つるばら》は目と鼻の先なのに、砲撃のせいでそこまでも行けない。街はどこも灰色で、荒廃している。打ちのめされて死んでいる。ときおりぽつんと見える、布切れ、蔓薔薇《つるばら》。人々は雲に似ている。

地下の住まいには、防虫剤と金属のにおいが漂っている。あなたたちは映画を見、スパークリングワインを飲み、果物や甘い菓子を食べる。死にそなえて準備をし、遺言書をしたためる。黒い日差しが窓から差しこむ。夜は、墓だ。歌わない鳥もいる。あなたは妹への手紙にこう書く――〝私信はぜんぶ処分して。とくに仕立屋のハイゼさんからの請求書は、かならず。青い革張りのノートはどこかに埋めてちょうだい。フィルムやアルバムを処分するのは、ぎりぎりまで待って。電話線はもう使えません。モレル先生にわたしのアクセサリーを託しました。無事にあなたのもとに到着していることを願っています〟

あなたはモエ・エ・シャンドンを注文する。ケーキを注文する。彼の痛む目にコカイン入りの目薬をさす。新たな任命。戦争ごっこはまだ続く。執務室の床に散らばった紙飛行機が、荒廃を物語っている。あなたたちは吹き荒れる風の中で叫んでいるようなものだ。G夫人に、ブローチをひとつ。のちにそれは彼女のドレスについたままになっている。翅《はね》を失った蝶《ちょう》のようなブローチ。死があなたたちを忙しくさせている。いまや話題はそれしかない。しなければならないこと――服を着替える。爪を磨く。真珠色に塗る。人生は美人コンテスト、彼の贅沢《ぜいたく》なバスルームを自由に使えるあなたは、この地下世界でいちばんの展示品だ。Aがいまもなおあなたの服を洗い、アイロンをかけている。あなたは一日に何度もドレスを着替え、いつも薄いエレガントな下着を身につけている。あなたは死人と並んで踊る。地下通路に迷いこんだレモン色の山黄蝶《やまきちょう》。

銀狐の毛皮の襟巻《えりまき》が、暗がりの中で雲のように輝く。なんとこの襟巻が好きだったことか。映画スターの装いだ。未来のための襟巻。あなたが抱いていた、たわいもない夢のための。あなたはそれも人にあげてしまう。あなたにとってはもう価値がないのだ。秘書のT

嬢に渡し、その両腕に押しつけて、きっぱりと告げる。

「どうぞ。使ってちょうだい。楽しんで」

いちばんいい死に方は、銃を口に入れて撃つことだ。覚え書き――〝わたしの夫は、裸を人に見られることを好みません。それは彼にとって敗北そのものです。どうかそのことを忘れないで〟

地下での結婚式は、あなたの夢とは似ても似つかない。

それでも。スパンコールのついた優雅なマリンブルーのドレスに、フェラガモの黒いスエード靴。花はなく、歌もなく、不治の病もないが、シャンパンはある。貯蔵室にはまだ、すばらしい不死の甘露がぎっしり詰まっているのだ。あなたは最期の一夜を前に、炭酸と夜に身を包む。地下での三十六時間の結婚生活。複写された四部の政治的遺言。毒の染みこんだヴェールをかぶった、今夜の花嫁。あなたの衣装室はあなたの愛のごとく、果てのない黒い円環だ。王の最初で最後の妻。〝それから、死ぬときには苦しまずに死にたい。わたしの願ったことは、なにひとつ願ったとおりにならないけれど、これだけは叶えたい。苦しまずに死ぬこと。あの銀狐の襟巻をまとって死ぬことも考えている。いろいろなことを考えている。すべては過ぎ去り、すべては終わる〟

結婚式から三十六時間、あとは目眩《めまい》のする最期の別れを告げるだけだ。ソファーの柄物の布に爪をたてる。あなたの気に入りのソファー。遠くで鳴り響くディーゼル換気扇の音、そして、彼の汗のにおい。あなたたちはまるで子どものように、ソファーに両足を上げて座っている。どんどん支離滅裂になっていく彼の言葉に、あなたは耳を傾ける。彼の胸に耳を寄せると、心臓の打つ音がまだ聞こえる。なんとこの人を愛していたことか。気が遠くなるほどに、強く。庭、炎、愛、地下。

黒い薔薇のついたドレスが、あなたの最期のドレス、永遠への装いとなる。薔薇は三十七輪、最後にもう一度、彼に数えてもらった。妻として過ごした一時間ごとに、薔薇を一輪。それから、もう一輪。無のために。けっして実現することのない、すべてのために。寝室の床に、ピンクのカーラーが散乱している。セットしたばかりの髪。彼はあいかわらず化粧が嫌いだから、あなたはほんの少しだけ白粉《おしろい》をはたき、うっすらと口紅を塗る。汗のにおいを隠すため、シャワーのように香水を浴びている。

最後に燃え上がる、ひとつの記憶。あなたは湖のそばで彼に会うため、自転車で森を抜けている。あなたは若く、彼の瞳は宝石のように青い。後ろの荷台には、お菓子の入った紙箱。つぶれて道路になすりつけられた雉《きじ》の屍《しかばね》。雲に追いかけられているような感覚。あの青い石の中に見えた光を、あなたはそれからずっと忘れることができない。

すべてが終わったあと、あなたたちの身体は庭で焼かれることになっている。青酸カリの入った真鍮《しんちゅう》製の小さな筒は、まるで使用済みの口紅のようだ。焦げ茶色の液体の入ったガラス製アンプル。鼻を突く苦扁桃《くへんとう》のにおい。ガラス製アンプルを歯で嚙《か》み砕き、焦げ茶色の液体を飲みこむ。燃えるあなたたちの身体のまわりに、ソ連軍の砲弾が降り注ぐ。あとは、ブロンディ。あなたの面倒を見たのはシュトゥンプフェッガー医師だ。あなたの愛する人にはできなかった。錯乱し震えるやさしい手で、あなたの口にガラス容器を入れた彼は、同じことをブロンディにはできなかった。

サラ・ストリッツベリは一九七二年、ストックホルム郊外のソルナ生まれ。作家・翻訳者。評価の高いエッセイを数多く発表し、二〇〇四年、その年のスウェーデン・エッセイ基金賞を受賞。同年、処女作となる小説『ハッピー・サリー』を刊行。二作目『夢学科』（二〇〇六年）は、ヴァレリー・ソラナスの生涯に基づいた印象派的な小説で、スウェーデンのアウグスト賞フィクション部門にノミネートされたほか、北欧五カ国のもっともすぐれた小説に与えられる北欧評議会文学賞を受賞した。三作目『ダーリン・リバー』（二〇一〇年）もアウグスト賞にノミネートされている。二〇〇六年、最初の戯曲『ヴァレリー・ジーン・ソラナス、アメリカ大統領になる』（*Valerie Jean Solanas ska bli president i Amerika*）が、スウェーデンの国立劇場に相当するストックホルムの王立劇場で初演された。同劇場はストリッツベリがその後著した戯曲二作も上演している。戯曲を集めた一冊、『メデイア国』（二〇一二年）で、ストリッツベリは三度目のアウグスト賞ノミネートを果たした。二〇一三年には、文学フィクションの分野での卓越した仕事を評価するスウェーデン・アカデミーのドブルグ賞を受賞。現代のスウェーデンを代表する作家のひとりと言っていいだろう。

〔＊この作品の初出は、スウェーデンで二〇〇八年に刊行された『《世界の子どもたち》のための短篇集』（*Noveller för Världens Barn*）〕

乙女の復讐
Jungfruns hämnd

ヨハン・テオリン
Johan Theorin
ヘレンハルメ美穂訳

ヨハン・テオリンはジャーナリスト・作家。生まれはヨーテボリだが、鉱業をおもな産業とする、人口の少ないベリスラーゲン地方で育った。そして子どものころから毎年夏になると、エーランド島北部に残る古代の墓のそばのコテージで過ごしていた。エーランド島はバルト海に浮かぶ面積約千三百四十二平方キロメートルの細長い島で、スウェーデン本土の東海岸からは三〜五キロしか離れていない。ここに掲載する短篇も含め、ヨハン・テオリンの手になるフィクション作品の大半は、このエーランド島が舞台となっている。

エーランドという名前は、スウェーデン語では単に〝島の地〟という意味だ。カルマル海峡で本土から隔てられているこの島の風景は、いわゆる〝ストーラ・アルヴァーレット〟——石灰岩に覆《おお》われた不毛の平原がそのほとんどを占めている。平原の広さは約三百五十七平方キロメートル、ぽつりぽつりと生えている発育不良の木々のほかにも、多種多様な植物が生息している。エーランド島に人が定住しはじめたのは紀元前八千年前後で、島には墓地跡や墳墓、鉄器時代に築かれた円形の砦《リングフォート》などの遺構のみならず、もっとあとの時代の城砦や、その他の遺跡もたくさん残っている。風の吹き荒れる、もの寂しい、それでいて歴史や伝説、物語の詰まった、謎めいたイメージのつきまとう島だ。いまでもエーランド島の人口は二万五千人ほどしかいない。いちばん大きな町であるボリホルム（一二七〇年ごろに建てられた城塞《ボリ》に由来する名前だろう）でも、住んでいる人の数はわずか三千人ほどだ。

　カルマル海峡の中ほどに、〝青い乙女《ブロー・ユングフルン》〟と呼ばれる小さな島がある。面積はわずか〇・六平方キロメートルほどだが、最も高いところで海抜八十七メートル近くの高さがある。むき出しの岩場と、鬱蒼《うっそう》と茂る広葉樹の森から成る島だ。無数の洞窟があり、石で造られた太古の迷路などといった遺跡もある。まわりには難破船の残骸《ざんがい》がたくさんあり、いくつかは海面からも見える。一五五〇年代から早くも記録に残っているスウェーデンの民間伝承によると、この〝青い乙女〟こそ、魔女たちが復活祭前の木曜日に悪魔と会って夜宴を催す場所なのだという。またべつの、いまも語り継がれている伝承では、この島から石を持ち帰った人はその石を返すまで不幸に見舞われる、とされている。

　この摩訶《まか》不思議な不毛の土地こそ、謎、暴力、ユーモアと知恵の詰まったテオリンの小説の舞台だ。テオリンの処女作は二〇〇七年に出版され、スウェーデン推理作家アカデミーの新人賞を獲得した。二作目は同アカデミー最優秀長篇賞に加え、その年北欧五ヵ国で出版された中でもっともすぐれた小説に与えられる、スカンジナヴィア推理作家協会の「ガラスの鍵」賞も受賞。この賞には二十年以上の歴史があるが、受賞したスウェーデン人はわずか八人で、テオリンはそのひとりということになる。彼はまた、英国推理作家協会（CWA）賞も二度受賞している。

　テオリンの小説に繰り返し登場する主要人物のひとりが、漁師のイェルロフ・ダーヴィッドソンで、この短篇でも主役を演じている。彼のモデルはテオリンの母方の祖父、エレルト・イェルロフソンだ。「乙女の復讐」は一九五〇年代の設定になっている。当時、喫煙の危険性はいまほど知られておらず、煙草《たばこ》を吸う人がはるかに多かったことを読者には思い出してほしい、とヨハン・テオリンは語っている。

　イェルロフは狭く冷えきった木造の建物の中で目を覚ました。壁ががたがた震えている。建物はイェルロフの所有する古い漁師小屋で、壁が震えているのは、海から吹きつける突風がひゅうひゅうと小屋の角をかすめていくからだ。

　粗末な折りたたみ式のベッドから頭を上げると、海のほうから波の音も聞こえてきた。まだ轟音とまではいかないが、砂利の海岸で波が砕けているのがわかる。

　今日はどうやら時化《しけ》になりそうで、海へ出るのはけっして賢明ではないだろう。だが昨夕、イェルロフもヨン・ハーグマンも、エリック・モスベリとトシュテン・モスベリのいとこ二人組も、島と本土を隔てる海峡に網を何枚も仕掛けておいたから、なるべく早く引き上げなければならない。そうしないと、嵐が網をさらっていってしまう——夜のあいだに迷いこんだはずの魚たちをも、ごっそり道連れにして。

　行くしかなかった。

　イェルロフはため息をつき、ベッドの上で起き上がった。

「さあ、起きろ、起きろ……」とつぶやきながら、靴下をはいた足をコルクの床に下ろす。

　床は氷のように冷たかった。ベッドの足のほうに置いてある小さな鉄製のストーブは、もはや最新型と言える代物《しろもの》ではなく、火は夜のあいだに消えてしまっていた。

「ヨン？」

　イェルロフはもう一台ある狭いベッドに向かって身

を乗り出し、相棒の肩を揺すった。やがてヨンが頭をもたげた。

「なんだ？」

「起きる時間だぞ」とイェルロフは言った。「魚が待ってる」

　ヨンは咳とまばたきをしてから、窓を見やった。

「行けるのか？」

「行かなきゃならんだろう……網がなくなってもいいのか？」

　ヨンは首を横に振った。

「まったく、仕掛けなきゃよかったんだ。エリックが昨日言ったとおりの天気になった」

「ただのまぐれだろ」とイェルロフは言った。

「明日は時化るぞ」昨夕、漁師のエリック・モスベリは、海辺の船まで下りてきて、いとこのトシュテンやイェルロフ、ヨンと合流するなり、そう言ったのだった。

「へえ？　ラジオで言ってたのか？」イェルロフは尋ねた。

「いや。ただ、ここに来る途中でクサリヘビをまたいだ。階段に陣取ったまま動きやしなかったから」

「クサリヘビ……」とイェルロフは繰り返した。「クサリヘビが気圧を読むのに長《た》けてるっていうのか？」

　そしてかぶりを振り、船床に網を置いた。吉兆だの凶兆だの、占いだのを信じる性質《たち》ではないのだ。

　だが、それからしばらく経って、ほぼ完全に凪《な》いだ海に二艘の木の船を進め、船べりの外に漁網を広げはじめたころ、イェルロフは北のほうを向いて目を凝らした。水平線のあたりに見える〝青い乙女《ブロー・ユングフルン》〟と呼ばれる島の、花崗岩《かこうがん》の岩山の色が変わっていることに気づいたのだ。灰色がかった青に見えていたのが、濃さを増して黒に近くなっている。高さも増したように見え、海峡の水面にそそり立っているのが、まるで空中に浮かんでいるようだった。

　天候はまだ安定していた。太陽が海面を照らし、五月の風はささやかで、生暖かいと言ってもよかった。だが、イェルロフは最後の浮きを海に投げ入れたところで、エリックの言ったとおりだ、と悟った。嵐が近づいている。クサリヘビ云々《うんぬん》は信じないが、青い乙女がいつもと違って見えるのがなによりの証拠だった。

　やがて船を漕いで陸に向かうころ、岩山はもう見えなくなっていた――淡い白の靄《もや》に覆《おお》われていたからだ。

　風が強まりつつあった。


　目を覚ましてから三十分後、ヨンとイェルロフは海辺でエリックとトシュテン・モスベリと合流した。

　船の準備は整っていた。が、強風が迫っているにもかかわらず、ヨンも、モスベリのいとこ二人組も、海辺で一服してから出発すると言ってきかなかった。

　イェルロフは苛立って時計を見たが、一服中の三人は微笑むだけだ。

「おまえも吸うようになれば、寝起きの機嫌が悪いのも治るんじゃないか」とエリックが言い、風の中に白い煙を吐き出した。

「煙草《たばこ》は身体に悪いんだぞ」とイェルロフは答えた。「そのうち医者が禁止するはずだ」

　三人は彼の予言を笑いとばした。

「煙草を取り上げられたら寝たきりになっちまう」トシュテン・モスベリが言う。「こいつのおかげで健康体だ……喉を掃除してくれるんだよ！」

　三人が煙草を吸い終えて火をもみ消すと、一同は船へ向かった。イェルロフとヨンが自分たちの船を海へ押し進め、乗りこむ。エーランド島に古くから伝わる〝エーランドスニーパ〟と呼ばれる形の船だ。それぞれオールを操って岩場を抜け、沖に出ると、小さな斜桁《スプリットセイル》帆を揚げた。

　木綿の帆布が風をはらみ、長さ十七フィートの船が波間を進みはじめると、背後から、まるで巨大なマルハナバチが怒っているような、ブーンという鈍い音が聞こえてきた。モスベリのいとこ二人組が、新しく手に入れた船外機を始動させたのだ。その力で船がスピードを上げ、波をかき分けて決然とまっすぐに進んでいく。

イェルロフは、自分の船に船外機をつけたいとは考えていない。オールと帆があればじゅうぶんだと思っている。燃料がなくなって困ることもないし、竜骨の長いこの船は帆走もしやすい。波が向かってきても軽々と乗り越えられるし、波の上をまっすぐに疾走する姿はまるで小さなヴァイキング船のようだ。エーランドスニーパはヴァイキング時代から伝わる船だから、ある意味ではほんとうにそうなのだが。

網を仕掛けた場所に着くと、ヨンとイェルロフは帆をゆるめて船をその場に漂わせた。ふたりが仕掛けた網は三枚で、モスベリの二人組がやはり昨夕仕掛けた四枚の北側にあった。網を水面に保つコルク製の浮きは、エーランド島北部では〝レーテ〟と呼ばれる。そのレーテにつけてある白い布製の小さな旗が、すでに風で激しくはためいていた。

イェルロフはひとつ目のレーテを引き上げると、腕をいっぱいに伸ばしてリズミカルに網を引き、船の中へ引きずりこんだ。丸められた網が、木箱の中で濡れたロープのようにとぐろを巻いた。

この朝の水揚げは上々だった。わずか二メートルほど網を引き上げただけで、一匹目のヒラメが現われてぴちぴち跳ね、かなりの数がそれに続いた。だが、イェルロフは網を引き上げているあいだ、容赦なく襲ってくる波に船を揺らされ、倒れずに立っているのがやっとだった。

ようやく作業が終わり、すべての網が丸められてレーテとともに箱に収まった。箱の中に動きが見える——ヒラメたちがあがきつづけているのだ。

「何匹だった？」イェルロフは大声でそう問いかけながら、網にすっかりからめとられて逃げられなくなっていた不要なカジカを海に放り投げた。

「八十六匹」とヨンが答える。

「そうか？　おれは八十四匹だと思ったが……じゃあ、八十五匹ってことだな」

風が徐々に強くなり、波も高くなってきた。もちろんここは海峡だから、バルト海の沖のほうで航海中にときおり出くわすような、山のごとくせり上がる黒々とした高波は見られない。それでも波の寄せてくる間隔は狭く、幅の広い船の外板ががたがたと震えはじめた。

網の引き上げが終わった以上、できるだけ早く陸へ引き返したいと思ったが、舵に手をかけた瞬間、ヨンが肩に触れてきた。風の音のあいだを縫《ぬ》うようにして、彼の問いかけが聞こえてくる。

「あれ、なんだ？　青い乙女のそばにある」

イェルロフは北に目を向けた。青い乙女から一海里ほど離れた海上で、なにか黒く細いものが動いている。白く泡立つ波しぶきの中、力なく漂っているように見える。船だ。

「小舟みたいだな」とイェルロフは言った。

「ああ。けど、もぬけの殻だ」

イェルロフは首を横に振った。たしかに船べりから人の頭がのぞいてはいないが、海を行く船は大小を問わず数えきれないほど見てきたから、船がまったくの空《から》かどうかは見ればわかる。

「そうでもないぞ。底になにかある」

いや、〝なにか〟ではなく、人間だろうか？　双眼鏡はボリホルムに係留した船の操舵室に置いてきてしまったが、それでも波の力で小舟が押し上げられたときに、なにか長く白っぽいものが船底に見えた。こうして遠くから見たかぎりでは、人が船底に横になっているか、あるいは倒れていて、布かなにかで覆われているように見える。

イェルロフはそれ以上なにも言わずにふたたびスプリットセイルを張り、北に進路を取った。船首に座っているヨンも、反対はしなかった。エーランド島の人間ならだれでも心得ていることだ——船に乗っている人が病に倒れるなどして窮地にあるのなら、どんなに風が強かろうと絶対に助けなければならない。

十五分後、ふたりは問題の小舟に声が届くところまで近づいた。小舟はときおり波の谷間に姿を消してしまう。イェルロフは口元に両手を添えて呼びかけた。

「おーい！　大丈夫か！」

小舟の中に動きはないが、布の覆いが濡れていないことにイェルロフは気づいた。ということはつまり、この小舟が海峡を漂いはじめてから、さほど時間は経っていないということだ。

背後から、ゴトゴトと鳴る船のモーター音が聞こえてきた。

「どうだ？」

モスベリのいとこ二人組もふたりを追って北に進み、追いついたのだった。エリックがエンジンの回転数を上げると、ぐいと船の向きを変えて波を乗り越え、小舟の横につけた。船外機があるとあんなに楽々と船を操れるのか、とイェルロフはうらやましくなった。

トシュテンが腕を伸ばし、小舟の船べりをつかむ。波の谷間に入った機をとらえて小舟に乗り移り、両脚を広げて立つと、エリックに向かってロープを投げた。こうして二艘の船がつながった。

やがてトシュテンが身をかがめ、覆いを引きはがすと、その下にあったものをまじまじと見つめた。

「ただの石だ！」仲間たちに向かって叫ぶ。

「石？」

イェルロフも船の向きを変え、小舟に何メートルか近寄った。トシュテンの言うとおりだった。覆いの下には、楕円形の石が山と積まれていたのだ。波に打たれて角の取れた、浜辺の石であるように見えた。が、この奇妙な発見についてそれ以上考えをめぐらせる間もなく、大波が船に押し寄せて砕け、漁師たちも魚たちも凍てつくような波しぶきをかぶるはめになった。

イェルロフは頭を振って水気を払い、風に向かって目をしばたたいた。波が高さを増している。カルマル海峡が大時化であることは、もはや否定のしようがなかった。

波が斜《なな》め後ろから寄せてくるよう、船の向きを変えようとする。そのとき、バン、と大きな音が響き、次いでなにかのビリビリと破れる音がした。船が大きく傾き、帆が完全に力を失った。見上げると、クリーム色の帆布に大きな裂け目ができている。

「ちきしょうめ《プート》！」

ヨンがエーランド島の方言で風に向かって悪態をつく。船が波でぐらりと傾き、彼は船べりにしがみついた。それからさっと身を投げ出し、破れた帆布を桁《けた》にくくりつけた。

同時にイェルロフが何秒か舵を手放し、オールで海水をとらえようとする。ヨンがその仕事を引き継いだ。オール受けのあいだに座って漕ぎはじめたが、船を操れるほどの勢いはなかなかつかない。

「これじゃ波に負ける！」イェルロフは叫んだ。

「なんだって？」ヨンが大声で聞き返す。

イェルロフは口元に両手をあてた。

「引き返すには手遅れだ……青い乙女に上陸して、嵐がおさまるのを待とう！」

「こいつは？」小舟に乗ったトシュテンが叫んだ。

「こいつはどうする？」

「ロープで引っ張っていくぞ！」とイェルロフは答えた。「しっかりした、いい船だしな」

青い乙女は嵐にも動じず、彼らの前にそそり立っている。近づいていくと、岩肌にあいた深い割れ目がくっきりと見え、上のほうに広がるアカマツの森が黒く不気味に映った。

この奇妙に丸みを帯びた花崗岩の岩山が、石灰平原の広がるエーランド島の海岸からわずか数海里のところにあるのを、イェルロフは昔からずっと不思議に思っていた。青い乙女は、エーランド島よりも古い。何百万年、何千万年も古いのだ。

魔女の島。

はるか昔から、この小島には不吉な噂がつきまとっている。〝青い乙女〟とはまたべつの、もっと古い名前があるのだが、その名を口にすると不幸が訪れるといわれている。いまそんな危険を冒すつもりはない。

こうして波に囲まれているとき、イェルロフは陸にいるときよりも迷信深かった。舵を操り、切り立った岩の岸辺に船の側面を向ける。ヨンは船の中央に座り、必死にオールを動かしていた。


「この風の中で上陸できそうか？」

「ここじゃ無理だ！」イェルロフは答えた。「東側のほうがいい」

青い乙女には船をつけやすい天然の港がひとつもないが、東側のほうが風は弱かった。波も低いが、それでも険しい岩場への上陸は至難の業《わざ》だ。イェルロフは舵を操りながら船を漕ぎ、少しずつ岸辺へ近づいた。

船は岩場のそばで行ったり来たりを繰り返していたが、やがてヨンが機をとらえ、船首から陸地へ飛び移った。ほとんど靴を濡らさずに済んだ。

その直後、エリックとトシュテンの船が十メートルほど離れたところに上陸し、船外機が沈黙した。聞こえるのは暴風の音だけになった。

イェルロフは陸に上がると、草木のない岩肌を目でたどり、上のほうに広がるアカマツの森を眺めた。人の姿は見当たらない。海峡を漂流していたあの小舟は、この島から海に出たのだろうか？　おそらくそうだろう。だが、だれがこんな日にわざわざこの島に来た？　悪天候で海が荒れているときに、青い乙女を訪れたがる物好きなどいないはずだ。

四人は力を合わせて自分たちの漁船を岩場の上のほうへ引き上げ、漁網と魚を外に出すと、船の側面に風が当たるよう向きを変え、漂着していた板や流木で船を支えた。

そして船の陰に入って風をよけ、ふうと息をついた。これでひと安心だ。日が暮れる前に森へ上がって木の枝を集めておけば、船の陰の岩場に敷きつめて、マットレス代わりにして眠れるだろう。それまでに風がおさまらなければの話だが。

ヨンが丸めた網を広げて魚の処理を始めている。マッチは船の中にあるし、塩、挽《ひ》いたコーヒー豆、バケツ一杯の真水も持ってきたから、この島で生き延びること自体にはなんの問題もない。

一週間はもつだろう、とイェルロフは考えた。

モスベリのいとこ二人組のもとへ向かう。彼らもすでに魚の処理を始めていた。漂流していた小舟はロープで係留し、海に浮かべたままにしてある。石が積んであるかぎり、重すぎて陸へ引き上げることはできそうになかった。とはいえこのままにしておいたら、風向きが変わったときに、波に打たれて壊れてしまうかもしれない。

「あの小舟、持って帰るか？」イェルロフが尋ねる。

「ああ、まだまだ使えるだろ」とエリックが答えた。

「石はここに捨てていくけどな」

「船を安定させるには役立つぞ」

「そりゃそうだが、この島の石は不幸をもたらすっていうじゃないか。あれが積んであるかぎり、天気はきっとよくならない」

イェルロフは疲れのにじんだため息をついた。

「じゃあ、捨てるとするか」

小舟を岸へ寄せ、ひょいと飛び乗る。それから覆いをめくり、石を拾い上げはじめた。丸い、きれいな石ばかりだ。白に近い灰色で、波に削られて大きな卵のようになっている。見れば見るほど、これはたしかに青い乙女の石にちがいないと思えてきた。石をひとつずつ陸へ投げ捨てながら、今朝《けさ》ヒラメを引き上げたときと同じように、その数をかぞえた。〝一、二、三……〟

石が次々と小舟の外へ飛んでいく。

〝二十九、三十、三十一……〟

三十二個目の石に手を伸ばしたところで、イェルロフはふと動きを止めた。ほかの石とは見かけが違っている。それに触れてみて、彼ははっと身をこわばらせた。

「エリック？　ちょっと来てくれ。こいつを見てみろ」

ヒラメを処理していたモスベリの二人組が両方とも手を止め、波打ちぎわに下りてきた。

「どうした？」

「こいつを見てみろ」とイェルロフは繰り返した。

彼が掲げてみせたのは、丸い花崗岩ではなかった。頭蓋骨《ずがいこつ》だ。人間の頭蓋骨。灰白色で、目の部分に黒々と穴があいている。

イェルロフは頭蓋骨をそっとエリック・モスベリに手渡し、積まれた石をふたたび見下ろした。

「もうひとつあるな。石の下に」と小声で言う。「ほかの骨もたくさんある」

いとこたちも小舟を見下ろしたが、なにも言わなかった。エリックは黙ったままふたつ目の頭蓋骨を受け取ると、両方とも波の届かない岩盤の上に置いた。そのまま三人で作業を続け、ぶつかってカツカツと音を立てる人骨をすべて頭蓋骨のそばに並べた。

作業が終わってみると、二人分のほぼ完全な白骨体が岩盤に並んでいた。身長からして大人だろう、とイェルロフは考えた。

「いつごろの死体だと思う？」エリックが言う。

「なんとも言えないな」とイェルロフは答えた。「新しくはなさそうだが」

そして振り返り、だれもいない海を見渡してから、島の上のほうをちらりと見やった。網にかかったごみを取り除いているヨン・ハーグマンのもとへ向かい、小声で告げた。

「見るんじゃないぞ、ヨン。だがな、上のほうに人がいると思う。隠れておれたちを観察している」

ヨンは森を見上げず、ただうなずいた。

「だれかはわかったのか？」

イェルロフは首を横に振った。

「魚の処理、続けていてくれ」と小声で言う。「ちょっと散歩してくる」

海岸沿いをゆっくりと五十メートルほど北へ進んでから、大きな岩の陰に身を隠しつつ、島の頂上に向かって移動を始めた。

岸辺から三十メートルほど上がったところで断崖に行き当たった。よじ登ってみると、野草を踏んだ跡があり、まだ新しい煙草の吸い殻が見つかった。

森を見上げると、風になびく豊かな黒髪が木々のあいだへ消えていくのが見えた。少なくとも、見えた気がした。

女か？

青い乙女に棲《す》んでいるといわれる海の精を思い出す。波や風を自由自在に操り、礼を失した者を罰するという。魔女たちがこの島で復活祭を祝うという有名な伝説より、こちらの言い伝えのほうがさらに古い。もちろん、イェルロフはどちらも信じていない。海の精がこっそり煙草を吸うことはないだろう。

彼は歩みを速めたが、なるべく音を立てないよう気をつけた。

やがて森に入ると、風でたわんで揺れている木々のあいだを縫って進んだ。ハシバミの藪《やぶ》が広がり、岩盤のところどころに深い割れ目がある。気を抜けばあっという間に迷ってしまいそうだ。

ふたたび立ち止まり、耳をそばだてる。それから勢いをつけてまた進み、太いカエデの幹の反対側へさっとまわったところで、そこにしゃがみこんでいた人物とあやうくぶつかりそうになった。

黒い服を着た女だ。悲鳴をあげると、イェルロフに飛びかかり、拳《こぶし》で殴りかかってきた。

「落ち着け！」

イェルロフは岩盤に踏みとどまってそう怒鳴ったが、殴り返しはしなかった。ただ両手を挙げてみせた。

「落ち着くんだ！」力のかぎりに叫ぶ。

女は両腕を下げておとなしくなった。イェルロフはほっと息をつき、一歩後ろに退がった。三十歳ほどの女性だ。青い乙女を訪れるのにふさわしい服装をしている——厚手のウールのセーターに、がっしりしたブーツ。そのまなざしは不安げに張りつめていた。

「ここでなにをしている？」イェルロフは尋ねた。「どうして隠れておれたちを見張っているんだ？」

女は答えなかった。

「あなたたち、だれ？」そう聞き返してきた。

「漁師だよ。ステンヴィークから来た」イェルロフは肩越しにエーランド島を指さして答えた。「この島で、嵐がおさまるのを待っている……あなたに危害を加えるつもりはない。おれはイェルロフ・ダーヴィッドソンという」

女はいからせていた肩をゆっくりと下ろした。そしてうなずいた。

「わたしは、ラグンヒルド。ラグンヒルド・モンソン。オスカシュハムンから来ました」

「そうか、ラグンヒルド……岸辺に下りないか？おれの仲間がいる」

彼女は黙ったままうなずき、イェルロフは船のところまで彼女を案内した。

　岸辺に下りると、ラグンヒルドは黙ったまま、まずヨン・ハーグマンとモスベリのいとこ二人組を見つめ、次いで岩盤に並べられた二体の白骨体に視線を移した。あいかわらず張りつめたまなざしだったが、その顔に驚きの表情は浮かんでいなかった。

「ついさっき見つけたんだ」とイェルロフは言った。「漂流していた小舟の底にあった」

　ラグンヒルドはなにも言わなかった。

「見たことがあるんだね？」

「だれかは知りません」やがて彼女は言った。

　否定はしなかったな、とイェルロフは考えた。

「これが載ってた小舟は？」と尋ね、波打ちぎわを目で示した。「あれに見覚えはあるかい？」

　ラグンヒルド・モンソンは波打ちぎわで揺れている小舟を見つめ、しばらく答えをためらった。

「クリストフェルのボートです」やがて、そう言った。

「わたしの兄の」

「お兄さんはどこに？」

「わかりません」

　ラグンヒルドはため息をつき、岩に腰かけると、にわかに饒舌《じょうぜつ》になった。

「ずっと兄を捜しているんです……今日、ここで会う約束だったから。わたしはオスカシュハムンからモーターボートで来て、北側に上陸しました。兄は反対側から来るはずでした。エーランド島から。兄はエーランド島に住んでるから」

「あの小舟は、おれたちが見つけたとき、沖で漂流していた」とイェルロフは言った。「お兄さんは安全ベルトや救命胴衣を身につけていたかい？」

「つけてなかったと思います」

　岩場に沈黙が訪れた。

「アルコールバーナーでコーヒーでもいれようか」やがてイェルロフが言った。「飲みながら話そう」

十五分後、いれたてのコーヒーとビスケットの準備が整った。イェルロフはラグンヒルドにカップを渡し、彼女を見つめた。

「ラグンヒルド、もっと詳しく話してくれないか。あなたはたぶん、お兄さんの小舟に載っていた人骨と石について、ある程度のことを知っている。違うかい？」

「ある程度は」と彼女は答えた。

「よし。聞かせてくれ」

ラグンヒルドは受け取ったコーヒーカップを見下ろし、疲れたようすでため息をついた。そして、小声で語りはじめた。

「兄のクリストフェルは子どものころ、バードウォッチングが趣味でした。鳥が大好きだったんです。一九三〇年代、兄もわたしもまだ十代だったころ、わたしたち一家はエーランド島に住んでました。ビュールムのそば……青い乙女にいちばん近いといってもいい村です。だから兄はよく、手漕ぎボートでこの島に来て、ケワタガモやハジロウミバトを観察してました。当時、この島は国立公園になって十年ぐらい経ってましたけど、それでも春や秋にはほとんど人が来なかったんです。ところがある朝、兄がここに来てみると、ほかの人が来てた形跡がありました……おぞましい形跡でした。鳥の巣が踏みつぶされて、割れた卵が岩場に散らばってたんです。だれか鳥を嫌っている人がこの島に来たのだとわかりました」

ラグンヒルドは言葉を切り、コーヒーをひと口飲んでから、続けた。

「だれがそんなことをしたのか兄は知らなかったけれど、とにかくその人たちをやめさせたいから、いっしょに来いって言われました。それでわたしたち、よくふたりでこの島に来て、見張りをしてました。ちょっとした冒険のような気分でした。ある日曜日、ここに来てみると、見たことのないボートが島の南岸、石切り場のそばに係留されてました。兄がそのとなりにボートをつけて、わたしたちはこっそり島に上がりました。神経をとがらせた鳥たちの悲鳴が聞こえて、なにかよくないことが起きてるってわかりました」

ラグンヒルドは島の上のほうに目を向けた。

「岩山を上がったところで、鳥をいじめている二人組に出くわしました。どちらもまだ若い男で、兄よりは年上だったけれど、そう歳は変わらないように見えました。石や太い枝を集めて、ウミガラスを標的に当てっこをしてたんです。鳥たちは恐怖におびえて、群れをなしてふたりのまわりを飛んでました。

その光景を見て、わたしはひどく腹が立ちました。怖いと思うことなんかすっかり忘れて、男たちのもとへ駆けていって、やめて、って叫んだんです。もちろん、馬鹿なことでした。男ふたりに力で勝てるわけがありません。ふたりは笑い声をあげただけで、片方がわたしにつかみかかってきました。

兄が大声を出して、ふたりは兄もいることに気づきました。兄の怒鳴り声のおかげで、ふたりは束の間、わたしのことを忘れたみたいでした。その隙にわたしは身を振りほどいて、兄といっしょに海へ駆け戻りました。岸辺に着くと、わたしと兄はあの男たちのボートを海へ押しやって、それから自分たちのボートに飛び乗りました。エーランド島に向かって漕ぎはじめたら、男たちが岸から石を投げてきたけど、なんとかかわしました。最後に見たとき、ふたりはぽかんとした顔で、ぷかぷか海に浮かんでゆっくり島を離れていく自分たちのボートを見つめてました」

ラグンヒルドは波を見やり、続けた。

「わたしたちはボートを漕いで戻りましたが、エーランド島に上陸する前にはもう風が強くなっていて、海峡はひどく荒れていました。この怒ったような風は青い乙女から吹いてるんだ、あの島が風を起こして復讐してるんだ、と思ったのを覚えてます。夜になると、嵐はまるでハリケーンのように激しくなって、そんな悪天候が一週間以上、九日、十日も続きました。青い乙女はすっかり霧に覆われて、だれも行き来できませんでした。兄とわたしは、ずっと家にこもってました。島に人がいるなんて打ち明ける勇気はありませんでした」

ラグンヒルドは視線を落とした。

「ついに海峡の風がやんで、わたしたちは手漕ぎボートでこの島に戻ってきました。兄は祖父の古い散弾銃まで用意していました。ところが、ウミガラスは悲鳴のひとつもあげず、穏やかに暮らしていました。島の平和を脅かすものは、もうなにもなかったんです」

ラグンヒルドは数秒ほど黙っていたが、やがて続けた。

「島の頂上に近いところで、あのふたりを見つけました。ひとりは太いアカマツの幹の陰に倒れてて、もうひとりは目をかっと見開いたまま、大きな岩のそばに座ってました。飢え死にしたのか凍死したのかわかりませんが、とにかくふたりとも亡くなってたんです。兄もわたしも動転して、頭の中が真っ白になりました。岩盤が深く割れているところに死体を引きずっていって、その上に岸辺の石をたくさん置いて覆い隠しました。何時間も、岸辺から石を運びつづけたんです。そして、また手漕ぎボートで家に戻りました……それから一週間ほど経って、本土の若者がふたり、嵐のせいで行方不明になったと聞きました。ボートで出かけてそのまま帰らなかった、海峡でボートが転覆したのだろうと警察はみている、って」

ラグンヒルドはまたため息をついた。

「忘れようとしたけど、もちろん忘れることなんてできませんでした。もう二十年近く、ずっと考えつづけてきたんです。しかも最近は、夏になるとここを訪れる観光客がどんどん増えてるから……そのうち死体が見つかってしまうと思いました。だから、兄とふたりで決めたんです。今日、死体を回収して、石といっしょに布でくるんで海峡に沈めてしまおう、って。計画では、そうするつもりでした。でもわたしは今朝、本土から来るのが遅くなってしまって。兄はきっと、わたし抜きで作業を始めたのでしょう。それで、舟から落ちたか……」

ラグンヒルドは黙りこみ、空《から》になった小舟を悲しげな目で見つめた。それ以上語ることはなかった。

イェルロフは島の頂上を見上げた。

「お兄さんが海に落ちた可能性はたしかにあるが」と小声で言う。「あの小舟はただ、お兄さんを乗せずに沖へ流れていっただけかもしれない。島の上のほうを探してみないか？」

ラグンヒルドはイェルロフを見つめた。

「ええ、ぜひ」

モスベリのいとこ二人組とヨンは岸辺に残り、森へ上がっていくイェルロフとラグンヒルドを見送った。

イェルロフが先に立ってアカマツのあいだを進み、島の頂上の東側にある奇岩へ向かった。以前この島に来たときに訪れたことのある場所で、〝乙女の寝所《ねどこ》〟と呼ばれている。岩をくりぬいて造った小さな礼拝堂のように見える空間で、風を避けるにはうってつけの場所だ。

中で揺らめく明かりが、岩のすき間から見える。イェルロフは近づいていき、呼びかけた。

「だれかいるかい？　おーい」

数秒ほど、すべてが静まり返っていた。やがて岩窟の中から、エコーのかかった声が聞こえてきた。疲れた男性の声だ。

「います」

ラグンヒルドがイェルロフを追い越して中へ駆けこんだ。

「兄さん？　兄さんなの？」

十五分後、イェルロフは岸辺に戻った。トシュテンとエリック、ヨンは、二艘の船のあいだで煙草を吸っていた。

「彼女の兄さん、乙女の寝所で嵐をしのいでたよ」とイェルロフは報告した。「今朝、石と骨を小舟に載せたはいいが、小舟が風にあおられて沖へ流れていってしまったんだと」

「ふたりはどうしてる？」

「もうすぐ帰るそうだ」イェルロフはだれにともなくうなずきながら、岩盤に並んだ二人分の人骨を見やった。「こいつらはエーランド島に連れて帰ろう。警察には、この島の岩の割れ目から骨が突き出ているのをたまたま見つけた、と話す。そうすれば、あの兄妹を巻きこまずに済むかもしれん。それでいいか？」

三人はうなずき、それぞれ煙草を一服した。

「しかし、わからんな、イェルロフ。どうしてこの島に人がいるってわかった？」エリックが尋ねた。「超能力でもあるのか？」

「においがしたんだ」とイェルロフは答えた。

「におい？」

「おれはなにも気づかなかったぞ」とヨンが言い、吸い殻を岩場に捨てた。

「気づかないほうがおかしい」とイェルロフは言った。「ラグンヒルドが断崖のそばでおれたちのようすをうかがっていたとき、彼女が吸っている煙草のにおいがした」

「そうか？」

「ああ、はっきりわかったよ……彼女の兄さんが焚《た》き火をしたせいで、乙女の寝所のほうから煙のにおいもした」

三人の漁師たちは黙ったままイェルロフを見つめた。

イェルロフは彼らの火のついた煙草を指さして言った。

「だから言っただろう、そんなものはやめろって……煙草は嗅覚を鈍らせるんだ」

ヨハン・テオリンは一九六三年、スウェーデン第二の都市であり、この国最大の海港を古くから擁するヨーテボリに生まれたが、夏は毎年エーランド島で過ごしていた。学生時代に二年、米国ミシガン州とヴァーモント州に滞在している。長年ジャーナリストとして活動したのち、処女作となる小説『黄昏に眠る秋』（ハヤカワ文庫）を二〇〇七年に刊行。スウェーデン推理作家アカデミー新人賞と、英国推理作家協会（CWA）賞ジョン・クリーシー・ダガー賞を受賞した。二作目となる『冬の灯台が語るとき』（ハヤカワ文庫）は、スウェーデン推理作家アカデミー最優秀長篇賞、英国推理作家協会（CWA）賞インターナショナル・ダガー賞を獲得。その後さらに小説を三作発表しており、最新作は二〇一三年の『夏に凍える舟』（早川書房）だ。テオリンは自身の作品を「ダークな犯罪小説と、スカンジナヴィアの民間伝承や幽霊譚《たん》の組み合わせ」と評する。洗練されていながらも暗く、人間らしさの色濃く表われた彼の小説は、スウェーデンでもほかの国々でも多くの人に読まれている。ひじょうに高く評価されているスウェーデン人ミステリ作家のひとりだ。

〔＊この作品の初出は、スウェーデンの日刊紙《バロメーテルン》（二〇〇八年）〕

弥勒菩薩《マイトレーヤ》
Maitreya

ヴェロニカ・フォン・シェンク
Veronica von Schenck
森 由美訳

ヴェロニカ・フォン・シェンクは、現代スウェーデンのミステリ界では古典回帰の傾向を持つ作家といえ、キャラクターではシャーロック・ホームズ、作者ではいうまでもなくアーサー・コナン・ドイルに心酔している。錯綜したプロットを好み、作中に伏線を張り、読者に主人公との謎解き競争をするよう仕向け、ストーリーの糸を何本も撚《よ》りあわせて複雑な筋立てを作り上げる。

フォン・シェンクはミステリを書きはじめるまでに、さまざまな職業を経験してきた。プロのゲーマー、コンピュータゲーム評論家、コンピュータ雑誌とストックホルムのイベント情報誌の編集者、就職活動コンサルタントなどである。現在も小説を書きながらパートタイムでコンサルタントを続けており、夫とふたりの子どもとストックホルム郊外で暮らしている。

フォン・シェンクの二作の長篇小説の主人公は、アルテア・モリーンという名のスウェーデン人と韓国人の両親を持つ犯罪心理分析官である。またフォン・シェンクは、三冊の児童向けミステリを書いているが、歴史の研究も彼女の興味対象のひとつで、三冊とも歴史上の出来事を題材にしている。読者は、少年探偵ミロとヴェンデラとともにタイムトラベルをしながら犯罪捜査に挑むことになる。

本作で登場するステラ・ロディーンという新しいキャラクターは、歴史や美術品と工芸品、謎解きなど、シェンクが強いこだわりを持つものを体現している。このキャラクターは、シェンクの次の長篇小説にも主人公として登場することが決まっている。

ステラ・ロディーンはシャンパングラスを傾けながら、展示会場を見まわした。濃灰色の壁のおかげで、その前に飾られたパッチワークのように色彩豊かなモダンアートがいっそう際立って見える。男性客のダークスーツも、女性客の色鮮やかな装いを引き立たせている。すみずみまで魅力的に演出された会場は、人で埋めつくされていた。その中心に、ステラの父、エマヌエル・ロディーンがいた。彼の放つ輝きは、客や展示品に勝るとも劣らなかった。軽やかなツイードのスーツにワインレッドのベストを着て、ボウタイとポケットチーフの色を合わせている。いまこのときが、彼の愛してやまない瞬間だった。これから、一年のうちでもとくに重要な展示会とその後のオークションを、きっちりと、だが朗らかにとりしきる。財布を札束でふくらませた文化人気取りの客たちに、お世辞を交えながら専門知識を惜しみなく披露する。個人的には、アンディ・ウォーホルのシルクスクリーン版画で使われる紙の質を高く評価しております……等々。ステラも父親にひけをとらないくらい美術を深く愛していたが、この業界は好きになれなかった。彼女はいつも家族の持て余し者で、それは昔と変わっていない。人形のように愛らしくて、打てば響く知性を持つ少女は、託児所に通うころから知的能力や知識と真実への欲求をけっして隠そうとしなかった。要するに、可愛げのない子どもだったわけだ。ステラは出会った人のほとんどを怒らせたり、怖がらせたり、恥じ入らせたりした。それは多くの場合、相手の見えすいた嘘に気づいてもロを閉じておくすべを学んでいなかったからだ。当然のことながら、学生生活は苦痛でしかなかったが、そのおかげで堅い殻を身につけることができた。へつらいと偽善（私たちは美術を愛するがゆえにこの仕事をしているのです。お金のためだなんて、とんでもない！）に満ちた同族会社に就職せず、警察で偽造犯罪捜査のエキスパートになることを選んだ。そうすることで、愛してやまない美術にかかわる仕事ができるばかりか、彼女の無愛想な性格にもいくらか寛容であり、ともあれ偽善とは多少なりとも縁遠いと思える環境に身を置くことができた。とはいえ両親と、仲のいい兄はいまでもオークション会社を経営しており、今夜のように同族会社の看板娘として、いやいやアルバイトをしなければならないこともあった。その仕事をさせるために、父親はいくら断わってもかならずなにかお駄賃を渡してきた。今夜は、ワインレッドのヴィンテージドレスだった。ボートネックで、ウエストを絞り、レイヤーになったペチコートが付いたスカートは優雅だった。ディオールの五〇年代のドレスだ。ステラはその張りのある布地をそっと撫《な》でた。とうてい突き返すことなどできないお駄賃だった。

ステラは父のそばに行き、頰にそっとキスをした。

「ねえ、パパ、一時間半だけよ」

「そんなに大事な用があるのかね。デートかい？」穏やかではあるが、苛立ちを含んだ声で父親が尋ねた。こういうやりとりは、もう数えきれないほど交わしてきた。だいたいがステラの職業の選択をこきおろすコメントで始まるのが常だった。警察の研究室での仕事は、父親が娘に望む最高の選択ではなかったからだ。

「まあね。バスタブでお気に入りの本とデートなの」

父はため息をついた。

「その言葉がどれほど恩着せがましく聞こえるか、おまえにはわからないのか。この展示会に、私が、いや家族のみんながどれほど必死で取り組んでいるか知らないわけじゃないだろう。やることと言ったら、にっこり微笑んでちょっぴり愛想を振りまくだけじゃないか。それも今夜ひと晩だけ。そんなに難しいことではないはずだよ」

ステラはため息をついた。

「わかった、もう少しいることにするわ」

たっぷり一時間、頰にキスしたり微笑んだりしつづけて、ステラはくたくたになった。たった一日で、面白くもなんともない人づきあいをこれほど多くこなすのは、ステラの得意とするところではなかった。せめてほんの短いあいだ、この退屈さから逃れるために、ステラは絵画に目を向けた。しばらく、全体が灰色の色調のピカソの作品を鑑賞する。題名が信用できるなら、描かれているのはフランソワーズいう名の若い女性で、ピカソらしい風変わりな構図だが、解剖学的には驚くほど正確な肖像画である。もしもいますぐ自由になる五万ドルがあれば一も二もなく入札したいところだが、警察の給料を考えれば、定年まで働いてそれくらいの貯金ができたらいいほうだろう。ステラは少しだけ片側に傾いている額をまっすぐに直した。ほんの数時間前、彼女は兄のニコラスを手伝って、絵の飾りつけをした。ここで働いているわけではないが、展示の準備をする兄を手伝うのは楽しい仕事で、兄のほうも妹といっしょにいるのを楽しんでいるようだった。いまでは、それが習慣のようになっていた。ステラは美術を心から愛していた。その技巧が好きでたまらなかった。芸術家や職人が作品を生み出すためにひたむきな努力と純粋な愛情を注いだ時間と、一流の作品だけが持つ深い哀しみと歓喜の結合に魅了されていた。

兄が近づいてきて、ステラの肩に手を置いた。

「カール・アンドレアセンという人がおまえを訪ねてきているよ。玄関にいる。上司かい？」

戸惑いに顔をしかめて、ステラはドアのほうをうかがった。なるほど、カールだ。長身で、白髪を短く刈り上げた男が、深い皺《しわ》の刻まれた顔に巻いた特大のマフラーをほどこうとしていた。

「ええ、そうよ。ここになんの用かしら」

ステラは、人混みを縫《ぬ》うようにしてカールのところまで行った。

「カール、こんなところでなにをしているの？」

「きみに仕事だよ」

ステラは、部屋の反対の端から父のとがめるような視線が投げられるのを感じた。

「いいから、ちょっと来て」ステラはカールの背中を押して、客たちの好奇の目から遠ざけた。カールはパーティーに遅れてきた客というよりも、まるでホームレスになった老兵のように見える。

ステラは振り返ってもうひとつシャンパングラスを取り、有無を言わさずカールを書斎に連れていった。彼にグラスを渡して、椅子を指さす。カールが座ると、ステラもその横に椅子を寄せた。

「きみが週末に父親っ子を演じているとはね」カールは小馬鹿にしたように言い、口もつけずにグラスを置いた。

「ご覧のとおりよ」カールのぎこちない挑発がおかしくて、ステラは微笑んだ。いつもはもっとうまくやるのに。ステラとカールは、おたがいへの愛憎相《あい》なかばする関係で結びついている。カールは昔ながらの型どおりの考え方をするが、いい警官だ。カールはステラのことを、きっと面倒なやつだと思っているのだろう。黙って命令に従い、よけいなことには首を突っこまないでほしいと。それでも、こと偽造品の鑑定については優秀なエキスパートと認めているはずだ。「それで、わたしになにを手伝ってほしいの？　どう見てもあなたには不似合いな場所に探しにくるぐらいだから、相当あわてているのね」

「明日、もうひとつカクテルパーティーに出てほしい

んだ。きみの才能を酷使することにならないといいが
な」ステラは両眉を吊り上げたが、なにも言わなかっ
た。カールはひと息ついてから、先を続けた。
「かなり前から密輸組織に潜入して捜査をしている同
僚がいる。ようやく組織のボスが開くパーティーに招
待されたんだが、そこでは不法に輸入された美術品の
私的なオークションが行なわれる可能性が高い。その
男に連れが必要なんだ」
「そんなに難しいことじゃないでしょう。力を貸して
くれる巨乳の女性警官なら、たくさんいるはずよ。ご
承知のとおり、わたしは研究所の外での仕事はもう長
いことしてないし」
「きみの現場経験に関心はない。研究所での仕事と同
じことをしてもらいたいんだ。美術品を見て、それが
どんなもので、贋作《がんさく》かどうかを教えてほしい。きみみ
たいな学究肌でもできる単純な仕事だよ」
「でも、あなたたちが狙っている男が古美術業界の人
間なら、わたしの正体がばれるかもしれないわ。作戦
全体を台無しにしてしまうかも」
「たしかにきみのお父さんはかなりの有名人だ。だが、
きみのところのオークションで、その男がなにか買っ
たことはないようだ」
ステラはシャンパンを少し飲み、カールを探るよう
に見た。ふだんの辛辣《しんらつ》さが影を潜めている。よほどせ
っぱつまっているのだろう。カールが言うほど単純な
仕事とは思えないが、たまには研究所以外の空気を吸
うのも面白そうだ。ステラはカールに小さくうなずい
た。
「だけど、その潜入捜査官はいままでなにをやってい
たの？　古美術が捜査の主目的ではないんでしょう。
もしそうなら、あなたはとっくにこの件をわたしに話
してたはずよ。それとも、その捜査官がわたしなど必
要ないくらいに古美術の知識を持っているか」
カールは苛立たしげに椅子の背にもたれて、足を組

んだ。

「主にドラッグだ。それに武器。古美術はおまけのようなものだ」

ステラはしばらくカールのようすを観察した。まだなにか隠していることがありそうだ。ステラは肩をすぼめた。

「わかった、やるわ」

「ありがたい」

ステラは玄関までカールを送っていった。客とおしゃべりを始めたりしないようにするためだ。ドアを開けてやると、冷たい突風が舞い散る粉雪とともに吹きこんできた。カールが風に身をかがめてゆっくりと暗闇に消えていくのを、ステラは寒さに震えながら見送った。

「おまえの上司は日曜日に、いったいなにをお望みだったんだ。警察の偽造犯罪専門官は平日だけ働くものだと思っていたよ」兄のニコラスが尋ねた。

「わたしに、本物の警官を演じさせたいんだって。潜入捜査よ。明日の晩、違法な古美術を扱う私的なオークションがあるの」冬の夜空の下、ステラの目は、はるか彼方の一点を見つめていた。

「そいつはすごいじゃないか」

アリはステラのためにリムジンのドアを開けた。彼の黒いスーツはぴったり身体に合っていて、顔には満面の笑みを浮かべている。アリは以前と変わらずいやみなほど健康そうで、カールした黒い髪も、すらりとしたヒップと広い肩も昔のままだった。ヒップはとくに鮮明に覚えている。ブリーフ一枚のときは、とくに魅力的だった。もちろん、ブリーフをはいていなくても。

「あいかわらず素敵だね」

「アリ、久しぶりね。会えてうれしいわ」

かなり前のことだが、ふたりは警察学校の同級生で恋人同士だった。ステラが科学捜査の道を選び、アリが捜査官となってふたりの関係は終わった。とはいえ、ステラも遊びでつきあったわけではない。彼女はだれとも長い関係を続けることができなかっただけだ。アリとの関係も例外ではなかった。

「さあ、乗って。車の中でパーティーのことを説明するよ」アリは大げさなおじぎをして、ステラが後部座席に乗るのを手伝ってから、彼女のとなりに乗りこんだ。べつの私服警官が運転手役をおおせつかっていた。

「たいしたものね。それで、行く先は？」

「ユシュホルムだ。野望と富の一大拠点だよ」

「危険な地域に行こうとしてるのはわかったわ。タキシードの下の、その拳銃を見て」ステラはアリの腰の後ろのすき間に片手をすべりこませて、革のホルスターの位置を直した。

「ありがとう」アリは申し訳なさそうな笑みを浮かべ、「マイクにも気づいたかい？」と尋ねた。

ステラはじっくり観察したが、疑わしいものはなかった。

「いいえ、大丈夫みたい。いつもどおりハンサムよ」

「ありがとう」

小高い丘にある巨大な黄色い屋敷の外に車を駐《と》めたころには、空はもう真っ暗になっていた。ステラはピンヒールの靴だったので、アリの腕につかまって未舗装の坂道を注意して歩いた。冷たい空気を胸いっぱい吸いこむと、アリのほてった身体のにおいがした。スパイスと、シャワーを浴びたばかりの素肌のにおいだ。ステラは腕をアリの脇の下に深く差し入れた。アリは微笑んだが、彼の身体が不安でこわばっているのをステラは感じた。アリはけっして心配症の男ではない。それどころか、ふだんは自分の能力を過信しがちだ。男はだいたいそんなものだが。ステラはあらためて、この任務がカールの言ったような単純なものでも安全なものでもないのを悟った。チョークのように白い雪でできた分厚い壁が、小道の両側にそびえていた。火のついた松明《たいまつ》が吹きだまりに突き刺してあり、やわらかに揺らめく光が地面の雪に影を舞わせている。雪はほんの小一時間前にやんだところだった。

「きっとうまくいくわ」ステラは冷静な口調を保とうとしたが、うまくいかなかった。

アリはからかうような目で、ステラをちらりと見た。

「そうだな。でも、ペーテルには気をつけろよ。やつを怒らせないようにな。いつ爆発するかわからないやつだから」

「怒らせるな、ですって？ そんなこと、わたしにはできそうもないわ。その人のことをなにも知らないんだから」

「いつものきみでなければいいんだよ。わかるだろう……」

「黙ってにっこりしていろってことね？」ステラは内心笑ってしまった。少しやる気をそがれたが、アリにはそのことを気づかれないようにした。

「そのとおり。それと、やつにその立派な胸を見せつけてやれ」

「わかったわ。にっこり笑って、おっぱいをちらりね。そんなことをやるために七年も学校で勉強してきたなんて、まったくあきれてしまうわ」

「七年もかい！」

「そう。警察学校、美術の専攻、それに英国でもいくつか履修したし――」

アリはあまり元気のない笑みを浮かべ、首を振りながら、それ以上は結構とでも言うように片手を上げた。

「こんなことをきみに頼んですまなかった」

ステラはアリの腕にパンチを入れた。

「おい、痛いよ」

屋敷に到着すると、ふたりはいかめしい顔のドアマンに中に通された。そして、同じくにこりともしないいかめしい顔のべつの男にコートを預けた。人々のざわめく声が聞こえてきた。広間へ行く途中、ひびが入ってかなり古色を帯びた壺が台座に置かれている横を通った。地中海様式だ。ざっと見て二千年前のものだが、細かく調べないと、それ以上のことはわからない。壺にはまだ砂が少しくっついていた。淡い緑青《ろくしょう》のついた壺は、凜《りん》として美しかった。

「なぜわたしがここに来たのか、わかったわ」ステラはそうささやいてから、アリの首にキスをして、そのささやき声が人に怪しまれないようにした。あるいは、ただキスをしたかっただけなのかもしれない。アリはかすかに身を震わせた。

巨大な広間に足を踏み入れると、ふたりはふたたび指示どおりの行動を始めた。こちらで会釈、あちらでシャンパンを一杯。週末に二日続けて同じことを繰り返すのは、ステラには荷が重かった。無意味で空虚で、だれの記憶にも残らない軽薄な社交辞令の交換。笑い声をあげ、魅力的な笑みを浮かべてはいても、その目は氷のように冷ややかだ。すべてがうわべだけ。ステラはこういうことが大嫌いだったが、それでも彼女はプロだ。少なくとも今晩は、やるべき仕事がある。赤ん坊の尻のようにつるりとした額を持つ十人目の笑顔の男が、退屈な話を終えてやっと背を向けるや、ステラはアリを、壁際の上品な台座に置かれた美術品のほうへ引っ張っていった。そこの壁はガラスでできていた。外のテラスで揺れる松明がぼんやりと見えたが、その向こうは夜の黒い闇があるだけだった。台座に近づくと、ステラの心臓が早鐘のように打ちはじめた。

展示されていたのは、高さ二十センチほどのブロンズ像だった。表面は黒光りし、欠けている部分はひとつもない。冠《かんむり》をかぶり、足を組んで座っている人物の像だ。右の手のひらは鑑賞者のほうに上げられ、左手は水瓶を提《さ》げて腿《もも》の上に置かれていた。アーモンド形の半眼には銀がはめこまれ、細い鼻の上からステラをやさしく見つめている。まさに非の打ちどころのない作品だった。そのあまりの美しさに、ステラは息を呑んだ。それをつかんで、逃げてしまいたいという衝動を抑えるのがやっとだった。像の曲線に沿ってそっと撫《な》でると、くぼんだ部分にまだ砂が残っていた。怒りがこみ上げてくる。

「アリ、これは弥勒菩薩《マイトレーヤ》よ」

「マイ……なんだって？」

「彼は、ゴータマ・ブッダの次のブッダなの。紀元一世紀に作られたものだと思うわ。たぶん、アフガニスタンのどこかで発掘されたのね。しかも、かなり最近に」

「どうしてわかるんだい」

「この像は、まだ専門家の手でクリーニングがされていないの。まだ砂が残っていて、掘り出したときに不器用な愚か者がつけた傷もあるわ」ステラは、深い擦《す》り傷に沿って指先をすべらせた。こんなひどい扱いをするなんて、とても理解できない。その国を冒瀆《ぼうとく》し、過去と現在を冒瀆する行為だ。

そのときステラは、アリがはっと身をこわばらせて、自分の後ろにいるだれかを見たのに気づいた。おそらく、あの悪名高きペーテルだろう。彼女はこれ以上ない無邪気な笑顔をつくり、ゆっくりと振り向いた。後ろにいたのは長身の男で、信じられないくらい突き出した大きな腹がいかにも重そうだった。男は完璧に仕立てられたグレーのスーツを着て、フルート型のシャンパングラスを持つ手に、数えきれないほどの金の指輪をはめていた。男はステラを、というよりは彼女の大きく開いた胸元を見ており、その目つきはかじりつく前にニシンを見る猫を思わせた。ステラは、さらにもう少し胸を突き出してみせた。なんといっても、それが今夜の彼女の仕事なのだ。

「アリ、今日はいい手土産《てみやげ》を持参してくれたじゃないか」

アリは心底うれしそうに笑い、ステラの腰のくびれへ腕をまわした。こんな状況なのに驚くほど悠々としていた。

「そのとおり。こちらはステラ。ぼくの彼女だ」

「やっとお会いできてうれしいわ」ステラは片手を差し出した。ペーテルはその手を取って引き寄せると、彼女の頬にキスをした。蒸留酒と高価なコロンの香りがしたが、刺すような汗のにおいがかすかに混じっていた。

「どうやら、あなたはその像に心を奪われたようだね。アリ、きみはこれに入札するつもりかね」

「ステラが恋に落ちたようなので、そうするしかないな」

「ほんとうにきれいね。インドのものかしら」ステラは、できるだけあどけなく間抜けに聞こえるようにはしゃぎ声を出した。

「そんなところだ。こいつは二千年くらい前のものだよ。安くはないぞ」

「まあ、そんなに古いものなの？」ステラは驚いているような顔をして、仏像のほうにいっそう身体を近づけた。なるほど、少なくともペーテルは自分の持ち物の価値をわかっているらしい。

「ああ、そうとも。このコレクションに匹敵するものは、このしけた国にはそうないさ」と言って、ペーテルはアリのほうを向いた。「で、昨日はどうだった？話はうまくいきそうか」

「いい方向に向かっている。今晩、最後の詰めをしたいそうだ。あんたさえ承諾してくれたら」

「こんな晩に仕事だって？」ペーテルの目は急に険しくなったが、またすぐに笑い声をあげた。「いいだろう。いずれにしろ、今夜はでかい取引がいくつも行なわれるんだからな。仕事のためにステラをおいていくなら、私にまかせろ。面倒を見るから」

ステラはペーテルの顔にシャンパンをひっかけて、

無礼な言葉をふたつみっつ投げつけてやりたい衝動を抑えながら、にっこりと笑ってすまし顔をつくった。ふだんの仕事が、たくさんの人間と顔を合わせる必要のないものでよかった、と心から感謝した。でなければ、とうてい続けられなかっただろう。

「あの男はどうやってこういうものを手に入れているんだろうね？」ペーテルが去ると、アリはステラに尋ねた。ふたりは、ペーテルが客たちに取り囲まれて遠ざかっていくのを見送った。まるで、気さくな専制君主が臣下に囲まれている図だ。

「ここ十年ほど、アフガニスタンでは国の所有する美術品の組織的な略奪が行なわれてきたわ。略奪品は、戦争の資金源として海外に売られているらしいの。もしあの男が、仲介人を通さずにアフガニスタン人と直接取引をしているなら、こういう貴重な美術品をかなり安く手に入れているはずよ」

アリは深々とため息をついた。ステラは美しい弥勒《マイトレーヤ》菩薩《レーヤ》をもう一度眺めた。「問題は、それを証明するのがほぼ不可能なことなの。正規のオークションハウスでは、出所を示す書類が求められるからこんな古美術品は売れない。でも、それが過去百年ほどペーテルの一族の所有でなかったのを証明することもできないのよ。記録が紛失したか破損したと言えばすむんですもの。それが嘘だとはだれにも証明できないのよ」

「ひどい話だ。もうすぐ別件であいつを捕まえるのが待ち遠しいよ」

「麻薬取引ね？」

「そうだ。その件で、あとであいつと話し合うことになっている。うまくすれば、ぼくに誘いをかけてくるはずだ。組織の仕事を割り振られることになるだろう。ずっと前から根まわしをしてきたからな」アリはペーテルのいるほうに視線を戻した。なるほど、だからアリは不安そうだったのだ。そのとき、ウェイターがアリを呼びにきた。

「アダムが上のオフィスに来てほしいと言ってます」

「すぐ戻る」アリはステラにそう言ってから、ウェイターにうなずいた。

「気をつけてね」ステラはそう言って、アリの腕をそっとつかんだ。アリは熱のこもった視線をステラに向け、長く激しいキスをした。彼女もそれに応えた。少し驚いたが、うれしかった。

「ステラ、あとで昔話を語り合おうじゃないか」

「いいわね」

アリはうなずいた。ステラは彼がゆるやかに曲線を描く階段に消えるまで、ずっとその背中を見つめていた。姿が見えなくなると、ステラはとなりの台座に目を向けた。じっくり時間をかけて、彼女は展示品を見ていった。その部屋には、時代も宗教も様式も多種多様な美術品が並んでいたが、唯一の明白な共通点はこ数年のあいだにアフガニスタンのどこかで、不器用な愚か者によって発掘されたものであることだった。


バイヤーの顔ぶれに目を移すと、何人か知っている者がいるのに気づいた。みんな、その道に秀でたコレクターで、美術史にも通じている。ステラはできるだけ彼らと距離を置いた。そのうちのひとりが、ステラがエマヌエル・ロディーンの娘であることに気づく可能性は低いが、皆無とはいえない。だれかがその事実をペーテルの耳に入れるようなことが起きたら、作戦全体が崩壊する。ステラはカールを恨めしく思った。アリが出かけて一時間経つと、ステラは不安になってきた。テラスに出て、肌を刺すように冷たい空気を深く吸いこんだ。ウェイターから毛皮で縁取りされたブランケットを借りて肩に巻く。テラスでは、数人が揺らめく松明の明かりで煙草《たばこ》を吸っていた。静寂が耳に心地よく、ステラは肩の力を抜いて緊張を和らげようとした。その瞬間、ハンドバッグの中で携帯電話の鳴る音がした。ほかの客に盗み聞きされないようにテラスの端へ行き、ステラは電話を取り出した。画面を見て、アリからの電話だとわかった。彼女はワイヤレスのヘッドホンをつけて応答した。

「アリ、どこにいるの？」

喉から絞り出すようなあえぎ声が聞こえ、ステラの全身を冷たい波が走った。

「アリ、なにがあったの？」ステラがささやく。あえぐ声は数秒続いてから、ぴたりと止まった。

震える手で、ステラは携帯電話を切らずにハンドバッグに入れた。髪を耳にかぶせてヘッドホンを隠し、屋内に戻る。急ぐそぶりを見せないようにしながら、人混みを縫《ぬ》って進んだ。余裕たっぷりの笑みを浮かべてはいても、心臓が激しく速く打っているのを感じた。だれにも気づかれずに、なんとか二階まで階段をのぼった。屋敷は広大だった。ステラは並んでいる部屋のドアを用心深くひとつひとつ開けて、中をのぞいた。ひと部屋は人目を忍ぶカップルに占領されていたが、アリの気配はなかった。角を曲がろうとしたとき、足音が聞こえた。ステラは手近なドアを開け、そっと中にすべりこんだ。閉めたドアに身を寄せて、ドアが動いたのを見られていませんように、と階下の美しい弥勒菩薩《マイトレーヤ》に祈った。息をひそめると、ドアの前を通り過ぎる男の声がはっきり聞こえた。

「パーティーが終わったら、死体を台所のゴミといっしょに運び出せ。それまではそのままにしておくんだ」

男たちが立ち去ると、ステラは二分ほど待ってから廊下に出た。弱々しいあえぎ声が、まだヘッドホンから聞こえるような気がした。早くアリを見つけないと。手遅れになる前に。男たちがいたほうへ進んでいくと、閉じたドアの前の床に、小さな黒ずんだしみがあるのに気づいて足を止めた。血だ。まちがいない。だれかの靴底についていたのだろう。ステラはドアをゆっくりと開けた。中は暗くてなにも見えない。身体の幅だけドアを開いて中にすべりこみ、すぐに閉めた。明かりをつける。ねじれた身体が床に転がっていた。アリだった。胸の真ん中に大きな傷口が開いていた。床には、身体を囲むように血の海ができている。ステラは喉の奥に嘔吐《おうと》物《ぶつ》の刺激を感じながら、そばにひざまずいた。アリの首に触れてみたが、もうその必要はなかった。彼のうつろな目は天井を向いていた。携帯電話から聞こえたあのかすかな息は、ステラの錯覚だったのかもしれない。ステラは自分の電話を切り、アリの手からiPhoneをそっと抜きとった。それから、この邸に来たときにはめていた長い黒手袋をした。手をアリの身体の下に伸ばし、ジャケットの下の腰のくびれに触れた。生温かい血でぐっしょり濡れている。あった。アリの拳銃。ステラは拳銃を抜き取り、血まみれの手袋をはずして拳銃をぬぐった。今夜はそれが必要になるかもしれない。もう一度アリを見てから立ち上がり、窓辺に行った。暗がりに立ち、外の暗黒の夜を見つめた。身体の中で、冷たい炎が燃えていた。だが、それを感じているひまはない。あとでゆっくり感じよう。ステラは眼下のテラスで揺れる松明の炎に目を向けた。やがて深く息を吸いこみ、自分の携帯電話を取り出してカールに電話した。彼はすぐに出た。

「アリが死んだわ。撃たれたの」と、単刀直入に言う。

「なんだって？　なにを言ってるんだ」

「あなた、わたしたちになにをさせたかったの？　全部、知りたいわ。いますぐに」

「われわれもできるだけ早くそっちへ行く」

「いいえ、だめよ。まだなんの証拠も握っていない。なにひとつ証明できないのよ。アリを殺した犯人も、アフガニスタンで略奪を働いている愚か者も、どちらも捕まえられないわ」

「アフガニスタンだって？　どんな関係があるんだ」

ステラは苛立ちのため息をついた。

「今夜、ここで売られている古美術は、アフガニスタンから来たとしても貴重な美術品なの。戦争をする資金をつくることしか頭にない馬鹿が掘り出したのよ。わたしが証拠を見つけてみせるわ」ステラは短く、だが相手にわからせるようにはっきりと言った。

「それはだめだ、危険すぎる」

「あなたはわたしを信じるしかないわ。わたしには、やるべきことがわかっている。零時十五分に支援部隊を送って。時間ぴったりに。いいわね?」

「ステラ……」

「わかった?」

「ああ、わかった。だが……」

そのとき外の廊下に足音が響いたので、ステラは電話を切った。じっと動かず、ゆっくり息をする。部屋にはどこにも隠れる場所がない。足音は遠ざかっていった。助かった。ステラはアリの拳銃の重さを手で確かめ、弾倉を引き出した。全弾装塡《そうてん》されている。上出来だ。どこに拳銃を隠そうか。ステラの胸はたしかに大きいが、九ミリ口径の拳銃をブラジャーに隠せるほどではない。そういえば、五〇年代のドレスの広いスカートの下に、大きめの肌色のガードルをつけていた。拳銃をガードルの中にすべりこませて、注意深くチェックしてずれないようにした。うまく固定できた。アリの携帯電話を、血のついた手袋といっしょにハンドバッグの隠しポケットに入れた。口紅を塗り直し、背筋を伸ばし、最後にもう一度死体のそばに身をかがめた。アリの頰をそっと撫《な》でる。アリはとても安らかに見えた。彼のよく響く無邪気な笑い声を思い出した。それに、首にキスしてくれるときの髪の撫で方を。

「あなたをこんな目にあわせたやつを、絶対見つけるからね」ステラはアリに向かって小声で言った。それだけじゃない、自分の手でその人間に落とし前をつけさせるつもりだ。ステラは立ち上がってドレスを整え、二度と振り向くことなくパーティーの会場に戻った。進んでシャンパングラスを受け取り、カウンターのスツールに腰を下ろす。拳銃が床に落ちないように気をつけた。それからアリの携帯電話を取り出して、アリが死ぬ前に話をした五人の相手に、同じ文章のメールを送信した。「私は知っている」。送り終えると、まわりを見まわしてメールを受け取った人物がいないかどうか探した。しばらくそうしていたが、それらしき人物は見当たらなかった。ステラはもう一度メールを送った。ペーテルは部屋の真ん中にいて、くすくす笑いつづける女の身体を抱き寄せていた。ステラは怒りを悟られないよう気をつけて、彼を観察した。うっとり見とれているように見せたかった。ペーテルはステラの容疑者リストの最上位にいる。彼女はためつすがめつ、ペーテルを眺めた。ペーテルはがさつな大男で、とくに女性客に対してはひどくずうずうしい態度をとる。この場を取り仕切っているように振る舞っている。ステラの疑念をかき立てたのはそういうところだった。でも、ちょっと待って、とステラは思った。もし彼がほんとうにこの場を取り仕切っているのなら、あんなふうに振る舞う必要などないのではないだろうか。この屋敷が彼のものであるのはまちがいない。だが、もっと力を持つ人間がべつにいるのではないか。だとしたら、それはだれだろう。

　ステラはシャンパンに口をつけながら、部屋にいる人間をひとりずつ念入りに品定めした。やがて、その男に目が留まった。黒い髪に黒い瞳の、中背で色白の痩《や》せた男だった。悠然として、落ち着きはらっている。礼儀正しい態度だが、人に自分を印象づけることにはまったく関心がなさそうだった。男を見て、ステラは自分の飼っている黒いオス猫、シャーロックを思い出した。シャーロックも、そんなふうに振る舞う。愛想がよくて悠然と構えているが、実はまるで世界が自分のものであるかのように周囲を見下ろしている。ひょっとすると、この男がボスなのではないか。そのとき、黒い瞳の男と話し相手の白髪の男が、そろってこちらを向いた。黒い瞳の男が、ステラのほうにグラスを掲げてみせた。ステラもグラスを掲げたが、その瞬間、白髪の男に見覚えがあるのに気づいた。男は美術品のコレクターで、ロディーン家の常連客のひとりだ。正体がばれてしまった。

　計画を変更しなければならない。ステラはスツールを下りながら、ハンドバッグにアリの携帯電話を戻した。彼女も、世界が自分のものであるように振る舞うすべを心得ていた。女にはいたって簡単なことだった。胸を突き出しヒップを揺らせばいい。ステラは広間を横切って、まっすぐ黒い瞳の男のそばへ行くと、片手を差し出した。

「ステラ・ロディーンです。オークションに入れていただけるかしら」

　男のビロードのような目が微笑んだ。まつげが濃すぎて、まるで化粧をしているようだ。男はステラの手を取り、軽く握った。

「マルクス・フロムです。入れるも入れないもないでしょう。ここがオークションの会場ですし、あなたは招待されているのですから」

「いいえ、人に連れてきてもらったの。もっと目立たないようにしたかったんですけど、どうやらその計画はうまくいかなかったみたいね。わたしはロディーン・オークションハウスの顧客の代理で来たんです。あなたのお売りになるものにじゅうぶんな金額を払う用意がある方です。たとえば、あの壁際の弥勒菩薩《マイトレーヤ》など、わたしの顧客のコレクションにぴったりですわ」

「あなたがほんとうにご自分でおっしゃるとおりの方かどうか、どうすれば確認できますかな？」

「すでにおわかりだと思いますけど」

　ふたりはしばらく、黙って見つめあった。ステラの忍耐力は限界に近づいていた。

「確認したければ、会社に電話してください。きっと兄がまだいるはずですから」

　マルクス・フロムがロディーン一族のことを知って

いて、横にいる男からステラの正体を聞いているのは明らかだった。できればとなりの男が、ステラがロディーン家の娘であるのは知っていても、警官であることまでは知らないことを願う。幸い、その職業はステラの父親が自慢げに吹聴《ふいちょう》するたぐいのものではなかった。それに、もしマルクスに勤務先まで知られていれば、いまごろは監禁されるか死んでいるかしていたはずだから、おそらく大丈夫なのだろう。こんなところにいて、戦争で荒廃した国から盗まれた貴重な古美術品を自分か父親が買い取るふりをしているのは腹立たしいが、この状況ではほかにどうしようもない。マルクスはかすかに面白がっているような表情を浮かべて、黒い瞳でじっくりステラを眺めていた。少なくとも彼はステラに一目置《いちもく》いて、自分がこの場を仕切っていないように見せかけることだけはしていない。ステラは彼と視線を合わせながら、心の内で沸々《ふつふつ》とたぎる怒りと悲しみを相手に読みとられていないことを切に願った。

「このダニエルに、電話番号を教えてやってください」マルクスは、数歩後ろに立って、おそらくふたりの会話をひと言も漏らさず聞いていたであろう男に合図した。「シャンパンをもう一杯召し上がってください。すぐにお返事しますから」

ステラは小さくうなずくと、事務所の電話番号をダニエルに伝えてからテラスへ向かった。ドアのところでウェイターからずしりと重いブランケットを受け取り、肩に巻いた。いまやステラの命は、兄のニコラスが状況に気づいてうまく機転をきかしてくれるかどうかにかかっている。いまさら兄に知らせようとしても遅すぎる。すでにダニエルが電話をかけはじめたのが見えた。ステラは二階にあったアリの遺体のことを思ったが、すぐにその気持ちを押し殺した。嘆き悲しむのはあとでもできる。まずは復讐だ。アリのために、弥勒菩薩《マイトレーヤ》のために、そしてここにあるすべての略奪品のために。ステラは待ち時間を、新しい計画を立てるのに使った。支援部隊が到着するまでにまだ時間はたっぷりある。やがて、ダニエルがステラを呼びにきた。

「ステラ・ロディーンさんですね？　手配ができました。オークションは十分後に始まります」

ステラは礼を言い、準備のためにトイレにこもった。自分のiPhoneをブラジャーの中にすべりこませて最大限に集音できるようにする。アリの携帯電話をトイレットペーパーでていねいに拭く。アリの拳銃を太腿《ふともも》のもっとしっくりくる位置に固定しようとしたが、適当な場所が見つからなかった。あきらめて、胸の谷間の携帯電話の録音ボタンを押し、外の人混みに合流した。アリの携帯電話はハンドバッグに入れてあった。

オークションルームに続くドアのところで、こわもてだが礼儀正しいふたりの男が参加者から携帯電話を集めていた。予想していたことだった。オークションの記録を残させないための配慮だ。ステラは愛想よく微笑んでテーブルの上にアリの携帯電話を置くと、ハンドバッグに番号札を入れた。会場はふだんは大食堂として使われているようだが、たくさんの椅子が並べられて、ロディーン家のオークションハウスのような演壇もできていた。ペーテルが立ち上がって両手を左右に広げた。

「みなさま、この非公式オークションにようこそ。どなたもこれから出品される品が本物かどうか、お知りになりたいことでしょう」ペーテルの背後のスクリーンで、スライドショーが始まった。砂漠と洞窟。粗雑な手斧やスコップで地中から掘り出された品物のクローズアップ。「本日出品する品はどれも、昨年アフガニスタンで発掘された大変貴重なものです。作られた年代は、おおよそ紀元前千年から紀元後五百年のあいだとされています。みなさまにはご理解いただけるであろう理由によって、証明書のたぐいはいっさい発行できませんので、私の言葉を信じていただくほかありません。そのため、該当年代の専門家をこちらにお呼びしております」と言って、ペーテルは参加者に向かってにこやかにうなずいている年輩の男のほうを指さした。ステラはその男に見覚えがあった。何度かロディーン家の依頼で美術品の鑑定を手伝ってくれた男だ。

「どうぞ、この方の専門知識をお役立てください。もちろんオークション終了後でも、購入された品物について知りたいことはなんなりとお尋ねください。それでは始めましょう」ペーテルは両手を左右に広げてから、演壇を下りた。続いて、べつの男が壇上に立った。

「最初の品は、五世紀に鋳造された美しいディナール銀貨のコレクションです」

　競売は熱気を帯びてきた。ステラは、落札しないように気をつけながら数点に入札した。場の雰囲気は、ナイフで切れそうなほどぴんと張りつめていた。ロディーン家のオークションのときと同じだ。みんな他の客には目もくれず、魅せられたように競売人と競売品だけを見つめていた。だれもが勝ちたがっていた。会場は熱気と歓喜と怒りと焦燥で煮えたぎっていたが、それが表に出ることはいっさいなかった。やがて、あの驚くほど美しいブロンズの弥勒菩薩《マイトレーヤ》の像の番になると、ステラはかたくなに入札を続け、像を競り落とした。もっとも、それは見せかけだけの金額で、警察が到着したらすべて没収されることになる。

　オークションが終わって支払いの方法や時期についての取り決めが全部すむと、ステラはアリの携帯電話を取り戻した。そして、待望の弥勒菩薩《マイトレーヤ》を手にした。彼女はまたトイレに行って、胸の谷間に挟んでおいた自分の携帯電話の録音をチェックした。肝心なのはペーテルが話したところだ。それがじゅうぶんな証拠になってくれることをステラは心から願ったが、この種の事件で有罪を立証するのがどれほど難しいかはよくわかっていた。音声ファイルをカールに送信して、解説を付けた。残る仕事はあとひとつ。アリを殺した犯人を見つけることだ。十一時半になっていた。支援部隊の到着まで四十五分。警察が到着したときに、まだ殺人犯を特定していなかったら、捜査は振り出しに戻ってしまう。ステラはまたカウンターのスツールに座った。アリの携帯電話を取り出して、通話記録に残っていた最後の五人にもう一度メールを送信した。

［私は知っている。午前零時にテラスに来い］

書いたのはこれだけだった。ステラはカウンターから客たちのようすをうかがった。少し経つと、ふたりから返事が来たが、ステラは即座にそのふたりを容疑者リストから除外した。どちらもステラがなにを言っているのかわかっていなかったし、オークション会場にもいなかった。午前零時まであと十五分。緊張が高まる。やがてステラは、客のひとりがこっそり携帯電話を出し、またポケットに戻して周囲を見まわしているのに気づいた。男の額には汗がにじみ、手がかすかに震えている。オークション会場にはいなかった男だ。

ステラは人の波をゆっくりとかき分けて進み、男に近づいた。幸運にも、さっきのアフガニスタン古美術の専門家が、アリを殺した犯人とおぼしき男の横に立っていた。ステラは買ったばかりのブロンズ像について専門家に礼儀正しく質問しながら、男を観察した。どこをとっても、特徴のない顔立ちだった。なんとか男の写真を撮る手段を見つけてカールに送りたかったが、悟られずに実行する方法はなさそうだ。男は高級そうなスーツを着ていたが、身体に合っていなかった。男が腕時計に目を向けた瞬間、ステラは男のシャツの袖口に黒くて丸い小さな染みが三つついているのに気づいた。血だ。まちがいない。ステラは外のテラスに出た。ブランケットをはおり、ヒーターも置かれているが、凍えるほどの寒さだった。ステラは寒さが嫌いではなかった。思考を研ぎ澄ましてくれるからだ。待つあいだ、ステラは冷えきった弥勒菩薩《マイトレーヤ》の像を撫でた。あと五分。すると、午前零時きっかりに件《くだん》の特徴のない男がテラスに出てきた。男の姿を見て、ステラはもう一度携帯電話の録音ボタンを押した。男はまわりを見渡し、そこにはステラしかいないことに気づいた。ステラは穏やかに微笑みながら男に近づくと、首をかしげて、片手を彼の腕に置いた。

「なぜなの？　知りたいのはそれだけよ。話してくれれば、あとは好きにすればいいわ」

男はステラを見つめた。不意をつかれ、どう答えればいいか迷っていた。ステラは、男の目の前に弥勒菩《マイトレ》薩《ーヤ》を突き出した。仏像は氷のように冷たかった。ステラは声を落とし穏やかな口調で言った。

「いうなれば、わたしたちは同じボートに乗っている者同士なの。あなたがだれか知りたいとは思わない。ただ、なぜアリを撃ったのかを知りたいだけ。その理由がわからなければ、忘れるわけにはいかないわ。なぜやったかを知るために、永遠にあなたを追いかけることになる。だから、いまここで教えてほしいの。そうすれば、わたしたちはべつべつの道を行くことができる」

ステラには、十五分もすればカールが支援部隊とともに到着することがわかっていた。もしそれまでに男に白状させなければ、すべてが台無しになる。とはいえ、支援部隊が到着するまでは、男を問いただしたことをマルクスに知られてはならない。だから、ステラは支援部隊が踏みこむぎりぎりまで待った。作戦全体を危険にさらすことがないように。

男は迷っているような顔つきでステラを見てから、小馬鹿にしたようにかすかに笑って首を振った。そして、うつむく。ステラはさらに男に身を寄せた。

「なぜ？」彼女は小声で言った。「なぜなの？」

「あいつは知りたがりすぎた。仕事を乗っ取るつもりだったんだろう。マルクスにも近づこうとしていた。おれはあいつを止めなければならなかった。やつは――

――」

不意に、闇夜の静寂が車の音で破られた。何台ものの車だ。闇の中で人の動く気配がした。雪を踏みしめる足音が響く。支援部隊が到着したのだ。わかったときにはもう遅かった。ステラは腕時計に目を向けた。男がそのしぐさに気づいた。

「くそっ、警察《サツ》を呼びやがったな!」と男は叫ぶと、いきなり腕をひねってステラの身体を引き寄せた。彼女の頭が激しい勢いで振りまわされる。首に激痛が走った。男は腕を曲げて、さらに強く彼女の首を締め上げる。「この女《あま》」ステラの耳に男の唾《つば》がかかった。喉が絞られるのを感じる。息が苦しかった。目の前で火花が散る。恐怖感が身体の中でふくらんでいく。気絶する前になんとか逃れたい。ステラは重く冷たい弥勒菩薩《マイトレーヤ》を両手で握りしめ、恐怖と怒りにまかせて力いっぱい仏像の台座を振り下ろした。耳元で、なにかが砕ける鈍い音がした。男は叫び声をあげてステラから手を放した。ステラは頬に熱い血が流れるのを感じた。振り向くと、男の左目がつぶれて血だらけになっていた。眼球のまわりに白い骨が見えている。男は叫びながらテラスの手すりを越えて雪の上に落下した。雪はすぐに真っ赤な色に染まった。ステラは身を凍りつかせて、男を見下ろした。なぜ、警察はこんなに早く着いたのだろう? 彼女はスカートの下から拳銃を引っ張り出した。まだ警察が来るはずの時間ではないのに。視界の隅でなにかが動くのを感じて、彼女は振り返った。男がひとり、テラスに走り出てきた。その手に握られた拳銃はステラを狙っている。ステラが反応する前に、背後で大きな銃声がして、男は頭から倒れた。黒い制服にヘルメットと防弾ベストをつけた男がステラのそばに走り寄った。警察の支援部隊だ。警官は厚手の黒い手袋でステラの腕をつかみ、彼女の手から注意深く、だが有無を言わせず拳銃を抜き取った。警官はゴーグルを通して、彼女を探るように見つめた。

「ステラ・ロディーンだね?」

ステラは力なくうなずき、顔に傷を負った男の周囲の雪にピンク色の染みが広がっていくのを、ぼんやりと眺めた。男は叫ぶのをやめて、静かに横たわっていた。温かい血が身体の下の雪を溶かしている。ステラは、復讐できたという満足感以外なにも感じていない自分に気づいて、気分が落ちこんだ。

「大丈夫か」警官が、聞こえているかどうか危ぶむようにはっきりした口調で尋ねた。ステラは現実の世界を取り戻そうと首を振った。人々のわめき叫ぶ声が耳に届き、黒い制服の警官たちと、いたるところで驚き、おびえ、うろたえている客の姿が目に入った。

「ええ、大丈夫」

警官はうなずくと、同僚に手を貸すために走り去った。ステラはテラスに留まり、警官が声を張り上げて客たちを壁に並ばせている、混乱の第一段階がおさまるのを待った。救急救命士が特徴のない男を雪の中から運び出すのが見えた。彼は死んでいた。ステラが彼を殺したのだ。喧騒が少しおさまると、ステラは屋内に戻った。まだブランケットを身体に巻いたままだった。長身の痩《や》せた男が近づいてきた。

「アリの遺体は見つけた？」ステラは尋ねた。

「ああ」

「よかった。あの男が最重要人物よ」彼女は黒い瞳の男を指さした。「マルクス・フロム。まずあの男に話を訊くべきね。それから、あちらのふたりも」と言って、部屋を横切りながら、事件にかかわった者を指示した。「これがアリの携帯電話」と、電話を差し出したが、自分でも手が震えているのがわかった。アリの携帯電話を見ただけで、それまで心の奥に固く閉じこめていた悲しみやショックがあふれ出てきそうだった。「もう行くわ」

「しかし――」

「まだ訊きたいことがあるなら、明日の朝にして。いますぐわたしが必要になることはないはずよ。わたしの知っていることは全部、カールも知っているし、集めた証拠も彼がすべて持っているから」

「わかった」

ステラは足早にクロークに行き、コートを受け取った。未舗装の長い坂道を慎重に下っていく。松明はもう消えていた。空は灰色に変わりつつある。湿った冷気に、ステラはぶるっと身震いをした。喉が痛い。道路を渡って、海岸沿いの歩道を歩いた。湾を覆《おお》う氷は鏡のようになめらかだった。ステラはまずiPhoneでショートメールを送ってから、カールに電話をした。

「ああ、ステラか。私は――」

「メールで辞表を受け取ったでしょう」

「だが、いったいなぜなんだ？　考えすぎじゃないか」

「今度の件がどれほど危険なものなのか、あなたはわたしに言わなかった。わたしの家族まで巻きこんだ。それでも足りないと言うみたいに、わたしを信用せず、指定の時刻を守らなかった。あなたの判断ミスのせいで、わたしは人をひとり殺してしまったのよ」

「なあ、落ち着けよ。馬鹿なまねはやめろ」

「わたしはとても落ち着いているわ。今日からわたしは、あなたからもスウェーデン警察からも自由よ。あなたたちの傲慢《ごうまん》さや救いがたい無能さからも。もうたくさん」

「それで、これからなにをするというんだ。パパのところに戻るのか？」カールは怒っていた。

「大きなお世話よ」

ステラは電話を切ってコートのポケットの奥にしまい、海辺の道を歩きつづけた。町はまだ眠りについているようで、人影もなく物音ひとつしなかった。明け方の空は、ゆっくりとその色を黒から藍《あい》、そして菫《すみれ》色へと変えていった。ステラは、コートのフェークファーの裏地に涙が小さな氷柱《つらら》を作るまで泣いた。涙が涸《か》れるまで泣いた。そんなステラを、ポケットの中の氷のように冷たい弥勒菩薩《マイトレーヤ》は、慰めているようにも叱っているようにも思えた。

ヴェロニカ・フォン・シェンクは一九七一年生まれで、コンピュータゲームのプロのゲーマー、ジャーナリスト、コンピュータ雑誌およびストックホルムのイベント情報誌の編集長など多彩な経歴を持つ。現在は就職活動コンサルタントをしながら、ふたりの子どもを持つ母親としてストックホルム郊外で暮らしている。二〇〇八年に初めてのミステリ、『エングラリーク』（*Änglalik*）（言葉遊びで、〝天使のような〟と〝天使の死体〟を掛けたもの）を、二〇〇九年に二作目、『グループ』（*Kretsen*）を刊行、後者はスウェーデン推理作家アカデミー最優秀長篇賞の候補五作にノミネートされた。二作ともスウェーデン人と韓国人の混血の犯罪心理分析官、アルテア・モリーンを主人公として登場させ、シリーズ第三作の出版も予定されている。さらにフォン・シェンクは、歴史上の出来事を題材にした児童向けのミステリを三冊出版して好評を得ている。

〔＊この作品は書き下ろし〕

遅すぎた告白

Sent ska syndaren vakna

カタリーナ・ヴェンスタム
Katarina Wennstam
内藤典子訳

カタリーナ・ヴェンスタムは作家であると同時にジャーナリストでもあり、また講演活動にも力を注いでいる。出身はヨーテボリだが、現在はストックホルムに住んでいる。長年、スウェーデン・テレビで犯罪報道記者を務めてきたが、二〇〇七年以降は文筆業に専念している。

ヴェンスタムはスウェーデンの多くのミステリ作家と同じく、自らの信念に基づき、現在の社会問題を題材に小説を書いている。彼女が取り上げるのは女性に対する暴力、同性愛者嫌悪、差別や偏見といった不寛容である。最初のミステリは二〇〇七年に出版された『泥』（*Smuts*）。二作目は『ドーデルヨーク』（*Dödergök* タイトルはスウェーデンの子どもの歌をもとに作られた造語）で、著者の言葉を借りれば、この本は〝二〇〇八年にスウェーデンで出版された書籍の中でも最高傑作〟だという。著者はこのほかにも三作の長篇小説を書いており、現在スウェーデンでも屈指のベストセラー・ミステリ作家と言える。

この短篇が初登場となった警部シャーロッタ・ルグンは、その後ヴェンスタムの小説で繰り返し登場する主人公のひとりとなり、弁護士のシリン・スンディンとともに、『裏切り者』（*Svikaren* 二〇一二年）から始まる三部作でも主役を務めている。著者はこの短篇でもやはり基本テーマのひとつを根底に物語を展開していく。この話の背景となっているのはクリスマスである。そこで、スウェーデンの伝統的なクリスマスにあまりなじみのない読者にその独特の習慣をふたつ紹介しておこう。まず、スウェーデンでは主にクリスマスの祝いを十二月二十四日に行なうことである。その日人々は伝統的なクリスマス料理、塩漬け豚肉を焼いたクリスマスハムに舌つづみを打ち、子どもたちはサンタがやってくるのを首を長くして待つ。もうひとつは、一九六〇年以降ほぼ毎年、『私たちみんなから、あなたがたみんなへ』と呼ばれるディズニーアニメ（テレビシリーズ『ウォルト・ディズニー・プレゼンツ』のクリスマス特別番組で、一九五八年にアメリカで初公開された）がスウェーデン・テレビで放送されることである。番組は午後三時から四時までの一時間で、スウェーデンでは三分の一以上の国民がこのアニメを観る。ディズニーアニメを観て過ごす習慣は、スウェーデンの伝統的なクリスマス行事の一部とみなされており、繰り返し放送されるディズニーの名作アニメ、たとえば『牡牛のフェルディナンド』『リスのおもちゃ合戦』『サンタのオモチャ工房』の台詞《せりふ》や歌詞を、この国ではほとんどの人がそらで言えるほどだ。

ちなみに、スウェーデンの殺人罪の公訴時効は二〇一〇年までは二十五年だったが、二〇一〇年七月一日に刑事法が改正され、殺人および殺人未遂の時効は撤廃された。

「もう、信じられない！　ディズニーをやってる最中に電話してくるなんて」

ダイニングテーブルの上のシャーロッタの電話が、急《せ》きたてるように呼び出し音を鳴らしていた。着信メロディーは自分でも恥ずかしくなるほどたっぷり時間をかけて選んだ曲で、四年前のポップソング・コンテストを思い出させるなんとも陽気な曲だ。シャーロッタはこれを耳にするたびに、なんでべつの曲に変えなかったんだろうと首をひねる。アグネータはシャーロッタの携帯を一瞬にらみつけたが、すぐにテレビの『シンデレラ』に視線を戻して、マジパンのかけらを口に押しこみ、ソファーのクッションに身を沈めた。

電話はまだ短いメロディーを繰り返している。

「なんで出ないのよ！」

「クリスマスイブに？」

「仕事の電話でしょ」

「たぶんね」

シャーロッタは携帯電話のところへ急いだ。かけてきたのがだれであれ、あきらめてくれないかなという思いのほうが強かったが、出てみたい気持ちも少しはあった。非通知だ。シャーロッタは電話の相手と対決しようと、大きく息をついた。せっかく家でくつろいでいるのに邪魔するなんて。しかも、よりによって、十二月二十四日の午後三時二十分に。

「シャーロッタ・ルグンですが」

返事がない。電話の向こうから人の気配は伝わってくるものの、そのまま何秒か過ぎた。相手は黙りこくったままだ。

「もしもし？　シャーロッタ・ルグンです。どなたですか」

「もしもし……しばらくね。ごめんなさい。わたし……お邪魔だったかしら」

「いいえ、かまいませんよ。それで、どういうご用件でしょう」

シャーロッタは部屋を見まわした。ソファー、火のともったろうそく、クリスマスツリー、ネズミと小さな鳥たちがダンスをしているテレビの画面。ソファーの上ではアグネータが心地よさそうに脚をぶらぶらさせ、そばにはクリスマス・キャンディを盛ったボウルが置いてある。アグネータはトフィーにくっついた紙をなめてはがそうとしていた。紙がはがれると、口に放りこんで、『シンデレラ』の『仕事のうた』を歌いはじめる。

シャーロッタは目を閉じた。電話の声を聞く前から、静かで穏やかなクリスマスもこれでおしまいであることはわかっていた。

女の勘と言えばいいのか、あるいは二十六年間の警察官としての経験からだろうか、それともこれまでいやというほど厳しい現実を見てきたせいか。クリスマスにかかってくる仕事の電話が、メリー・クリスマスを言うためだけのはずがない。

「ああ、忘れてたわ。メリー・クリスマスと言わなくちゃね。クリスマスイブにこんなふうにお邪魔してしまって、ほんとうにごめんなさい。でも、大事なことなの。どうしても今日電話しなければならなかったの」

「すみません。おっしゃってることがよくわかりませんが。どちらさまですか」

電話の向こうで小さな笑い声があがった。子どもを甘やかすような、それでいて少しばつの悪そうな声。

「もちろんそうでしょうとも。わたしの声がわからなくて当然だわ。ずいぶん昔のことですもの。ごめんなさいね。もちろん……あなたなら始終、人との出会いがあるでしょうから。覚えてなくてあたりまえよ……でもね……」

電話の女は少し話をしたかと思うと、長いあいだ黙りこむ。奇妙にも、心労に苦しみながらも、冷静さを少しも失っていない、という感じだった。心は穏やかだけれども、一方で、限られた時間にたくさんのことを言わなければと苛立っているように。

「わかりました。でも少しわたしを助けると思って、あなたの名前を教えてもらえませんか。そのほうがずっと話が早いと思うんです」

「そうね、おっしゃるとおりだわ。では、こう言えば思い出してくださる？　エリック・グラナートを覚えていらっしゃるかしら？　わたしはエリックの母親よ」

この言葉を聞いた瞬間、シャーロッタは、今年のクリスマスイブはまちがいなくほかのどんなイブとも違う日になると確信した。

シャーロッタは電話を耳に当てたまま、足音を忍ばせてアグネータに近寄り、額に優しく音を立てないようにキスをすると、申し訳なさそうに彼女を見た。これ以上は必要ない。アグネータはわかってくれるはずだ。

アグネータの表情は幸せにはほど遠かったが、ふたりのあいだにはずいぶん前から合意ができていて、おたがいにこんなことには慣れっこになっていた。シャーロッタの仕事は、休日だろうが、夜だろうが、だれかの誕生日だろうが、ひどいインフルエンザにかかっていようがなんの関係もなかった。夕食会の途中で、買い物の途中で、夜、家でくつろいでいる最中に、何度あわただしく仕事に飛び出していったことか。

そうはいっても、今日はクリスマスイブ……ふたりはこの夕べをとても楽しみにしていた。新しいテラスハウスで迎えるふたりきりの最初のクリスマス。子どものいないふたりきりの最初のクリスマス。母親もきょうだいもいとこたちもいないふたりきりの最初のクリスマス。ふたりきりの。

シャーロッタはアグネータの頬を撫《な》で、声を出さずに〝ごめんなさい〟を口の形で表わすと、玄関へと向かった。カーリングシューズに足を入れ、ファスナーも上げずに、分厚いジャケットをはおる。

「これからうかがいます。場所を教えてもらえますか」

シャーロッタはダウンタウンを通る道を選んだ。近道をしようと、サールグレンスカ大学病院の敷地を抜ける。ヴァヴリンスキ広場では勢いよく走る路面電車《トラム》と危うくぶつかりそうになった。薄闇のなか、雨も激しく、視界が悪くてトラムがほとんど見えなかったのだ。気温は零度まで下がり、いつ雨がみぞれに変わってもおかしくなかった。トラムの運転手はぎりぎりのところでクラクションを鳴らしてきた。まったくトラムときたら、次から次へとやってくるんだから。

トラムは人気《ひとけ》のない道をくねくねと進み、グルドヘーデンへ向かって坂道を上っていった。車内には三人の乗客が見えた。みんな黒っぽい服を着て、それぞれ離れて座り、雨が激しく打ちつける窓から外を眺めていた。願わくは、みんなだれかの待つ家へ帰るところでありますように。三人ともクリスマスにだれからも気にかけてもらえない、なんて考えただけでも耐えられない。みんな、愛する人に囲まれて安全で暖かな場所で過ごしてほしい。

だが、けっしてそんなふうにいかないことを、シャーロッタはだれよりもよく知っていた。とりわけクリスマスには。

シャーロッタが大好きなのはビング・クロスビーの

歌、光沢のある赤い包装紙、サフランパン、封蠟《ふうろう》のにおい、ホットワインの香り。同じくらい大がつくほど嫌いなのが、クリスマスにつきものの酔っ払いや暴力。どんなに自分の暮らしやアグネータとの結婚生活の喜びに逃げこもうとしても、どんなにきらきら輝くリースを心ゆくまで眺め、のんびりとクリスマスを楽しもうとしても無駄だった。いまだにクリスマスシーズンは警官にとって一年で最悪の時期だ。

仕事は大好きだったが、クリスマスとなると話はべつだ。いまでも刑事になって初めて迎えたクリスマスの夜が忘れられない。その日、おろしたてのポリスブーツを履《は》いたシャーロッタは、泥酔した夫に殺された女性の血だまりで転倒した。

男はキッチンの片隅に座り、「あいつは転んだんだ。あの間抜け。まさかあんなにどじだとは思いもしなかった」とつぶやきつづけていた。食卓にはクリスマスハムが載っていた。いまでもシャーロッタは、皿の上のスライスされた五枚のハムをありありと思い浮かべることができた。夫は、ハムを切ったのと同じナイフを使って、妻の顔を切りつけたのだ。

かと思えば、電話を切ってしまい、電話線の向こうの孤独な魂の訴えに応えられなかったこともある。いまだにシャーロッタは、彼らの希望を失った目が見つめているのを感じる。おびえきった少女のやわらかな髪に顔をうずめて、人知れず涙を流したこともある。少女は、義理の父がアクアビットのにおいをぷんぷんさせて、狂ったように母親を殴るのを見ていた。すぐそばでは、テレビからディズニーアニメ『牡牛のフェルディナンド』が流れていた。ほんとうはみんなわかっているのに認めようとしない事実に、毎年毎年直面せざるをえなかった。その一方で、クリスマスにはプレゼントを開けて、クリスマスツリーの明かりに子どもたちの目が輝くのを見ている人たちがいる。

だから、シャーロッタ・ルグン警部が、個人的には大好きなクリスマスが嫌いになったとしても無理はなかった。

シャーロッタは聖シーグフリード広場に着くと、ロシア総領事館の裏手にまわった。総領事館の表に立つ守衛はこの土砂降《どしゃぶ》りの雨のなか、ソビエト連邦がずいぶん前に崩壊したことなど知らないかのように、表情ひとつ変えず、身じろぎもしなかった。

ヤコブスダール通りの豪華なアパートが建ち並ぶ一角に向けて車を走らせる。アパートとアパートとのあいだに車を駐《と》めた。奥にもうひとつ建物があって、その先が崖になっている。崖からはヨーテボリのダウンタウンを一望できた。クリスマスシーズンのリセベリ遊園地では街路樹に取り付けられた何百万という小さな電球の明かりが揺らめいており、しばらくのあいだシャーロッタはその光景に見とれた。だが、身を切るような寒風が髪を濡らして無防備な首元に襲いかかると、シャーロッタは身を震わせ、暗証番号を打ちこんでアパートの中へ入った。

「そのまま奥へ進んで。鍵は開けておくから。奥の客間にいて、玄関のベルが聞こえないかもしれないけれど、気にせず入って」

エリックの母ロヴィーサ・グラナートは入念に指示をしたあと、この特別な日の午後にシャーロッタに来てほしい理由についても慎重に言葉を選びながら説明した。

「あのときなにがあったのか、あなたにお話ししたいの。話を聞いてもらえると、とてもうれしいのだけど」

シャーロッタは二十六年間この言葉を待っていた。だが、正直に言うと、この先も事件の真相を知ることはないだろうと思っていた。これまでずっと、自分の最初の大きな殺人事件が唯一の未解決事件でもあるという事実をなんとか受け入れようとしてきた。

似たような挫折を経験した話を年上の同僚たちから

聞き、刑事ならだれしも過去に未解決事件を背負っているのだと知った。いくつかの謎は未解決のまま残るという現実を、みんな少なくとも一度は受け入れなければならなかったのだろう。だから、これまでずっとその現実と折り合いをつけてきたつもりだった。雪に隠されていた事実が、雪解けとともにすべてあらわになるとはかぎらないという現実と。

だが、ロヴィーサ・グラナートの言葉はそれ以上の期待を抱かせるものだった。

「これまでずっと黙ってきたけれど、わたし、エリックを殺した犯人を知っているの」

初めて訪ねる家のドアを開けていきなり上がりこむのは奇妙な感覚で、いけないことをしているように思えた。グラナート家の人たちとは、二十五年以上前にこの事件の捜査で会ったことがある。当時一家が住んでいたのはここではないのに、この家から受ける印象は当時とまったく変わらなかった。重厚な家具、先祖伝来とも呼べそうな調度品。お世辞にも趣味がいいとは言えない絵画は色調が暗く、なにが描いてあるのかよくわからない。

これだけお金があれば、もう少し家を明るく見せることもできるだろうに、なぜかこの家には悲しみや不安、抑圧された感情といった影がつきまとっている。当時そういったものは、子どもを亡くした悲しみやショックからくるものと思っていた。だが、それから四半世紀経ったいまも、グラナート家の印象はまったく変わらなかった。

玄関から、サイドテーブルや書きもの机に置かれた巨大な枝付き燭台《しょくだい》やランプに明かりがともっているのが見えた。寒気を感じたシャーロッタは、しかたなく雨で重くなったジャケットをクロークルームにかけた。

「こんにちは」なにも言わずに上がればいいとロヴィーサ・グラナートに言われていたが、家の奥に向かって大きな声で呼びかけた。返事はなかった。

食事室を通り抜け、さらに奥の部屋へ向かうと、静かな音楽が聞こえてきた。おそらく書斎か、もしかしたら喫煙室だろう。部屋の壁紙は暗い色調の格子縞で、葉巻入れと灰皿の載った机のまわりには大きな革張りの肘掛け椅子が並んでいた。壁は一面書棚で覆《おお》われている。

何部屋か通り抜けて、ようやく客間に入った。ロヴィーサ・グラナートが窓辺に座り、明かりのともったリセベリの街路樹を見下ろしていた。

「あら、来てくれたのね。お会いできてうれしいわ。どうぞ、お座りになって」

ロヴィーサは立ち上がろうとも握手の手を差し出そうともせず、淡いブルーのストライプ柄の肘掛け椅子にほとんど身動きもせず座ったままだった。客間はいましがたシャーロッタが通ってきた部屋とはうって変わって、壁紙は明るく、床まで届くカーテンは重厚感があるものの色はライムグリーンで、それも開け放たれていた。角部屋で窓が四つ、出窓には美しい白のシクラメンが生けられたエウシェン王子デザインの八角形の花瓶が置いてあった。

ロヴィーサは片手を上げたまま動かず、手のひらを上に向け、指を少し曲げていた。優美なソファーに座るように勧めているのだ。

「どうぞお座りになって。いらっしゃる前に、勝手に紅茶に決めて淹《い》れておいたわ。午後もこんな遅い時間にはコーヒーは飲まないことにしているの。それにホットワインはどうも好きになれなくて……紅茶をいかが？　よかったら……」

ロヴィーサはまたもや言葉を中途半端なままで終わらせた。彼女の悪いくせなのだろう。

シャーロッタは首を横に振って腰を下ろすと、エリック・グラナートの母親を観察した。あれから二十五年、ロヴィーサはどう変わったのだろうか。

こういうときにはどんな表現がふさわしいだろう、とシャーロッタは考えた。人生の風は彼女に冷たかった。苦労を重ねた歳月が顔に表われている。悲しみに打ちひしがれている……

どれもこの老婦人には似つかわしいように思えた。シャーロッタはロヴィーサのことを愛想のよい女性として記憶していた。この陰気で暗い上流階級の家にそぐわない女性として。だが、いまの彼女はそのときよりずっとこの家になじんでいて、食事室や書斎にある色調の暗い絵と同じように、その顔からなにかを読みとるのは難しかった。ちゃんと食事を取っていないのか痩《や》せており、口元や目元には深い皺《しわ》が刻まれている。醜いと言ってもいいくらいだ。深い悲しみのせいだろう。

ロヴィーサが紅茶をすすり、その目がシャーロッタの探るような目と合う。その瞬間、シャーロッタは当時の記憶が一気によみがえるのを感じた。

一九八一年十二月、聖ルチア祭の夜、ヨーテボリ旧市街の目抜き通りクングスポルト・アヴェニュー。騒音に混乱。ティンセルで飾りたてた子どもたちに、騒ぎたてる酔っ払い。街角のいたるところに嘔吐物《おうとぶつ》。雪が降ったせいもあるだろう、大勢の人が街に繰り出し、浮かれ騒いでいた。

シャーロッタ・ルグンは当時まだ巡査部長だった。少なくともいまはまだ、とバックミラーに映る自分の姿にちらりと目をやったシャーロッタは思った。春に芽吹く葉と同じくらい未熟ね。

その日、高校生のエリック・グラナートが殺され、イェイイェル通りで死体で発見された。すぐ近くにはいつも人でごった返すクングスポルト・アヴェニューがあり、人々が飲み騒いでいた。だが、まわりに大勢人がいたにもかかわらず、目撃者はひとりもいなかった。雪は降り積もったばかりだったのに、殺人者の足跡は残っていなかった。このことから、十九歳の少年は雪の降る前に死んだものと思われた。

多くの証拠が、酔っ払い同士の喧嘩《けんか》が度を超したものか、強盗の仕業であると示していた。エリック・グラナートは、路上の無意味な暴力の犠牲になったものと考えられた。この〝無意味な暴力〟という言いまわしは当時まだ目新しいもので、それがあてはまる事件もさほど多くなかった。まるで、暴力や殺人が無意味でないこともあるかのような妙な表現だが。

被害者が酔っ払っていたこと、街角に大勢のティーンエイジャーがいたこと、財布がなくなっていたこと、現場が繁華街に近かったことがすべてこの仮説を裏付けていた。有力な目撃情報がだれからも得られなかったこともある。一九八〇年代当時、裏通りで若者ふたりが喧嘩していても気にかける者などだれもいなかった。

だが、ひとつだけ、強盗事件と考えるには不自然で説明のつかないことがあった。

エリック・グラナートは首から金の十字架をかけていた。堅信礼以来、肌身離さず毎日身につけていたという。その十字架が鎖から引きちぎられ、なくなっていた。

だが、財布といっしょに盗まれたのではなかった。検死の際に、十字架は無理やり喉の奥深くに押しこまれた状態で発見された。喉のくすんだ紫色の傷から、正体不明の殺人者がパーティー用のおしゃれをした若い男の喉を絞めて殺し、もの言わぬ雪の中に死体を置き去りにしたことがわかった。

警察内では、強盗説に加えて、殺人者からの謎めいたメッセージを考慮に入れ、宗教がらみの事件ではないかという意見も出された。

少年の家族はきわめて信心深い一家で、非国教派教会でも積極的に活動していた。また、一家の社会的地位は高く、少年の父親は実業家で、非国教派に属するだけでなく、ライオンズクラブやロータリークラブのメンバーでもあった。

当時、警察を混乱に陥れた疑問は単純なものだったが、結局、答えは見つからなかった。なぜエリック・グラナートは殺されたのか。動機は宗教と関係があるのか。

エリックの友人もまた、多くがクリスチャンだった。ペンテコステ派の若者向けのセミナーで知り合った友人、両親の信徒仲間の子どもたち。とくにシャーロッタの印象に残ったのは、一見信心深いティーンエイジャーたちも同年代の子どもと同じように酔っ払い、羽目をはずして騒ぐということだ。だが彼らからは、エリックの死を望んでいた疑いのある人物のことを訊き出す以上に、飲酒の習慣や性生活について話させることは難しかった。彼らの宗派は多くの点で閉ざされた世界で、入りこむのも理解するのも容易ではなかった。その点では、警察が長年やりあってきたさまざまな犯罪組織と似ているかもしれない。

亡くなったとき、エリックにガールフレンドはいなかった。人から恨まれていたとか、だれかと仲たがいしていたという話もなかった。包み隠さずなんでも話し、お人よしとも言える好青年だったらしい。だが、知り合いが多かったにもかかわらず、親友と呼べる存在はほとんどいなかったようだ。ほんとうの意味での友だちは。

友人たちからの手がかりは、解決にはつながらないことがわかった。なにか彼らにはわからない動機があったのではないかという思いは、ずっとシャーロッタの頭の中で渦巻いていたが、当時悪質化していた強盗事件という可能性も残されていた。もしそうだとしたら、加害者には奇妙なメッセージなど残すつもりはなく、つまりこれは犯人が完全にパニック状態で行なったことで、そこに犯人のメッセージは隠されていなかったことになる。

手がかりもしだいに少なくなっていき、八カ月間の捜査もむなしく事件は棚上げされた。その後はときおり記録保管室から持ち出されたり、タブロイド紙に取り上げられたり、数年前には新しい手がかりを得て、新たな説が生まれたりしたこともあった。

だが、有力な情報が新たに出ることはなかった。エリックの殺人犯の正体はわからずじまいで、いまだに逮捕されていない。

そして今日。クリスマスイブ。あれから二十五年の歳月が流れていた。ひとつだけ明らかなことがある。時効が成立したのだ。シャーロッタはエリック・グラナートの母親に微笑みかけたが、心の中では老女に向かって悪態をついていた。あなたはいままでずっと沈黙を続けてきたけれど、いったいだれをかばっていたの？

それにどうして、いままで黙っていられたの？　だって、あなたの息子でしょ。殺されたのはあなたの息子じゃない。

そうは思ったものの、シャーロッタは口元にかすかな笑みを浮かべた。気持ちを顔に出さずに、ロヴィーサ・グラナートの目をまっすぐに見つめる。わたしに話してちょうだい。わたしを信じて。尋問のやり方はわかっている。いまのわたしなら。

「わたしを信頼して打ち明けたいことがあるというお話でしたね。さあ、どうぞ話してください」

「なぜあなたに個人的に電話をかけたかというとね。突然思ったのよ……なぜか、なにもかも打ち明けようって決めたの。でも、打ち明けるのはあなたにだけよ」

シャーロッタは眉をひそめたが、感情を出さないように気をつけた。

ロヴィーサは小さなサイドテーブルのほうに身を乗り出し、薄いティーカップを両手で包むように持った。

小指をピンと立て、熱い紅茶を少しずつすすり、香りを嗅《か》ぐ。風味を楽しんでいるのだろう。シャーロッタは相手の要領を得ない話し方やちょっと人を見下したような態度にいらいらした。だが口を閉ざし、女を急《せ》きたてないようじっと我慢した。

ロヴィーサがなにも言わないので、シャーロッタは部屋を見まわした。サイドテーブルの上に小さな磁器の像がある。この手の置物の価値はまったくわからなかったが、ボンネットをかぶり、裾《すそ》の広がったスカートをはいたきゃしゃな少女はなかなか可愛らしいと思った。思わず腕を伸ばし、像を手に取った。驚くほど冷たい。

「それにはさわらないでいただけるかしら」

「まあ、申し訳ありません、うっかりして。高価なものなんですか。すばらしいですね」

「いいえ、それほどでも。でも、わたしのお気に入りなの。汚されたくないのよ」

奇妙な言葉遣い。ロヴィーサ・グラナートのとりすました言い方はどうも好きになれない。だけど、いまは口をつぐんでいないと。わたしの得意技なんだから、できるはずよ。とにかくいまは話を聞かないと。ロヴィーサがわたしを呼び出してまで話したいと思ったことを。

ロヴィーサはティーカップを置いた。

「ほんとうのことを言うとね、あのとき、どうしてあなたが真相に気づかなかったのか不思議でならないの。あなたのことは……これまで、あなたのことを忘れたことはないわ。ときどき思ったものよ。もしだれかに話すとしたら、それはあなた以外にありえないって。わかってくれる人がいるとしたら、あなたしかいないって思うから。なにがあったのか、あなたは心の底では気づいていたと思うの。だけど、経験が足りなかったのね。勘は鋭いのに、自分の直感に頼るのを怖がっていた」

シャーロッタは突然、自分はいまひどく間の抜けた顔をしているにちがいないと思った。相手が話をしやすいようにと顔に貼りつけておいた笑みがいつの間にか消え、口をぽかんと開けている。いったいこの人はなにを言っているんだろう？

「おっしゃっていることがさっぱりわからないんですけど。あなたもご存じのはずです。当時わたしは捜査の責任者ではありませんでした。ただの……」

「わかってるわ。だけど、だれも気づかないことに、あなたはもう少しで手が届くところだったのよ。的を射た質問をしていたのに、自分が出した答えに真剣に耳を傾けようとしなかったのね。わたしたちの家に来たときのことを覚えてる？　当時わたしたちが住んでいた家に。エリックが死んだ翌日のことよ」

シャーロッタはうなずいた。もちろん覚えている。エリックの父親、レナート・グラナートがエルグリューテにあった家の玄関でわたしたちを出迎えた。家はクリスマスのために目いっぱい飾りつけがされ、美しい雪にくるまれていた。家の中が、外と同じくらい冷えきっていたことも覚えている。

あのとき、エリックの父親はずっと咳払いをしていた。ロヴィーサが話しているときはとくにそうだった。ひどくいらいらしたが、息子を亡くしたばかりの父親に、咳払いをやめてくれとだれが頼めるだろう。レナート・グラナートは、男らしく振る舞わなければという思いにとらわれている。だから、突然泣きださないようにするためなら、どんなことでもしただろう。シャーロッタはレナートの咳払いをそう解釈した。

だが、この咳払いのせいで事情聴取はうまく進まなかった。シャーロッタはもちろん、経験豊富な同僚の刑事でさえ調子が狂いっぱなしだった。レナートが痰《たん》を出すときのねばっこい音のせいで、話の筋道がわからなくなってしまったのだ。あの音ときたら、まるで巨大な痰の塊を喉から吐き出そうとしているように聞こえた。あの気持ちの悪い音はいま思い出してもぞっとする。

「ところで、どちらにいらっしゃるんです?」

「だれが?」

「ご主人ですよ。レナートは?」

「夫は……夫は新聞を買いに行ったの。すぐに戻ってくるわ」

そんな馬鹿な。こんな特別な日に家にいないなんておかしい。それともいまこの瞬間にもサンタの恰好をしたレナートが部屋の入口に現われるとでもいうの?

そんなこと、絶対にありえない。それともロヴィーサが嘘をついているのか?

だが、その話題にはこれ以上触れないことにした。いまは、二十五年前に見つけられなかった手がかりについてもっと知りたかった。

「どうぞ、続けてください。先ほどあなたはおっしゃってましたよね。もしわかってくれる人間がいるとしたら、わたししかいないと。それはどういう意味でしょう?」

「あなたがわたしたちにした最初の質問はなんだったか覚えてる?」

「当時のこと? ごめんなさい。全然思い出せないわ。二十五年以上前ですから」

「思い出してみて。同僚の刑事さんではなく、あなたがした最初の質問。なんて言ってた?」

シャーロッタはちょっとのあいだ、目を閉じた。と、ふいにその瞬間の記憶がよみがえった。あのとき、わたしは身を乗り出してパートナーの刑事の話に割りこもうとしていた。実は質問はふたつした。同じことを、言い方を変えて質問したのだ。殺される日の前の晩、息子さんは家にいましたか? 息子さんがその夜どこに泊まったかご存じですか?

レナートもロヴィーサも返事をしなかった。レナートは咳払いをし、ロヴィーサは黙って膝《ひざ》を見つめていた。一気に当時の光景が目の前によみがえる。なにもかもが昨日起こったことのように。ふたりとも返事をしなかったという事実に、なぜもっとこだわらなかったんだろう？

いまもう一度同じ質問をぶつけてみた。

「エリックは殺される前の夜、どこにいたんですか」

「知らないの。ほんとうよ。でも心当たりはあった……レナートの話では……」

ロヴィーサはまた黙りこんだ。紅茶をひと口すすり、大きく息を吸う。

「決心したのは一年ほど前よ。あなたに話そうと思ったのは。ようやくね。新聞であなたの記事を読んだときよ。知らなかったわ、あなたが……その……あなたのように魅力的で可愛らしい人が女性といっしょに暮らしているなんて、そんなこと、思いもしなかった」

ロヴィーサが言わんとしていることは、シャーロッタにはよくわかった。今年の初め、《ヨーテボリ・ポステン》紙にシャーロッタのこれまでの主な経歴が紹介されたのだ。腹立たしい見出しと載せなくていい写真までついて。〝女性警察官はレズビアン〟

シャーロッタが新しい役職に就くと、同性愛者である事実が急に人々の関心を集めることになった。十五年間ずっとオープンにしてきたのに、どうしていまさらと思った。しかも警察官でレズビアンなのはわたしだけじゃないのに。だが、レズビアンで警部になったのはシャーロッタが初めてだった。シャーロッタにすれば、レズビアンだと新聞に書かれたところでべつに気にしなかったし、ほかの人のためにもなると考えればそれも悪くないと思っていた。もしそれで、自分も同性愛者だと公表する勇気をだれかに持ってもらえるのなら。いやただ同性愛者だからといって自分を卑下する必要はないと思ってもらえるのなら、彼女は喜んでそうするだろう。

だが、ロヴィーサがなぜこんなことを言いだしたのか、シャーロッタには理解できなかった。エリック・グラナートの殺人に、いったいどういう関係があるんだろう？

「よくわからないんですけど。それがいったい……？」

「あなたは気づいていたのよ。動機について尋ねていたでしょ。これがどういう事件なのか、あなたにはわかっていた。心の底では。違っていたのは……そう……あなたはしつこくエリックのガールフレンドについて聞いてたわね。エリックが恋をして、そのせいで人から恨まれたんじゃないかと思ったのよね。あなたは息子が事件の前夜どこにいたのか訊いてたでしょ……気づくとしたら、あなたみたいな人……」

あなたみたいな人。

シャーロッタは言葉のとげに気づかないふりをした。もう慣れっこだ。とはいえ、心の中ではいつも傷ついているのだけれど。だが、いまは知りたい気持ちのほうが強かった。パズルのピースが集まりはじめているのだ。同性愛者。あなたみたいな人。

そうか、おたがいさまじゃない、あなたの息子だって。

「エリックは……？」

「息子がホモセクシャルかどうか、わたしに訊いてるの？」

ロヴィーサは硬い声で訊き返した。固く結んだ小さな口からホモセクシャルという言葉を絞り出す。カップを持つ手が少し震えていた。

「エリックはホモセクシャルだったんですか」

「そうよ。でも、あなたたちはまったく気づいていなかった！　息子の友人のあいだをうろつき、嗅《か》ぎまわって詮索《せんさく》していたのに。ガールフレンドがひとりもいないのはおかしいと思わなかったの？　息子みたいなハンサムな子に恋人がいないなんて……わからなかった？　だけど、あなたは……息子と同類だから……核心に迫っていた。友人たちに話を聞いてまわり、もう少しで答えにたどり着くところだった。だけど、レナートが……」

「レナート？」

ロヴィーサはふたたび黙りこんだ。視線が窓辺を漂い、疲れているというより、まるで放心状態にあるように見えた。目は遠くにあるなにかに釘づけになっている。高層のゴティアタワーズホテルがそびえるダウンタウンを見ているのだろうか、それとも窓枠を激しくたたく雨だろうか、いやもしかしたら真っ暗なガラスに映し出される心の奥深くをのぞき見ているのかもしれない。

ロヴィーサは舌打ちをした。立派な身なりの厳格な女性にしては見苦しく、無作法に思えた。口が渇いているのか、紅茶をすすり、ようやくシャーロッタともう一度目を合わせた。酔っ払っているのだろうか。先ほどとは違い、視線に鋭さがない。目は赤く腫《は》れ上がっているが、涙はなかった。

ロヴィーサにとってこの告白がつらいものであることと、打ち明けるのをためらう気持ちがあることは明らかだった。言葉は出たがっているようでもあり、薄暗い秘密の部屋に閉じこもって隠れているのを望んでいるようでもある。

「なにか音楽をかけてくださらない？　レコードが終わったみたいだから。音楽がかかっていたほうが、少しは話がしやすいし……」

ロヴィーサは最後まで言わずに、壁際のサイドテーブルの上のステレオを指し示した。そういえばシャーロッタが来たとき、出迎えてくれたのはクリスマスの曲だったが、このシーズンにクリスマスソングを聞くのはあたりまえになっていて、音楽が止まったことに気づきもしなかった。

「わかりました。同じレコードでいいですか」

慣れない指で針を持ち上げた。なんとも不思議だ。

CDプレーヤーの登場でレコードプレーヤーはすっかり過去の遺物に思えた。手が黒いビニール製レコードに触れると、過ぎし日のポップ・ミュージックにノスタルジーを感じた。マヘリア・ジャクソン。『さやか《オー・》に星はきらめき《ホーリー・ナイト》』。クリスマスにかけるレコードとして格別ふさわしい選択とは言えないが、グラナート家では意外ではないのだろう。

針がレコードの盤面をひっかく音がしたかと思うと、一瞬、間があって音楽が始まった。オルガンが鳴り響き、マヘリアの力強い声が部屋を満たす。キリストの生誕を祝った、アダン作曲のクリスマスキャロルだ。

「今宵《こよい》は主イエスがお生まれになった日。今宵わたしたちは神からの贈りものに感謝を捧げます。この世に人として来られたことに、裸で生まれ、貧しい女の腕に抱かれたことに。聖母マリアは生まれたばかりの裸の子を腕に抱かれた。わたしたちは……今宵主イエスはわたしたちとともにここにおられる。ほかのすべての夜や昼と同じように。これらすべての夜にわたしは……ああ、イエス様、わたしはなにをしたのでしょう？　神よ、わたしをお許しください。わたしを許してちょうだい、エリック」

ロヴィーサは肘掛け椅子にもたれ、目を閉じていた。脈絡のないことをつぶやいている。シャーロッタはプレーヤーのそばに立ったまま、女を見つめた。耳をそばだてる。

「わたしが頼んだの。無理やり頼んだの。わたしがレナートを選んだのよ。レナートは……レナートはとても信仰心が篤《あつ》く、信念を貫く強い人だったから。聖書の言葉を選《え》り好みし、それでもクリスチャンだと言い張るような意志の弱い軟弱者をわたしは軽蔑していた。いい言葉も悪い言葉も、自分に合うものを受け入れることのできる人間……わたしはそんな人が好きだった。明確な答えが欲しかった。頼れる人が好きだった。わたしが望んだのは、成長を支えるしっかりとした大地……なにをすればいいかを教えてくれる人。女としてのわたしを評価してくれる人。男の中の……レナートは男の中の男だった。まさに真の男だった。軟弱者なんかじゃない。夫の父親は、愛情と規則と厳しい罰を同じだけ与えてわが子を育てた。鞭《むち》を惜しむと子どもはだめになる。そうやって夫もまたエリックを育てようとした。でも、わたしたちの息子は弱くて、意気地《いくじ》がなくて、女々《めめ》しくて……エリックはほかの男の子と違っていた。もちろんわたしたちにもそんなことはわかっていた。息子はわたしたち家族の一員になることも、わたしたちの世界の一員になることも、わたしたちの信仰の世界に入ることも望まなかった。エリックは逃げ出したのよ……」

ロヴィーサはそこでまた口をつぐんだ。きつく目を閉じ、紅茶をすする。最後のひと口。そして不快そうに顔をしかめた。

シャーロッタは心臓が激しく鼓動するのを感じた。

ロヴィーサを急《せ》きたてたいが、この不愉快な話をじっくり聞いていたいという思いもあった。だが、ここで質問をしたり、口をはさんだりするよりも、このまま続けさせるほうがいいのはわかっている。ただ、気になるのは、ロヴィーサのたどたどしい話し方だった。酔っ払っているようだ。それに……

シャーロッタはふと、ロヴィーサが手にしている空《から》のティーカップに目をとめた。カップはロヴィーサの手からすべり落ちそうになっていて、膝《ひざ》に置かれた手は力が抜けてだらりとしている。しまった！

「ロヴィーサ。ロヴィーサ！　聞こえる？　バカなまねをしたんじゃないでしょうね？　なにを飲んだの？」

シャーロッタはロヴィーサのそばへ駆け寄り、相手の肩に手を置いた。身体の力が抜け、ぐったりしている。ロヴィーサは顔をシャーロッタのほうへ向けると、幸せそうな笑みを浮かべた。これほど安らかな顔をしたロヴィーサを見るのは初めてだった。

「もう手遅れよ。いまさらどうしようもない。朝から少しずつこの毒薬を飲みつづけていたの。いまだから言うけど、地獄のような味だった」

ロヴィーサは無意識のうちに手を口元に持っていった。地獄という言葉が、神を冒瀆《ぼうとく》することになると思ったのだろう。彼女は申し訳なさそうに微笑んだ。

「あなたしだいよ。電話で救急車を呼びたければ、そうすればいい。でも間に合わないわ。それより話の結末を聞きたいんじゃない？……わたしは話したいわ。聞いてほしい……あなたには聴罪司祭になってほしいの。でも懺悔《ざんげ》したからって許されるとは思ってないけど。わたしみたいな罪人はなにをしたって救われない。わたしみたいな……座って」

一瞬、ロヴィーサの目つきが鋭くなった。シャーロッタは、ロヴィーサの言うとおりにしたいと思った。

「気は確かなの？」

シャーロッタはジーンズの尻ポケットに入れてある携帯電話を取り出した。救急医療センターの番号はあらかじめ優先番号として登録されており、四秒後にはセンターのスタッフと話していた。話しながら、シャーロッタは無意識のうちに秒数を数えていた。十二秒。救急車が出動するまでに……三十秒、いや今日はクリスマスイブだから、一分かかるかもしれない。イースタン病院からだと車でも少し時間がかかるだろう。間に合うだろうか。

最後に、救急医療センターのスタッフに向かって言った。「早く来ないと承知しないわよ！」

シャーロッタはできるだけ老女のそばに近寄り、全身がしびれたかのように座りこんだ。無意識に手をロヴィーサのほうへ伸ばし、その細い指に触れる。シャーロッタの温かな手がロヴィーサの痩《や》せた冷たい手を包みこんだ。黙って、ロヴィーサを見つめる。

「レナートは週末や夜に、エリックのあとをつけて監視していた。最近街をパトロールしている父親がいるでしょ。それと同じで、最初わたしはなんの問題もないと思っていた。レナートは息子がしていることを当然知っておくべきだと思っていたし、知りたいとも思っていた……息子がだれと会っているかまではわからなかったけれど、行き先についてはときどき嘘をついているのを知っていた。教会での礼拝のあと、まっすぐ家に帰ってこなくなった。そのうちレナートはとりつかれたようになった。エリックの行動を監視するためだけに、仕事を休むことすらあった。息子のあとをつけ、行動をすべて監視していた。それは……もう異常な行為だった。病的と言えるほど。だけど、そのうちわたしにも夫の行動が理解できるようになった」

ロヴィーサはシャーロッタの手をつかんだ。驚くほど力強い。ロヴィーサはシャーロッタを見据えた。

「わかってほしいの。わたしも夫もホモセクシャルが大嫌いなの。罪よ。姦淫《かんいん》だわ。自然に反してる。神はお怒りになって、そういう罪を犯した人間に罰を下される……それを男女間の愛情と同じだと勘違いしている人間に。女と寝るように男と寝る者は、神の怒りに触れることになる。わたしたちの息子……わたしたちのたったひとりの息子。忌まわしい罪を犯した人間。堕落した……性倒錯者！」

その言葉にシャーロッタは思わずたじろいだ。手を引っこめようとしたが、ロヴィーサはしっかりとつかんで離さなかった。

「あなたを傷つけるつもりはないのよ。理解してほしくて言ってるの。レナートが最後までほかに解決策を見つけられなかった理由をわかってほしいの。夫にはわかっていた。エリックは……エリックはとても意志の弱い子だった。人の影響を受けやすい子だった。息子は悪い仲間と出会って、そういう連中に……神さまはわたしたちを許してくださるわ。あのときと同じように……たったひとりの息子を磔《はりつけ》の刑にして御心《みこころ》を示そうとなされたように……神は……」

ロヴィーサは長く走ったあとのようにあえいでいた。たくさんのことを一気に話したので、体力が徐々に失われていくようだ。ロヴィーサが唇をなめた。唇はからからに乾いていて、ロヴィーサに残された時間はあと数分しかないことがわかった。シャーロッタは腕時計に目をやった。救急車に電話してからまもなく三分が経とうとしていた。もう到着してもいいのに。

シャーロッタは自分の心に問いかけた。このままでいいんだろうか、この頭のおかしな老女の自殺を食い止めるためにもっとなにかすべきことはないだろうか。だけど、これ以上なにができるというのだ？　話を聞く以外に。

いや、ひとつある。

「レナートは？」

「出ていったわ。夫にはわかっていた。あなたにはできないと……自分を捕まえ……起訴することは。わたしは夫に、なにもかもあなたに話すと言った。そうすべきときだと。神はわたしが真実を語るのをお聞きになりたいだろうと。これ以上嘘をつくべきではないと。夫はすでに遠くにいるわ。外国に……夫は……恥をさらしたくないと言って。だれだって……わたしだって恥ずかしい思いはしたくない……わたしはエリックといっしょにいたい。それがいまのわたしのたったひとつの望みなの」

「もうひとつだけ教えて」

「なに……？」

ロヴィーサの意識はますます遠のいていき、もはやシャーロッタを見ていなかった。だが、話は聞こえているようだった。シャーロッタは訊かずにはいられなかった。

「どうしてレナートはエリックを殺したの？　たとえ……たとえあなたたちがエリックの性的指向を嫌っていたとしても。ほんとうに、そのためにレナートはエリックを殺さなければならなかったの？」

シャーロッタは、ロヴィーサに覆《おお》いかぶさって、その顔をひっぱたいてやりたいという衝動に駆られた。ぴしゃりと。ふざけるな。自分の息子を殺すなんて。殺人犯をかばうなんて。それも信仰のためだけに……ただただ怒りがこみ上げてくる。シャーロッタは同性愛者が嫌悪すべきものだというたわごとや、神の言葉など信じていなかった。そんなのはただの言葉だと思っていた。だが、神の言葉を自分たちの法律として、従わなければならない掟として受け入れる人たちもたしかにいる。どういう結果が待ち受けていようとも。

「ほら……雪よ。雪が降っているわ。天使たちはもう涙を流していないのね。雨……じゃない。雪よ……エリックは雪が大好きだった。きっとエリックが……」

「でも、どうしてエリックを殺したの？　そこまでしなくても……」

「え……？」

「あの夜なにか特別なことでも起きたの？　あの聖ルチア祭の夜に？」

「とくになにも……いや、どうだったかしら……たしか夫は……レナートはずっと怒っていた……猛烈に……気も触れんばかりに。夫はエリックが男と関係を持っていると考えていた。夫がそう言ったの……エリックは……エリックは……出かけた。罪深い行為をしに。新しいボーイフレンドと。その前の晩、夫はふたりのあとをつけていった。そこでエリックはひと晩過ごしたの。夫はエリックがきっとまたそこへ行くと思ったんでしょう……それで……」

沈黙が流れた。

一分が過ぎた。ロヴィーサは目を閉じていたので、シャーロッタはもう手遅れかと思った。

救急車はどこなの？

静かな安らぎがロヴィーサの顔に広がった。険しかった表情が和らぎ、若返ったように見えた。

「ロヴィーサ？」

「なに……」

「ほかに言いたいことはない？」

「そうね……いいえ……ありがとう」

ロヴィーサは最後の言葉をささやくように言った。

外で救急車のサイレンが聞こえた。まだ音は小さいが、確実に近づいている。猛スピードで丘を上ってきて、建物の外でブレーキをかけた。だがもう遅かった。

しっかりとシャーロッタの手をつかんでいたロヴィーサの手がゆるみ、痩《や》せ細った指が離れた。シャーロッタの視界の隅を白い雪片がよぎった。

外では雪が静かに舞っていた。

雪は天上から舞い落ちていた。

カタリーナ・ヴェンスタムは一九七三年にヨーテボリで生まれ、一九九四年にストックホルムへ移り、現在はストックホルムの郊外ナッカでふたりの子どもと暮らしている。長年スウェーデンのテレビ局で犯罪報道記者をしていたが、二〇〇七年に記者を辞《や》め、その後は執筆、講演活動に専念している。ヴェンスタムの著作のうち、最初の二冊はノンフィクションだった。『少女と犯罪——世間は強姦をどう見るのか』（*Flickan och skulden: en bok om samhällets syn på våldtäkt* 二〇〇二年）とその姉妹篇、『真の強姦者』（*En riktig våldtäktsman* 二〇〇四年）で、この本の中で著者は強姦罪で収監された受刑者にインタビューを行なっている。この二冊が、記者としての活躍とも相まって高い評価を受け、ヴェンスタムはアウグスト賞のノンフィクション部門にノミネートされ、またヴィルヘルム・モーベルイ賞、スウェーデン弁護士協会ジャーナリズム賞、エガリア（男女平等）賞を獲得している。二〇〇七年には最初の長篇小説『泥』、二〇〇八年に『ドーデルヨーク』、二〇一〇年に『支配者』（*Alfahannen*）を刊行。三作品とも検察官マデレーン・エドヴァルズが登場し、男女間のトラブルにまつわる事件を解決していく。二〇一二年、シャーロッタ・ルグン警部が主役を務める『裏切り者』を刊行、ルグン警部は長篇ではこの作品が初登場となる。カタリーナ・ヴェンスタムの小説はつねに社会問題を題材にしているが、この作品ではアスリート間のセクシャル・マイノリティに対する差別、偏見がテーマとして取り上げられている。二〇一三年、『石の心』（*Stenhjärtat*）を上梓、ふたたびルグンが主役で登場する。

〔＊この作品は、スウェーデンで二〇〇七年に刊行されたアンソロジー『クリスマスプレゼントに殺人を』（*Mord i julklapp*）の一篇として発表されたが、本書への収録にあたり、改稿された〕

謝　辞

本書の刊行にあたっては、多くの人から助言および協力をいただいた。とくに次に挙げる方々に感謝の気持ちを伝えたい。

・このプロジェクトを立ち上げた当初から応援してくれた、オットー・ペンズラーとモーガン・エントレキン。古くからの友人であるオットーにはとくに感謝したい。編集者兼発行人でミステリのエキスパートでもあるオットーは、まちがいなく最高の仕事仲間だ。

・各短篇の著者のみなさん。とくにオーケ・エドヴァルドソン、エヴァ・ガブリエルソン、マーリン・パーション・ジオリート、ヴェロニカ・フォン・シェンク、マイ・シューヴァル、ダグ・エールルンド。そして、諸般の事情から本書にはその作品を収録できなかった、作家のイェルケル・エリクソンとホーカン・アクスランデル・スンドクヴィスト。ふたりとも、いっしょに仕事をするのがとても楽しい人物だ。

・私が求めていたものを超える手助けをしてくれたみなさん。なかでも、翻訳を手伝ってくれたアストリ・フォン・アルビン・アランデル、さまざまな提案をしてくれたマグダレナ・ヘドルンド、残念ながらその努力が報われることはなかったものの、全力を尽くしてくれたダグ・ヘドマン、専門知識を生かしていろいろ教えてくれたペール・オライセンとヨハン・ヴォペンカに感謝の気持ちを伝えたい。

・最後になるが、最初の読者、評論家として、いつも貴重な意見や励ましの言葉をかけてくれるエヴァスティーナに、心からの感謝を。

ヨン＝ヘンリ・ホルムベリ

二〇一三年七月、ヴィーケンにて

Permissions

The individual stories in this book are copyrighted as follows:

Tove Alsterdal: "Reunion" ("Jag som lever och du som är död"). Published in Swedish in the weekly *Hemmets Veckotidning*, 2013. Copyright © Tove Alsterdal 2013, 2014. Published by permission of the author and the author's agent, Grand Agency.

Rolf and Cilla Börjlind: "He Liked His Hair" ("Sitt hår tyckte han om"). Original to this book. Copyright © Rolf and Cilla Börjlind 2014. Published by permission of the authors and the authors' agent, Grand Agency.

Åke Edwardson: "Never in Real Life" ("Aldrig i verkligheten"). Published in Swedish in *Noveller för Världens Barn*, 2005. Copyright © Åke Edwardson 2005, 2014. Published by permission of the author.

Inger Frimansson: "In Our Darkened House" ("Då i vårt mörka hus"). Published in Swedish in *Mord i juletid*, 2005. Copyright © Inger Frimansson 2005, 2014. Published by permission of the author and the author's agent, Grand Agency.

Eva Gabrielsson: "Paul's Last Summer" ("Pauls sista sommar"). Original to this book. Copyright © Eva Gabrielsson 2014. Published by permission of the author.

Anna Jansson: "The Ring" ("Ringen"). Published in Swedish in *Mord på julafton*, 2003. Copyright © Anna Jansson 2003, 2014. Published by permission of the author and the author's agent, Grand Agency.

Åsa Larsson: "The Mail Run" ("Postskjutsen"). An earlier version of this work was published in Swedish in the daily newspaper *Dagens Nyheter*. Never before published in this form. Copyright © Åsa Larsson 2014. Published by permission of the author and the author's agent, Ahlander Agency.

Stieg Larsson: "Brain Power" ("Makthjärnan"). Privately printed in Swedish in the author's and Rune Forsgren's mimeographed fanzine *Sfären*, number 3, April 1972. Copyright © The Estate of Stieg

Larsson 2014. Published by permission of the Estate of Stieg Larsson, Moggliden AB and its agent, Hedlund Literary Agency.

Henning Mankell and Håkan Nesser: "An Unlikely Meeting" ("Ett osannolikt möte"). Originally published in Swedish in *Mordet på jultomten*, 1999. Copyright © Henning Mankell and Håkan Nesser 1999, 2014. Published by permission of Henning Mankell's agent, Leonhardt & Høijer Agency A/S, and of Håkan Nesser.

Magnus Montelius: "An Alibi for Señor Banegas" ("Ett alibi åt señor Banegas"). Published in Swedish in *Mord på önskelistan*, 2011. Copyright © Magnus Montelius 2011, 2014. Published by permission of the author and the author's agent, Hedlund Literary Agency.

Dag Öhrlund: "Something in His Eyes" ("Något i hans blick"). Copyright © Dag Öhrlund 2014. Original to this book. Translated by Angela Valenti and Sophia Mårtensson. Published by permission of the author.

Malin Persson Giolito: "Day and Night My Keeper Be" ("Se till mig som liten är"). An earlier version of this work was published in Swedish in the daily newspaper *Aftonbladet*. Never before published in this form. Copyright © Malin Persson Giolito 2012, 2014. Published by permission of the author and the author's agent, Hedlund Literary Agency.

Maj Sjöwall and Per Wahlöö: "The Multi-Millionaire" ("Multimiljonären"). Originally published in Swedish in *Jultrevnad*, 1970. Copyright © Maj Sjöwall and Per Wahlöö 1970; copyright © Maj Sjöwall 2014. Published by permission of Maj Sjöwall.

Sara Stridsberg: "Diary Braun" ("Kalender Braun"). Originally published in Swedish in *Noveller för Världens Barn*, 2008. Copyright © Sara Stridsberg 2008, 2014. Published by permission of the author and the author's agent, Hedlund Literary Agency.

Johan Theorin: "Revenge of the Virgin" ("Jungfruns hämnd"). Originally published in Swedish in the daily newspaper *Barometern*, 2008. Copyright © Johan Theorin 2008, 2014. Published by permission of the author and the author's agent, Hedlund Literary Agency.

Veronica von Schenck: "Maitreya" ("Maitreya"). Original to this book. Copyright © Veronica von Schenck 2014. Published by permission of the author.

Katarina Wennstam: "Too Late Shall the Sinner Awaken" ("Sent ska syndaren vakna"). An earlier version of this work was published in *Mord i julklapp*, 2007. Never before published in this form. Copyright © Katarina Wennstam 2007, 2014. Published by permission of the author.

HAYAKAWA POCKET MYSTERY BOOKS No. 1922

この本の型は，縦18.4センチ，横10.6センチのポケット・ブック判です．

〔呼《よ》び出《だ》された男《おとこ》　―スウェーデン・ミステリ傑作集《けつさくしゅう》―〕

2017年8月10日印刷　2017年8月15日発行

編　者　ヨン＝ヘンリ・ホルムベリ
訳　者　ヘレンハルメ美穂・他
発行者　早川　浩
印刷所　星野精版印刷株式会社
表紙印刷　株式会社文化カラー印刷
製本所　株式会社川島製本所

発行所　株式会社　早川書房
東京都千代田区神田多町2－2
電話　03-3252-3111（大代表）
振替　00160-3-47799
http://www.hayakawa-online.co.jp

（乱丁・落丁本は小社制作部宛お送り下さい
送料小社負担にてお取りかえいたします）

ISBN978-4-15-001922-8 C0297
Printed and bound in Japan

ハヤカワ・ミステリ〈話題作〉

1883 ネルーダ事件 ロベルト・アンプエロ 宮崎真紀訳

ノーベル賞に輝く国民的詩人であり革命指導者のネルーダにある医師を探してほしいと依頼された探偵は……。異色のチリ・ミステリ

1884 ローマで消えた女たち ドナート・カッリージ 清水由貴子訳

警察官サンドラとヴァチカンの秘密組織に属する神父マルクスが出会う時戦慄の真実が明らかになる。『六人目の少女』著者の最新刊

1885 特捜部Q ―知りすぎたマルコ― ユッシ・エーズラ・オールスン 吉田 薫訳

犯罪組織から逃げ出したマルコは、殺人事件の鍵となる情報を握っていたために昔の仲間に狙われる！ 人気警察小説シリーズ第五弾

1886 たとえ傾いた世界でも トム・フランクリン ベス・アン・フェンリイ 伏見威蕃訳

密造酒製造人の女と密造酒取締官の男。偶然拾った赤子が敵対する彼らを奇妙な形で結びつけ……。ミシシッピが舞台の感動ミステリ

1887 カルニヴィア2 誘拐 ジョナサン・ホルト 奥村章子訳

イタリア駐留米軍基地で見つかった人骨が秘める歴史の暗部とは？ 駐留米軍少佐の娘を誘拐した犯人は誰なのか？ 波瀾の第二部！

ハヤカワ・ミステリ〈話題作〉

1888 黒い瞳のブロンド
ベンジャミン・ブラック
小鷹信光訳
フィリップ・マーロウのオフィスを訪れた優美な女は……ブッカー賞受賞作家が別名義で挑んだ、『ロング・グッドバイ』の公認続篇！

1889 カウントダウン・シティ
ベン・H・ウィンタース
上野元美訳
〈フィリップ・K・ディック賞受賞〉失踪した夫を捜してくれという依頼。『地上最後の刑事』に続いて、世界の終わりの探偵行を描く

1890 ありふれた祈り
W・K・クルーガー
宇佐川晶子訳
〈アメリカ探偵作家クラブ賞最優秀長篇賞受賞〉少年の人生を変えた忘れがたいひと夏を描く、切なさと苦さに満ちた傑作ミステリ。

1891 サンドリーヌ裁判
トマス・H・クック
村松　潔訳
聡明で美しい大学教授サンドリーヌは謎の言葉を夫に書き記して亡くなった。自殺か？　他殺か？　信じがたい夫婦の秘密が明らかに

1892 猟　犬
J・L・ホルスト
猪股和夫訳
〈「ガラスの鍵」賞／マルティン・ベック賞／ゴールデン・リボルバー賞受賞〉停職処分を受けた警部が、記者の娘と共に真相を追う。

ハヤカワ・ミステリ〈話題作〉

1893
ザ・ドロップ
デニス・ルヘイン
加賀山卓朗訳

バーテンダーのボブは弱々しい声の子犬を拾う。その時、負け犬だった自分を変える決意をした。しかし、バーに強盗が押し入り……。

1894
他人の墓の中に立ち
イアン・ランキン
延原泰子訳

警察を定年で辞してなお捜査員として署に残る元警部リーバス。捜査権限も減じた身ながらリーバスは果敢に迷宮入り事件の謎に挑む。

1895
ブエノスアイレスに消えた
グスタボ・マラホビッチ
宮﨑真紀訳

建築家ファビアンの愛娘とそのベビーシッターが突如姿を消した。妻との関係が悪化する中、彼は娘を見つけだすことができるのか？

1896
エンジェルメイカー
ニック・ハーカウェイ
黒原敏行訳

大物ギャングだった亡父の跡を継がず、時計職人として暮らすジョー。しかし謎の機械を修理したことをきっかけに人生は一変する。

1897
出口のない農場
サイモン・ベケット
坂本あおい訳

男が迷い込んだ農場には、優しく謎めいた女性、小悪魔的なその妹、猪豚を飼う凶暴な父親がいた。一家にはなにか秘密があり……。

1898 街への鍵 ルース・レンデル 山本やよい訳
骨髄の提供相手の男性に惹かれるメアリ。しかし、それが悲劇のはじまりだった――そのころ、街では路上生活者を狙った殺人が……

1899 カルニヴィア3 密謀 ジョナサン・ホルト 奥村章子訳
喉を切られ舌を抜かれた遺体の謎。世界的SNSの運営問題。軍人を陥れた陰謀の真相。三つの闘いの末に待つのは？ 三部作最終巻

1900 アルファベット・ハウス ユッシ・エーズラ・オールスン 鈴木 恵訳
【ポケミス1900番記念作品】撃墜された英国軍パイロットの二人が搬送された先。そこは人体実験を施す〈アルファベット・ハウス〉。

1901 特捜部Q ―吊された少女― ユッシ・エーズラ・オールスン 吉田奈保子訳
未解決事件の専門部署に舞いこんだのは、十七年前の轢き逃げ事件。少女は撥ね飛ばされ、木に逆さ吊りで絶命し……シリーズ第六弾。

1902 世界の終わりの七日間 ベン・H・ウィンタース 上野元美訳
小惑星が地球に衝突するとされる日まであと一週間。元刑事パレスは、地下活動グループと行動をともにする妹を捜す。三部作完結篇

ハヤカワ・ミステリ〈話題作〉

1903 ジャック・リッチーのびっくりパレード
ジャック・リッチー
小鷹信光・編訳
（亡くなるその時まで執筆していた）貴重な遺作短篇を含む、全二十五篇を収録。《このミス》第一位作家の日本オリジナル短篇集。

1904 人（ひとがた）形
モー・ヘイダー
北野寿美枝訳
不審死が相次ぐ医療施設には、不気味な亡霊が出没するという噂が広がっていた。エドガー賞受賞作『喪失』に続いて放つ戦慄の傑作

1905 夏に凍える舟
ヨハン・テオリン
三角和代訳
美しい夏を迎えてにぎわうエーランド島。しかし島を訪れた人々の中には、暗い決意を秘めた人物もいて……。四部作、感動の最終巻

1906 過ぎ去りし世界
デニス・ルヘイン
加賀山卓朗訳
戦雲がフロリダを覆う中、勢力拡大と生き残りをかけて男たちの闘いが幕を開ける。『運命の日』『夜に生きる』に続く、三部作完結篇

1907 アックスマンのジャズ
レイ・セレスティン
北野寿美枝訳
〈英国推理作家協会賞最優秀新人賞受賞〉「ジャズを聞いていない者は斧で殺す」と宣言した実在の殺人鬼を題材にした衝撃のミステリ

1908
ささやかな手記
サンドリーヌ・コレット
加藤かおり訳

〈フランス推理小説大賞、813賞受賞作〉農家の老兄弟に囚われた男は、奴隷のような生活を強いられ……。緊迫の監禁サスペンス

1909
アメリカン・ブラッド
ベン・サンダース
黒原敏行訳

政府保護下で暮らす元潜入捜査官。地元で発生した失踪事件をきっかけに、彼に麻薬組織の魔手が迫る。大型新人による傑作スリラー

1910
終わりなき道
ジョン・ハート
東野さやか訳

監禁犯を射殺したと世間から激しく批判される女性刑事。彼女には真実を明かせない理由が……。エドガー賞二冠作家の大作警察小説

1911
生か、死か
マイケル・ロボサム
越前敏弥訳

〈英国推理作家協会賞ゴールドダガー賞受賞作〉なぜその受刑者は出所一日前に脱獄を？強盗事件の大金をめぐるクライム・ノベル

1912
その雪と血を
ジョー・ネスボ
鈴木　恵訳

ボスの妻を始末するように命じられた殺し屋オーラヴ。だが彼は標的に恋をしてしまい……。北欧ミステリの重鎮が描く血と愛の物語

ハヤカワ・ミステリ〈話題作〉

1913
虎狼
モー・ヘイダー
北野寿美枝訳

突如侵入してきた男たちによって拘禁された一家。キャフェリー警部は彼らを絶望の淵から救うことが出来るのか？ シリーズ最新作

1914
バサジャウンの影
ドロレス・レドンド
白川貴子訳

バスク地方で連続少女殺人が発生。捜査に派遣された女性警察官が見たものは？ スペインでベストセラーとなった大型警察小説登場

1915
楽園の世捨て人
トーマス・リュダール
木村由利子訳

〈「ガラスの鍵」賞受賞作〉大西洋の島で怠惰に暮らすエアハートは、赤児の死体の話を聞き……。老境の素人探偵の活躍を描く巨篇！

1916
凍てつく街角
ミケール・カッツ・クレフェルト
長谷川圭訳

酒浸りの捜査官が引き受けた失踪人探し。若い女性が狙われる猟奇殺人。二つの事件を繋ぐものとは？ デンマークの人気サスペンス

1917
地中の記憶
ローリー・ロイ
佐々田雅子訳

〈アメリカ探偵作家クラブ賞最優秀長篇賞受賞〉少女が発見した死体は、町の忌まわしい過去を呼び覚ます……巧緻なる傑作ミステリ